JN093285

戦国近江伝

長比

たけくらべ

浅井長政か 織田信長か

山東圭八

Santo Keiya

目次

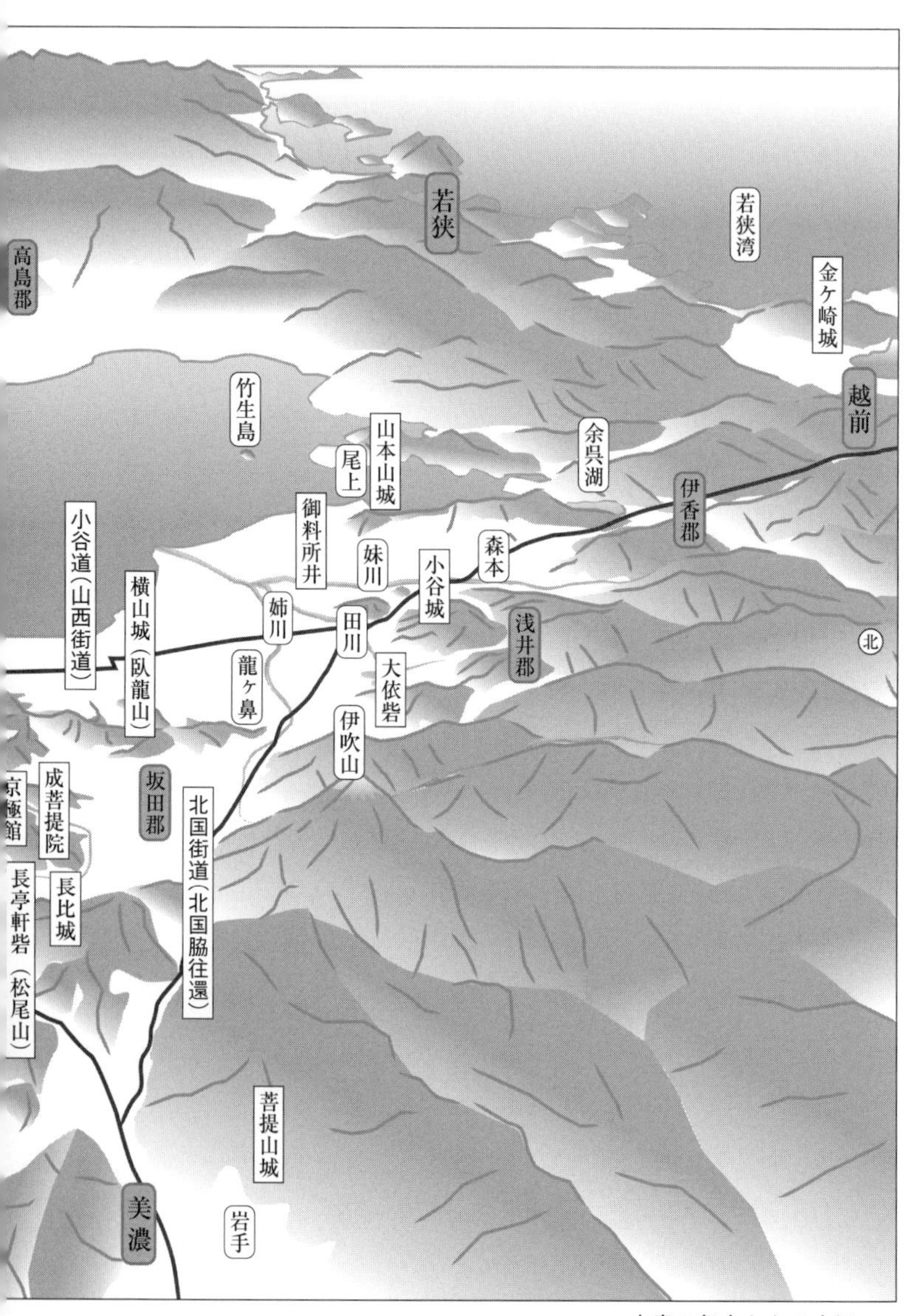
若狭
若狭湾
金ケ崎城
越前
高島郡
竹生島
山本山城
尾上
余呉湖
伊香郡
御料所井
妹川
森本
小谷城
小谷道（山西街道）
横山城（臥龍山）
姉川
田川
浅井郡
北
龍ヶ鼻
大依砦
伊吹山
京極館
成菩提院
坂田郡
北国街道（北国脇往還）
長亭軒砦（松尾山）
長比城
菩提山城
美濃
岩手

本書の舞台となる山河

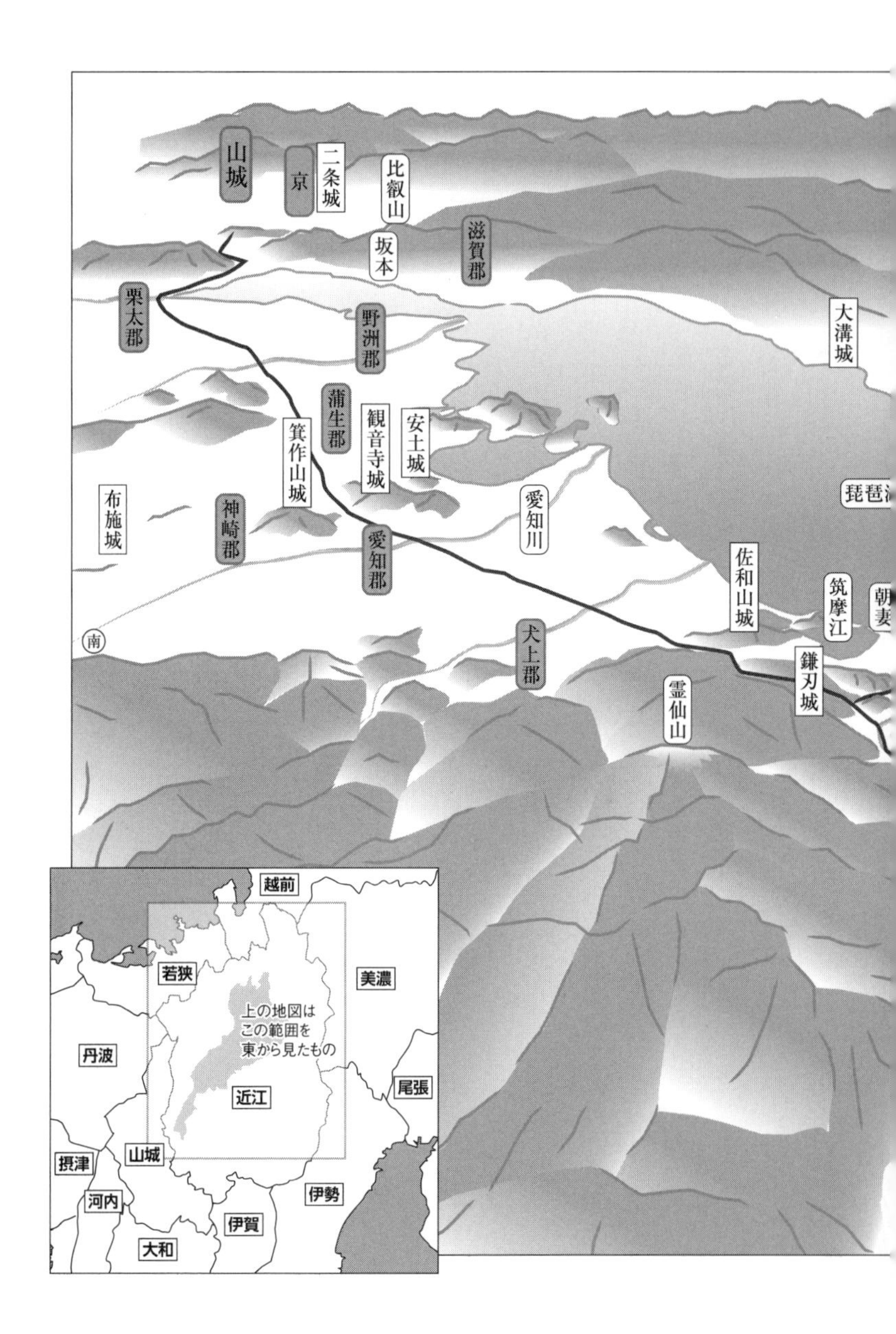

山城
京
二条城
比叡山
坂本
滋賀郡
栗太郡
野洲郡
大溝城
蒲生郡
観音寺城
安土城
箕作山城
琵琶湖
布施城
神崎郡
愛知郡
愛知川
佐和山城
筑摩江
朝妻
南
犬上郡
鎌刃城
霊仙山
越前
若狭
美濃
上の地図は
この範囲を
東から見たもの
丹波
近江
尾張
摂津
山城
伊勢
河内
伊賀
大和

主な登場人物

遠藤喜右衛門直経　北近江坂田郡の土豪、浅井家重臣。北近江を守るため信長に挑む。
浅井長政　北近江の戦国大名、浅井氏三代目。北近江を統一し、平安と繁栄を目指す。
浅井お市　長政の妻、信長の妹。近江に嫁ぐ。
浅井久政　浅井氏二代目。
浅井阿古　浅井久政の妻。
田那部与左衛門（式部丞）　北近江坂田郡の土豪、喜右衛門の義弟。
磯野員昌　北近江佐和山城主、豪傑。
嶋秀安　坂田郡今井氏の家老、磯野に従う。
樋口直房　坂田郡堀氏の家老。
浅井亮親　浅井家の一族。
藤堂与右衛門高虎（与吉）　犬上郡の土豪、浅井氏に仕える。
森本鶴松太夫　幸若舞の舞人。久政に仕える。
お弁　長政の子喜久丸の生母。
浅井喜久丸　長政の長男（※後の世に万福丸と名付けられる。あとがき参照）。

竹中半兵衛重治　美濃不破郡の土豪、戦国屈指の軍師。美濃を守るため稲葉山城を奪う。

織田信長　尾張の戦国大名、天下人。尾張を統一し、美濃攻略を目指す。

木下（羽柴）藤吉郎秀吉　織田家家臣。信長に仕え、立身出世する。

竹中久作　半兵衛の弟。

喜多村十助（不破矢足）　竹中家家臣。

足利義昭（覚慶、義秋）　足利十五代将軍。

明智光秀　足利義昭の家臣、織田家重臣。

京極高吉　北近江守護京極氏の再興を画策する。

浅井お慶（マリア）　長政の姉、京極高吉の妻。

京極高次　京極高吉の長男。

阿閉貞征　北近江山本山城主。

六角義賢（承禎）　南近江守護、観音寺城主。

装画　福山敬之「眺望長比城」

序　記す

山林の闇に潜む者たちがいる。

「まだ火の手は上がらんのか」

真新しい甲冑を身に着けた今井定清は、太尾山の中腹で身を隠して待っていた。

「遅うござるな。田那部は何をしとるんじゃ」

老将、嶋秀安は、若い主人とともに闇夜に潜んでいた。七月一日の夜、月明かりすらない暗闇の中で、田那部与左衛門が上げる手はずになっている合図の火の手を待っていた。

「磯野にだけは遅れを取るでないぞ。ここは儂らの地元じゃ。よそ者にまた手柄を横取りされては堪らんぞ。よいな」

今井は、父の代からの老臣である嶋秀安に、抑えた声で念を押した。

永禄四(一五六一)年、近江は揺れ動いた。近江を南北に分けた決戦、野良田合戦に敗北した南近江の六角氏は巻き返しを狙い、美濃斎藤家と謀って北近江の浅井氏の諸城へ侵攻した。佐和山城や太尾城など、坂田郡にある境目の城は次々に六角軍によって占領された。しかし、この動きを予見していた浅井軍は、美濃から見事に大返しを実行し、準備の整わぬ六角軍を奇襲した。浅井軍の猛将、磯野員昌は、名城と誉れ高き佐和山城を奪い返した。

佐和山の近くにある太尾城は六角方の吉田安芸守兄弟が守備していた。小山の上に二つの砦がある。東西の斜面が急峻で攻略しにくいため、周りの諸城が浅井側に陥落する中、ここだけが残った。そこで、浅井氏の家臣、磯野や今井、嶋、田那部与左衛門らは、この孤城を奪回しようと作戦を立て、深夜に攻め込む手はずを立てた。

「秀安よ。磯野には先を越されるでないぞ」

今井は執拗に繰り返した。磯野氏はもともと北近江伊香郡の国人である。そして、野良田合戦や美濃大返しの活躍を経て佐和山城主となり、今や浅井家中で最も名高き武将となっていた。その磯野を凌ぐ活躍を見せようと、今井は意気込んでいた。味方ではあっても磯野に負けるのだけは、どうしても許せなかった。

「磯野のやつ、偉そうにしておるが、もともと我ら今井一族は、この坂田郡で最も格式の高い一族じゃ。急にのさばりだした磯野にここで指図されるわけにはいかん。何が何でも磯野よりも先に攻め上り、我らの一族で城を押さえるのじゃ。息子らにも、よおく言っておけよ。よいな」

「はい。もう伝えてございます」

老臣は低い声でそう答えた。

「もう一度、念を押しておけ」

今井は焦る思いを抑えられずにいた。嶋秀安にとって、今井定清は幼い頃から親代わりとなって成長を見てきた子どものような存在である。若い主人の我が儘な振る舞いには慣れている。嶋は、闇夜の斜面で足下を気にしながら移動した。息子の秀淳が近くにいる。五十歳を過ぎても、戦場を駆け回り槍働きをしている。まだまだ若い者には負けぬと思ってはいても、こんな足下の不確かなところを歩かされるのはつらい。しかし、大声を出して、敵に悟られてはならぬ。息子の耳元まで行って、主人の指示を伝えた。

「父上。体は大丈夫でござるか」

息子の秀淳が気遣って声をかけてくれた。しかし、嶋は気にもとめずに主人のそばへ戻っていった。まだまだ気力だけは負けまいと、気を張っているのだ。優しい言葉にいちいち反応するつもりはない。

嶋は気力を振り絞り、一息の休息も取らずに今井のそばに戻った。

「殿。それにしても、遅いですな。田那部は何をしておるんじゃ」

嶋は夜目を凝らして主人の表情を伺いながら話を続けた。

「もう予定の時刻は過ぎておる。いつも偉そうに意見するわりに、田那部も不甲斐ない」

嶋秀安は定清が幼い頃から今井家を支えてきた。今井定清がまだ五歳の頃、今井家は断絶の危機にあった。もともと今井氏は北近江坂田郡の名族で、北近江の盟主となっていた浅井氏の味方をしていた。しかし、近江を南北に分けた争いの中、定清の父は、裏切りの嫌疑をかけられて謀殺された。その後、今井家を存続させるため、嶋は幼い定清を支え、南近江国主で強大な力を誇っていた六角氏に従った。生き残るためにはそうするしかなかった。

今井定清が成長し、北近江の一城を任される頃になると、再び南北の争いが起こった。今井や嶋は、恩義のある六角氏に従うつもりであったが、家臣たちの中には、その方針に従おうとしない者が出始めた。田那部もその一人であった。田那部は、坂田郡で頭角を現し始めた遠藤喜右衛門とつるみ、浅井家に味方するように方針の転換を迫った。そのような意見の対立から、田那部は老臣である嶋にたびたび逆らうようになった。

そして、両軍の決戦は、田那部の考えの通り浅井が六角に勝った。嶋は息子よりも年下の田那部の言い様を苦々しく思いつつも、言い返すことはできない立場になっていた。年老いて、時には主人とともに愚痴(ぐち)りたくなることもあった。

「殿。田那部はまだまだ、儂らの苦労を知らん。やつに大事なことを任すのは心配でござるな」

嶋は主人に同意を求めた。

「秀安。無駄口を叩かず、集中しておれ」

今井は、取り合ってくれなかった。

それから、また長い時間が経った。蟬(せみ)が何かに驚いたように鳴き声を上げた。静かに待つ者たちは一瞬驚いた。そんなことが、何度あっただろうか。けれども、山上で火の手が上がる気配はいっこうにない。空を見上げても、月は見えない。いったい何時になったのだろうか。待っても待っても合図は来ない。緊張感も集中力も続かなくなってくる。

嶋は、主人に申し出ることにした。

「殿。やはり、田那部を信用しても無駄でござる。このままでは、夜が明けてしまう。兵士たちの集中力にも限界がござる。逆に敵に夜襲されるようなことになれば大変なこと。今夜の作戦は中止して、引き上げるべきでござる」

今井定清は、あきらめきれないようである。暗闇でも夜目で分かる。何十年もともに過ごしてきたのだからどんな表情をしているのか想像がつく。

「殿。ここは、自重なさってくだされ。儂がここに残って、万が一の時に備えます。磯野勢も引き上げさせましょう。それならよいでござろう」

今井は、迷った。しばらく返事をせずに唸（うな）っていたが、観念するように声を絞り出した。

「そうやな。仕方ないか」

今井定清は、渋々引き上げに同意した。

「秀安。儂はいったん引き上げることにするが、もしもこの後合図があったら、すぐに行け。磯野には遅れを取るな。儂もすぐに戻る」

そう言い残して、定清は闇の斜面を時々振り返りながら下っていった。樹木が立ち並ぶ山の斜面から山道に出て、馬に乗り、麓へと下っていく。大勢の家来とともに、ぼちぼち引き上げていった。今井勢と呼応するように、磯野勢も山から引き上げ始めた。

するとその時、暗闇だった山道に明かりが差した。今井定清は、ハッとして振り返った。山上が明るい。

合図や。

（よりによって、儂が下ったときに。よもや磯野と田那部め、謀（はか）ったか）

「火の手や。引き返せ。すぐ登るんや。磯野に先を越されてはならんぞ」

今井は声を荒げた。今井も嶋と同様に、田那部らが今井家から離れようとしていることに疑念を抱いていた。自分に不利な状況の時を見計らって、田那部は火の手を上げたのではないかと疑った。素早く馬の踵を返し、家臣たちへ指示をした。

今井の家来たちは、すぐに下ってきた斜面を引き返そうとした。磯野勢も、ともに山道を引き返し、山上の砦に向けて駆け登り始めた。山林には頂上の明かりが僅かに差し込み、木々の合間に駆け上る将兵たちの影が次々に通る。多数の者たちが先を争うように登っていく。

今井は焦った。焦るが多数の兵が狭い山道に集まってくるため進めない。今井は苛立った。

「くそっ、磯野め、謀りおったな。退け、退くのじゃ」

この戦に懸ける思いがあった。代々今井家が受け継いできたこの地域で何としても手柄を誇示したかった。苛立つ気持ちを抑えることができなかった。闇の中で先に登ろうとする者を掻き分けた。

その時、嶋秀安も山の斜面を駆け上がっていた。主人を帰してしまった以上、自分が何としても城を落とさなければならない。これは命懸けになると覚悟していた。

しかし、そう思う間もなく、下の方から声が聞こえた。

「殿、殿。いかがなされた」

「殿が。大丈夫でござるか。殿」

「大変や。殿がやられた」

「誰や、誰がやったんや」

嶋秀安は、斜面の下から聞こえる声に大変な異変を感じた。山上へ攻め登っている場合でないと思った。慌ててその声がする方へ駆け下っていった。そこには、人混みができていた。

「どうした。何があったのじゃ」

嶋秀安が近づくと、人混みが分かれ、この老将を通した。すると、そこには、馬から転落し倒れている男がいた。これは確かに見覚えのある甲冑姿である。闇夜でははっきりとは分からない。甲冑に触れると、まだ温かいものが手につき、ヌルッとする。血の臭いが鼻につく。

「殿。殿おおお」

嶋秀安は、その体を揺するが、反応はない。すでに絶命している。

「殿」

戦乱の世である。人の生き死にの場面は山ほど見てきた老将である。その絶望的な状況は、すぐに理解できた。腰から胸に槍で突き上げられている。長年ともに戦場を駆けずり回った主人の命を奪った傷跡を確認した。

「すぐに屋敷へ運べ」

嶋秀安は、自分に付き従ってきた家臣たちに命じて、主人を運ばせた。

「何があったんや。周りにいた者、申してみよ。なぜ、このようなことになったのじゃ」

嶋秀安は、周りの者たちを集めて訊(き)いた。しかし、返答はない。

「殿に何が起きたんや。誰がやったんや」

辺(あた)りは暗闇である。誰もがその闇と群衆に紛れて、何が起こったのか、どうしてこうなったのか分からないと言う。肝心なことを掴(つか)もうとしても闇に包まれて届かない。嶋秀安は、必死にこの事態を理解し、解決しようと努めた。しかし、真相は、山上の火の手が収まるとともに、闇に消えた。
　夜襲は、あきらめざるを得なくなった。嶋は、家来たちに引き上げるように命じた。嶋自身は、もうしばらくここで手がかりを探したかった。しかし、この闇夜では、何の手がかりも見つけられない。山上では敵が守りを固めている。いつまでもこの場に立ち止まるわけにはいかない。もう調べることはできないのだ。

「殿。いったい何があったのでござるか。誰が殿を殺したのでござるか」

　悲嘆に暮れて声を上げたが、返答はない。どうすることもできずに山道を下る老将の目に、涙はもう涸れていた。

　しかし、真実を明らかにし、人々に伝えねばならぬという執念は、涸れることはなかった。嶋秀安は、この記録を『嶋記録』に書き記し、後世に残した。それは、この近江で、確かに自分たちが生きていたことを伝えたいという思いからであった。

　われらは、ここに生き、こうして死んでいったと。

一章　嫁ぐ

一　尾張

端正に手入れされた指先が流麗に宙を舞う。まっすぐ伸びる人差し指は、意思をもった白い小動物のように滑（なめ）らかに動く。一瞬、迷ったかのように動きを止めたが、また踊り始める。透き通るように白いが、ふっくらと張りのある肌には温かみが感じられる。ゆっくり弧を描いたかと思うと、素早く線が伸び、最後に流れるように指先が払われた。

一人の男の名前を宙に書き終えると、指は力なくだらりと胸に落ちた。

来る日も来る日も、もう何百日も思い続けてきた。今朝も目が覚めると、まだ会ったこともないその男性のことを思わずにはいられなかった。布団から右手を出して、その人の名前を天井に向けて書いてみた。どんな人だろう。早く会いたい。そんな思いが募（つの）って思わず書いていた。けれど、やはり叶（かな）わぬ思いであった。

お市は、右手に早春の肌寒さを感じながら、胸の上で両手を合わせた。弾力のある胸の張りと鼓動を感じた。

「ああ」

唇から漏れるため息は、まだまだ冷え込む朝の無機質な空気を色めかせた。一年ほど前までは、唇も頬も、指も腕も、もっとふっくらしていた。けれど近頃は、頬のふくらみも手の甲の丸みも、以前のような張りはなくなり、すっきりしてきた。少女の年頃を終え、端正な美しい女性の姿に変貌する自分を自覚するようになった。それは嬉しいことのはずであった。けれど、何もないままに日々がただ過ぎていく。大人の女に変わる喜びよりも、どちらかといえば焦りを感じていた。お市はもう十八歳になっていた。

浅井長政とお市の縁談の約束が取り交わされて、もう三年になる。今から四年前の永禄三（一五六〇）年は、織田と浅井の両家にとって、華々しい年になった。織田家は尾張の桶狭間で今川義元を倒し、浅井家は近江の野良田で六角氏を破る歴史的な勝利に沸いた。その翌年、互いの隣国美濃の斎藤氏を牽制するために同盟の交渉に入った。その時以来、浅井長政と織田お市は、同盟の証として結婚が約束されていた。日の出の勢いの両家にとって互いの隣国美濃を滅ぼし、盛大に輿入れするのは時間の問題であると思われた。

しかし、尾張織田家で内紛が起こり、美濃斎藤家もしぶとく防戦する。従兄弟の織田信清は美濃との国境に近い犬山で反旗を翻し、天嶮の城、稲葉山に籠もる斎藤氏と結託して信長に対抗する。この敵を倒すのは容易ではなかった。尾張国から近江国に晴れて輿入れするには、間にある美濃国を通らねばならない。美濃にとってみれば、両国からの挟み撃ちに遭うような同盟を易々（やすやす）と許すはずがない。安全に輿入れをすることはできす、結婚は先延ばしになった。

十五といえば結婚するのに丁度良い年齢であった。それから三年間、兄織田信長が、親戚縁者との闘争を経て徐々に尾張をまとめ、美濃への出征と失敗を繰り返す様子に一喜一憂して暮らした。織田家を取り巻く情勢は変わりつつあったが、自分の周りの様子は何も変わらなかった。空しく日々だけが過ぎ、もう十八になる正月を迎えた。

それが昨日突然、近江から一人の男がやって来る知らせが届いた。その男は、浅井氏の重臣で、尾張はおろか東国にまでその名が知れ渡る豪傑という噂（うわさ）である。その男が、今日、織田家と内々で相談するため登城する。そして、その席に、お市も呼ばれるかもしれない。

もしかすると、自分の人生を大きく変えてくれる何かが起こるかもしれない。何もないままに過ぎていくこの毎日を変えてくれる何かを、その豪傑がもたらしてくれるかもしれない。お市の心はかすかな期待に躍った。弾む胸の高鳴りを感じながら、お市はもう一度両手を握りしめて願った。

（会いたい）

心に浮かぶ願いはその一つであった。

広い屋敷の北側にお市の部屋はあった。この部屋に朝日は差し込まない。お市は床から身を起こすと、いつもと同じように着替えを済ませた。兄の信長は自分のことを大切に扱い育ててくれた。衣装も上等の物を着ることができた。真っ白な絹の襦袢（じゅばん）を袖（そで）に通し、朱と菖蒲（あやめ）模様の小袖を重ねた。衣擦（きぬず）れがいつもよりも響く気がした。毎日毎日、何百回も繰り返してきたこの日常の営みが、どこかいつもと違うように思えた。いつもと同じように朝食をいただき、いつもと変わらぬ動作で身支度を調えた。しかし、今日に限って、なぜか時が進むのが遅かった。日はなかなか昇らないし、待ち人もなかなか来てくれなかった。お市には待つことしかできなかった。

そして、差し込み始めた日光の僅かな暖かみが奥の間にいても感じられるようになった。その時、侍女が客人の来訪を告げた。

「お屋形様がお呼びです。控えの間で待つようにおっしゃっておられます」

侍女の言葉を最後まで聞かずに、お市は打掛を羽織って自室を出た。控えの間に入ると、奥の広間から男たちの声が聞こえてきた。兄信長の声は甲高くよく通る声なのですぐに分かった。もう一人の、聞き慣れない声が、きっと近江から来た豪傑の声に違いない。太く大きなその声は、自信に満ちているように思われた。初めて会う人物との出会いに緊張はしていたが、その声はお市の期待を膨らませた。

すぐにでもその声の主と話がしたかった。しかし、兄に呼ばれるまでの間、控えの間で待たなければならなかった。お市は静かに座って、広間の会話に聞き耳を立てた。

「体はどうじゃ」

兄はいつも単刀直入にものを訊く。

「はい。昨年は、命に関わるような大病をいたしましたが、もうこの通り快癒いたしました」

「それはよかった。そちの武勇はこの尾張にも届いておる。天下のため、そちのような男は死んではならぬ」

　きっといつものように兄は、切れ長の眼光で上座から見下ろすような視線を送っているに違いない。お市は覗くことができない広間の様子を想像した。

「はっ、ありがたきお言葉にござる」

「今、世は乱れ、人々は苦しんでおる。誰かが天下を平定し、この世に秩序を取り戻さねばならん。儂は、天下を平定するには二つのことが要ると思う。それは、強い意志と武力じゃ」

　兄らしい考えだと思った。

「かつての儂は、そのどちらも持っていなかった。しかし、今は違う。たとえ肉親であろうとも天下のためであれば、殺すこともできる」

　お市は物心ついた頃から二人の兄が争う様子を見て育った。もう一人の兄、信勝は兄に殺された。真面目で優しかった死んだ兄の顔が思い浮かんだ。辛い記憶が蘇った。

「儂に今必要なものは武力じゃ。どうじゃ、磯野、儂の家臣にならぬか。儂に力を貸せ」

　僅かに沈黙の時があった。

「ありがたきお言葉なれど、拙者にはかつての主人百々様との約束がございます。野良田合戦の折、百々様は拙者に長政様を頼むっと言って亡くなられました。その言葉がこの胸にある限り、浅井様から離れるわけにはまいりません」

　断られた兄が怒り出しはしないか、小さな期待が潰れそうな気持ちになった。

「ふふ、やはりそうか」

　兄は怒り出しはしなかった。

「しかし、拙者もこの戦乱の世は早く終わらせねばならんと思っております。そして、それができるのは織田様しかないとも思っております。それゆえ此度、かねてよりの話を進めることはできないかと思い、参った次第でございます」

　お市の表情が明るくなった。かねてよりの話とは、きっと自分の結婚話のことだと思った。

「市のことか」

「はい。浅井家としてはできれば早く正妻をお迎えしたいと考えております」

　少し間があった。兄はすぐに返答をしない。お市は、兄の表情がきっと曇っているに違いないと思った。三年前、織田と浅井の結婚話が持ち上がったときは、近いうちに輿入れができるのではないかと多くの者が期待していた。その頃には尾張をほぼ掌握し、美濃攻略も始まっていた。しかし、従兄弟の信清に裏切られ、美濃でも勝てなくなった。思うように事が進まないことに兄は苛立っていた。だから信長にとって、輿入れを催促されることは、尾張統一や美濃攻略が進まない信長の不甲斐なさを指摘されているような思いにさせることであった。お市は、兄が機嫌を悪くし、希望を運んでくれるかもしれないこの男を追い返してしまいはしないかと不安になった。すると、太い声が話を続けた。

「なぜこのようなことを申し上げるかと言いますと、実は、長政様に子ができました。あと二月ほどでお生まれになります」

　磯野の言葉がお市の胸にのしかかった。母と子の関係を思うと、お市の気持ちはいつも重くなる。お市の母、つまり信長や信勝の母、土田御前は、上の兄、信長と良い関係を築けなかった。弟の信勝を可愛がった。そして、二人は殺し合う羽目になった。信勝の命は、母の助命で一度は助けられた。しかし、結局は最悪の結果になってしまった。なぜそうなってしまったのか、いろいろと考えるときがあるが、年の離れたお市には分からないことも多かった。ただ、大切なことは母と子の関係ではないのか、歳を重ねるごとにそう思うようになった。

「まだ男子かどうかも分かりませんが、長政様は、お市様が早い輿入れを望んでおられるならば、何とかしてやれないかと拙者に頼まれました。そこで、お市様の思いを伺い、もし望まれるならば、拙者に一計がございい」

「いや、まだその時ではない」

兄は話を遮るようにきっぱりと言った。

「市は大事な妹じゃ。どのような計略であろうとも市の命を危険にするようなことは許さぬ」

沈黙が続いた。お市の胸は高鳴った。

「お屋形様、恐れながら申し上げます」

沈黙を破ったのは別人の声であった。聞き覚えのある声である。筆頭家老、佐久間信盛（さくまのぶもり）に違いない。同席していたようである。

「何じゃ、佐久間。申してみよ」

「昨晩、磯野殿と話を致しましたが、これはなかなかの妙計にございますので、どうかお聞き届けいただきたいのです。磯野殿が昨年大病をされた折、伊豆の三島明神、富士の御山に願を掛けて助かったことは、東国まで知れ渡っております。そこで、磯野殿は今年の六月にお礼の社参を遂げたいと小田原までの大名に使者を立てたところ、道の通行を許可されました。神仏を加護する者が、許可された社参の一行を襲うことなどございませんでしょう。その一行が帰る折、尾張に立ち寄り、お市様を侍女たちとともにお連れするという手はずでございます。お屋形様、いかがでございますか」

「駄目じゃ。そのような姑息(こそく)なまねは許さぬ。市の輿入れは盛大に行わねばならぬ」

兄は即答した。佐久間には続ける言葉はなかった。しばらく沈黙が続いた。そして、磯野の声が聞こえた。

「ならば、せめてお市様のお気持ちだけでも、我が主君(あるじ)にお伝えしたい。会わせていただくわけにはまいりませんか」

お市は会いたかった。会ってこの気持ちを伝えたかった。心の底で祈った。

「いや、その必要はない。近いうちに美濃を平定し、盛大に輿入れする。今日は、そちを我が家臣とするために呼んだまでじゃ。もう話は終わりじゃ」

兄の言葉で、襖(ふすま)の向こう側は静まりかえった。しばらく間があった。広間の気配が感じられなくなった。希望を届けようと来てくれた豪傑はもう帰ってしまう。これまでの空しい日々が思い出された。また、あんな日々が続くのか。それは、いつまで続くのだろうか。今までなら、そんな日々にも耐えてこられた。けれど、これからは違う。生まれ来る子どもはすぐに大きくなるだろう。その子とともに生きることができない日々が、これからは毎日続くことになる。自分は耐えられるだろうか。それが続けば続くほど…。お市の心は大きく揺れた。

「兄上」

襖（ふすま）を開けていた。一歩踏み出していた。心の声が飛び出した。

「私は嫁ぎたいです。長政様に会いたい。何よりも、私は生まれ来る子を大切にしたい。どうか、お願いです。私を嫁がせてください」

思わず出た言葉であった。お市は自分でも驚いていた。我に返って部屋を見渡すと、そこには大柄の男が立っていた。近江の豪傑、磯野員昌は天井に届くかのような大男であった。その男は優しい目で自分を見ていた。急に恥ずかしくなり、その場に座り込んだ。

「市、そこで聞いておったか」

兄が言った。磯野は帰りかけていたが、その場に座り直した。お市は、激しい鼓動（こどう）を感じながら溢（あふ）れる思いを抑えて言った。

「申し訳ありません。この席に呼ばれるものと思い、控えておりました。兄上、私は早く浅井様に嫁ぎとうございます。長い間、浅井様に会いたいと思って暮らしてきました。兄上がこれまで私を大事に育ててくださったことには感謝しています。盛大に輿入れさせてやろうという思いも本当にありがたいことでございます。ただ、私が今一番思っていることは、生まれてくる浅井様の子どもと私の関係がどうなるのかということでございます。少しでも早くその子に会いたい。今はそのことが一番大切なことに思えます。どうか、どうか、私の願いを叶えていただけませんか。兄上、お願いします」

お市はこれまで人前で自分の思いをこんなに話した経験はなかった。緊張と込み上げる感情を抑えて話すのは大変なことであったが、必死で言葉を探しながら訴えた。

「そうか。市はそう思っておるのか。市がそのように言うのは、儂と母のことがあるからか」

信長は尋ねるではなく、僅かな時間考えているようであった。お市にはその一時がとても長く感じられた。兄の気性を考えると、怒りに触れることを言ってしまったかと絶望的な思いになった。

しばらくして、兄は口を開いた。

「市がそこまで言うのならば是非もない。じゃが、美濃を安全に通れるという確たるものが必要じゃ。磯野、できるか」

信長は磯野に鋭い視線を送った。磯野はその視線を受け止めた。その後、ゆっくりとお市の方を見て、笑った。

「はっ、分かりましてございます。小谷に帰り、万全の対策を練った上で、必ずや六月にはお迎えに参ります。どうぞご安心ください」

磯野の声は驚くほど大きく張りがあった。陣太鼓が高らかに鳴るように響いた。その響きはお市の胸を高鳴らせ、思わずクスクスと笑わずにはいられなくなった。ふっくらとした薄紅の口元に、白く美しい指を添えて朗らかに笑った。

二　近江

巨大な龍が横たわっている。土色の大地に深緑の鱗を輝かせて伏せている。頭部がこちらを向き、姉川の水を飲もうとしている。胴体は所々でごつごつと盛り上がり、胸びれや背びれが突き出している。長く伸びた尾は春霞の向こうに隠れ、人間の肉眼ではその姿の全容を把握することができない。

遠藤喜右衛門は、小谷城本丸の廊下で足を止め、北近江の一帯を眺めていた。小谷城下の向こう側に臥龍山と呼ばれる小山が連なっている。その名の通り、巨大な龍が横たわるように見える。北近江に横たわる緑龍が、近江の争いを終え、暫くの休養をとっている。喜右衛門はそんな想像をして眺めた。

昨年、南近江では観音寺騒動が起き、六角氏の威信は地に落ちた。近江の各地で浅井氏の支援を願う者たちが増え、浅井の勢力は拡大した。京極氏の一族を小谷に迎え、久政の娘との間に子が生まれた。小法師と名付けられた。めでたいことは続くもので、浅井長政にも子ができた。

喜右衛門は、久しぶりに久政や長政たちと顔を合わせるのを楽しみにしていた。止めていた歩みを進め、広間に入った。

「ああ、お弁さん、大きくなりましたな」

広間に入るなり目に付いた女性のお腹を見て、喜右衛門は思わず近寄り、声を掛けた。

「はい。お陰様で。近頃はお腹で元気に動いています。時々蹴るのが分かるんですよ」

お弁は笑顔で言った。美しい顔をしている。そばにいる長政も笑っている。

「それはええ。元気な子を産んでくだされよ」

喜右衛門は笑顔でそう言うと腰を下ろした。部屋には久政と阿古もいた。阿古は、初産となるお弁の様子を静かに見守っている。

「はい。元気に育っていただけるよう大事にいたします。それでも、こうやってお腹をさすりながら話しかけると、この子静かになるんです。私の声を聞いているんですかね」

お弁は、お腹の子に話しかけるように言った。

「ほおお、それは賢い子じゃ。お弁さんに似たのか、それとも若殿に似たのか。わっははは」

喜右衛門は機嫌が良かった。長い間の争いを終えた安堵感があった。

「大殿様と奥方様似でございましょうか」

お弁は、賢い娘であった。小谷山の北側の麓の村に住んでいた。戦国の習わしでは、婚姻は大名家の政略で行われるものである。そのため大名の正妻は、大名家から迎える。お弁は正妻にはなれない。北近江の娘らしく、人を立てられる礼儀正しい女性であった。しかし、大殿と呼ばれた久政は、お弁の気遣いの言葉には応じず、こう言った。

「いやいや、長政に似た男の子を産んでくれ」

久政は、隠居するにはまだ早い年齢であった。しかし、五年前、六角氏に臣従を続ける久政の方針に対して家臣たちは六角氏からの独立を促した。その時、元服間もない長政を担ぎ、野良田での決戦に勝利した。それ以来、久政は、浅井家当主の座から身を引き、有能で家臣からの期待が大きい長政の後見役を担うようになっていた。

「お弁、男でも女でもよい。元気な子を産んでくれよ」

長政が言った。世継ぎとなる男の子が生まれてくれることは、浅井家にとって大事なことである。しかし、長政には迷いもあった。磯野員昌がもうすぐ尾張から帰ってくるはずである。お市の思いがどうなのか、長政には迷いもあった。お市が浅井家の正妻となることは決まっているが、それがいつになるか、そして輿入れはできるのか。その上で、お市のことも、お弁のことも、そして生まれ来る子どもの将来も、しっかり考えてやらなければならないと思っていた。長政にはそういう迷いがあった。

「はい」

お弁は笑顔で返事した。身重の不安を気遣って言ってくれていると思い、嬉しくなった。お弁に柔和な微笑みを見せる長政の様子を見て、久政が言った。

「まあ、生まれて来る子が男か女かなどと言うことは、人が思うようにはできんことや。じゃが、浅井家の将来を考えれば、早う世継ぎになれる子が生まれてほしい。織田からはいつ嫁いで来るか分からんぞ。信長が美濃を治めるなど、いつになることや分からん。お主ももう二十歳や」

久政は、長政が織田家との誼を大事にしようとすることに一抹の不安を感じていた。浅井家は、先代の亮政から北近江を治めるようになった。二代目の久政が、潰されそうになっていた家を地道な努力で維持し、三代目の長政が勢力を広げていた。北近江に平安をもたらし、領民の暮らしを守ってきた浅井家が今後も栄えていくためには、三代目が鍵を握っている。久政は隠居したとはいっても、まだ若い長政の様子を見て、時には意見しなければならないと考えていた。

「父上、分かっております。ただ、織田家は将来きっと大きくなります。今からしっかりと誼を結んでおくことは、この近江を守るためにも大切なことやと思います」

そう長政が話していると、廊下から大きな足音が聞こえてきた。部屋にいた者たちは、その豪快な足音に聞き覚えがあった。

「おっ、磯野が帰ってきたか」

長政はそう言うと、待っていたとばかりにすぐに立ち上がった。

「さあ、広間で話を聞くとしよう。父上、喜右衛門、参りましょう」

長政は磯野を出迎えようと廊下に出た。廊下の先から、思った通りの大男が現れた。久しぶりに戻ってきたが、磯野は以前と変わらず大きな声で快活に挨拶をする。四人は連れだって広間に入った。

磯野は、見聞きしてきた各地の情勢や尾張での顚末（てんまつ）を詳しく話した。六月に予定している東国への社参について各地の大名の許可が得られ首尾よくいっていること。織田が尾張をほぼ掌握（しょうあく）しつつあること。その後の狙いは美濃で、その美濃は長良川（ながら）の合戦以後もまとまっていないこと。信長が天下を武力で平定しようとする強い意志をもっていること。そして、最後にお市のことを話した。

「お市様は、本当に朗らかに笑われます。拙者は、一刻も早くお市様をお迎えしたい」

磯野はあの時の笑顔を思い出しながら、晴れやかな気持ちになって言った。

「それで、お市の思いはどうなんや」

長政が訊いた。

「お市様は、早く嫁ぎたい。長政様に会いたい。生まれて来る子を大事にしたいとおっしゃっていました」

「そうか、そうか。そのように言っていたのか」

長政は笑顔になった。

「信長はどうなんや。あの輿入れを認めたのか」

久政が訊いた。

「初めは認めませんでしたが、お市様の思いを聞いて、美濃を安全に通れる確たるものがあれば認めようと」

話を聞いた三人は同時に「ほお」と言った後、少し唸（うな）った。「確たるもの」とはどのようにすればよいものかと考えた。

「それはどうすればええんや」

「小谷に帰って万全の対策を練ってきますと申して参った」

「ということは、あと三月あまりの間に、何か策を考えねばならんということやな」

その時、廊下に慌ただしく一人の人物が現れた
「火急に申し上げたきことあり、失礼致します」

そこには田那部与左衛門がいた。田那部は喜右衛門の義兄弟で、浅井家の情報収集を主に担当していた。

「何じゃ、申せ」

喜右衛門が言った。

「一昨日、美濃の情勢が怪しいとの情報を得て調べましたところ、稲葉山城が落ちましでございます」

四人は与左衛門の顔を凝視した。

「何じゃと、それは確かか。誰じゃ。織田か、信長が落としたのか」

久政が声を上げた。

「いえ、竹中半兵衛にございます」

「何、竹中じゃと。奴は近江との国境を治める土豪ではないか。なぜ稲葉山を落とせたのじゃ」

喜右衛門も驚きを隠せなかった。

「それは分かりませんが、城下に奴の名で禁制(きんぜい)が出されているので、間違いはございません」

その後も四人は与左衛門の報告を聞き、意見を交わしたが、起こった出来事を十分に理解することはできないかった。しばらくして喜右衛門が長政の方に向き直った。

「若殿、これは詳しく調べてみる必要がございますな。与左衛門とともにしばらく美濃の情勢を調べて参ります」

そう言うと喜右衛門と与左衛門の二人は小谷城を後にした。小谷は山城である。急峻な斜面を下ると南側の彼方に臥龍山が見える。喜右衛門は一旦足を止めた。深緑の鱗(うろこ)を纏(まと)った龍のように細長く伸びる臥龍山を再び眺めた。

「与左衛門、儂はあの山を見るたびに臥した龍がこれから天高く舞い上がる姿を思い浮かべるんや。その龍の化身が、儂は長政様やと思ってきた。人々を守り、世を救う龍の化身と期待し、長政様はその期待に見事に応えてくれた。じゃが、もしかするともう一人、臥龍がおるやもしれん」

古来「臥龍」とは、今はまだ世に認められていないが、龍の如き恐ろしいほどの才能をもった若者のことをいう。少し考えて与左衛門が答えた。

「竹中半兵衛でござるか」

喜右衛門は小さく肯いた。

「三年前、奴にはしてやられた。美濃へ攻めた時や。覚えておるやろ」

「はい」

野良田の戦いの翌年、合戦に負けた六角氏は巻き返しを図り、美濃の斎藤氏と謀って北近江を攻めた。挟み撃ちにしようとする六角と斎藤軍の作戦であったが、その作戦を見透かしていた喜右衛門や磯野たち浅井軍は、美濃からの大返しを敢行し、六角軍を返り討ちにした。

しかし、その時不測の事態が起きていた。近江の南北を分ける要衝、佐和山城が予想に反してたった一日で落とされてしまっていたのである。佐和山城は、琵琶湖と山々によって守られた難攻不落の要塞である。六角軍の万を超える軍勢に囲まれたとしても一日や二日で落ちる城ではない。しかし、この時は、南から迫る六角軍の大軍に加えて、東からも美濃勢が侵入し、佐和山を取り囲んだ。佐和山場内では、美濃で浅井軍が敗北したとの噂が広がり、落胆した城兵は戦意を失った。そのために難攻不落と名高き山城は僅か一日で陥落してしまったのである。その時に浅井軍の監視をすり抜けて、美濃から大軍に見せかけて侵入し、偽情報を吹聴して城兵の不安を煽ったのが、若き竹中半兵衛であった。この活躍を認めた六角承禎は竹中氏に特別に感状を与えている。

喜右衛門はこの時のことを悔やんでいた。いつかあの借りを返してやらねばという思いがあった。

「儂と奴の領地は国境の長比山を背にして背中合わせ。あの若造との知恵比べや。与左衛門、どちらに軍配が上がると思うか」

喜右衛門はそう言うと、春の日を浴びて輝く臥龍山を鋭い眼差しで見下ろした。しかし、その口元は、楽しげに微笑んでいるようにも見えた。

三　美濃

美濃は久しぶりに晴れた。

周りを山地に囲まれ、中央から南に平野が広がるこの国のほぼ真ん中に稲葉山城はある。まさにこの城の主人が美濃全土に睨みを利かせ一国を統べる。そのような国の中心にある城が稲葉山城であった。今年の二月から、この天嶮の要塞は、竹中半兵衛という国境の土豪が占領していた。そして、もう三ヶ月余りが経っていた。

今日、半兵衛は朝から天守に登っていた。まだ太陽は高く昇っていないのに、初夏の日差しは強く辺りを照らしていた。東方の彼方から木曽川が流れ、稲葉山の南側で尾張に向かって流れを変えていく。北方の山々から稲葉山を囲むように長良川が流れている。梅雨時の大河には濁流が溢れんほどに流れている。その大河に幾重にも守られ、天にも突き刺さるほどの険しい山が、敵の侵入を完璧に阻んでいる。

美濃は、斎藤道三が一国をまとめた。しかし、弘治二（一五五六）年、年老いた道三と後継者の義龍は親子で争い、長良川の戦いが起こった。その時、半兵衛の父、重元は道三側についた。十三歳の半兵衛は不在の父に代わり居城のある岩手を守った。しかし道三は敗北した。それ以来、竹中家は美濃で不遇に耐えねばならなくなった。それは、義龍が亡くなり龍興が後を継いでからも変わらなかった。斎藤飛騨守や東美濃の長井道利は、斎藤家の当主が幼いことを良いことにして龍興を傀儡とした。そのため、竹中氏や西美濃衆は戦のたびに厳しい合戦の場に駆り立てられ、そこでの手柄も横取りされた。親子対決に尾を引く禍根は美濃を分断し、それを調停しまとめる力や意志は、幼い当主の龍興にはなかった。

尾張は、天文二十一（一五五二）年、信長の父信秀が死ぬと織田一族の実力者を失い、分裂した。しかし、永禄二（一五五九）年頃までには信長が一族の多くを倒して大半を掌握していた。この間、信長は、下四郡を治める清洲織田家を滅ぼした後、犬山の従兄弟、信清と結託し、上四郡を支配する岩倉織田家の居城を落とした。さらに弟、信勝を殺害して、信長の尾張統一は目前となった。この年、信長は上洛し、十三代将軍足利義輝に謁見を果たしている。信長の勢力が拡大することを危惧した東海の雄、今川義元は、永禄三（一五六〇）年、尾張の拠点を確保しようと、大軍を差し向けた。しかし、桶狭間で返り討ちにあった。

日の出の勢いの信長は、東の三河徳川、西の北近江浅井との同盟交渉を進め、美濃への攻略を開始した。西美濃に攻略の拠点となる墨俣砦を築き、斎藤家を圧迫した。しかし、犬山の従兄弟、信清が、東美濃の勢力と結託して反旗を翻した。岩倉織田家を滅ぼした時、信長は下四郡を信清と分割することを約束していた。それにもかかわらず信長は、約束を守らずに自分だけが良好な土地を取り、信清には木曽川沿いの湿地帯しか与えようとしなかった。その信長の姿勢に業を煮やしていた信清は、信長が西側から美濃を攻める隙を見て、東側から信長の居城、清洲に迫った。信長は美濃攻略を中断し引き上げざるを得なくなった。信長は、信清が裏切ったと腹を立てた。しかし、信清からすれば親族の信頼関係も、ともに尾張統一を進めた同盟関係も、領土面の約束も総てを破り、裏切ったのは信長であった。

　尾張はまたも分裂した。美濃攻略は進まず、お市の輿入れも先延ばしとなった。昨年、信長は、尾張の国府清洲から小牧への移転を決めた。犬山の織田信清を圧迫するために、より犬山や美濃に近い小牧山城に居城を移した。

　半兵衛は、稲葉山から南側に広がる平野を見渡した。ここから見れば、小牧山城は木曽川を渡ればもう目と鼻の先である。その左側、つまり北東に犬山城があり、さらにその東側に東美濃が続いている。太陽は南東の空を登ろうとしている。

　昨年のあの日も青空で、朝からこんな強い日差しが差し込んでいた。半兵衛は、稲葉山と木曽川の間、昨年戦場となった新加納の辺りを見ながら、なぜ自分たちが、この稲葉山を奪うことにしたのかを思い返した。自分は、美濃のためにこうすべきだと思って実行した。しかし、本当に美濃のためになったのか。記憶の底を何度も何度も掘り返すように、半兵衛の意識は、昨年の四月に振り戻された。

永禄六（一五六三）年四月、まだ真っ暗なうちに半兵衛は起こされた。織田の大軍が稲葉山に向かおうとしているとの知らせであった。半兵衛はすぐに床から起き上がり、戦支度をしながら家臣に訊いた。

「どっちだ。西か」

「いえ、東からまっすぐに新加納の方に来るようです」

「そうか。それは急がねば。皆にもすぐに出るように伝えよ」

そう言うと、半兵衛は鎧兜を手早く身に着けた。

織田軍が稲葉山に向かう進軍経路は、主に三つあった。最短の経路は、河野島を越える経路である。この頃の木曽川は今よりかなり北側を流れていた。前渡から三井山をかすめて新加納の高台の南側を通って、今の境川筋を流れていた。洪水のたびに流路が変わり、この一帯は川や沼が広がる湿地帯であった。その南に河野島と呼ばれた大きな中州地帯があった。この中州を直進し突っ切るのが最短距離であったが、湿地帯の難所のためここを突っ切るのはあまりにも危険であった。二つ目は、尾張からまっすぐ北進し、木曽川を渡って、東口から新加納砦を正面突破して稲葉山に至る方法。この方法は先代織田信秀の頃から五度失敗してきた。三つ目は、西美濃へ迂回して墨俣方面から稲葉山へ至る経路。先代の失敗から、信長は初めこの経路からの攻略を採用し、墨俣砦を築き稲葉山攻略を進めてきた。しかし先年、信清の裏切りに遭い、一度は築いた墨俣砦を放棄せざるを得なかった。

今回は、東口からの正面突破を図るのが織田方の作戦のようである。正面突破ということは、大軍で激しく攻めかかるということである。双方ともにかなりの犠牲を覚悟しなければならないだろう。半兵衛は、急いで兜の緒を締めようとしたが、その手が震えた。怯えているのではない。気持ちが逸るからだと半兵衛は思った。

家臣たちとともに新加納の方へ馬を走らせると、舅の安藤守就の軍勢も合流してきた。さらに稲葉や氏家ら西美濃衆も一団となった。西美濃衆は合戦の時、一団となって戦うことにしていた。それが生き残る術であった。

「半兵衛、大きな戦になりそうじゃの」

安藤が近づいてきた。

「はい。東口から来ると言うことは、かなりの大軍で力攻めに来るのでしょう」

「おお、そうじゃな。お主はどうすればよいと思うのじゃ」

「敵は勇み立っております。そのような敵の攻撃はまともに受けぬ方がよいでしょう。どんどん突進してくる敵を受け流しつつ後退し、敵の軍勢を十分に引き入れることが肝要でございます。ちょうど新加納の辺りは南に木曽川が迫り、天然の堀となっております。そこから稲葉山までは半里ほどの狭いところ。ここへ勇み立つ敵を引き込んだ後、一斉に反撃すればよいと存じます」

「おおお、さすがじゃ、半兵衛。それがよい。そうじゃ。儂は長井殿のところへ行って、これを献策して参る。採用されたら、お主が指揮を執れ。よいな。そのつもりで準備しておけよ」

安藤は勇んで長井道利の本陣へ馬を駆っていった。今日も斎藤龍興と斎藤飛騨守らは稲葉山から戦の戦況を見下ろすだけで、戦場に出てくる様子はなかった。龍興の伯父、長井道利が実質上の総大将として斎藤軍をまとめていた。

信長軍は早朝未明から軍事行動を開始していた。小牧からまっすぐに北進し、犬山城を右に見てさらに進み、草井の渡しで木曽川を渡った。そして、三井山の北に出て、稲葉山に向かって新加納方面へ軍を推し進めた。先陣は池田恒興、坂井右近、二陣森可成、三陣柴田勝家、四陣丹羽長秀、織田信長本隊と続き、総勢一万を越える大規模な布陣であった。

これに対して斎藤軍は、井口から新加納砦で防衛し、織田の侵入を食い止めようとした。東美濃衆をまとめる長井道利を総大将に、猛将の日根野弘就や安藤ら西美濃衆も、ここでの防衛に加わった。

織田の先陣の動きは速かった。稲葉山に向かう地形は、新加納までは各務原の台地が続き、そこで急坂を下り平地になる。この平地は、稲葉山に続く瑞龍寺山まで南北半里ほどの幅で東西一里半ほど続いている。南は木曽川、北は瑞龍寺山に挟まれた細長い平地である。織田軍の先陣、池田恒興がまず目指していたのは、台地の西端の高台にある新加納砦である。この場所を短時間で押さえるかどうかが戦局を大きく左右すると、池田は考えていた。この戦いは、長期戦ではない。なぜなら背後には犬山の織田信清がいるからである。いつ犬山勢が背後を突くかわからない状況で、時間を掛けて戦うわけにはいかない。美濃勢の備えが十分に整わぬうちに砦を占拠しようと果敢に攻め込んだ。

その様子を見た美濃勢は、いち早く高台に布陣し、押し寄せる敵を食い止めようとした。敵は隊列を組んで砦に押し寄せてくる。

「放てえええ」

日根野弘就は、砦の櫓(やぐら)に立ち軍配を振った。多数の矢が押し寄せる敵に向けて放たれる。矢が刺さり倒れる者もあるが、ほとんどは楯(たて)で防がれ、次々に敵が突撃してくる。

「放てえええ」

高台に立つ砦に並んだ武士たちが、また一斉に矢を浴びせかけ、敵の侵攻を防いだ。

砦の南側には少林寺がある。その門塀も高くそびえる要塞となり迫り来る敵を追い落とした。さらに寺の南側は木曽川の河川敷(かせんしき)で、深い天然の外堀となって敵の侵入を阻んだ。

敵は、砦の北側にも大軍を展開した。第二陣の森可成勢は、先陣に負けじと突撃し、北側へ戦場を広げた。これに対し、長井の指示により東美濃勢が左翼の防衛に当たり、北側からの侵入を防いだ。朝から何度も攻めかかるのを何とか防いでいたが、第三陣の柴田勢も加わって入れ替わり立ち替わり攻め寄せると、あちこちで綻(ほころ)びが出はじめた。

半兵衛も朝から少林寺付近に攻め寄せる敵を防いでいたが、長井からの伝令がやって来て、本陣に至急来るように告げられた。急いで砦の本陣に行くと、長井道利と日根野、安藤が待っていた。半兵衛が来るやいなや安藤が口を開いた。

「半兵衛。今、長井殿、日根野殿と話をしたが、このまま砦で持ち堪えるのは難しい。朝、お主が言っていた作戦を試してみようという話になった」

「お主の作戦をもう少し詳しく言え」

　長井が安藤の言葉に続けて言った。

「はっ。ここから稲葉山までは細く長い平地が続いております。ここに敵を引き込んだ後、一気に囲んで叩けば勝利は確実と考えます。そこでこの後、敵の攻撃が激しくなったところで、日根野殿は砦を出て退却していただく。敵が追いかけてきたところを長井殿ら東美濃勢で弓を射かけ、敵の突撃を食い止めながら少しずつ後退し、敵を引き込んでいただきます。日根野殿は退却した後、北の山側に陣取っていただく。西美濃勢は南側を守りつつ後退する振りをして、各所に伏兵を配置する。そして、十分に引き入れたところで一斉に攻撃します。これが私の作戦です」

「なるほど、どうじゃ、日根野。お主はどう思う」

　長井が、日根野の顔を見て訊いた。

「巧くいけば、確かに勝てる作戦でござるが、引き際と攻め時を間違えば危険もござる」

「そうじゃな。じゃが、このままここの砦で守るのも難しい。どちらにしても一度は引かねばならん。引き際は日根野と儂で巧くやろう。後は攻め時じゃ。半兵衛、お主が軍配を振れ。ただし、下手なことをすれば、首が飛ぶと思っておれ」

　長井が言った。

「はっ、お任せください」

半兵衛の指先が微かに震えた。

昼前になって、織田軍の攻撃が激しくなった。南側の少林寺方面に押し寄せ、寺に火矢を打ち込んできた。寺の一部から火が上がった。美濃側に動揺が走った。その隙を逃さず織田側は中央に厚く攻撃を仕掛けてきた。砦の防壁が各所で叩き壊された。支えきれなくなった日根野隊は後退した。砦を占拠した織田勢は図に乗って退却する日根野隊を追った。日根野隊が後退するのと入れ替わるように、長井ら東美濃勢が押し出してきて、迫り来る織田勢に矢を放った。織田勢は一時止まったが、再び態勢を整えて押し出してきた。槍と盾を持って隊列を組んで前進してきた。矢を放っても楯で守り負傷者も出ない。東美濃勢の弓隊は後退し、代わりに長槍隊が隊列を組んで織田勢の槍隊と競り合いを始めた。両軍横長の隊列を組み、長槍を振り叩き合った。勢いに乗る織田勢が徐々に押し始めた。

織田勢には勢いがあった。すでに新加納から稲葉山に向かう半ばを越え、長森の辺りまで進軍していた。昼を過ぎていたが、このまま押し込めば今日中に稲葉山に取り付ける。織田の先陣は意気揚々と押し出していった。二陣、三陣も続き、隊列は縦に伸びた。信長の第四陣も続こうと新加納の高台から坂を下り始めた。

半兵衛は、戦場の中央で全体の様子を見ていた。新加納の寺が燃え、黒煙を上げている。敵の最後尾は新加納砦から動き出している。信長の本隊は坂を下ってこちらに向かっている。砦には僅かな兵しか残っていない。吹き流しを立てて、こちらを窺っているようである。

「まだだ。十分に引き付けよ」

半兵衛は自分に言いきかせた。頭に独特の形状をした一ノ谷兜をかぶり、手に軍配を持って、その時を待った。信長本隊は完全に坂を下り切った。左翼の山沿いには日根野隊が備えている。右翼の川沿いには稲葉、氏家、安藤の西美濃衆が潜んでいる。中央には長井ら東美濃衆が抵抗しきれないように見せかけて一歩一歩後退して、その時を待っている。若い半兵衛にとって、これほどの大軍を指揮するのは初めての経験であった。軍配を持つ手が、先ほどまでは微かに震えていた。しかし、今、その震えがぴたりと止まった。

「よし」

半兵衛は軍配を掲げた。

「全軍、掛かれえええ」

ドーン、ドーン、ドーン、ドン、ドン、ドン、ドンドンドンドン

合図とともに、陣太鼓が打ち鳴らされた。喚声を上げて中央の部隊が反撃に転じた。左翼の山側で準備していた日根野は騎馬隊を編成して、伸びきった織田軍の中央から後方へ切り込んだ。北側からの急襲に慌てた織田軍は南の川側へ避難し、態勢を整えようとした。そこの森陰（もりかげ）に潜んでいた氏家隊が無防備に近づいてきた織田勢に斬りかかり、次々に倒した。竹藪（たけやぶ）に潜んでいた稲葉隊は後陣に斬りかかった。織田の各隊は寸断され前も後ろも動けぬ窮地に陥った。逃げ場を失った者たちは、川岸から湿地に飛び降り、沼地にはまって身動きできなくなった。そこへ弓を射かけられて倒れた。

信長の本隊も動揺していた。日根野隊の突撃に遭い、信長の馬廻り衆も混乱していた。この様子

に慌てた馬廻り衆の一人、梁田出羽守が殿の軍勢に救援を要請しようと新加納砦に急いだ。砦まで戻ると、高台に五色の吹き流しを立てて、床几に腰を掛けて戦場を見ている男がいた。

「木下殿、何をのんびりしておる。本陣が危ない。すぐ救援せよ」

梁田は慌てて叫んだ。木下藤吉郎秀吉は、高台から戦の様子を見ながら、軍扇を仰いで返答した。

「やがて参るであろう」

その返答を聞いた梁田は怒りだした。

「何をたわけたことをぬかしておるか。やがてではない。即刻じゃ。すぐに来るのじゃ」

梁田は怒鳴って戻っていった。しかし、藤吉郎は重い腰を上げなかった。

しばらくして、別の伝令が来た。しかし、藤吉郎は腰掛けたまま様子を窺うだけで、同じ返答を繰り返した。

暮色が迫ろうとした頃、戦闘は美濃勢が各地で勝利を収め、織田軍は全滅寸前であった。半兵衛は「勝てた」と思った。日が暮れるまでに、この戦いは美濃勢の勝利が確定するだろう。信長の首を取ることもできるかもしれない。そう思って、戦場の後方に目をやると、新加納の高台で腰掛けていた者たちが不思議な動きを始めるのに気がついた。その者たちは何かを高く掲げ始めた。むしろの旗のようなものを挙げたかと思うと、それを左右に大きく振り始めた。

(何かの合図か)

半兵衛が不審に思って戦場を見渡した。しかし、変わった様子には気がつかなかった。確かに美濃勢は勝っていた。それでも遠くの高台にいる者たちは、何かを振って合図を送っている。もう一度、半兵衛は見渡した。すると、遙か後方、稲葉山の南の瑞龍寺山一帯から松明の火が転々と輝き始めた。それは徐々に広がり、数百は下らない数に広がっていった。

戦場にいた者たちもその松明の火に気づき始めた。

「何じゃあれは」

「松明がお城に向かっておるぞ」

「これは一大事じゃあああ」

「稲葉山はお屋形様しかおられず、空城同然。すわ、引き返せ」

完全勝利を目前としていた美濃勢が、それを見て動揺し始めた。本拠地稲葉山の危機を救おうと、我先にと戻り始めた。

半兵衛は、しまったと思った。

「あれは偽物だ。戻るな。踏みとどまれ」

半兵衛は叫んだ。そして、再び軍配を掲げて突撃の合図をした。しかし、薄暮の中、稲葉山の危機を見ている美濃勢の目には、半兵衛の軍配は目に入らなかった。大きな軍の動きを止めることはできなかった。

日根野は信長を討とうと追い詰めた。しかし、夜の闇が広がり始め、もう少しのところで討ち果たすことはできなかった。織田軍は全滅を免れ、戦場から撤退していった。

その夜半兵衛は、退却した織田軍が再び舞い戻り夜襲を仕掛けてこないか、監視をして一晩を陣中で過ごした。あの松明の火は、瑞龍寺山中に潜んだ百姓たちが付けた火であることが分かった。

その秘策を行わせたのが、織田家で最近頭角を現してきた木下という男らしいという噂も聞いた。

深夜遅くになって睡眠を取ろうとしたが、戦の高揚を抑えられず、すぐには寝付けなかった。ただ体はくたくたに疲れていた。いつの間にか眠っていた。東の空が明るくなる頃に目が覚めると、見渡す限りどこにも敵兵はいなかった。織田軍はもう完全に撤退していた。戦いは勝利したといっても、ただ追い返しただけであった。また、必ずいつか攻めてくるだろう。それまでに美濃は、織田に対抗できる力をつけなければならない。一つにまとまれば、昨日のように勝つことができる。しかしそれができなければ、いつか美濃は滅ぼされるかもしれない。若い当主の龍興に、まとめようとする意志や力はあるのだろうか。

その時、安藤守就から伝令が来た。お屋形様に戦果の報告をするため稲葉山城に来るようにとのことであった。半兵衛はすぐに稲葉山に向かった。

馬上から見上げる稲葉山城は高かった。心身ともに疲れ切っていたが、自分の知力を尽くして戦い、勝利したことは誇らしかった。しかし、この戦いが勝てたことは、ある意味偶々(たまたま)であった。何度も巧くいくはずがない。しかし、美濃が東も西もなく一つにまとまりさえすれば、勝てる力がある。この後、城でどんな話になるかは、美濃の将来を左右するものとなるであろう。半兵衛は馬を操りながらそんなことを考えていた。

城門に近づいた。馬を止め、歩いて門を通ろうとした。城門は閉ざされていた。突然、上から声がした。

「何をしに参ったのじゃ」

城門の上から見下ろす者がいた。そこには龍興の重臣、斎藤飛驒守が立っていた。

「昨日の戦は何じゃ。お主の作戦のせいで、砦を失い、寺も焼けてしまったではないか。お屋形様はお主のような者には会いたくないと言っておられる。すぐに立ち去れ」

飛驒守はそう言った。半兵衛には思いもよらぬ発言であった。

「いいえ、そのようなことはございません。戦場にいた者に聞けば明らかになること。どうかお通しくださいい」

半兵衛は、城門の上を見上げて言った。

「お屋形様の命が聞けんと言うのか。すぐに立ち去らねば、射かけるぞ」

飛驒守が言うと、城門の上に数名の者たちが弓を構えて立ち上がった。

「すぐに立ち去れ、早よう、早よう」

飛驒守は叫んでいた。半兵衛には立ち去る以外為す術はなかった。逃げるように城門から離れた。一瞬、振り返って城門の上を見た。飛驒守は薄ら笑いを浮かべていた。それでも必死で逃げるほかなかった。

「放て」

飛驒守の号令が発せられた。見る余裕などなかった。確かに弓矢は放たれていた。足下の近くまで弓矢は飛び、地面に刺さる音がした。振り返らず駆けた。追いかけてくることはなかった。しかし、飛驒守らの高笑いの声は、弓矢の射程距離をも超えて半兵衛の心を突き刺した。

やり切れなかった。命懸けで戦った後であった。心身ともに疲労していたが、美濃を守るために皆が一つになって尾張と対峙しなければならないと思って、ここまで来た。しかし、待ち受けていたのは、このような仕打ちであった。きっと飛騨守は、西美濃衆の発言力が増すことを恐れ、昨日の戦いで半兵衛が武功を立てたことが気に食わなかったのであろう。

訴えを公正に聞いてくれる主君はいなかった。不条理に耐えるしかなかった。やり切れぬ思いを抱えて、西への道中を進んだ。途中、安藤守就の居城、北方城へ寄った。義父はまだ戻っていなかった。戻るまでの間に、気持ちを整理して考えようと努めた。帰ってくるまでに十分な時間があった。

守就は怒って帰ってきた。半兵衛を城門で追い返したことを聞いていたからであった。きっと半兵衛も怒っているだろうと思って、守就は半兵衛に声を掛けた。しかし、半兵衛は意外にも冷静であった。

半兵衛は、落ち着き払ったような顔をしていた。しかし、その時義父に打ち明けた内容は、余りにも恐るべき秘策であった。にわかに信じることができなかった守就は、半兵衛が正気かどうか確かめようと、その目をじっと見た。その目は、正確に未来を見据えているような冷徹な目をしていた。

翌年の永禄七（一五六四）年二月六日夕刻、半兵衛たちは稲葉山の城門にやってきた。太陽が西の空を赤く染めていた。遙か彼方に見える伊吹の峰々は、夕陽に浮き上がる真っ黒な影となり、暗い夜の訪れを予見させた。

半兵衛は一行の先頭に立っていた。その後ろを、医者とその助手たち、大八車を引く者、長持ちを担ぐ従者たちが従っていた。一行は皆、慌てた様子であった。

半兵衛は城門に近づくと、視線だけ上に向けた。心臓が高鳴り始めた。門の上には誰もいなかった。一息入れて、城門の前に立って用件を述べようとした。その刹那、いきなり城門が開いた。

「さあ、どうぞ。大変でござるな」

門番が出てきて、半兵衛に声をかけた。半兵衛は平静を装い、視線を落として言った。

「弟が急病と連絡があり、参りました」

「ああ、聞いております。どうぞお入りください」

そう言うと門番は、半兵衛の刀だけは預かった。続いて通る者たちの荷物の点検も素早く済ませて通してくれた。門番は半兵衛に同情しているように思えた。これまでにも半兵衛はたびたびここで辛い目に遭わされてきた。そして、今日は弟が急病で命が危ないという噂である。辛い境遇に耐え忍ぶ色白で痩せた青年のことを多くの者が同情した。

半兵衛には久作という弟がいる。長良川の戦いの後、敗北した道三側に与(くみ)していた竹中家は臣従の証として人質を出した。久作は幼い頃よりこの稲葉山で人質として過ごしてきた。その弟が命に関わる病気なのである。門番たちは、看病にやって来た半兵衛たちを一刻も早く通してやろうとしてくれた。

「さあ、急いで。さあ」

門番たちの声を聞きながら、半兵衛は足早に門を通り過ぎた。彼らは不幸続きの者たちに同情して、親切に接してくれた。

人は、人を信じ、人を偽る。どのような時に人はその人を信じ、どのような時には疑うべきか。そのことが分かれば、ほとんどの戦は勝てる。半兵衛はいつもそう考えていた。勝つための準備を、時間を掛けて組み上げてきた。

半兵衛は、弟の久作が寝ている屋敷の一室へ急いだ。屋敷の奥まったところにある部屋の前まで来ると、中からうめき声が聞こえてくる。苦しみ悶(もだ)える久作の声が外まで漏れている。半兵衛は、医者と助手、長持ちを持った従者とともに部屋へ入った。部屋の中はもう薄暗かった。注意深く中の様子を見ると、そこに久作は寝込んでいた。

「久作、大丈夫か。しっかりしろ」

苦しむ二つ年下の弟を抱きかかえ、医者に診せた。医者は、従者に運ばせた長持ちを開け、中身を久作に見せた。すると、今まで苦しそうにうめき声を上げていた久作が急に静かになった。そして、目を開けてその奥を確認すると、ニヤッと笑った。

「今夜、やる」

半兵衛が、静かだがはっきりと久作に告げた。久作はうなずいた。奥には武具が詰まっていた。

夜が更けるのを待った。日が長くなる時期である。なかなか暮れようとしない。重病の弟を沈痛な面持ちで看病する者たちを装って、静かに時が過ぎるのを待った。

廊下を人が通る足音が近づいてきた。一人ではない。二、三人ほどの足音である。部屋の前で止まった。久作はうめき声を上げげた。半兵衛たちも身構えた。

障子が静かに開いた。大柄の怪物のような男がぬうっと頭を出して部屋を覗いた。頭に目立つ瘤(こぶ)がある。その顔に見覚えがある。その男は静かに部屋に入り、小声で言った。

「飛騨守は屋敷の大広間で酒宴を始めるようです」

「わかった。手はず通り、お主らは合図とともに鐘を鳴らし城門を開けよ」

半兵衛の指示を聞いて男は静かに肯き、すぐに出て行った。竹中家の家来で久作に付いて稲葉山に入っていた喜多村十助という者であった。

その後も息を潜めて部屋で待った。周りの部屋に灯(とも)りが点り始めた。長持ちから刀や短槍を取り出して全員に配った。医者や従者に扮装(ふんそう)していた者、城に潜伏していた者など、この企てで場内に入り込んでいるのは、全員合わせても十八名である。

大広間から騒ぐ声が聞こえ始めた。酒宴が始まっているようである。半兵衛は意を決した。もう胸が高鳴ることはない。ただ為(な)すべき事を為すだけである。

「行くぞ」

半兵衛たちは静かに音を立てずに次々と部屋を出た。大広間がある屋敷に向かった。そこには、飛騨守とその取り巻き連中がいるはずである。そして、それを警備する者はほとんどいなかった。半兵衛らは、警備の目をすり抜けて、無警戒の屋敷に入った。

人は人を騙(だま)そうとする。しかし、騙そうとすれば人は疑いの目を向ける。騙すか騙されるかの駆け引きに一喜一憂する。半兵衛は、誠心誠意、領民の暮らしと美濃を守ろうと努めてきた。そこに駆け引きはない。ただ、その積み重ねの先に、今この瞬間がある。長い歳月の中で行(おこな)ってきたことが人々の信頼となり、同時に隙となる。丁寧に時間を掛けて取り組んできたことの必然の結果が目の前に現れるのである。

　そして、案の定、そこに奴らはいた。

　半兵衛たちが部屋に入った瞬間、飛騨守たちはほとんど警戒すらしなかった。誰かが酒でも持ってきたのかとでも思ったのか。

　飛騨守の前に、半兵衛は立ちはだかった。飛騨守は、顔を上げて半兵衛を見た。「なぜ来たのだ」と首を傾けるかのような動きを見せた。

　半兵衛は、無言で斬った。

　同時に久作や家臣たちも取り巻きたちを斬殺した。

「竹中半兵衛重治、国を守るため、佞臣(ねいしん)斎藤飛騨守を討ち取った。これより稲葉山城は竹中半兵衛がお預かりする。命の惜しい者は、今すぐ退散しろ」

　半兵衛が叫ぶと、鐘が連打された。周辺に鐘の音が響き渡った。城内は騒然となった。半兵衛の家臣たちは三人か四人ずつに分かれて要所を押さえ、城門を開けた。

　奥にいた当主の斎藤龍興は、何事か理解できぬまま、戸惑っていた。近くにいた家臣の長井兄弟に事態を尋ねた。

「飛騨守が殺され、城が乗っ取られたようでござる。この闇で敵の様子は分かりませんが、ひとまず安全な所へ」

　長井らに導かれるまま、龍興は祖父以来の斎藤家の城を退散した。

ちょうどその時、手はず通りに義父の安藤守就が率いる千五百の軍勢が、城内になだれ込んだ。難攻不落を誇った稲葉山城は、半兵衛の策略により、僅か十八人の手であっという間に落ちた。

半兵衛は、あの夜の興奮を忘れることができない。白昼夢のようにたびたび思い出すことがある。あれはただの義憤(ぎふん)から起こしたことではない。早くから策を練り、西美濃衆の頭目で嫁の父である安藤守就らとともに謀(はか)り、十分な準備をした上で実行した政変であった。自分が立てた策謀通りに事は進み、天嶮の要塞を占拠することができた。この快挙は天下に竹中半兵衛の名を響き渡らせた。ただ、誤算があるとすれば、斎藤家当主龍興を確保し味方に付けることをしなかったことである。もしそうしていれば、美濃の情勢は今とは少し違うものになっていたかもしれない。

半兵衛は稲葉山の天守から東に続く大地をもう一度見渡した。政変からもう三月(みつき)が経つ。国を私物化する佞臣たちから美濃を守ろうとして起こしたことであったが、未(いま)だに西美濃と東美濃は割れたままでまとめることはできない。

視線を南に向けた。尾張はもうすぐ統一されそうである。美濃衆と結束して信長勢と戦ってきた犬山の信清勢は、この政変後、美濃衆の後ろ盾をなくしていた。統一後に織田信長はまたもや美濃へ本格的に侵攻してくるだろう。その侵攻を、まとまりを失った美濃勢で防ぐことはできるだろうか。

さらに西を見る。長良川が城を取り巻くように流れている。西美濃衆の本拠地が広がるその先が半兵衛の領地である。そしてその先に伊吹の峰々が連なっている。半兵衛はさらにその先を祈るような思いで、じっと睨(にら)んだ。

その時、家臣が使者の来訪を告げた。

「どこの使者だ」

半兵衛が尋ねると、家臣が答えた。

「浅井家です。使者は田那部与左衛門と名のっております」

思いがけない名前であった。

「田那部といえば、たしかあまり人前に出ないはずだが」

怪訝(けげん)な表情で首をかしげる半兵衛に、家臣が続けて言った。

「書状を持ってきております」

半兵衛はその書状を開いた。差出人は磯野員昌であった。その内容は、昨年熱病を患(わずら)い生死を彷徨(さまよ)ったが、神仏の加護で九死に一生を得た。そのお礼のために東国の寺社に参詣したい。その途上となる美濃の通過許可を願いたいというものであった。

「いかがいたしましょう」

家臣が尋ねた。磯野員昌が昨年大病をしたことは美濃でも有名であった。生と死が背中合わせの戦国の世であるからこそ武将たちは寺社参詣を大事にした。許可を出すのが普通であった。しかし、半兵衛はすぐに返事をしなかった。首を傾(かし)げた。その視線の先にある西の峰々を再び凝視した。

「田那部と会ってみよう。広間へ通せ」

　家臣は返事すると戻っていった。広間は下層にあったが、半兵衛はすぐに天守を降りなかった。使者を待たせたままそこで考え事をした。半兵衛の直感が、この書状には何か裏があると感じ取っていた。

　下層の屋敷にある広間に入ると、一人の男が平伏して待っていた。もう随分長い時間待たされているはずであった。半兵衛は上座に腰を下ろした。

「遠路よくぞお越しくださった。竹中半兵衛と申す」

「はっ。これは直々のお出まし恐れ入ります。拙者、浅井家家臣、田那部与左衛門と申します」

　平伏したまま使者は挨拶した。よく通る声であった。よい体格をした男で二の腕の筋肉や肩の張り具合などを見る限り、只者ではないとすぐに分かった。

「面を上げられよ」

　半兵衛が促すと、使者の男は顔を上げた。頬から顎にかけて髭の剃り痕が青い。しかし、それ以上に印象に残る目をしている。力強い眼光をした壮年の男がそこにいた。半兵衛は、その目に見覚えがあった。

「田那部殿とおっしゃいましたな。たしか、今井定清殿のご一門でしたでしょうか」

　ゆっくり考えるように尋ねる半兵衛に男は答えた。

「はい、今井家に仕えておりました」

「定清殿は、不幸なことでした」

　今井定清は太尾城への夜襲の折に不慮の死を遂げた。

「はい。突然のことで、みな辛い思いをしました。しかし、竹中殿は他国の事情をよくご存じでござるな」

「いえいえ、さほど詳しくはありませんが、私の領地は近江との国境ですので、いろんな噂話が入ってきます。それに、三年前の戦いの時には、私も何度か近江に参りました。あの時は、見事に磯野殿にやられました。磯野殿のご病気はもう完治されたのですか」

「はい。神仏のご加護により完治致しました。まあ、日頃は病気の方が逃げ出すほど、恐い男なのですがな」

そう言うと、使者の男は笑った。口元に白い歯がこぼれた。

「そうですね。磯野殿が熱病でうなされているのは想像がつきませんね。本当に凄い武将です。けれど、三年前の戦いで私が最も困らされたのは、磯野殿ではありませんでした。磯野殿は一番いいところでやってきて、一気に決着をつける豪傑です。しかし、私にとって本当に恐い人はそんな人ではありません。決着をつけるまでの下準備を密かに、しかも丁寧に、粘り強く進め、実際に戦いが始まったときにはもう決着を付けている。そういう人の方が恐い。あの時も、一度は私たちの働きによって佐和山城は落とせた。しかし、その後、私たちが活動できなくなったのは、須川の遠藤直経殿が要所を食い止めていたからです。私はあの時、密かに何度も彼に近づき、監視していました。佐和山城が再び取り戻された時に見た遠藤殿の顔は今もはっきりと覚えています。黒い髭の間から白い歯をこぼして笑っていた。あの時は悔しかった。そして、思ったのです。この人を越えることができる男にないたいと」

使者の男は、黙って時々頷きながら、半兵衛の話を聞いていた。

「ところで、田那部殿でしたな」

そう言うと、半兵衛は男を凝視した。男は黙っていた。僅かな沈黙の後、半兵衛は口調を変えた。

「若造だからと見くびっておるのか。私があなたのことを知らないとでも思っているのか。遠藤喜右衛門直経殿」

二人は互いの目を凝視し合った。一瞬、部屋は静まりかえり、緊張が走った。奥の間から人の気配がした。男はすかさず口を開いた。

「騙すつもりはなかった。どうか許してくだされ。少し、知恵比べでもしてみようかと思っただけのことでござる」

使者の男は喜右衛門であった。喜右衛門は視線を外すと軽く頭を下げて謝った後、静かに笑った。その表情を見た半兵衛も表情を緩めた。

「知恵比べということですか」

半兵衛は笑みを浮かべながら、ゆっくりと考えるように話を続けた。

「ならば、社参のこと、私は怪しいと思っております。何かある。いかがですか」

尋ねる半兵衛は喜右衛門の様子を見た。

「磯野が伊豆の三嶋大社に詣でるのは確かなこと」

「いいや、その道中で何かある。そう、尾張で。織田は美濃や犬山の攻略が進まずに焦っている。今、日の出の勢いの浅井殿と組めば、西と南からこの美濃を挟んで圧迫できる。織田は是が非でも浅井との関係を結びたがっているはず。織田側が求めた同盟であるならば、身内を嫁がせることになるでしょう。さあ、どうでしょう。私の考えは正しいのかどうか」

そう言うと半兵衛は、喜右衛門の返答を待った。

「で、それはどなたを嫁がせるのや」

喜右衛門が尋ね返した。

「お市の方」

半兵衛は即座に答えた。

「お市の方を輿入れさせるのが、この社参の真の狙い。そう私は考えるのですが、いかがですか」

半兵衛は、自分の予想に自信があった。ある程度、情報も集めていた。見抜かれた喜右衛門は困った顔をするであろうと思って、その顔を窺った。すると、喜右衛門はなぜか本当に嬉しそうに笑った。

「さすがや。さすがに儂が見込んだ若者や。それだけ目が利けば、この乱世を終わらせ、世に平安をもたらすことができるやもしれん」

半兵衛は、喜右衛門が自分のことをおだてて話を核心からそらそうとしているのかと疑いながら話の続きを聞いた。

「あんたの予想通り、両家にはもう三年も前から縁談がある。お市様を長政様に嫁がせる話や。じゃが、美濃を安全に通る確証がないためにこの話はなかなか進まんかった。そこで、今年の初め、磯野が尾張へ行った折り、一つの提案をした。磯野が東国へ社参する帰りに尾張へ立ち寄りお市様を近江へ連れ帰るという企てや。信長様はこの企てを初めは許さんかった。美濃を制圧してから盛大に輿入れをすると言うとんたんや。けどや、一度はそう言うたにもかかわらず、その後、信長様は、あることをきっかけに考えを変えたんや。無事に美濃を通ることができる確たるものがあれば、その企てを実行してもよいということになった」

喜右衛門は、事の総てを語った。半兵衛には、なぜ喜右衛門がこのような内密の話を敵であるはずの自分にするのかが分からなかった。ますます疑いの気持ちが強くなった。

「そんなことをなぜ私に話すのですか」

思わず疑問が半兵衛の口を衝いた。

「来月、この企てを実行する。その時に通してもらいたい。通行許可の書状を書いてもらいたいんや」

喜右衛門はぬけぬけと言った。

「そんなことができるわけがない。敵が手を結ぶことになるのに、なぜ許可を与えねばならんのですか」

半兵衛は考えを整理するような思いで問い返した。

「そうやな。まあ、そのことは後からに致そう」

あっさりそう言うと、半兵衛は別のことを話し始めた。

「それよりもまず、信長様が一度は許さぬと言うたのに、あることをきっかけに考えを変えたんや。なぜ信長様は心変わりをしたのか。あんたには分かるか」

喜右衛門は、半兵衛の顔をじっと覗き込んでそう尋ねた。半兵衛の脳裏に喜右衛門が言った「知恵比べ」という言葉が浮かんだ。喜右衛門は、敵である自分に何かを考えさせようとしているようである。企ての総てを話すことには何かの意味がありそうである。それが、本当のことを言っているのかどうか分からないし、その意図も分からないが、この話には付き合わねばならないようである。しかし、その質問の答えを出すのは容易ではなかった。半兵衛は考え込んだ。

（浅井長政は自分よりも一つ年下で今年二十歳になる。浅井家は早く正妻を迎えたいはず。だが、信長が、他家の事情で考えを変えるはずがない。ならば、今になって信長が輿入れを進めようと考えるようになった何かがあるのか。もしそうならば、それは、近江の事情ではなく、尾張の事情か、いや、美濃か。いよいよ恐れていたことが起こるということか）

日頃は表情を表に出さない男であったが、深く考えれば考えるほど顔に深刻さが滲み出た。

「あっははは。これは、さすがに稲葉山を見事に落とした軍師殿にも難問やったな」

無言で沈思する半兵衛を見て、喜右衛門は笑った。

「お市様や。お市様が信長様に必死になって頼んだそうや。最近、長政様に子ができた。その子を育てるためにも早く嫁ぎたいとお市様が訴えた。その思いに信長様も答えようとしたということや。女の真心というのは時に強いもんやな」

半兵衛には思いもよらない答えであった。信長という男は、気まぐれなところがあると聞いてはいた。しかし、たとえ妹とはいえ個人的な願いで国の方針を変えるのは意外であった。信長には何か別の思惑があるのではないか。半兵衛は少し首を傾げた。すると喜右衛門は再び嬉しそうに笑い出した。

「そうか、半兵衛殿もおかしいと思うか。儂もや。儂もこれはどうも怪しいと思えるんや。何かある。そうは思わんか」

喜右衛門はそう言うと、しばらく半兵衛を見た。喜右衛門の表情が険しくなった。

「ここからが、信長との知恵比べや。信長は、美濃を安全に通れる確たるものが必要やと言った。それは何や。通行許可の書状か。そんなものを美濃の者が書くはずなどない。今、あんたもそう言った通りや。ならば、安全に美濃を通るための方法とは何や。信長が本当に求めているのは何んや。信長は近江にどうさせようとしているんや」

喜右衛門は畳み掛けるように言った。半兵衛には、喜右衛門が言おうとしていることがその一瞬で、総て分かった。僅かな間、躊躇したが、肩を落として言った。

「書状を書いた方がよい、ということか」

その問いは、問いというよりも答えを出すことへの戸惑いであった。

「儂もそうした方がええと思う」

喜右衛門はそう言って、半兵衛自身が答えを出すことを促した。半兵衛はゆっくり口を開いた。

「仕方がない。わかりました。書状は書きます。その代わり美濃を攻めるのはやめてい」

突然、奥の間の襖が開き、半兵衛の言葉を遮って若者が入ってきた。

「兄者、何を言ってるんや。こんなわけの分からんことを言う奴は追い出してしまえ」

勢いよく飛び込んできた若者は刀の柄に手を掛けて叫んだ。

「久作、やめよ。遠藤殿はきっと我ら美濃のために言っておられるのです」

半兵衛は、弟を制止した。

「兄者も何を言っておられるのですか。敵に味方するようなことをなぜするんです。書状を書くなど、美濃を裏切ることだ」

「久作、よく考えよ。通行許可以外、安全に通れる方法は何がある」

半兵衛の問いに、久作はすぐに答えられなかった。半兵衛は続けた。

「それは、通路となる西美濃を占領することだ。信長は浅井軍が美濃へ攻め込むことを暗に要求しているのだ。我ら西美濃衆だけで近江軍が占領するのを防ぎつつ、南から来る織田軍を防ぐことができるか」

「兄者なら」

「無理だ。我ら西美濃衆だけでは勝てぬ。美濃が一つであれば、犬山の信清が健在であれば、東から信長軍を脅かすこともできたかもしれぬ。しかし」

半兵衛は悔しそうに言葉を詰まらせた。半兵衛が稲葉山を占領したのは、ただの義憤からの行動ではなかった。飛騨守らの奸臣(かんしん)が龍興様を傀儡(かいらい)とし、東美濃と西美濃を分断したままでは、美濃は織田に国を奪われてしまう。そうなる前に美濃と領民たちを守りたいという思いで起こしたことであった。しかし、占領して三ヶ月余りが経っても美濃をまとめることはできずにいた。むしろそのために美濃の力は衰え、その後ろ盾を失った犬山の織田信清も力を落とした。信長による尾張の統一はもう間近な情勢である。半兵衛は、この先どうすれば美濃のためになるのか、悩んでいた。どんなに優れた能力があり、どれほど人々のためを考えて命懸けで行動しても、人々は自分の思うようには行動してくれない。龍の如き才能をもった若者は自分の力の限界を感じていた。

半兵衛は、湧き上がる悔しさと後悔を飲み込んで話を続けた。

「喜右衛門殿。書状は書く。その代わり美濃へ攻め込むのは、どうか止めてください」

喜右衛門は返答の仕方を考えながら答えた。

「ああ、そのことは承知致した。儂らとて書状さえ書いてもらえるなら、その方が有り難い。わざわざ他国へ攻め込み、争いを広げるようなことはしたくはない」

そう言ってから半兵衛の顔を窺いながら話を続けた。

「ただ信長はなぜこのように回りくどいやり方で近江に出兵をさせようとしたのか。その狙いは何かということや。儂は、信長が只で浅井軍を動かしたかったんやろと思う。そやから、信長は一芝居打って、お市様の願いを磯野の前で聞かせたんや。きっとそうやと儂は思う。尾張と近江が交渉して美濃へ攻め込めば、領土の分割交渉をすることになる。信長は、昔、信清との領土交渉で懲りておるやろ。じゃが、もしも浅井軍が、西美濃へ攻め込んで西美濃衆の力を削ぎつつ要所を押さえ、輿入れの後に引き上げれば、信長は西美濃の要所を只で占領できる。そうやって信長は尾張の兵を損なうことなく美濃を弱めた後、斎藤家を滅ぼそうとしたんやと儂は思うんや」

喜右衛門は、そこまで話して半兵衛を見た。半兵衛は、喜右衛門が言った「信長との知恵比べ」の意味を理解した。喜右衛門は話を続けた。

「実は、儂はまだ信長という男のことが分からん。磯野は天下を治め戦乱の世を終わらせられるのは織田様だけやと言っておるし、長政様も織田との同盟には乗り気やから、儂も輿入れは進めねばならん。じゃが、儂は織田が力を付けることが本当に我らが望むような国をつくることになるのか、まだ分からん。むしろこれまでに信長がやってきたことを見れば、疑うべきやと思っておる。儂は若い頃から、主人（あるじ）が何と言おうと儂自身が正しいと思うことはやってきたんや。それが本当に世の人々のためになると思ったら、浅井様でも、京極様でも誰が何と言おうとやってきた。そやから、儂は今日ここへきて、半兵衛殿と会おうと思ったんや。信長という男が力を持ちすぎることは、儂は危険やと思っておる。美濃にはがんばってもらわんと」

そう言う喜右衛門を見て、半兵衛は口を開いた。

「それで、輿入れの後、私はどうすればよいのですか」

半兵衛は、この後美濃をどうすればよいか迷っていた。

「それは、半兵衛殿自身がもう考えていることやろ。どうすればもう一度美濃をまとめて織田と対抗できるのか。そのために自分はどうすればよいのか」

喜右衛門は、半兵衛がこれまでにもう何度も何度もこのことを考えてきたであろうと思った。目の前にいるのは、色白で細身の若者である。天下に轟（とどろ）く稲葉山の事変を起こしたのが、こんな若者であることが不思議に思えた。この若者が歴史の表舞台から消えてしまうことが惜しく思えた。

「半兵衛殿。もう一度言うが、あんたならこの乱世を終わらせ、人々に平安をもたらすことができるかもしれん。あんたのような若者は生き抜かねばならんぞ。東美濃の者たちは、この事変の責任を取らせようとするやろ。その批判を受け止めて、美濃を自分自身でまとめることができるか。それとも別の方法を考えるか。この事変を起こしたあんた自身が、それを決めねばならん」

半兵衛は小さく肯くように黙って聞いていた。

「近江にあんたが住めるところを用意しておく。尾根越えすれば、いつでも故郷の岩手に戻れる伊吹山中がええやろ。国境の長亭軒でもええ。浅井様の家臣となって働いてもええし、美濃に戻ってやり直してもええ。好きなときに来て、気が変われば美濃に戻ってもええんや。生き抜くことを考えろ。今やったことが遠い将来どうなるか、たとえどんな知恵者でもそれを見通すことなどできん。運命はどう転ぶか分からんのや」

半兵衛は、自分が決めねばならないことは分かっていた。

「分かりました。もうしばらく考えて決めることとします。久作、書状を書く。すぐに用意しろ」

久作は奥に控えている者に指示をして筆や硯を用意させた。半兵衛は、通行を許可する旨の書状を書き始めた。なぜか筆を持つ手が微かに震えた。そばで見ていた久作は、兄が悔しさや怒りを抑えて書いていると思った。その様子を見ていた喜右衛門は話しかけた。

「今日の知恵比べは、前半は半兵衛殿に見抜かれて負け、後からは儂が勝った。一勝一敗で今日は引き分けというところやな」

喜右衛門はそう言って笑いかけた。

「いやいや、今日は完敗でした」

半兵衛は心からそう思ったが、口に出すと悔しさが増した。ふと思いついた考えがあった。このまま終わるわけにはいかないという思いが沸き起こった。半兵衛の目が鋭く輝いた。

「ああそうだ、遠藤殿。来月、社参の帰り道はどの道を通られるのですか。今日の知恵比べの決着をそれで付けるというのはいかがですか。美濃から近江に入る道は、東山道、北国街道、他にもあるかもしれませんが、私がどの道を通っていくかを当ててみましょう。そうだ、もし当たれば、尾張の姫の身柄を預かり、それを手柄にすれば、東美濃の者たちとうまくやっていけるかもしれませんな。しかし、当てられなければ、私の負けです。いかがですか、この勝負は」

思ってもいなかった考えが口から出ていた。言った半兵衛自身が、自分にこんな対抗心があることに驚いた。そして、書き上げた通行許可状を高々と差し出した。喜右衛門は一瞬驚いたが、笑顔になって書状を受け取った。

「儂は負けんぞ。あんたのような若造に負けてられるか」

そう言うと、勢いよく立ち上がった。

「書状、ありがたく頂戴していく。浅井様はええぞ。大事なものをどうすれば守れるか、いつも考えてくれる方や。近江で待っておる。また会おう」

そう言うと、喜右衛門は広間を出て行った。

しばらくして久作が立ち上がった。廊下に出て立ち去ったことを確認すると話し始めた。

「兄者、なぜあんや奴の言いなりになっていたんや。俺は悔しいぞ」

弟は兄の複雑な思いを分かっていないようであった。

「久作、よく覚えておけよ。あれが、近江の遠藤直経だ。おまえもこれから心身を鍛え上げ、いつかはあの男に並ぶほどの者になるんだ」

そう言う兄の言葉に弟は納得できなかった。この天嶮の要塞を僅かな手勢で落とした兄の方が、ずっと凄いと叫びたかった。しかし､兄はその後､静かに黙り込んだ。その姿からは一国を乗っ取った英雄の誇らしさはどこにもない。肩を落とし、眉間に皺を寄せて必死に境遇に耐えているように見える。今までに見たことのない表情であった。

しばらくして、半兵衛は心の底から絞り出すように話し始めた。

「よし、決めたぞ。このことが終われば、稲葉山を龍興様にお返しする。今ならば、まだ間にあうかもしれない。龍興様がもし今回のことで変わっていただけるならば、まだ美濃はまとまるかもしれない。しかし、いくら美濃の国のためにやったこととはいえ、御屋形様や東美濃衆は私を簡単には許さないだろう。さて、どうするか」

半兵衛はそう言うと顔を上げた。遠藤喜右衛門直経という男を超えられるかどうか。いつかは必ず超える男になりたいと心から思った。

四　近江へ

六月、磯野の一行は、東国への社参を終え帰路についていた。七丁の乗り物に妻や上臈衆を乗せ、三十騎余りを引き連れて進んだ。手筈(てはず)の通り尾張に立ち寄り、密かに信長とも会った。磯野が美濃の通行許可状を見せると、信長は驚いた様子であったが、輿入れを許可した。お市には手回り衆を付け、川崎という男を商人風に装わせて見届け役として随行させた。磯野はお市を小侍従と入れ替えて尾張を出発した。

翌朝早く、国境の木曽川を渡り、美濃に入った。太陽を背にして一行は街道を堂々と進んだ。晴れ渡る空を馬上から見上げ、磯野は誇らしい気持ちになった。夏の日差しは鋭く、くっきりとした影を進行方向に伸ばす。この先へ進めば、夕刻には近江に入ることができるだろう。今のところ何も変わった様子はない。

日が昇りきった頃には大垣に入った。三人の騎馬武者が近づいてきた。磯野は身構えた。一行の先頭を行く者が三人に呼びかけた。

「我らは近江国佐和山城主磯野丹波守の一行でござる。東国三嶋大社への社参の帰り、これには御領主様の通行許可状もございます。お通しいただきたい」

そう呼びかける間もなく、三人の武士たちは馬から降りた。

「失礼致します。我ら大垣城主氏家卜全（うじいえぼくぜん）の家臣でござる。高名な磯野様が通られることを聞き及び、ご挨拶に参りました」

それを聞いていた磯野は馬を前に進め、挨拶に答えた。何事もなく通ることができた。

さらに日が傾く頃には、国境に近い関ヶ原まで到着した。磯野は北側の山を見上げた。ここは竹中半兵衛の領地である。関ヶ原の盆地を見渡す位置に半兵衛の本拠、菩提山（ぼだいさん）城がある。磯野は、いよいよここからが最後の勝負と気持ちを引き締めた。竹中半兵衛は国境を越えるところできっと現れると喜右衛門は言っていた。勝負の時が迫っていると感じていた。

ここ関ヶ原で街道は二手に分かれる。浅井氏の居城、小谷城はここから北西にある。まっすぐ向かう北国街道を進めば最も近い。しかし、この道は美濃から近江に入る玉から藤川の集落までが深い谷の難所になっている。もう一つの街道、東山道は西に向かっている。今須から柏原の集落へ入ると近江である。こちらも山間の細い道を通らなければならない。

「さあ、手筈の通り、小谷へ向かう者と佐和山へ戻る者、二手に分かれよ」

磯野が言った。数十人の一行は、ほぼ二つに分かれた。

「進め」

磯野のかけ声とともに一つは、北西の北国街道へ進んだ。十数人の騎馬武者に囲まれて三つの駕籠が運ばれていく。商人風の男たちも付き従っていく。西の東山道にも、もう一つの一行が進み始める。同じように騎馬武者に護衛されて駕籠が四つ進んでいく。磯野はこの中にいた。

その様子を、近くの家屋から覗いている者がいた。ここ関ヶ原の領主、竹中半兵衛である。領民の家を借りて待ち構えていたのである。自分の領地である。領民たちを使い、どこにいても街道の様子は逐次報告されていた。

「やはりここで分かれたな」

「殿の予想通りでござるな」

半兵衛の横には大柄の男がいた。喜多村十助という地元の強者である。

「兄者、どっちにお市の方はいるんですか」

弟、久作が尋ねた。

「おまえはどう予想する」

半兵衛は弟に尋ね返した。久作は考えながら口を開いた。

「小谷へ早く行きたいのなら北国街道だが、安全なのは東山道か。磯野が付いているのも東山道の方。だが、それで裏をかくということもあるか」

久作は迷っていた。半兵衛は外の様子に注目しながら話し始めた。

「喜右衛門殿はあの時こう言った。浅井様は、大事なものをどうすれば守れるか考えてくれると。さあ、行くぞ。先回りする。東山道だ」

半兵衛は立ち上がり、裏木戸を開けた。二人も付き従った。

東山道は、南に松尾山を見ながら西へ進む。なだらかな山林の中を進み、山中（やまなか）の集落を過ぎると正面に小山が見える。そこが美濃と近江の国境にある長比山（たけくらべ）である。両国の国境には、北には伊吹山、南には霊仙山が聳（そび）えている。近江の最高峰を誇る山地が両側に見え、その高さを競うように見える。山の背長（せたけ）を比べる山、長比山（たけくらべ）と名付けられた。ここの手前の林道の茂みに三人は潜んで、磯野の一行を待ち受けた。

太陽はすでに傾き、風が出はじめた。背の高い草の茂みが揺れる隙間から、一行が近づくのが見えた。いよいよこの中にお市の方がいるかどうかを確かめる時が来た。

行列との距離があと僅かになった時、一行が止まった。様子を見ていると集団の中から二人の男が一人の下女を囲んで山道の方に入っていった。長比山の頂上にある砦へ向かう隘路（あいろ）である。

半兵衛は、その三人に注目した。お市がその下女に扮装しているかもしれない。しかし被衣（かつぎ）で顔が見えない。護衛の男たちは二人とも背の高い武士である。一人は筋肉質ながっちりした体格で、もう一人は細身である。三人の動きを目で追ったが、すぐに山の中に消えていった。

半兵衛は迷った。あの中にお市がいたかもしれない。脳裏に焼き付けた三人の様子に何か不審な点はなかったかと思い返した。気になることがあった。細身の男である。武士らしい身のこなしではなかった。しかし、その男はあまりにも背が高かった。たとえ変装していたとしても背丈までは偽ることはできない。あのように背の高い姫がいるはずはない。半兵衛はお市のことを見たことはなかった。情報は当然集めてきた。噂になるほどの美人であることは誰もが知っていた。切れ長の目に鼻筋が通った顔立ちで、大変理知的な女性であるということは分かっていた。しかし、ここ三年ほどの近況はほとんど集めることはできなかった。輿入れを見越して情報統制がされていたに違いない。だからお市の背丈がどれほどか、半兵衛は知らなかった。

半兵衛が思案している間に、一行は再び動き始めていた。そして、半兵衛らが潜む茂みの前を通り過ぎていく。

「兄者、どうするんだ。行ってしまうぞ」

久作が小声でせっついた。半兵衛は決断ができなかった。一行が通り過ぎていく。半兵衛はもう一度、脳裏に焼き付いた映像を思い返してみた。そして、はっとなった。筋肉質のがっちりした大きな男の背中に記憶があった。

「久作、十助。おぬしらは一行を追え。そして、国境にかかったときに磯野殿に声を掛けよ。よいか、竹中半兵衛の名代(みょうだい)として、社参を無事勤められたことに祝いを申し上げるのだ。そして、半兵衛はどうしたと聞かれたら、今、この山の麓で別の道へ参ったと言え。正体を見破ったことを分からせるのだ。よいな」

そう言うと、半兵衛は一人で山中に入っていった。

先ほど一行から離れた三人は、長比山の頂上に向かっていた。それほど高い山ではなかったが、ところどころ急勾配で息が上がった。誰かに襲われはしないかと心配しないではないが、そばに付き従う武将がときどき声を掛けてくれる。その声を聞くと不安はなくなった。むしろ頂上で待つ出来事への期待が膨らんでいた。最後の急なところを一息に駆け上がると、樹々(きぎ)がなくなり空が広がった。もう夕方になるのに、夏の空はまだ明るかった。上空の雲は白く、空の青さを爽やかに見せた。西側にかかる雲は薄紅色が差していた。頂上の広場に来ると、赤く輝く夕陽が見えた。そして、そこには光を浴びる一人の男が立っていた。赤い夕陽に照らされた長身の黒い影は、自分を見つけると、まっすぐに近づいてきた。

「お市、苦労をかけたな。もう安心してよいぞ。長政や」

お市の顔は夕陽を浴びて赤く染まっていた。小さな驚きの声を上げて少し口を開けた。

「あっ、初めてお目にかかります。お市でございます」

お市は、思い続けた人との初めての出会いが、武士の扮装をしたままであることに恥じらいを感じていた。かぶっていた陣笠(じんがさ)を戸惑いながら取った。束ねていた長い髪が揺れて落ち、風になびいた。

「そこの上で少し休もう」

長政はそう言うと、お市を手招きした。その先には物見櫓が立っていた。二人は梯子を登り、櫓に上がった。

「さあ、ここへ座れ」

長政とともに櫓の縁に座り、足を投げ出した。二人は夕陽に向かって横に並んで、そこから一望できる景色を見渡した。

「長旅の後、こんなところに登らせて悪かったな。儂はお市が嫁いできたら、まず初めに儂が一番大事にしているものを見てほしかったんや。それが、ここや」

そこには北近江の風景が広がっていた。北には伊吹山、南には霊仙、その二つの霊峰の間に田園が青々と広がっている。ところどころに村落が見える。その先に低くなだらかな丘陵が横たわっている。

「ここが、浅井三代が治める北近江や。正面に見えるあの山は龍が横たわっているように見えるやろ。その向こうに見えるのが琵琶湖、そして、あれが竹生島や」

長政が指さす先に深い碧色の湖が見えた。湖面に夕陽が反射し輝いていた。お市は満ち足りた気持ちになった。尾張で見た風景は確かにもっと広かった。見渡す限り平野が広がり、その先の海は果てしなかった。しかし、ここは総てが見える範囲にあり、そこに暮らす人々やその営みが、今にも触れ合えるような場所にあった。とても身近なものに感じられた。

「あの龍の山の鼻先をたどると、三角の山が見えるやろ。あれが小谷城や」

それは、ここからは小さく見えた。お市は、あそこで始まる新しい暮らしに思いを馳せた。

「儂は幼い頃、母とともに人質として暮らしていた。その時、母がよく父との馴れ初めを聞かせてくれたんや。その時も父は、こうやって北近江の田園風景を見ながら、この地域の人々を大切にしたいと話したそうや。今、儂はその時の父の気持ちがよく分かる。父がそうしてきたように、儂もこの北近江に生きる人々を守っていきたい。そして、この戦乱の世を終わらせ、もっと多くの人々が安心して暮らせるようにしたいんや。お市、これからいろいろ苦労をかけると思うが、一緒に頼む」

そう言うと、長政はじっとお市を見つめた。

「はい。こちらこそ、どうぞよろしくお願いいたします」

お市ははっきりと返事をした。長い間の思いを叶えられた感激から、嬉しいのに涙が溢れた。お市の笑顔を夕陽が赤く染め、涙が光り輝いた。

長政は、美しいお市を見て、この人を迎えることができて本当によかったと思った。二人はしばらくの間、静かにこの地域を眺めた。紅い太陽はゆっくりと西の空を降っていく。西方からの光が、見渡せる限りの総ての地域を照らしている。

「おおい、おおおい。長政様、喜右衛門、お市様は無事かああ」

陣太鼓のような大声が響いてきた。数人の武士たちの先頭にたって槍を持った大男が駆け上がってきた。

「どうした、磯野」

長政が櫓の上から顔を出して訊いた。

「竹中がこっちに来ると言う者があり、急ぎ駆けつけた。皆無事でござるか」

磯野がそう言うと、さっきからそこにいたがっしりした体格の武士が話し出した。

「半兵衛なら、今までその木の陰に隠れて二人の様子を見ておった」

「なに、喜右衛門。それを知っていながら捕まえんかったのか」

磯野は、扮装姿の喜右衛門を非難しながら、その木陰を探した。しかし、もうそこには半兵衛の姿はなかった。

喜右衛門は、櫓の二人を見上げながら言った。

「いや、心配することはない。今日の勝負は、こちらの勝ちや。長政様とお市様の大勝利や。はっはっはっはは」

喜右衛門は高らかに笑った。そして、夕陽を浴びる伊吹山を誇らしく見上げた。

二章　長比べ

一　臥龍

半兵衛は、稲葉山城を斎藤龍興(たつおき)に返して退去した。一旦、居城の岩手に戻ってから近江に移り住んだ。それは決して望んだ転居ではなかった。本当はまだまだ美濃を守る戦いの中心となって活躍したい思いもあった。しかし、それは許されなかった。転居する時、ある物を屋敷の土蔵に仕舞った。その物のことは、その後一年ほどはすっかり忘れた。思い出すこともなかった。

浅井氏の居城、小谷城の裏山のさらに奥、伊吹山中に寓居(ぐうきょ)を構えた。谷間を流れる川のせせらぎを聞いて、もう二ヶ月近くを過ごしていた。

「竹中様、もう冬籠(ふゆご)もりの準備せんとあかんで」

いつも身のまわりの世話をしてくれる村人の声が外から聞こえた。

「ああ、もう冬か」

今日はめずらしく思ったことが口について出た。ここへ来てから何を考えるでもなく呆然と暮らしていた。自分が何者なのか、これからどうすべきか、そんなことはどうでもよかった。しかし、奥伊吹の冬がどのようなものかは知っていた。生きていかねばならなかった。久しぶりに木戸を開けて顔を出した。外に出て周りを見渡すと、どこを見ても山で、樹々はいつの間にか彩りを変えていた。秋空の下、茅葺きの屋根が聳えていた。ここへ来てから一度も外に出ていなかった。

「薪をぎょうさん準備しとかんと」

村人はそう言って、斧を振り下ろした。軽快に木が割れる音がした。

「いつもかたじけない。今日は私がやろう」

半兵衛は斧を受け取って薪割りを始めた。久しぶりに体を動かした。午前の外気は肌寒かった。谷間の村に日が差すのは遅い。それでも少し汗ばむほどにこの作業を続けた。割った薪を集めて軒下に積み上げる作業をしていた村人が戻ってきた。

「ひと冬越すにはまだまだやな」

「ああ、今日からは私がやります」

伊吹山中に積もる雪がどのようなものかは聞いていた。背丈を遥かに超える積雪で家から出られなくなる。この辺りの家は、どの家も三角の茅葺き屋根で、軒先を広めに取っている。その僅かに広げた場所に薪や野菜などの保存食、ひと冬を越すために必要な物を蓄えておく。伊吹山の南側の岩手で生きてきた半兵衛には、奥伊吹の暮らしは経験したことはなかったが、その冬の過酷さは想像がついた。生きていくためにはもう準備をしなければならない。

（あんたのような若者は生き抜かねばならんぞ）

不意にあの男が言った言葉が頭の中で蘇った。確かにまだ自分は生きていかねばならないと思っていた。しかし、何のために今ここで生きているのか。その答えを見いだすことはできなかった。

翌朝、起きてから日が山間から顔を出す少し前に薪割りを始めた。しばらく作業を続けていると、めずらしい声が聞こえてきた。女の声である。手を止めて川沿いの村を通る細い道に目をやった。そこには、駕籠から降りた二人の女性が供の者を連れて歩いて来る姿があった。一人は年配の女性で、服装からもそれなりの身分の人だと分かった。もう一人は整った顔立ちの若い女性で、年配の女性の侍女に見えた。

「ほおら、言ったでしょ。少し奥まで来ると、もうこんなに色づいて」

「はい。綺麗なところですね」

二人はゆっくりと景色を見ながら歩いて来た。そして、半兵衛に気づくと会釈をした。半兵衛も会釈を返した。

「竹中様ですか」

年配の女が笑顔で言った。

「はい」

「喜右衛門殿から聞いて参りました。小谷はまだこんな色づいていませんが、やはり奥まで来ると綺麗ですね」

その女性は浅井家の人のようである。半兵衛が近江で暮らすことになった時、喜右衛門が稲葉山で約束した通り、浅井家は住む場所を与えてくれた。半兵衛は美濃の岩手に近く、あまり人と会わない場所を選んだ。伊吹山中のいくつかの尾根を越えれば誰にも会うことなく戻ることもできるこの場所に住むことにした。

「でも、本当にここでよろしかったのですか」

半兵衛が決めた場所ではあったが、この場所は有能な若者が活躍するには余りにも辺鄙(へんぴ)なところである。女性は、世を隔てて暮らす若者のことを心配してくれているようであった。

「はい。浅井様のお陰で、こうして暮らすことができております」

半兵衛は頭を下げた。

「ごめんなさいね。堅苦しいことはしたくなくて、名のりもせずにお話をして。たまたま通りかかった者と思ってお話しください」

半兵衛には、この女性が誰なのかはだいたい想像はついていた。長年、国境を背にして睨(にら)み合(あ)ってきた相手の国である。様々な情報は集めてきた。この女性は主従の折り目を付けずに話したいようである。だから、半兵衛もあえて名前を尋ねようとはしなかった。

「私も若い頃、こんな山間の、紅葉の綺麗なところに住んでいたことがあったのですよ。ああ、あの頃を思い出します」

女性はそう言うと、遠くの景色を見た。谷間の山は奥へ奥へと重なるように彩りを変えて続いていた。

「そうそう、あの時にも喜右衛門殿が来てくれたのです。六角様の人質として観音寺城下で暮らしていた私たち親子を喜右衛門殿が救ってくれたのですよ。ああ、これで小谷に帰れると思って私は喜んでいました。ところが、ついた先は、こんな、山の中だったのです。そこは、京極様のお城があった河内というところだったのです」

そう言って、また色鮮やかな山を見渡した。河内は、伊吹山と向かい合う南側、霊仙山系の麓にある。

「へえ、そんなことがあったんでございますか」

お付きの若い女が興味深げに声を上げた。女性は、優しいまなざしを若い女に向けた。

「凄(すご)いでしょ。私にもそんな冒険のような頃があったんですよ」

そう言って、女性は朗らかに笑った。

「こんな山奥まで来られて、お疲れでしょう。どうぞ中でお休みください」

半兵衛は、手招きして家の中へ案内した。二人は半兵衛にお礼を言って茅葺き屋根の家に入った。

「私のふるさとの近くにあるお寺で珍しい果物が採れるんです。一度食べてみてください」

女性がそう言うと、供の若い女が包みを差し出した。そこには黄、赤、緑のまだら色の丸い果物が幾つか入っていた。大きさはその娘の手のひらでも二つくらいは持てそうである。半兵衛はこの果物を初めて見た。

「これは何ですか」

「りんごというそうです。甘酸っぱい味がします。お口に合うかどうかは」

女性は言葉尻を少し濁した。和りんごの酸味が口に合わない人もいると思ったからである。

「それはめずらしい物を、かたじけのうございます」

半兵衛がお辞儀をすると、若い女が口を挟んだ。

「それより奥方様、先ほどの冒険の話を聞かせていただけませんか」

年配の女性は、少し躊躇(ちゅうちょ)した。

「そうですね。それは、本当はあんまり話したくなかったのですけど」

「すみません。そのようなお話ならもう」

表情の変化に気づいて恐縮する女に、その女性は優しいまなざしを送って話を続けようとした。

「いえいえ、いいのですよ。ちょうど私もそろそろどなたかにお話しして気持ちの整理をつけたいと思っていたところなのです。少し長い話になるかもしれませんが、聞いてくださいね。あなたもご存じのことと思いますが、わたしは、ちょうどあなたと同じ歳(とし)の頃、六角様の人質として観音寺のお城に行くことになったのです。それは誰に言われたのでもなく、もともと自分が進んで行くと言い出したことなのです。あの頃の浅井家は父上が亡くなられたすぐ後で、今にも六角様や京極様に滅ぼされそうな大変な時でした。まだ若かった夫も本当に悩んでいました。ですから、私が人質として行けば、みんなが助かると思って、私が行くと言い出したのです。自分さえ辛抱すればいいんですから。けっこう私は辛抱強い方ですから。でも、どうしてそんな思い切ったことが言えたのか、今でも不思議なくらいです。それは、今思うと、結婚する時に夫が言ってくれた言葉が私の心の中にあったからだと思うのです。それはね、二人が初めて二人きりで話した時、夫が言ったのです。俺はこの地域を守っていきたい。阿古(あこ)、苦労を掛けると思うけど一緒に頼む、そう言ってくれたのです。ですから私は、夫や地域の人々のためになるならと思って行く決心をしたのです」

半兵衛には、この女性が浅井阿古、つまり浅井長政の母であることはとうに分かっていた。阿古は大変だったけれど幸福だった昔を思い出しているようであった。しかし、その後すぐ、阿古は表情を変えて話を続けた。

「でも、行くことが決まって、いろいろな準備が進んでいく時に、私は異変に気づきました。お腹に子どもを授かったかもしれないと。私はもう一人、上の娘を産んでいましたので、なんとなく気づいてはいたのです。けれど確信がもてずに、いろいろ迷ううち、出発の日になってしまって、もうやめるとは言い出せませんでした。そして、長い間、私が決めたことで、息子を巻き込んでしまうことになったのです。結局、八年もの間、息子は人質暮らしを続けました。私の勝手な決断で、幼い子どもに苦労を掛けることになってしまい、私は本当に後悔しました。それを救ってくれたのが、喜右衛門さんでした。私たち親子を観音寺城から連れ出し、京極様のお城がある河内へ運び、その後いろいろな苦労をして、小谷へ返してくれたのです。やっと息子を返せると思って喜びました。けれど、河内から帰るときに、京極様は私たちと引き替えに娘を人質に要求していたのです。息子だけでなく、娘まで巻き込んでしまうことになりました。その後も私はすごく後悔しました。後悔というより、少し何かを呪うような気持ちにもなりました。優しい言葉を掛けて励ましてくださる方もあったのですが、どうしてもその誠意を受け取れなくて。誰にも会えなくなって、一人で暮らしたときもあったのです。人のために尽くしたいと思ってやったことなのに、大事な人を苦しめてしまうことになってしまい、自分が苦しむだけなら辛抱できると思っていたのに、結局いろんな人を巻き込んでしまうことになって。もう誰にも関わらない方がいいと思ったり、思い通りにならない人生を呪ったりしたんです」

阿古は若い女を見て話していたが、その時、ゆっくりと半兵衛に視線を移した。そして、表情を緩めると、再びにこやかに話を続けた
「でもね。今思うと、あの頃悩んでいたことが嘘のようです。息子の長政は、この地域を立派に守ってくれていますし、娘も京極様という近江守護の後継ぎとなる子を育ててくれています。私たちが目指したことを、二人とも立派に受け継いでくれています。そう思うとね、若い頃にはいろいろ悩むことはあったけど、その時その時に一生懸命になって尽くしたことは、きっと誰かが見てくれていて、誰かが受け継いでくれるから、何も心配しなくてもいいと、今は思うのです。だからね、今できることを精一杯やればそれでいいと思うんですよ。ごめんなさいね。本当に。ごめんなさいね、こんな年寄りの話に付き合わせて」

若い女は目を潤ませて、首を横に振った。

「ああ、長い話をしたら喉が渇きました。このりんご、一つ頂いていいですか」

阿古は、そう言って半兵衛の顔を窺った。半兵衛は、どうぞ、と手を差し出した。阿古は赤みがかった果実を一つ取るとかぶりついた。

「ああ、すっぱい」

口に入れた途端、そう言うと、かじりかけのりんごを、若い女に差し出した。

「一口で十分。あなた、りんご好きでしたよね」

頬張りながら差し出したりんごを、若い女に手渡した。女の潤んだ目から涙がひとすじ頬を伝った。左手で頬を拭った。半兵衛は、その顔がとても綺麗に思えた。

「去年はいくつか頂きました。私、大好きです」

そう言うと、赤いりんごを小さな口に運んだ。爽やかな音がした。頬っぺたが、りんごの欠片で膨らんだ。小気味よく、口が三、四度動いた。

「わあ、すっぱい」

女は驚いたように声を上げた。

「こんなにすっぱくなかったのに」

目を丸くする女を見て、阿古は言った。

「それは、そうでしょう。こうやってゆっくりかんでいると、だんだん甘みが出てきますよ」

酸っぱさで歪めていた二人の表情は、一緒に顔を合わせて口をもぐもぐさせるうちに笑顔に変わった。

その後、しばらく休んでから二人は家を出た。

「ここの冬は大変だと聞いています。もしも何か困ったことがあれば、村の方に言ってくださいね。どうぞ体に気をつけて元気に過ごしてください」

帰り際に阿古はそう言って帰って行った。半兵衛は、遣り掛けであった薪割りをしながら見送った。二人は、ただの主従の関係ではないように思えた。

いつもの村人が冬籠もりに必要な野菜を持ってきてくれた。

「ええ物持ってきてくれやあたな。召し上がりますか」

村人が訊いてきた。土間に置いたままにした和りんごのことだと思った。その時、半兵衛は食べる気持ちにはなれなかった。

「今はいりません」

「ああ、ほんなら、軒下に入れときますで。冬の間に食べると体によろしいで」

こうして励ましてくれる人たちには感謝すべきだと思ったが、まだ素直に受け取るには、心に余裕がなかった。

しばらくした日の夕方、暗い空を見上げると雪が舞ってきた。翌朝起きて木戸を開けると、もう出られないほどの雪が積もっていた。

長い冬がやって来た。その間、半兵衛は、ほとんど人と会うこともなく、自分一人で身の周りのことだけをして過ごした。


年が替わってしばらくすると、雪解けの気配が感じられるようになった。午後になって半兵衛は、木戸を開けて外に出た。明るい日差しが差し込んでいた。軒下に保存したものを整理しようとして、あのりんごを見つけた。村人は一つ一つを包んでおいてくれていた。その一つを取り出して洗った。水は冷たかった。囲炉裏(いろり)に座ってかぶりついた。確かにそれはかなり酸っぱかった。僅かしか甘さは感じられなかった。ふと、あの若い女の口元や頬の動きが思い出された。小気味よく動く口とふっくらした頬の張りが魅力的だった。半兵衛は、残りの実をまるごと口に放り込んだ。歯ごたえのある実を噛むと、口の中に果汁と強い酸味が広がった。

その夜、床に着くとあの女のことを考えた。ひと冬の間、気に掛けることもなかったことが、不意に気になった。自分よりも少し年下であろうあの娘は、この実を好きだと言っていた。前年には幾つも食べたと言っていた。おいしそうに口にくわえて何度か噛んでいた。そして、こんなに酸っぱくなかったのにと驚いていた。半兵衛はその時、気がついた。そうか、妊娠していたのか。あの美しい女は、きっと浅井長政の子を産んだ女性に違いない。そしてその後、お市が正妻として嫁いできた。お市は、その男の子をきっと大切に育てようとしているだろう。

（今、あの女はどうしているのか。阿古様は、あの女にも語りかけていたに違いない）

その夜は、深夜まで眠れなくなった。戦乱の世は際限なく続く。この争いの世で弱い者たちは何とか知恵を絞って力を合わせて生きてきた。時には自分を犠牲にしてでも大事な人を守ろうと、健気に生きてきた。半兵衛もそうであった。国境の小さな村を守るため知恵と才覚だけで生き延びてきた。脳裏に涙を拭う女の顔が自然と浮かんだ。整った目鼻立ち、小さな口元、柔らかな頬、その可憐で憂いをたたえた表情が何かを訴えている。半兵衛は、自分の心の奥底にまだ熱いものがあることを感じた。


雪解け水が谷に流れ込んでいく。坂道の畦を勢いよく流れる水は冷たく澄んでいる。この清水が谷川に集まり、下流の田を潤してゆく。山地から盆地になる所に多くの井堰が造られる。そこに蓄えられた水が北近江の盆地一帯に縦横無尽に広がる用水路を通して村落を豊かにしている。この豊かさの源となるこの地での暮らしは、もう半年になる。

そこに、ある人が訪ねてきた。その人は突然やってきて戸を叩き、返事もしていないのに戸を開けると自ら名のった。

「田那部与左衛門と申す」

そこには特徴のない男が立っていた。背丈は並で、やや細い目に普通の大きさの鼻と口が付いた丸顔の中年男である。この男の名前を半兵衛は何度も聞いていた。しかし、その姿を見たのは初めてであった。いや、もしかすると何度も会っていたかもしれない。しかし、余りに特徴がないから記憶には残っていないのかもしれない。

（また突然、田那部が来た。これが本当の田那部かどうか）

半兵衛は、昨年稲葉山城にやって来た喜右衛門が偽って田那部と名のったことを思い出していた。

「喜右衛門殿からの伝言を伝えに参った。信清が追放され尾張は統一された。信長は美濃を狙って動き出す。時代が動くぞ。一度美濃へ戻ったらどうや。国境の長亭軒砦に住まいを用意する。樋口直房を訪ねよ」

田那部はそれだけを淡々と告げるとすぐに姿を消した。何の変哲もない男に見えたが、その動きの俊敏さは非凡であった。

半兵衛は迷った。ここでの暮らしは不便ではあったが、落ち着いた暮らしがあった。今、戻って何ができるのか、そう感じてもいた。国境の小さな砦とはいえども美濃である。美濃に戻るべきかどうか、まだ迷いがあった。

その日は珍しく別の客があった。

「半兵衛殿。元気に過ごしておられますか」

そう言って戸を叩く女性がいた。半兵衛は、はっとなって入り口を見た。やはり阿古であった。

「奥方様、よくぞお越しいただきました。どうぞお入りください」

半兵衛は、阿古を招き入れた。供の武士が控えてはいたが、阿古一人のようであった。

「急に来てごめんなさいね。いいものを頂いたので持ってきました」

そう言って、風呂敷包みを置いた。阿古は、半兵衛の様子を見てこう言った。

「今日は私一人ですよ。お弁は参りません。あの後、あの子は奥向きの仕事を任されるようになり、元気に働いてくれていますよ。それより、これ」

阿古が包みを開けると、漆器の曲げわっぱが入っていた。

「姉川の河口にはもう小鮎が上ってきているそうです。喜右衛門殿が届けてくれたので、炊いて持ってきました。お口に合うかどうか分かりませんが、食べてみてください」

「小鮎ですか。私の故郷には鮎はいますが、小鮎は食べたことがありません」

「ああ、鮎の塩焼きもおいしいですね。琵琶湖の小鮎は、鮎のように大きくなりません。この地域だけのものなのですかね。それでも、小さいなりに味は良くて、柔らかくて、とても食べやすいから、皆好きですよ。半兵衛殿も食べてくださいね」

「ありがとうございます」

「ここの冬は大変だったでしょうね。よくぞ無事に過ごされました」

「お陰様で、村の方がいろいろと手助けしてくださるので、何とか過ごせています。奥方様も皆様もお変わりございませんか」

「ええ、私は元気に過ごしています。娘の子と、長政の子、二人の孫が元気いっぱいなので、賑やかにしています。夫はもう幸若舞や連歌に興じておられ、長政も領主として日々忙しく過ごしているようです。それにね。今年、夫が竹生島の蓮華会で頭役に選ばれたんですよ。ですから、その準備をしたりして」

「ああ、頭役でございますか。それは栄誉なことでございますね」

竹生島の蓮華会は、古代から続く祭礼で、昔は天皇が頭役をつとめた。浅井氏がこの祭礼の再興に力を貸した。頭役は、浅井郡にゆかりの者から選ばれ、地域の最高の名誉と言われた。

「六月には竹生島に船を出します。よければ見に来てください」

「ああ、六月ですか。ここにいると月日が経つのを忘れてしまって」

「そうでしょう。見えるのは山の景色の移ろいだけ」

そう言うと阿古は、木戸から見える外の景色をしばらくじっと眺めていた。

半兵衛は思った。

（六月。ああ、もう三月もすれば、一年になるのか。去年の六月、お市の輿入れの時、長比城の櫓で長政がお市に言っていた。「北近江に生きる人々を守りたい。この戦乱を終わらせ、多くの人々が安心して暮らせるようにしたい」と。あの言葉を聞いて、自分は長比山を降りたのだ。あれからもうすぐ一年か。長政は、領主としての務めに励んでいると言う。半年前にここで泣いていたお弁も新たな役割を見つけたようだ。そして、きっと遠藤喜右衛門も何かに取り組み、先へ進んでいるに違いない。このままであの男に追いつけるのか。自分は、これでよいのか)

遠い昔を懐かしむように山の風景を眺めていた阿古は、そっと呟いた。

「もうあんまり昔のことを考えるのはやめにしたの」

そう言って微笑んだ。

阿古はその後も少し話をしてから、茅葺き屋根の寓居を後にした。帰り際に挨拶をした。

「体を大事にしてくださいね。またここに参ります」

その後、半兵衛は、わっぱを開けて飯を食った。小鮎は美味かった。頭から尻尾の先までまるごと総て柔らかかった。きっと湖国だからこそ捕れる、ここにしかないものなのだろう。半兵衛は故郷を思い出した。

その夕方、世話になった村人に挨拶をした。そして夜に支度をした。軒先から、一つ残しておいた和りんごを出して、枕元に置いた。翌朝にはこの家を離れる決心をしていた。もう二度と会うことはできないかもしれないと思った。

近江と美濃の国境には幾つかの城砦が造られていた。その中で美濃国関ヶ原の盆地を見下ろす位置に松尾山がある。ここに長亭軒砦がある。長政の祖父、浅井亮政の時に美濃から北伊勢に遠征をした。それ以来、国境の要所となるこの場所は、近江国坂田郡域を治める国人、堀氏の拠点となっていた。堀氏はこの頃当主がまだ幼かったため家老の樋口直房が執り仕切っていた。

半兵衛は、喜右衛門の指示の通り長亭軒砦に入った。そこで、堀家家老、樋口直房に会った。彼は半兵衛のことを気遣って、いろいろと世話をしてくれた。美濃へ戻る決心はしたつもりであったが、実際に岩手に戻って領地を治めたり、戦場に出て指揮を執ったりすることはできるはずがなかった。美濃が傾くことになるきっかけを作った張本人として、昨年けじめを付けて近江に避難したのである。まだ一年も経たぬうちにのこのこと出ていっても反感を買うだけである。この国境の小さな砦で、たまに入る近隣の情勢を知ることくらいしかできることはなかった。五月に重大な事件が知らされた。京で十三代将軍足利義輝が三好氏によって殺害されたというのである。

（時代が動くぞ）

喜右衛門の指示の言葉が蘇った。半兵衛は、何か大きな時代のうねりが迫ってくるのを感じていた。

信長は、いよいよ美濃に手を入れてきた。西美濃ならば半兵衛も陰から力になれたかもしれない。しかし、犬山を占領した勢いに乗って、加治田城、堂洞城、そして九月には関城を落とし、東美濃に勢力を拡大した。

こうして美濃が信長に占領されていくことに対して何も対処することができないまま、永禄八（一五六五）年の秋は過ぎていこうとしていた。

一年ぶりに半兵衛は岩手に一度戻ってみようと思った。弟久作に会い、美濃の情勢や斎藤龍興の様子の変化などを聞いた。龍興は以前のように取り巻き連中に政務を任せきりにすることはなくなったようである。しかし織田との力の差が日増しに大きくなり、防戦一方になっている。久作は、早く兄が復帰してくれることを望んだが、斎藤家の中ではそれを受け入れる雰囲気ではないと言っていた。

長居をするわけにはいかなかった。半兵衛はその日の夕方には岩手を離れることにした。帰り際に思い出したことがあった。一年前、ここから逃れて近江へ行く時に、ある物を土蔵に仕舞った。土蔵を開けて、奥に仕舞い込んだ物を取り出した。それは重かった。反り立つような形状、強く縛った時の感触がはっきりと蘇った。しばらくそれを手にして見たが、身に着けることはしなかった。そして、再び仕舞った。まだこれをつけることはできないのだ。半兵衛は心に言いきかせた。

長亭軒砦に戻ると、樋口直房が訪れていた。半兵衛がここで自由に暮らしてこられたのは、この男のお陰であった。堀家家老として坂田郡の東山道沿いの広い地域を治めていたので、様々な情報が入りやすく、大事なことが起これば教えに来てくれた。

「半兵衛殿、あんたはどう思うね。近頃、京極高吉様が柏原（かしわばら）の京極館にいるんや。なんでこっちにいるんやろと思ってたんやけど、昨日京極様に呼ばれたんや。足利様から御内書が届いたというんや。あんたも半年ほど前に将軍様が殺されたことは知ってると思うけど、その弟が、今、近江にいるらしい。その方が京極様のところに御内書を送り、上洛（じょうらく）の協力をしてくれということや。高吉様は儂にどうしたらええんやとおっしゃる。どうも高吉様は兵を連れて足利様のところに馳（は）せ参（さん）じたいようなんやけど、あんたはどう思うね」

樋口は時々このようにやって来て、新しい情報を教えながら半兵衛に意見を聞いた。

「その方は、六角様のところに身を寄せているということですか」

「それが、甲賀郡の和田惟政という者のところにいるらしい」

半兵衛はその男のことは知らなかった。

「六角様に身を寄せていないということは、六角様には、かつてのように将軍様を助けて京へ攻め込むつもりがないということでしょう。六角様も京極様も三好と対抗する力はもうございません。また、近隣の大名家は互いに対立しています。六角様と浅井様、斎藤様と信長、伊勢は未だまとまらず、朝倉は一向一揆の不安がある。今、馳せ参じてもすぐに兵は集まらないでしょう」

「やはりそうか。儂もそう思うんやが、高吉様は一番に馳せ参じることが大事やと言って、兵を集めるようにおっしゃるんや。困ったもんや。京極様のところには人は集まらん」

そう言って樋口は嘆いた。

「京極様は、小谷城の京極丸で暮らしておられたはずですが、いつからこちらに来られたのですか」

「御内書が届いたからやろ。あの方もいつまでもお変わりにならん。昔から何度もいろんな方から声を掛けられて挙兵しては失敗してきた。近頃は娘ができたと張り切ってもて、もうええ歳やし、ええ加減にしてもらいたいわ。あの方の功名心に振り回されて、どんなに村の者たちが大変な思いをさせられてきたか」

樋口は、京極家の本拠地坂田郡の土豪である。長年、京極家の内紛に振り回されてきたのである。

樋口が、京極家を見限り浅井家に味方したのも、地域に住む人々の暮らしを考えたからであった。

「しかし、京極様のところにも御内書が届くということは、もっといろんなところにも届いているのでしょう。そして、高吉様でも功名心から協力しようとするのです。特に先の将軍様を殺害した三好衆の評判は悪いと聞きます。その将軍様の弟には正義がある。その力は侮れなくなるかもしれません。その力を借りることができればよいのですが、もし信長がその力を利用するようなら厄介なことになるかもしれません」

半兵衛はそう考えたが、半兵衛にとって将軍というのはあまりにも遠い存在である。関わりを持つことさえもできることではなかった。

将軍足利義輝が殺害された永禄の変が起きた後、義輝の弟、興福寺一乗院門跡（もんぜき）であった覚慶（かくけい）は幽閉されていた。義輝の家臣であった細川藤孝（ふじたか）らは覚慶を密（ひそ）かに奈良から逃がし、近江国甲賀郡の和田城に匿（かくま）った。そしてこの頃、和田惟政は覚慶への支援と上洛への協力を求めて、諸大名に働きかけを行っていた。

和田惟政は十一月には、尾張の信長のところに赴（おもむ）いた。ここでしばらく滞在し、信長と直接会って交渉をしようとした。覚慶を将軍とするために上洛するには、三好党を圧倒する兵力が必要である。遠くは上杉謙信、武田信玄らへも御内書を送ったが、まずは近隣諸国の協力が必要となる。近江、美濃、尾張、若狭、越前等の諸大名が対立していたのでは上洛が困難となる。

そこで、永禄八（一五六五）年十二月、和田惟政は信長に面会し、まず近隣諸国との協力の必要性を説いた。そして、次のように話をした。

「浅井様と織田様とのご縁辺が入願成就なさいましたこと、心よりお慶び申し上げます。しかしながら上洛するためには種々の交渉が必要になります。まず斎藤家と和平していただくこと、次に上洛は北伊勢から南近江へ入るのがよろしいかと存じますが、途上の六角家へは当方から話を通させていただきたく存じます。また、覚慶様の左馬頭御任官が成った暁には、東国の諸大名へ、上洛の間、和平を保つことを御内書にて命じたいと考えておりますが、如何でございますか」

　これに答えて、信長は言った。

「別儀ない」

　惟政は思った。

（よし、これでひと先ず交渉は上手くいった。しかし、なお多くの問題がある。だが、私自身がどんな困難も切々と身を切るような努力をし、油断なく疎かにせず、必ず各方面を調略し、足利家を再興してみせるぞ）

　惟政は、改めて強く決意した。そして、六角家の重臣で同郷の仲間、三雲新左衛門尉賢持とその父対馬守定持に宛てて、六角家への協力と取り次ぎを改めて依頼する返書を送った。

　信長には別儀はなかった。異論を挟むことなど必要なかった。この使者は、間違いなく「正義の使者」である。これを機会に織田信長の名を天下に轟かせることができる。大きく勢力を拡大する絶好の機会となるだろう。

別儀はなかったが、ただ気掛かりはあった。手を付け始めた美濃のことをどうすべきか。斎藤氏との間で真に和平が保てるかどうか。互いに信じることができるかどうか。

六年前、信長は十三代将軍足利義輝に謁見（えっけん）するために上洛している。その時も、京で斎藤義龍と出会っていた。同じ濃尾の大平野を分割して領有しているのである。どちらかだけが将軍家の権威の恩恵を得ることは互いに許すことはできない。

覚慶は、和田惟政が信長との交渉をしようと尾張に滞在していた間に、甲賀郡和田城を離れ、野洲（やす）郡矢島に移った。未だ将軍ではなかったが、ここを矢島御所と名付けた。翌年、二月、還俗（げんぞく）して足利義秋と名のった。四月には従五位下左馬頭に叙任された。これは次期将軍が就任する官職と見なされていた。義秋の家臣たちの働きかけにより、関東の上杉、北条、武田の講和が進められ、美濃では織田と斎藤の和解の交渉が粘り強く行われていた。いよいよ上洛が現実的になってきた。しかし、この上洛については、それを望む者たちと望まない者たちがいた。望まない者は密かに手を組んで、この上洛を阻止しようとしていた。

火種は近江にあった。正月、六角氏の宿老の一人であった東近江の布施（ふせ）山城主、布施公雄（きみお）が、六角義弼（よしすけ）への不信から反旗を翻していた。五月末には、六角承禎の命で重臣、三雲新左衛門尉賢持が布施城を囲んだ。

布施公雄は窮した。そして、江北の浅井長政に救援を求める書状を書くことにした。

その一月近く前、長政は、領内外の様々な事柄を抱えて慌ただしく過ごしていた。朝から小谷城本丸で書状や訴状に目を通していた。その中で気になる訴えがあった。何度か読み返した後、「喜右衛門を呼べ」と小姓に指示をした。

小谷城からは北近江一帯が一望できる。長政は、その訴状を届けた村の辺りに目をやった。小谷城の西側に川が流れている。伊香郡から浅井郡を縦断する妹川である。この川の流域には、見渡す限り田が広がっている。縦横に張り巡らされた用水路が田園地帯を潤している。妹川は下流で、坂田郡から流れてくる姉川と合流し、琵琶湖に流れ込む。その二つの川が合流する少し手前の辺りに井堰がある。古来、御料所井と呼ばれるこの井堰の用水をめぐって、妹川左岸の村々から訴状が届いている。

今日は晴れである。柔らかだった春の日差しがやや厳しさを増し、小谷城から見える田園は、土色から緑に変わり始めていた。長政は、もう一度訴状に目を落とし、軽く首を捻った。

「殿。お呼びでござるか」

喜右衛門の声であった。

「小今、月ヶ瀬の村から訴状が参った。御料所井を壊してくれというのや」

「なんと。井堰を壊せとは、どのような了見でござろうか。まだまだこれから水が必要になろうものを」

「そうや。儂も合点がいかんのやが、水が浸かって稲が腐ると書いておる」

「ほお」

「そこで、喜右衛門。御料所井と訴状を出した村々を検分に行ってくれ。なぜ井堰を壊せと言っておるのか、どうすればよいのか、周辺の村からも聞き取ってくれ。それと、村々の代表に登城するように申し伝えてくれ。直接話を聞きたい」

「はっ。早速行って参ります」

喜右衛門は部屋を出ると、すぐに城を下った。城下を抜けて、田園が続く一里ほどを馬で駆けた。稲はようやく半分ほどの丈に成長していた。川沿いまで来た。両岸には堤が造られている。雑草を避けて堤の上に立ち、川の流れを確かめた。黒い水がゆっくり流れている。舟が下れるほどの流量がある。

北近江の地形は、北東側に伊吹山系が連なり、そこから流れ出る姉川や妹川が南西に向かって琵琶湖に流れ込む。大きな扇状地形の集まりである。古来、川は土砂を運び、北近江の盆地を作った。川は時に流路を変えて、堆積した土砂の上を流れた。人が住むようになって、堤を造り、水を治めた。

堤から見下ろす川底の高さは、広がる田んぼの高さと同じか、やや高い位置を流れている。喜右衛門は、下流側に目を遣った。遠くに井堰がある。川は幅を広げ、水かさが増えているのが分かる。近づいて見ると、両岸いっぱいまで丸太が打ち込まれ、水が堰き止められている。あれが御料所井である。古くから妹川には多数の井堰が造られてきた。数多の丸太を打ち込み、縄で縛り、強固な井堰を造ってきた。そこに柴を絡ませて水を堰き止め、田植えの前後や日照りによる水不足に備えて水を溜めた。古くから伝えられる方法で井堰はしっかりと造られている。水が浸かると訴えがあったのは左岸の村々からであったが、左岸の堤を見渡しても、水が溢れ出るような損傷はなさそうである。

南に向かって流れてきた妹川は、井堰を過ぎた辺りから右に蛇行して南西に向きを変えていく。そして、さらにその先で西側から流れてきた姉川と合流し、川幅を広げて琵琶湖へ流れ込む。

喜右衛門は、御料所井を過ぎたところで、その先にある左岸の村に向かおうと、堤を降りた。堤は高く堅固に造られている。降(くだ)った所にも田んぼが広がっている。畦(あぜ)の水は流れている。堤の下の水路にもきれいな澄んだ水が流れている。堤の下から地下水が溢(あふ)れているようである。馬に乗って徐々に下流側に向かっていくと水かさはさらに増していく。小今から月ヶ瀬へと集落を下っていくと、田には確かに水が浸いている。ほとんど流れてはいない。水は澱(よど)み始める。さらに下流に進むと、そこには西からもう一本の川が入り込んでくる。ぐねぐねと曲がった川が、小谷城下の方向から続いている。ほとんど流れてはいない。田(た)川と呼ばれるこの川は、城下の一角を通って、さらに上流から流れてくる。たくさんの荷を積んだ小舟が城下の港から下ってくる。水量は小船が行き来するのに十分な深さと幅がある。田川は蛇行しながら下り、姉川と妹川に合流する。船は、琵琶湖に面した南浜の港で荷を大船に積み替え、琵琶湖を縦断して大津や京へと運ばれていく。喜右衛門は、川沿いを下り、三つの川が合流する辺りまで見て回った。田川には、姉川や妹川の水が逆流している。つまり、三川(さんせん)が合流する上手(かみて)の田や土地に浸かった水は、ほとんど流れ出ることがなく溜(た)まってしまっている。

喜右衛門は再び妹川沿いを戻った。もう一度堤の下を点検しながら、上流側に戻っていった。小今の村が近づいた。堤は確かに堅固である。しかし、水はその底から湧き出すように溢れ、流れ出てきている。

喜右衛門は、もう一度堤に登り田川を見た。そこから見える風景は正に奇観であった。「さでの川」とも呼ばれた田川の流域は、僅か数町ほどの長さの場所に数え切れないほどの急な川の屈折があった。そして、その北側にある左岸の田んぼを見下ろした。妹川の川底の高さと見比べてみると、やはり川底の方が高い位置にある。堤の底からきれいな水が溢れ出すわけである。数町先で姉川と合流する。左岸の村や田は、姉川と妹川に挟まれた三角の中州のような所にある。さらにその狭い間に田川が幾重（いくえ）にも蛇行して流れ込み、三本の河川が合流し、田川に逆流しているのである。溢れ出す水をはき出す場所がない。

喜右衛門は、井堰の上（かみ）にある橋を渡った。妹川の右岸へ移動した。御料所井は同じように水を堰き止めていたが、そこから引かれた用水路の幅は広く、琵琶湖側の村々に広く行き渡るように造られている。用水路に沿って馬を走らせていくと、清らかな水は幾つもの村々に運ばれていた。馬渡（もうたり）、小観音寺（こかんのんじ）、稲葉、香花寺（こうけいじ）、弓削（ゆげ）、そして冨田（とんだ）の村々まで、用水は分岐しながら、広い範囲の田を潤していた。

喜右衛門は、その様子を見て、両岸の村々が抱える問題や人々の悩みの違いを理解した。その後、周辺の村々の主だった者たちに聞き取りをし、両岸の村長（むらおさ）や村名主（むらなぬし）に小谷への登城を命じた。

翌日、左岸の村長が登城した。長政は、小谷城下、清水谷（きよみずたに）の最も奥にある屋形で彼らを迎えた。

「面を上げよ」

上座から長政がそう告げると、小今の村長は頭を上げた。上座正面に浅井長政がこちらを向き、その横に喜右衛門が胡座で座していた。

「訴状を受け、遠藤喜右衛門が現地を検分致した。まず遠藤から、検分の内容を述べよ」

長政がそう言うと、喜右衛門が話し始めた。

「はい。御料所井の両岸を検分致したところ、小今、月ヶ瀬等、左岸の村々の下流は、妹川、姉川、田川が合流する湿地となっております。ここは、水が浸かりやすく抜けにくい所のため、水害が起こりやすい。しかも、この辺りの川は、周りの土地よりも高いところを流れる天井川で、御料所井で堰き止めた水が、川底から地下に漏れ出し、普段から増水しております。梅雨時になれば、かなり深刻な事態になることは間違いございません」

村長は肯きながら聞いていた。喜右衛門は話を続けた。

「しかしながら、右岸を検分致したところ、御料所井で堰き止めた水は下六か村の広い範囲の田を潤し、有益に利用されておりました」

「ほお、そうか。ということは、検分の結果、御料所井を壊すという訴えについて、遠藤はどう考える」

「はい。この井堰は、左岸と右岸それぞれに利害がございます。しかしながら、領内全体の収穫高ということを考慮致しますと、井堰は必要でございます。右岸の広い田を潤し、領内を豊かにすることに貢献しておる堰を壊すなど言語道断と考える所存にございます」

村長は眉間に皺を寄せて唸った。

「ぬぬぅ、恐れながら申し上げます」

村長は頭を床に擦りつけた。

「申せ」

長政の許可を受けた村長は訴えた。

「遠藤様の御検分は確かなことではございますが、儂らの村はどうなりますか。もう一月もすれば梅雨になります。長雨が続けば、儂らの田んぼは全部水に浸かってもて、稲は腐ってまいます。そうなれば、儂らの村は年貢も納められません」

「井堰を壊せば、水が減るのか」

長政が訊き返した。

「それは、井水が貯まっておらん時は、湧き水が少し減ります」

「少しか…。それで、取れ高は増えるのか」

「それは、年によっても違いますが、水に浸からない年はだいぶ増えます」

「だいぶというのは、どれくらい違うのや。例年の倍ほども違うのか」

「全部水が浸いてもた年はほとんど獲れん年もございますので、そりゃ倍どころではございませんが、例年と申されますと、それほどの違いではございません。二、三割、多くで五割増しというところでございます」

「そうか。ということはやはり、その年の天候次第というところか…。ならば、やはり遠藤の申す通り、領内全体のことを考えれば、御料所井は残した方が有益ということは変わらんということやな」

長政の発言に村長は、すかさず口を挟んだ。

「御殿様、ならば梅雨までの間に、一度、井落としをして、水かさを減らしてもらうことはできませんでしょうか。そうすれば、少しはましになると思います」

「堰の一部を壊して水を一度落とせと申すか」

「はっ」

「遠藤。どうや」

長政は喜右衛門に尋ねた。

「それは、あくまでいつものような梅雨であれば、という話でございましょう。もし空梅雨になれば、流した水は戻りませぬ。左岸も右岸も、さらにその下の八木井から伸びる琵琶湖岸の村々まで水不足になり、米ができなくなり申す。そのような憶測で井落としをするなど、あってよい訳がございません」

喜右衛門はきっぱりと答えた。村長は返す言葉を探した。

「そやけど、そやけど何とか、儂らの村を助けてくだせえ。儂ら左岸の村だけが、こんな苦労をせなならんのは不公平でございます。どうか儂らも生きていけるように、どうか、どうかお願いでございます」

長政は、村長の訴えを聞いた。近隣の村々のことを考えれば、その訴えを聞き入れるべきではないと思った。しかし、何か良い手立てがあるならばできることはないかとも感じた。

「村では、他に良い方法はないのか」

「それが、とんと、これは、という方法がございません。井堰を右岸側だけ造り堰き止めたらどうや、という者がおりました。ほれはええ、と思いましたが、ほんなことしたら水が左ばっか流れて、左の堤が切れてまうやろ、ということになりました。なかなかええ方法は儂らの頭では出てきません。どうか御殿様のお力で、お助けください。お願いでございます。どうか、どうか、お願いでございます」

そう言うと、村長は再び頭を床に擦りつけた。床が軋むほどであった。


さらに翌日、長政は、冨田村の名主を屋形に呼んだ。冨田村は、御料所井の右岸から伸びる用水路の最下流にある村である。村名主は、小さな桐の箱に入った錦の袋を出し、そこから紙を取り出した。折られた紙を広げると、弘治三年七月と墨書された下に、「久政」の花押が書かれている。九年前に浅井久政が冨田村に出した文書である。

「このように大殿様から御裁定をいただいております。御料所、下三郷と井水相論の儀、双方立ち会い、水半分取るべき。異議あるべからず」

以上のように文書の一部を読み上げると、村名主は文書を差し出して言った。

「御料所井の井水については、このように右岸の村々が等しく分け合うことが決められております。我らにとりましては、この井水は命の水でございます。井堰を壊すなどということは、我らの命を奪うようなことでございます。左岸からの訴えには、我らは到底承服できることではございません」

村名主の言上を聞きつつ、長政は、差し出された文書に目を通して、答えた。

「これは確かに父上が下されたものに間違いない。其方が申すことも筋目が通っておる。我ら浅井は、祖父以来江北の村々を預かり、村々に筋目を通して定めた掟を守り、この地域を豊かにしてきた。じゃから、此度の件もこの書状の定める仕来りにそって裁断致すことは間違いない」

長政はそう言うと、村名主は安堵の表情を浮かべた。

「ただしや。左岸の者が訴える窮状も分かる。其方らも近隣の村の困り様は知っておろう。何か良い方法はないか。改善できることがあれば、古来の仕来りを越えて、できることはやるべきやと思っておる。どうや、其方らの村のためにもなり、左岸の村の窮状も救える妙案はないか」

村名主は暫し考えて答えた。

「左岸の村に水が浸いて稲が駄目になることは、儂らも知っております。特に梅雨時は降り溜まりになって、水温も高いので、すぐに稲も野菜も腐ってしまいます。そうなった稲はもう育ちません。それが分かっておりますので、儂らの村は、困っている村に差し苗をあげているのでございます。それでも成長が遅いので、僅かな米にしかなりませんが、少しでも助かるならと、協力しているのでございます」

「そうか。それは立派な心がけや。今後もそのように助け合ってもらいたい」

長政がそう言うと、側でずっと話を聞いていた喜右衛門が口を開いた。

「ということは、其方らの村は、先ほどお屋形様がおっしゃったように、其方らの村にも左岸の村にも良い方法があれば協力するということで良いのじゃな」

喜右衛門の問いに村名主は、確かに肯いた。


それから長政と喜右衛門は、領内外の様々な職種の者たちに意見を聞いた。特に治水工事に詳しい者、川沿いの村民、宮大工や穴太衆など土木・建築に関わる者などからも聴取した。一つの手がかりとなったのは、小今の村長が言った、井堰を右岸だけに造るという考えであった。

今日も長政は、近隣諸国の情勢を探らせていた報告を聞いたり、来月に迫った蓮華会の準備を進めたりして、今日も慌ただしく仕事をこなしながら、井堰造りの手がかりを探していた。

午後になって、城下の外れにある国友村から屋形を訪ねる者があった。頼んでおいた火縄銃十丁を持ってきたのである。

「若殿。試し打ちを致しますので、御検分いただけませんでしょうか」

庭から声を掛ける者があった。そこには国友次郎助がいた。国友村の鉄砲職人であり、国友一の名手である。長政は縁に出て、笑顔で次郎助に返答した。

「おお、これは国友殿。ご苦労でござる。名手の腕前を拝見させていただこう」

「はっ」

返事をした次郎助は一丁の火縄銃を取って準備を始めた。庭の先に的板がある。手慣れた手つきで素早く準備をし、いくつかの作業を終えると、縄に火を点けた。そして、打った。

ダァーン
遠くの的板が割れた。次郎助はすぐに銃口に棒状の物を差し込んで掃除をし、火薬や弾を込めた。さらに一連の作業を手早く終えると、構えた。

ダァーン
先ほどの横にある的板が割れた。重当と名付けられた国友産の鉄砲は、名手の手を借りて正確に目標物を連発で打ち抜いた。

「さすがでござる。良き品にござる」

長政は、次郎助の腕前に感心して礼を言った。

「いえいえ、我ら国友の者がこのように鉄砲製造に成功したのも、もともとは浅井様のお陰でございます」

そう言う次郎助が持つ火縄銃を見て、長政は、ふと気になった。もしや何かの手がかりになるかと思った。

（あの筒の中に溜まった火薬のくずは、そのうち溢れ出るやろう）

「国友殿。ひとつ尋ねるが、何発も打てば、その筒の中に火薬が溜まるやろ。それはどうするんや」

「はい。この黒色火薬は放っておくと鉄を腐らせます」

「腐らせるのか」

「ですから、打った後は毎回掃除をするのですが、このように」

そう言って次郎助は、鉄砲の台座に乗った鉄筒を外し始めた。毎日している作業であることがその様子から窺えた。そして、金具で挟んだ鉄筒を掲げるとその根元を見せた。筒の尻には別の鉄製の取っ手が付いている。それを指で回すと、中からねじが現れた。何度も回しているうちに、それは外れた。そして、細長い棒をもう一方の手で持った。

「このカルカをこのように」

そう言って、棒を上から差し込むと、鉄筒の底から黒い火薬くずが落ちた。

「この後、熱湯を筒の中に流し込み、きれいに洗います。熱湯はすぐに蒸発しますので、筒の中が乾燥して錆びません」

「おお、そうか。筒の上から湯を入れたら底から出てくるのは道理。なるほど。底から出せば水は浸かんわな」

長政は感心して答えた。

それから長政は、すぐに喜右衛門を呼んで暫し相談すると、様々な手配りを始めた。多くの者たちに指示をして、人や物資の調達に向かわせた。そして、妹川の流域にある多数の村々と井堰に伝達した。

「明後日から十日間、妹川の御料所井より上の井堰は総て閉じ、下流に水を流さず、溜めること」

梅雨入りするまでに工事を終えなければならない。長政は、領内全域の力を結集して、この新工事に着手する決意をした。

小谷山(おだに)で伐採した松の大木が荷車に乗せて次々と運ばれてくる。妹川に掛かる御料所井の右岸には、もうすでに数日前から多数の物資が堆(うずたか)く積まれている。一間(けん)もある栗の杭木が何百本も、大きな石も数十個、竹で編んだ笊(ざる)や桶(おけ)など、数え切れないほど様々なものが領内各地から集められてくる。人足も数百人は働いている。周辺の村々から集まってきている。冨田村や馬渡村など右岸の村からは勿論(もちろん)、小今村、月ヶ瀬村など、左岸からも人足は出ている。働く人々の口からは、駆(か)り出(だ)されたことへの不満の声はない。話す内容は、この工事がかつてない新しいものであることからくる不安と、近隣の村々の暮らしを変えてくれるかもしれない期待とであった。

数日前、御料所井の水はすでに落とされた。十日ほどの工事期間中に右岸六か村の田の水が不足しないように十分に田に水を張り、水路やため池に水を溜めた。その上で残った井水は下流にある八木井に流されている。上流の井堰も同じ頃から堰き止められているので、ここの川は、今、干上がっている。水がほぼ無くなった四日前から、川底から右岸の堤防にかけての範囲を一間余りの幅で掘り始めた。川底よりも深くまで掘り進めた。幅一間余り、長さ二十五間ほどの細長い縦穴が、川の右岸から中央部に向けて掘られた。昨日は、その縦穴の底に杭が打ち込まれた。朝から一日中、木槌(きづち)で打ち込む音がした。積み上げられていた数百本の杭がなくなった。

そしていよいよ今日は、その縦穴の底に丸太や分厚い板を使って、四角い箱状の細長い筒のようなものを組み上げていく。現代で言うなら、木製のトンネルを川底の地下に埋める作業である。

喜右衛門は、長政の名代としてこの工事の指揮を執っていた。

「奥から順に組み上げよ」

喜右衛門の指示で職人らが縦穴の奥に入っていった。さらに人足たちが、そこに松の太い丸太を運び入れていく。小谷山で伐採した松の大木である。松の木からは松脂が出る。その脂が水を弾く。長い年月が経過してもほとんど腐ることがない。近江国犬上郡出身の藤堂高虎は、後に大名となって築城の名人と呼ばれるが、海岸沿いの湿地にも築城している。その時、湿地を補強するために土台に打ち込んだのが松の木である。

「ぐり石を運び入れよ」

ショウケと呼ばれる竹の笊を使って河原で集めた丸い石を、人足たちが運び入れる。丸太を組み上げたトンネルの中に、ぐり石をぎっしり積み上げて崩れないように支える。トンネルは川底の中央部がやや高く、右岸の出口の方がやや低くなっている。すでに地下水が浸み出している。出口の方に流れ出している。

「やっぱここはいつでも川底に水が流れとるな」

村の者たちは、改めて地下に伏流水が常に流れていることを確認した。この工事が巧くいくのではないかと期待が膨らんだ。

地下トンネルを組み上げる作業は三日掛かった。そして、最終日に、これを埋めるとともに、一部を壊して水を落としておいた川の井堰を修復した。

こうして十日ほどの作業で、川に掛かる御料所井の底に埋められた伏樋(ふせひ)ができた。伏樋は川底の樋(とい)である。底に浸み出る伏流水を右岸にはき出すことができるはずである。

その夕刻、伏樋完成の報告を受けた長政は、上流の井堰に対して、翌朝、日の出とともにこの十日余りの間で貯まった水の放流を命じた。

翌朝、長政と喜右衛門は僅かな供を引き連れて、御料所井に向かった。空は曇っている。妹川沿いを馬で駆け、堤に上がった。放流水はまだ届いていない。

「さあ、思惑通り巧くいくかどうか」

長政は、楽しそうに川を見て、また駆け出した。

「心配ござらん」

喜右衛門は後を続いた。

御料所井の上で橋を渡り、馬渡村まで来た。そこには、すでにたくさんの村人たちが出ていた。これだけの人出があるということは、右岸の六か村から集まっているようである。この者たちの関心は、本当に水が流れ出るのかということである。不安な気持ちを抱えながら、確かめに来ている。

その中に、小谷城に来た富田村の名主の顔が見えた。

「おお、これはこれはお殿様。直々のお運び恐れ入ります」

村名主は少し慌てて、村人たちを下がらせ、井堰の前の場所を空けた。

「さあ、どうぞ。このたびは誠にありがとうございました」

村名主は深く頭を下げた。

「いやいや、これほど早く見事にできたのは、皆の合力があればこそや。水はきっと出る。大丈夫や」

長政はそう言うと、伏樋から繋がる用水路を覗いた。確かに水は出ている。流れはそれほど多くはないが、地下水がこちら側に集まってきているのだろう。村名主が、水路を覗く二人に声を掛けた。

「確かに川底を通る水は、こっちに流れて来るようでございます。あとはどれくらい水が出るかでございますが」

村名主は、不安な面持ちである。右岸の村々では、今回の工事に対しては様々な意見があった。村名主は、困窮する左岸の村々のために協力することに同意した。しかし、この工事に不信を抱く者たちからは、たびたび反対の意見を聞かされた。まだまだ水が必要となるこの時期に、なぜこのような工事を認めたのかと声を荒らげる者たちもいた。もしも今日、伏樋から出る水が多くなければ、反対派の村人たちから強く非難されるだろう。収穫は命に関わる重大事である。村人たちがどんな行動に出るか、村名主は内心気が気ではなかった。

「工事は巧くいったのじゃ。心配するな。もう間もなく水は出る」

喜右衛門が野太い声で、心配する村名主に声を掛けた。

「水が来るぞおお」

ちょうどその時、堤の上に立っている者が声を上げた。皆が顔を上げて聞き耳を立てた。すると、微かに水音が聞こえ始めた。水が今、上流から流れ来て、妹川に掛かる井堰に徐々に溜まっていこうとしている。その水は、しばらくすれば川底へ浸透し、地下水と合流して溢れ出すに違いない。その場にいる者たちは皆、祈った。

すると、馬渡村の方からお囃子が聞こえてきた。

タンチキチキ　タンチキチー

ダカダカダカダカ　ダンダカダンコン

タンコンタカタカ　タンタカタ（ハイ）

数十人の一団が、首から提げた太鼓を胸に、踊りながら近づいてきた。両手に持ったバチを軽快に回しながら叩く。鉦や太鼓、横笛の音とともに、掛け声を発しながら踊り来る。右を向き、左を向き、バチを頭上に掲げて雨を乞い願う。足を踏みならしてゴロゴロと鳴る雷の到来を祈る。

タンチキチキチキ　タンチキチー

ダカダカダンダカ　ダンダカダンコン

タンコンタカタカ　タンタカタ（ハイ）

頭には鳥の羽を何本も束ねて頭上高く伸ばしている。踊りながら優雅に頭を振る。シャグマと呼ばれる鳥の羽が大きく弧を描く。雨乞い太鼓踊りの一団が、堤に近づき、伏樋から水が溢れるのを祈った。村人たちも一緒に手拍子をして踊りの一団を迎えた。

「おい、儂にもやらせてくれ」

喜右衛門が、村の者に声を掛けた。村人は、すぐに大太鼓とシャグマを用意した。喜右衛門は太鼓を首から提げた。
「儂も一緒に踊ろう」
長政が言った。
「おお」「御殿様も一緒に踊ってくださるぞ」「ああ、ありがたや」「これできっと大丈夫や」
村人たちは口々に言った。喜右衛門とともに長政も太鼓とシャグマを身に着けた。
「さあ、始めよう。ソーリャ」
長政の掛け声とともに二人も太鼓踊りの一団に加わった。喜右衛門は、バチを高く掲げて天に祈る。雷が鳴り雨が降ることを祈って大太鼓を鳴らす。
ダカダカダンダカ　ダンダカダンコン
長政はバチを手でクルクル回しながら軽快に太鼓を叩く。シャグマを回して優雅に踊り、飛び跳ねる。
タンコンタカタカ　タンタカカタ(ハイ)
タンチキチキチキ　タンチキチー
一団を差配する年配の男は、益々(ますます)調子に乗って鉦(かね)を打ち鳴らす。それに合わせて太鼓の響きもどんどん高らかに盛り上がる。
ダカダカダンダカ　ダンダカダンコン
タンコンタカタカ　タンタカタ(ハイ)

村人たちも一緒になって歓声を上げ、手拍子を打った。長政と喜右衛門が輪の中心になって、太鼓踊りの一団が踊り、その周りを村人たちが囲み、一つになって祈りを捧げた。

タンチキチキ　タンチキチー

ダカダカダンダカ　ダンダカダンコン

タンコンタカタカ　タンタカタ（ハイ）

すると、太鼓の鼓動に響き合うかのように、伏樋から音を立てて水が溢れ出た。水しぶきを上げて用水路に流れ出した。

「おおおお」

集まった村人たちは歓声を上げた。

「おお、出た出たぞ」「ほんまや、ほんまに出たで」「ああ、よかった」

村人たちは、安堵と歓喜に沸いた。このように地下に掘った伏樋から、本当に水が溢れ出るのかどうか、村人たちは半信半疑であった。しかし、目の前でその穴から水が噴き出すのを見て、浅井様を信じて良かったと思った。

喜右衛門も喜んだ。軽快に踊る若い主人(あるじ)を見て、この人とともにこの地域を治めてきて、本当に良かったと思った。古くから水の恵みを求めた江北の人々は、水の神、龍神を祭った。喜右衛門は、改めて長政こそこの地域に恵みをもたらす龍神の化身だと思った。

伏樋は、正に川の底に眠る龍のように細長い胴体をしている。多くの石を飲み込んだ伏龍である。そして、今、その胴体を浸透して地下水が伏樋を通って、右岸の用水路に溢れ出した。

堤の上の川音の勢いが増した。本格的な放流水が到着したのであろう。皆の期待はさらに膨らんだ。しばらくすると、伏龍の口から溢れ出す水は勢いを増した。用水路の幅は広い。ここから下流にある六か村の田畑を潤さなければならない。その用水路の幅いっぱいに水は流れ、勢いを増した。

「ああ、ありがたや。これで今年も田ができる」

「御殿様のお陰、浅井様のお陰や。ああ、ありがたや」

多くの者たちが、手を合わせて拝み、お礼の言葉を口ずさんだ。

さらにしばらくすると、その水は美しさを増した。きれいに澄んだ透明になり、そしてさらに紺碧(こんぺき)になった。

喜右衛門は、その流れを見るうちに、紺碧の龍が琵琶湖に向かって飛び立つ錯覚を覚えた。正に伏龍が紺碧の龍となって飛んでいく。そこには、領民たちから感謝される長政の姿があった。

「さあ、これから小今村に向かうぞ。向こうはどうなっているか見に行こう」

長政が言った。雨乞い踊りの一団と村人たちはともに対岸に向かった。御料所井を見ながら一行は橋を渡った。上流から流れ着いた水が井堰に溜まり広がっている。空の雲が濃くなり、風が出てきた。

ダンダカダン　チャンチャカチャン　チャンチャカチャン

浅井の里から　見渡せば　東に伊吹　西に湖(うみ)　ハイ

ダンダカダン　ダンダカダン

朝な夕なにそよ風が　黄金の波を吹きよせる　黄金の波を吹きよせる　ソーラヨ

ダカダカダンコン　ヨー　ダカダカダンコン　サーイ
一行は、奏で、謡い、踊り、祈りながら進んだ。対岸には、小今と近隣の村の人々が待っていた。

長政と一行が近づくと、その人々は、歓声と祈りの声を上げた。

「おおお、皆さんきゃあたで」「ああ、殿様や。殿様が来てくれやあたで」「ありがたや、ありがたや」

長政と喜右衛門は、右岸の堤の下まで来ると、水が染み出ていないかを確かめた。

「御殿様。誠にありがとうございました。遠藤様も誠にご苦労様でございました。お陰様で水は溢れておりません」

小谷で村を助けてくれと訴えた小今村の村長が深々と頭を下げた。村人たちも口々にお礼を述べている。

「ああ、良かったな。向こうには、さっきどおっと出たぞ」

喜右衛門が言うと村長は安堵の表情を浮かべた。

「そうでございますか。それは誠に祝着にございます。井堰に水が溜まってからもうだいぶ経ちますが、こちら側にはほとんど出てきておりません」

「そのようやな」

喜右衛門は、堤の下にある水路を点検した。確かに水は僅かしか出ていない。以前は左岸に溢れ出ていた水が、伏樋の水路を通って右岸にはき出されているに違いない。

喜右衛門は、工事の成功を確認しながら考えた。右岸と左岸の村々の要求は、聞き取った時には、まったく反対のことを求めていた。それは、相容(あいい)れないものに思えた。しかし、長政はその対立する困難な訴えに真剣に向き合って見事に解決してみせた。喜右衛門は、浅井家に仕えてきたことを、改めて誇りに思った。

両岸の村人たちは、互いに感謝し、笑顔で言葉を交わしている。

暫し休憩を取っていた雨乞い踊りの一団が、再び太鼓を鳴らした。すると、遠くでゴロゴロと雷が鳴った。

「おお、これは来るぞ」

喜右衛門が野太い声で言った。皆が空を見上げた。

「おっ」

長政の頬に雨が当たった。そして、降り出した。一面に広がる田んぼに恵みの雨が降り注いだ。

六月十五日は蓮華会である。今年の頭役は、浅井久政の生母、寿松が選ばれている。清水谷の屋形に建てられた仮屋には新造した弁財天座像が安置された。蓮華会は、琵琶湖の北端に浮かぶ竹生島の宝厳寺(ほうごんじ)に、この弁財天を奉納する祭礼である。ここには都久夫須麻(つくぶすま)神社があり、地元の神、浅井姫が祭られている。水の女神、弁財天という仮の姿となった浅井姫を里に迎え、この日竹生島に奉納する。

昨年は浅井久政が頭役となり弁財天を奉納した。頭役は、夫婦で勤める。先頭と後頭の二組があり、先頭は後頭の経験者が行う習わしである。昨年、後頭を勤めた久政と阿古は今年、先頭となる。そして、後頭の母寿松とともに栄えある役目を勤める。古くは天皇がおこなったこの役目は、浅井郡にゆかりの者が選ばれる最高に名誉ある役目であった。

巳の刻、湖岸の村、早崎の鳥居に、頭人となった浅井家の一族が集まった。この鳥居が竹生島の一の鳥居である。ここから参道を通り、早崎港で船に乗って島へ渡る。早崎、下八木、冨田の村人たちが、この祭礼の執行を勤める。多くの人々が参道に出て、この祭礼を祝福しようとしている。特に今年は、浅井様が頭役を勤めるのである。溢れんばかりの人が出ていた。

榊を持った者が道を清め、御正体と呼ばれる鏡が進み、頭役先頭の久政は束帯姿で騎乗した。阿古は下げ髪に打掛姿で輿に乗った。さらに、神輿には新造された弁財天座像が乗っている。後頭は寿松と長政がつとめた。本来は、夫婦で勤めるのであるが、寿松の夫、亮政はもういない。長政が代わりとなった。お市ら、一族の者もこの晴れの一行に付き従った。輿を担ぐ者も併せて三十数名が参道を練り歩いていく。沿道を埋める者たちは、地域に生き、地域を守る領主である浅井一族を祝福するとともに、本来の目的である水乞いの儀式が無事執り行われることを祈る。冨田村の人々の姿も、小今村の村長たちの顔も見える。皆が浅井の繁栄を願った。

早崎港には何艘もの船が待っていた。多くの人々がその船に乗っていく。賑やかな調べを奏でるのは金翅鳥船である。管弦師が横笛や琵琶を演奏している。金翅鳥は、迦楼羅とも呼ばれる。金の羽根を持ち、火を吐く巨鳥である。張り子の金翅鳥を乗せた船が先頭に進む。次に弁財天が座す神輿船に頭役たちが乗る。その左右に警固船、最後に台所船が続く。

神輿船に乗り込んだ長政は、竜頭の船首に立った。そして、船の行く先を見た。そこには小山のような島がある。中腹に寺や神社が見える。そこへ登る石段がある。その手前に鳥居が見えた。竹生島の鳥居に着船した船から、次々に上陸していく。神輿を拝殿に上げ、頭役も続く。弁財天座像に魂を入れる開眼法要が執り行われる。こうしてつつがなく弁財天を奉納した。

最後に舞楽が奉納される。横笛と太鼓、鉦が演奏される中、舞台に登った舞人は龍面を被り、厳かに舞う。

お市は、長政と並んでその舞いを見た。日は傾き、対岸の山に沈んでいこうとしている。空には白い雲がたなびいている。風が出た。遠くで波の音がする。笛の音色で掻き消された。その音色は独特の響きがある。この笛は、青葉の笛。心を落ち吹かせてくれる音色である。長政の顔を見た。夕陽が当たって輝いている。お市は、多くの人々に祝福され、一族が一堂に会してこの場にいられることに、とても満ち足りた思いになった。

その時、長政は南の空を見上げた。その湖の彼方は東近江である。数日前に東近江の布施公雄から書状が届いた。六角軍に取り囲まれたので救援を願うものであった。再び近江を南北に分ける戦が始まろうとしている。そして、この戦は、近江だけの争いではなさそうであった。長政には、その全貌はまだ掴めていなかった。

国境の砦に夏が来た。そして、奴はまた、突然現れた。

「半兵衛、また知恵比べをせねばならなくなったぞ」

建物の入り口に遠藤喜右衛門は立っていた。断りもなく部屋の中に入ってくると腰を下ろした。

「どうや、もうそろそろ、戦に出たくなったやろ」

「久方ぶりでございます。戦はなければない方が」

半兵衛は、はっきりとは言わなかった。

「東近江で戦になる。布施山城を助けるため浅井様が援軍に行くことが決まった。采配を振る気があるなら付いて来んか。お主も浅井様の元へ来てもう二年近くになる。お主の器量を役立ててもええんやないか」

喜右衛門は微笑みながら誘った。半兵衛にはまだ迷いがあった。半兵衛が守りたいのは故郷の美濃である。今は近江で居候(いそうろう)をする身ではあるが、もともと美濃を守るために行動してきたのである。浅井氏に味方すれば、それは美濃にとっては危険を増すことになる。そういう思いを理解していたから、喜右衛門は強引に戦場へ連れ出そうとはしなかった。

「私には一つ疑問があります。京極様の元に御内書が届いたと聞いております。矢島公方(やしまくぼう)は近隣の諸大名にも上洛の協力を求めておられるはずです。今、浅井様と六角様が戦をするというのは、上洛の妨げになってしまうでしょう。なぜこのような時に戦になるのですか」

そう問いかける半兵衛を見て、喜右衛門は笑い出した。

「ハッハハッ、さすが半兵衛や。この国境の地にいても、世の動きを捉えておる。お主の存念を聞かせてはもらえんか」

半兵衛は少し考えて、話し始めた。

「近江での戦がどのような事情で起こったかはよく分かりませんが、この動きはきっと近江だけでなく周りのいくつかの国が関係しているのではないかと思います。近江、美濃、尾張、京の三好、松永、そして二つの将軍家が関わって様々な思惑が絡み合っているように思います。近江で戦が起これば、それに呼応して、きっと美濃も戦になる。そう思えてなりません。信長はどうするのか。何か掴んでおられませんか」

半兵衛は喜右衛門に訊いた。

「上洛の準備をしておるらしい」

「それはいつ頃になるのですか」

「八月中に上洛するという話があるようや」

「本当にできるのでしょうか。近江で戦が始まるというのに。布施殿というのは確か六角家の宿老のはず。それがなぜこんな時期に反乱を起こしたのでしょう。六角様は織田様とともに上洛するつもりがあるのでしょうか」

半兵衛は疑問に思うことを次々に言い立てた。

「やはり六角は上洛に協力するつもりがないということか」

喜右衛門は自らに確認するかのように呟いた。

「喜右衛門殿、やはり私は美濃に残ります」

「そうか、信長は美濃を攻めると思うか。信長が、信ずるに値する男かどうか。同盟を結んでいるとは言え、浅井の命運はそこにかかっている。しかし、信長は今、矢島公方を味方に付け、上洛すると偽って戦準備を進め、油断した美濃を攻撃するというのか。本当にそのように不義なことをするのかどうか。たとえ戦乱の世を終わらせるためといえども、それで良いのかどうか。どことどこが結びついてこのような事態になっているのか、この後の成り行きを確かめ、浅井はどうするか決めねばならんな」

喜右衛門はそう言うと腰を上げた。

「儂は、東近江の蒲生野へ向かう。六角の動静を探ってくる。お主は美濃を守れ。儂もお主も互いに国境の小さな村を守る領主として知恵と才覚だけで生きてきた。大きな勢力の狭間でどんな運命に左右されるかは分からんが、お主は、お主の知恵と才覚を信じて生きろ。こんな境目で、いつまでもくすぶっている男やないぞ」

そう言い残して喜右衛門は去って行った。


七月下旬、布施氏を救援するため浅井長政が愛知川を越えて蒲生野に進出した。一番隊　山崎、二番隊　赤田、高宮、三番隊　堀、今井名代嶋、四番隊　磯野員昌、五番隊　狩野、三田村、浅井井演、河毛、本陣　浅井長政。六角方は池田秀雄に布施山城を攻撃させ、平井加賀守が布施山に近い内堀屋敷に向かい、三上越後守がその後を進んで集落に火を放った。七月二十九日、浅井氏は、平井隊を銃撃し、内堀屋敷へ突撃した。平井隊は多数の死者を出し苦戦に陥った。そこへ三上越後守が横槍を入れたので、浅井側は苦戦となり、撤退を余儀なくされた。長政本隊は、愛知川の北側の四十九院に本陣を戻し、全軍愛知川以北に引き上げた。

八月、足利義秋の奉公衆が交渉を重ね、美濃と尾張の和解が成立していた。そして、織田信長の上洛は八月二十二日に実行することが約束された。その期日が迫っていた。この頃、京を治めていた三好三人衆は、この動きを警戒していた。八月三日には、野洲郡矢島にいる足利義秋を襲撃しようと兵を動かした。これを知った義秋の奉公衆は、近江坂本でこれを迎え撃ち、何とか難を逃れた。八月十三日頃、六角義弼は、蒲生野での勝利の後、浅井軍を追撃した。両軍は、佐和山付近で激戦を交えた。八月末、織田軍がついに兵を動かした。尾張を立った信長軍は、美濃へ向かった。すでに信長は、前年に坪内衆を働かせて新加納に砦を築き、伊木城も強化していたので、美濃は東西が分断された状態にあった。足利義秋の和平交渉が成立してはいたが、美濃側は信長の上洛の動きを信じてはいなかった。新加納砦の坪内衆が、警戒する斎藤勢に向かって鉄砲を撃ちかけた。和平はもろくも崩れた。新加納に斎藤勢の注意を引き付けたところで、八月二十九日、信長軍は隙をついて瑞龍寺山から稲葉山に駆け向かおうとした。しかし、この日、一日中強い雨が降り続き奇襲することができなかった。同二十九日、近江では六角氏が足利義秋に対して翻意した。義秋らは矢島御所にいることはできなくなり、武田義統を頼って若狭へ避難した。

閏八月、稲葉山城の奇襲ができなかった信長軍は、斎藤勢と対陣したまま十日が経った。閏八月八日、斎藤勢の日根野弘就は六千の兵を河野島に向けて移動し、織田軍の退路を断つ作戦に出た。この動きを知った信長軍は慌てて河野島へ撤退した。河野島は木曽川流域の中州で広大な湿地帯が広がっていた。日根野ら美濃勢はこの中州に撤退した信長軍に激しく攻めかかった。信長は退路を断たれて逃げ惑い、馬廻衆が三十騎余りで輪になって信長を守って撤退し、次々に死んでいった。大敵の来襲に武具も投げ捨て、裸で増水した木曽川へ逃げ込み、多数が溺死した。信長は何とか逃げ延びることができたが、続くのは僅か五、六騎であった。信長軍の敗戦は、天下の嘲弄(ちょうろう)を受けるほどで、歴史の記録から抹殺された。

九月一日、稲葉山城と西美濃の間、長良川と木曽川が交わる要所に城が建った。信長軍と斎藤軍がにらみ合い、激戦をしている最中に、密かに建設が進められていた。作業に当たっていたのは、木曽川流域の川筋衆と呼ばれた者たちである。蜂須賀(はちすか)党や前野らとともに周到に準備をしてこの築城作戦を進めたのが、織田家で頭角を現し始めた家臣、木下藤吉郎であった。この墨俣(すのまた)城が完成したことで、稲葉山との連携が困難になり、喉仏を押さえられた西美濃衆は身動きを封じられた。近江では蒲生野に端を発する戦が続いていたが、九月九日、浅井軍は六角軍を押し返した。六角軍の大将、三雲新左衛門尉賢持はこの時、討ち死にした。六角氏に反旗を翻したはずの布施公雄は特別なお咎(とが)めもなく許された。翌年の六角氏式目にも名を連ねている。

六角承禎は、信長を中心とする上洛に協力しようとはしなかった。それは、台頭する織田信長という新興勢力への警戒心と、近江における浅井との対立及びその同盟関係に起因するものであった。六角氏は、近江での南北の対立から長年にわたって浅井氏との対立を続けていた。六角は浅井と対抗するため美濃斎藤氏と結んで浅井を挟んだが、浅井は織田と結んで斎藤氏を挟んだ。六角承禎は、信長と長政という新興勢力の台頭に我慢がならなかった。そこで三好三人衆との協調路線を選択した。すでにこの時点で、天下の趨勢は、信長側と反信長側に分かれて対立し始めていた。時代は、信長を囲んで動き出した。

こうして永禄九（一五六六）年は、騙し合いの中で複雑に絡んだ敵味方の関係が少しずつ明らかになりながらも、どちらの側も勝ち切ることはできずに暮れていった。

半兵衛が稲葉山城を返して隠棲してからもう三年が経とうとしていた。

永禄十（一五六七）年の秋風が吹き始めたある朝、半兵衛は、樋口直房に会うために美濃を離れ、近江の鎌刃城に向かうことにした。お市が輿入れする時も通った東山道を進むと、国境に長比山がある。この山から望むと、右には近江の最高峰、伊吹山が見え、左には霊仙山が見える。二つの霊山が互いの背たけを比べて競い合っているように見えることからこの名がついたという。北側にある伊吹山の方が高く雄大に見える。霊仙は幾重にも山陰が重なり、奥深い印象を与える。

かつては、美濃と尾張もそうであった。北側の美濃の方が尾張よりも僅かに強かった。たび重なる織田の侵略を返り討ちにしてきた。義龍が生きていれば、立場は逆であったかもしれない。それが、なぜ美濃は滅ぼされようとしているのか。半兵衛は、西に向かう背中から冷たいものを感じた。自分が起こした事件も、結果的には信長を利することになったのではないか。そして、美濃国の民衆を苦しめることになったのではないか。そう思うと、つい足早になってしまう。

長比山を過ぎると柏原の集落に入る。そこで北側の視界が開ける。裾野が広がる雄大な伊吹山は美しい。朝日を浴びて岩肌まで露わに見える。半兵衛がしばらく眺めていると、近くの小山の裾から子どもの声が聞こえた。

「おお、やったで、ふなや、ふなや」

元気に喜ぶ声に引き寄せられて、半兵衛は小山の裾を覗いてみた。そこには小川が流れていた。そして、まだ十にも満たないほどの少年が釣り竿を片手に魚を持ってはしゃいでいた。半兵衛は近寄ると声を掛けた。

「おお、釣れたか。何が釣れた」

「ふなや、ふなやぞ。もろこと違うで」

少年は誇らしげであった。普段はもろこくらいしか捕れそうにない小川であった。針を抜き魚籠に入れた。それほど大きな鮒ではなかったが、こんな小川で釣れるのは珍しいのであろう。

「こんなとこでよく釣れたな」

そう言って半兵衛は小川を覗き込んだ。

「あかん、あかんやろ。川覗き込んだら、魚が逃げてまうやろ」

針に餌を付けようとしていた少年が声を上げた。

「ああ、すまん」

半兵衛は後退りした。

「お武家様よう考えてや。そうや、お武家様も遠藤様の家来になったらええわ。うちの村の領主様やで。あの方の家来になって、いろいろ教えてもろたらええんや」

少年は誇らしげにそう言った。

「遠藤様といえば、須川の遠藤喜右衛門様か」

「そうやで。おいらの家、近いんやで」

「そりゃあ、うらやましいな。拙者も家臣にしてもらえるかな」

「お武家さんでは無理かもしれんな」

半兵衛は笑った。無邪気な少年に話を合わせてやった。大きい魚を釣れよと励まして別れた。

遠藤喜右衛門は、こんな小さな子どもが誇らしげに話すほど、この地域で尊敬されている。自分はどうであろうか。故郷美濃の人々はこの半兵衛をどう思っているのだろう。足早に進む半兵衛は首を垂れて歩いた。三年前、いつか遠藤直経を超えるような男になりたいと誓った。しかし、何もできぬままこの三年が過ぎていく。もうすぐ美濃は占領されるだろう。故郷(ふるさと)岩手の領民にとって、この占領は何をもたらすであろうか。自分は領民からどのように思われるのであろうか。

(もう一度、やり直せるものならば。この力を存分に発揮して、もう一度やってみたい)

心の奥底から願ってみても、空(むな)しさしか残らない。今の半兵衛に、その機会は与えられなかった。

成菩提院(じょうぼだいいん)、京極館の横を通り河内城を左に見て、東山道は堀氏の居城、鎌刃(かまは)城に近づいた。左側の山の中腹に一際(ひときわ)目立つ建物が現れる。ちょうど鎌の刃のように半楕円形にいくつもの建物が並んでいる。連なって立ち並ぶ建物の中でも特に目立つのが、一番手前にそびえる建物である。ちょうど鎌の刃の根元の位置に、高く積み上げられた石垣がある。さらにその上にお寺の本堂を積み上げたような大櫓(おおやぐら)が乗っかっている。後に天守閣と呼ばれる建造物である。

半兵衛は、この大櫓を見上げた。太陽は傾き始めたが、まだ明るい日差しが建物を照らしている。

「よお、半兵衛殿。よお来たな」

馬に乗った一人の男が声をかけてきた。

「ああ、出迎えに来てくれたのですか。ありがとうございます。ご無沙汰しています。樋口殿」

半兵衛は頭を下げた。二人は、城の大櫓へと向かった。

樋口直房は、鎌刃城主の堀氏に仕える家老である。この頃、当主の堀秀村はまだ十歳と幼く、樋口が実質的に堀家を取り仕切っていた。半兵衛が長亭軒に閑居（かんきょ）する時に住まいの世話をしてくれた。それ以来、たびたびやって来て情報を知らせたり面倒を見たりしてくれた。その間、樋口が領民の暮らしを考えて行動をする様子を、半兵衛はたびたび見た。この人なら信頼できると思える人物であった。

半兵衛は、大櫓の最上階に案内された。樋口直房は半兵衛を手招きし、窓際から下界を眺めた。

「どうや。ええ景色やろ。琵琶湖がよう見えるで」

そこからは、近江の広い範囲が見渡せた。遙か南に続く湖は視界の限界までも湖が続いている。その上空に京との境、比良（ひら）の山影（やまかげ）が霞（かす）んで見える。その山影に沿って視線を北に移した。北方に島が浮かんでいる。あの竹生島では今年も盛大に蓮華会（れんげえ）が執り行われた。伝承の女神「浅井姫」を祭神とする都久夫須麻神社は、古代には天皇が頭役となって盛大な祭事が催されていた。その後、浅井郡にゆかりの富貴者が莫大（ばくだい）な費用を出して行ってきた。昨年は、浅井久政とその母寿松尼（じゅしょうに）がこの役を果たした。阿古に来るように誘われていたが、結局半兵衛は行かなかった。

「竹生島の蓮華会、今年は唐人が頭役を務めなさったんや」

樋口は、竹生島を眺めながら話を続けた。

「唐人彦左衛門という小谷城下の商人や。立派なもんやろ。明(みん)から遥々(はるばる)異国にやって来て、ここで成功して頭役まで務めるんや。名誉なことや。小谷の町は豊かになった。北近江の村々もそうや。浅井様のお陰や。もう何年も北近江では戦がなくなった。昔、京極様の時代は、一族同士で争いを続け、この地域の村々はそれに巻き込まれ続けた。その後は、六角様が何度も攻めて来た。京や伊勢やと遠征に駆り出された。今は戦も減り、ほんまにありがたい」

そう言うと、樋口は視線を北にある小さな山に向けた。伊吹山系が連なる峰々から手前に飛び出すように綺麗な三角形を広げる山がある。小谷山、浅井氏の居城である。しばらく遠くを見ていた樋口は、視線を半兵衛に向けた。

「美濃は、どうや」

じっと北の山を見ていた半兵衛は口を開いた。

「もう難しいです。西美濃衆は生き残るために信長に味方することを決めました」

声に張りはなかった。樋口は半兵衛と同じ方向に視線を向けた。

「そうか。河野島は上手くいったのにな」

半兵衛は小さく肯いた。昨年の河野島の戦いの時は、半兵衛も久しぶりに戦場に向かった。舅(しゅうと)の安藤守就(もりなり)に会い、信長の策略を知らせて警戒すべきことや用兵について進言した。斎藤龍興は半兵衛を許さなかった。だから半兵衛が戦いの場に出ることは認められなかった。それでも、戦いは美濃が圧勝できた。ただ、誤算であったのが、墨俣に築城を許してしまったことであった。

「墨俣に城ができたのは痛かったな。さすがにあそこに拠点があっては、西美濃衆は身動きできんし、稲葉山は完全に孤立する。木下という奴が建てたと言うが、どんな奴やろ」

半兵衛は首を横に振った。新加納の時も、河野島の時も、勝ち切ったと思ったところでその男が現れた。しかし、その素性は知らなかった。

「そうか。あれさえなければ、まだ美濃も生き残れたやもしれんがな」

樋口はそう言うと、窓際から離れ、部屋の中ほどに座った。

「半兵衛殿、ここへ座れ」

樋口の指示の通り、半兵衛は樋口と対面した。

「これからどうするつもりや。あんたのような男なら浅井様の直臣に取り立てていただくこともできるやろし、儂がここで領地を用意することもできる。近江に来るつもりはないか。日の出の勢いの織田様との同盟も盤石やし、落ち着いて暮らすこともできるやろ」

樋口の誘いはありがたいことだと思ったが、半兵衛は素直に応じる気持ちにはなれなかった。

「私は何とかして美濃を救いたいと思っていました。飛騨守などが取り巻いていたのでは、美濃は尾張に奪われてしまうと思ったから、稲葉山を乗っ取ったのです。けれども、結局のところ、私にはどうすることもできなかった。むしろ、信長にとってやりやすくしてしまっただけでした。あんなことをしなければ、美濃は信長に乗っ取られずにすんだのではないか。そう思ってしまうのです」

樋口は、視線を落とす半兵衛の顔を見た。その沈鬱な表情から、樋口は半兵衛の心の内を想像した。きっと半兵衛は、自分が起こした事件をどう評価し、その結果にどう向き合えばよいのか、長い間、悩んで答えを出せないでいる。僅かな手勢で難攻不落の稲葉山城を乗っ取った英雄的事件が、彼の人生に重くのし掛かり、身動きできない袋小路に迷い込ませているのかと、樋口は思った。

「半兵衛殿。儂は近江の一番端にある坂田郡を守ってきた。まあ、それは美濃の端を守ってきたあんたもそうや。儂らは同じような境遇で領民たちの暮らしを大事にしてきたはずや。かつては、京極様の理不尽な支配に耐え、六角様の力が伸びてくれば六角様に従い、浅井様が強くなると浅井と共に六角の勢力を追い返した。そうやって、生き延びるしかなかったんや。きっと半兵衛殿も同じような苦しみの中で生き抜いて来たんと違うか」

そう言うと、樋口は少し間をおいて話題を変えた。

「今井定清殿を知っておるか」

「はい。たしか太尾城でなくなった」

「そうや。亡くなった理由を知っておるか」

「私が聞いたところでは、味方討ちに遭ったと。磯野殿の兵が誤って殺してしまったと聞いていますが、そんなことがなぜ起きたのか。不思議な話だと思っていましたが」

「そうやろ。儂らでもそう思うぐらいやから、あの後、今井家の者たちは大変やった。特にあの夜は田那部与左衛門が夜襲の合図を出すことになっていたが、それが深夜になっても出んかったから、今井の重臣の嶋が田那部を疑ってな。もともと嶋も田那部も今井家の家臣やったが、考えも違うし、まあ反(そ)りが合わんかったんや。そやから嶋は田那部を討つとも言っておった。遠藤殿と赤尾殿が間に入って誓詞を書いたりして何とか収まりはしたんやけどな。そやけどやあの時、こんな噂もあったんや。あれは遠藤殿の策謀で田那部に殺らせたんやというんや。今井定清殿は、以前から六角に味方したり浅井様に戻ったりと、態度をころころと変える人やった。まあ、両方の勢力にとって重要な境目を守る者があんなにころころと態度を変えるようでは浅井様を支える遠藤殿としては扱いにくいことは間違いなかったやろ。そやから、定清殿を亡き者とし、幼い小法師丸に後を継がせて、今井一族を取り込もうという、遠藤の策略だったという噂やったんや。これはほんまかどうかは、儂にも分からん。けど、そういうことがあったとしてもおかしくはないやろ」

半兵衛は、そんな話もあったのかと、内心やや驚いた。

「そう考えるとや、竹中家や舅殿の安藤家は、あの時、斎藤家にとってはまあ扱いにくい家臣やったやろ。もし半兵衛殿が稲葉山を乗っ取ってなかったら、逆にあんたらが殺られていたやもしれん。乱世とは、そういうもんやろ。あんたがやったことをいくら後悔しても、どうしようもない。そう思わんか」

樋口はそう言うと、半兵衛を見た。半兵衛は何も答えなかった。

「儂らはこの国境で生きとるんや。こんなちっぽけなところで領民の命や暮らしを守ろうとしてやってきた。あんたは若いのにようやっとる。別に何も後悔することもないし、恥じることもないやろ。儂らはどうしたたかに生きるか。どうすれば領民を守れるか、それが一番やと儂は思うで」

樋口の言葉はありがたかった。励ましてくれる温かい言葉であった。しかし、半兵衛にはどこかすっきりとしない何かがあった。確かに自分はこの境目に生き、領民を守っていくことを大事に考えてきた。しかし、それだけでは満ち足りない何かがある。

半兵衛は、深々と頭を下げて礼を言うと、再び窓際から外を見た。日は傾き、今日の一日が終わろうとしている。半兵衛は地域を見渡した。佐和山、山本山、小谷山、横山、総ての山に城や砦がいくつも築かれている。半兵衛はその位置や地形を脳裏に焼き付けた。凝視する眼下に白い鳥の群れを見つけた。西から東に向かってゆっくり飛んでいる。中央の鳥を先頭に左右にそれぞれ十羽足らずが連なって飛んでゆく。琵琶湖は今、小鮎の遡上の時期である。春に遡上した小鮎は上流の清流で鍛えられて成長し、大きな鮎となる。しかし、春に遡上しなかった小鮎は、琵琶湖で小鮎のまま穏やかで平和に暮らし、秋になって産卵のために遡上する。それを今、サギの群れが狙う。河口で腹いっぱい餌を食ったサギが寝倉の鷺山へ帰って行く。

（群れを成して帰って行くあの山の向こうに、今朝までとは違う美濃がある。もう今までのように自分が守る国はない。もう今までとは違うのだ）

半兵衛には、今、美濃で起きていることが分かっていた。

稲葉山城がこの日ついに落城した。永禄十（一五六七）年八月十五日である。信長は約七年間を費やした。落城する前に、城主斎藤龍興は、船に乗って長良川を下り、伊勢国長島へ落ち延びた。

美濃を平定した織田信長は、稲葉山城を「岐阜」城と改めた。古代中国、周の文王が、岐山という都から起こり、国を統一したことから、岐阜の名をつけた。さらに、信長は、この頃から朱印を用いるようになった。

「天下布武」

信長は、将軍家を強大な武力で助けて上洛を果たし、京周辺の敵対する勢力を追討し、天下の戦乱を終わらせようとしていた。

長政には、この年「浅井姫」が誕生した。お市似の可愛い姫である。茶々とよばれた。北近江に平和と幸福をもたらした長政のもとにも幸せが訪れていた。

二　饗応

永禄十一（一五六八）年、浅井家では、隣国となっていた織田家の勢力を頼もしいと考える者が多かった。織田家は、小領主が分立していた北伊勢にも勢力を伸ばし、支配地域は石高にすれば百万石を超えていた。動員兵力三万を超える巨大勢力に一気に成長していた。信長の妹、お市と結婚し、堅い同盟関係を結んでいた浅井家は、その同盟国として安定が続くと楽観する人々も多かった。また、磯野員昌らは、早くから信長の存在に注目し、百年も続く戦国の世を終わらせることができる者として信長に期待を寄せていた。天下布武の理想に向けて、浅井家もともにその事業を推し進めるべきだと主張する者もあった。

しかし、その勢力拡大を不安視する者もいた。もともと浅井家が北近江を治めることになったのは、近江守護職である京極氏の理不尽な支配と六角氏の外圧に対抗して、北近江の国人や土豪がまとまったからであった。自らの村や領民を守るために団結した地域の者たちは、浅井氏を盟主にして、様々な対立を解消しながら北近江をまとめていった。そして、三代にわたって、北近江の安定と平和を維持し、地域を発展させることができた。しかし、今また織田家という巨大な勢力が領土を拡大しようとしている。その争いに再び動員され、巻き込まれていくのではないか。そういう不安であった。しかも、織田信長という人物は、これまでに自己の拡大のために親戚や身内までも殺し、同盟関係を結んでともに戦った協力者をも裏切ってきた男である。遠藤直経らは、自分たちの力で地域を発展させてきた北近江を脅かす存在となりはしないかと警戒していた。

　その意見の対立はまだ顕在化していなかった。しかし、人々の様々な思惑の中で徐々に重大な問題となりつつあった。

　野原の只中(ただなか)にある一軒の荒ら家(あばらや)に、しわがれ声が響いている。老将は念を押すように繰り返している。

「分かったか。田那部という奴は、これまで事あるごとに主人(あるじ)に逆らってきた奴じゃ。今も織田様との同盟に難癖をつけて、近江が戦に巻き込まれるだの、信長は鬼やだの、お屋形様の思いを踏みにじるようなことを吹聴しておる。儂は昔から奴のことをよう知っておる。もうええ加減我慢がならん。よいか、これはお屋形様の思いじゃ。磯野様もこれは何とかせんと浅井家のためにならんとおっしゃったのじゃ。じゃから明日、田那部を殺るのじゃ。分かったな」

　老将は、この家の住人の親子に詰め寄った。濁声(だみごえ)の父が返事をした。

「へえ、そりゃもう何度も聞いとります。それで、これが巧くいけば、必ず浅井様に仕官させてもらえますんやな。嶋殿」

二人は嶋の顔を覗き込んだ。深い皺が刻まれていた。

「そうや、儂が口をきいてやる。よいか、そうすることが、お屋形様のためになるんや。明日や。田那部を殺れ。分かったな」

老将は立ち上がると、荒ら家を出て行った。

「高則、明日は命懸けやぞ。藤堂家再興のためや」

「はい」

まだ若い息子は武者震いして返事した。

父がそう言うと、部屋に一人の子どもが入ってきた。しかし、子どもというには余りにも大柄な少年である。並の大人よりもずっと背が高く大きな体をしている。顔だけがまだ幼さの残る子どもである。

「田那部は夕刻には家におるらしい。昼までには坂田郡に入って、むこうの様子を確かめてから襲う。武具の準備をしておけ」

「父上、俺も連れてってくれ」

次男の与吉である。手に太い木の棒を持っている。

「与吉、おまえはまだ子どもや。あかん。連れて行くことはならん」

父は言った。

「なんでや。俺は強いぞ。役に立つぞ。連れて行け」

「ならん」

父は聞き入れなかった。

「与吉、おまえはまだ元服もしておらんやろ。それにや、もしも俺に何かあったときはどうする。おまえがこの藤堂家を継がななならんのや。おまえはここに残れ。分かったな」

兄がそう言うと、与吉はふてくされて出て行った。

「わあああぁ」

納得がいかずに叫びながら、太い棒を小枝のように軽々と振り回して野原を駆けていった。

翌朝、藤堂虎高（とらたか）は息子の高則（たかのり）や数人の家来とともに犬上郡藤堂村を出発した。

藤堂家はこの地の土豪であったが、戦乱の中で没落していた。近江の南北の争いの結果、浅井氏の勢力は犬上郡にも拡大した。特に犬上郡と坂田郡の境目の城、佐和山城に磯野員昌が城主として入ると、この地域は浅井氏の勢力範囲となった。藤堂家の復興のためには、少しでも早く浅井家に取り入り、磯野員昌に認めてもらうことが重要であった。そこで、この頃、磯野家の家老となっていた嶋秀安を通じて、仕官の道を探っていたのである。

藤堂村から田那部の在所がある坂田郡長沢まで約四里ある。怪しまれないように分かれて、ぽちぽち歩いて行った。近くまで来た頃には昼をとうに過ぎていた。

「村の様子を覗いてきます」

高則がそう父に告げて、一人で村に向かおうとした。

「怪しまれぬように気をつけていけ」

父が小声で声を掛けた。高則は何も言わずに肯づくと集落に向かった。長沢は琵琶湖岸の小さな集落で、長沢御坊と呼ばれる福田寺がある。寺参りに向かうふりをして集落の様子を窺った。民家はそれほど多くなかったので、田那部の家と覚しきところはすぐに分かった。怪しまれてはいけないので、ゆっくりと家の前を素通りし福田寺に向かった。この寺は、地域では大きな浄土真宗の寺院で、参拝する人々もいくらかはあった。高則も参拝者を装って寺院に入った。中は思ったよりも大きかった。奥の庭を掃除する者がいた。怪しまれぬようにまっすぐに本堂の前まで進んだ。木の階段を上がって中に入ろうかどうか迷ったが、その場で手を合わせて、「南無阿弥陀仏」を繰り返し唱えた。そして、目を開き、戻ることにした。振り返ると、きっきまで掃除をしていた人が、近づいてきていた。

「何かご用でございましたか」

それは住職のようであった。高則は、どう答えようかと少し戸惑った。

「いえいえ、何もねえです」

そう言うと、足早に寺を出た。胸の鼓動が聞こえた。平静を保とうと必死で呼吸を整えようとした。門を出て、来た道を帰っていった。すると先ほど通った家の中から声が聞こえてきた。

「おい、戻ったぞ。馬を繋いどけ」

男の声であった。「へい」と返事する声が聞こえた。何歩か歩いて家の中が見えるところを通りかかった。ちらっと中を覗いた。下人が家の中から出てきて、馬を繋ごうとしていた。

そのまま父らが待っているところへ急いで戻った。

「今、田那部が家に戻ったようです」

「おお、そうか。よく分かったな。気づかれんかったやろな」

「はい、どうもないと思います」

高則が報告すると、父は少し間を開けてから決断するように言った。

「よし、お主ら、心して掛かれ。行くぞ」

高則と家来の数人は頷いた。

田那部の家は静かであった。何事もないようであった。藤堂家の者たちは槍や刀を手に押し入った。

「主命に背いた罪人、田那部与左衛門はおるか。主命により取り押さえに参った。出て参れ」

屋内に土足で踏み込む一行に、慌てた下人らが出てきて言った。

「今、主人は出とります」

「何を言うか。おることは分かっとる。すぐに出せ」

高則が叫んだ。

「いえいえ、ほんまです。おりませんので、お立ち退きください」

「退け、退け」

虎高は、下人らを突き倒して、奥へ進んだ。

「何するんや、人の家に勝手に入って来やがって」

家の中から数人が武器を手に出てきた。

「田那部はどこや、出て来い」

虎高の掛け声とともに部屋の中は乱闘となった。激しく槍を組み合わせて戦いが始まった。しかし、しばらくすると藤堂側の勢いに押されて、田那部の家人らは奥へ逃げた。

「田那部はどこや、どこにおる」

叫びながら家の奥まで探したが、田那部は見当たらなかった。家人らは、奥へ奥へと逃げていき、開いたままの裏木戸から出て行った。虎高は、ここから逃げたのかと思いつつ、外へ追いかけた。木戸から外に出るとその時、裏庭から「ぐうぅ」という唸(うな)り声(ごえ)が聞こえ、人が倒れる音がした。急いでその場所へ向かうと、叫ぶ声が聞こえた。

「罪人の田那部を討ち取った。罪人を討ち取ったぞ」

辺りに響く大きな声であった。その声は、大人の声ではなかった。声変わりしていない子どもの声であった。虎高らが急いで裏へ回ると、そこに一人の男が倒れ、その横に刀を持った大柄の男が立っていた。その背丈は六尺ほどもある。その顔は、顎やえらが骨太で張っており、鼻も耳も大きく、切れ長の目をしているが、子どもの顔である。それを見た虎高は驚いた。

「与吉、おまえか。付いて来とったんか」

「はい。裏にまわったらちょうど出て来よった」

藤堂与吉は、興奮して声を上げげた。

「おお、ようやった、ようやったぞ」

父は喜んだ。次男の藤堂与吉は、父に無断で跡をつけて来ていた。そして、裏から逃げ出した田那部を討ち取ったのである。田那部の家人たちもその様子を見て驚いていたが、我に返ってその場から逃げ出した。

「大変や。殺られた。田那部殿が殺られた」

家人が叫びながら、人を呼びに走った。虎高はいつまでもここにいる場合ではないと思った。与吉の背中を叩いて「帰るで」と促すと、すぐに家を出た。そして、藤堂家の者たちは村を駆け出た。走り去ろうとしたその時、村の中から叫ぶ声が聞こえてきた。

「大変や、熊蔵さんが殺られた。熊蔵さんがああ」

「なんやと、誰や、誰にやられたんや」

「子どもや、大柄の子どもがやりよったああ」

「なんやと。叔父貴殿が子どもにやられるわけないやろ」

「ほんまや、子どもにやられたんや」

「あかん、言うたらあかんで。それはだまっとけ」

その会話を聞いた虎高は、駆ける足を止めた。声の方へゆっくり振り返ると呟いた。

「熊蔵やと」

虎高は首を傾（かし）げて、息子を見た。しかし、もう戻って確かめる余裕はなかった。もうあちこちから人が集まろうとしているようである。

「まあ、ええ。田那部は田那部や。行くぞ」

わけが分からないままに、その場から逃げた。

永禄十一年(一五六八)年七月、小谷に空前絶後の出来事が知らされて、城の内外を問わず人々はこの話で持ちきりになった。それは、足利将軍家の一族で次期将軍となる人物が、三日後に小谷城に逗留(とうりゅう)することになるというのである。足利義昭(よしあき)が越前一乗谷から美濃岐阜へ向かう途中、織田家の同盟者である浅井家に立ち寄ることが決まったのである。平時であれば見ることすら許されない貴賓を迎えるという、浅井家始まって以来の出来事に、町は沸き立った。慌ただしく準備する人々が小谷城下を行き交った。もう誰も、織田との同盟の是非や領内の小さな村で起こった事件など、気に留めることはなかった。

七月十六日、足利義昭一行は、越前一乗谷を出発した。浅井長政は余呉でこれを迎え、七月十九日、小谷に到着した。余りにも準備の時間がなく、絢爛豪華(けんらんごうか)な御成門(おなりもん)を造営することも、御庭付きの御成の間を整えることもできなかった。しかし、遠からずして征夷大将軍(せいいたいしょうぐん)に任じられるであろう高貴な人物を、できる限りのもてなしで迎えた。それは、浅井家にとっても、北近江の人々にとっても、栄誉なことであった。

夜には饗応の宴を催した。小谷の浅井館の大広間に足利義昭を始め足利家の奉公衆を招いた。京極高吉も上機嫌で列席した。高吉は、一昨年、御内書をもらうと、地域の武士を集めようとしたが、結局集まらなかった。それでも僅かな家来とともに義昭の元に馳せ参じ、上洛に向けての協力を約束していた。そして、それが今叶おうとしている。かつては近江、山城、出雲、隠岐、飛騨の守護職で幕府四職、侍所頭人を歴任した一族である。将軍家を補佐するに最もふさわしい家格であると自負していた。今こそ、京極家の家名を復興する最後の機会であると張り切っていた。

準備の日数がない中で、将軍となる貴賓の饗応をどのようにすればよいか、浅井家では困惑していた。京極高吉はかつて京へ出て将軍家に近侍した経験もあり、様々な儀礼にも精通していた。また、三十年以上前、浅井亮政が浅井家の地位を示そうとして、父の京極高清と兄の高広を小谷に招いて催した饗応のこともしっかり覚えていた。その時の饗応が、将軍家の御成を参考にして開かれていたと言って、古い記録を調べてみた。そこには詳しい記録が残されていた。高吉は、得意になってこの饗応を取り仕切った。

座敷には床の間が設置され、掛け軸が掛けられた。中央に月見の布袋、左右に梅と水仙、その下に花瓶が三つ置かれ、松や花が生けられた。座敷の広縁には酒の燗をするところが設けられ、奥の部屋には茶湯と休憩所が用意がされた。

上座には足利義昭が座り、細川藤孝、和田惟政ら足利氏の奉公衆、織田家からの使いである不破光治、村井貞勝らが並び、京極高吉もその上座に座った。そして、この饗応の主催者として、浅井久政、長政親子もこの席に着いた。浅井家の家臣たちは、広間の外に控え、酒肴や進物の準備をした。

饗宴は、式三献の酒礼から始まった。漆塗りの盃に注いだ酒を三杯勧め、これを三度繰り返す。その後も献酒は続くが、酒とともに膳が出される。献立は、魚の塩引き、鯛のそぼろ、鮭の焼き物、われる。

烏賊と鰹の和えもの、香の物、蛸、蒲鉾と、次々に振る舞われる。この間に進物の贈答と下賜が行

「盃を浅井備前に」

足利義昭の声はまだ若かった。張りのある高い声であった。長政は畏まって盃を受け取り、注がれた酒を飲んだ。礼の言葉を述べ、進物の披露を始めた。

「進上の馬と太刀をご覧くだされ」

そう言って、広間から見える庭の方を指し示した。庭には太刀を掲げた大男が立っている。磯野員昌である。さらに、そこへ遠藤喜右衛門が立派な馬を引いて登場した。馬の口を引いて右に左に馬を披露する。

「太刀一腰、馬一匹、献上仕ります」

磯野は、太刀をさらに掲げて言上した。その巨大で勇壮な姿は見る者を圧倒した。宴は沸き立った。その後も、酒肴ともに、数々の進物が並べられた。足利奉公衆にも太刀などが贈られ、饗宴はさらに盛り上がっていった。

そして、舞楽の披露となった。阿古の故郷、井口の隣に森本という小さな集落がある。舞人村と呼ばれ舞楽が盛んな村として有名であった。ここに、森本鶴松太夫という幸若舞の名人がいた。日頃から浅井久政に仕えていた。急なことであったので、京風の能楽師を呼ぶ余裕はなかった。久政は、この饗宴の舞を森本鶴松太夫に任せた。

演目は、幸若舞「伊吹」である。

鼓が弱く低く、間隔をあけてゆっくりと響く。薄暗い舞台の奥から謡が聞こえてくる。太夫が演じる傷心の幼き武将が、よろよろと登場する。

平治の乱に初陣で臨んだ年若き源頼朝公である。戦に敗れ、父義朝とともに都から東国へ落ち延びようとする途中、吹雪の山中ではぐれてしまう。裸足で彷徨い、雑兵の手にかかるぐらいならば自害せんと思案していたところ、旅人に出会った。近江国伊吹の住人、草野庄司と名のる者であった。草野は頼朝を故郷伊吹の山中で匿った。しかし、父が尾張で討たれたことを知ると、頼朝は素性を明かし、父を弔うため都へ行くという。源氏の宝刀髭切を美濃の長者に送り、岩切という刀を草野に取らせ、もし世に出たら刀をしるしに訪ねて来るように言って都へ向かう。

その頃、弥平兵衛宗清は、戦の恩賞として賜った美濃国垂井へ向かっていた。道中、編み笠で顔を隠す頼朝を見つけ、褒美ほしさに捕まえて京の六波羅に差し出した。平清盛は、父忠盛の命日で頼朝を殺すのは後日にしようと、宗清にしばらく預からせる。宗清夫婦は、未だ幼い頼朝を親身に世話したが、処刑の日が近づく。頼朝は、父と兄と自分の冥福を祈る経を書いた卒塔婆を作り、宗清に渡す。宗清はそれを静かなところに立てようと、池の禅尼の山荘に向かう。平清盛の父の未亡人であった池の禅尼は、その卒塔婆に書かれた経の文章に心を動かされ、頼朝の助命を願う。清盛は、源氏の宝刀のありかを言うことと引き替えに命を助けることを約束する。

一命を取り留めた頼朝であったが、都から遠い伊豆に流刑になる。そして、二十一年後、意を決して挙兵し、平家を討伐した。天下も宝刀も頼朝のものとなった。

太夫の舞は、猛々しく喜びに満ちている。高らかに響き渡る鼓の音色とともに演舞は閉じた。

演舞が終わる頃、足利義昭は、嗚咽して泣いていた。その気持ちに共感した足利奉公衆たちも皆、込み上げる感情で胸が潰れ、噎び泣いた。義昭は、先祖の頼朝公に自分の境遇を重ねていた。兄義輝は討たれ、近江の地に彷徨った後、今、伊吹の麓小谷に逗留している。これから美濃の長者とも言うべき織田信長のもとへ行き、挙兵しようとしている。そして、この舞に勇気づけられ、皆は必ずやこの挙兵を成功させようと決意を新たにした。

義昭は涙を拭いながら立ち上がると、下座の長政の前に歩み寄った。そして、長政の両手を掴んで言った。

「浅井備前殿、どうか織田殿とともに私を支えてくだされ。私の草野庄司となってくだされ。頼む。どうか頼む」

そう言って足利義昭は、長政の手を取り、頭を下げて協力を頼んだ。長政は平伏して言った。

「ははっ。もったいなきことにございます。必ずやご期待に添えるよう致します。どうかご安心くださいますよう」

「おお、頼むぞ、頼みますぞ。おい、太刀を持て」

そう言って近侍に声を掛けると褒美の太刀を持ってこさせた。

「私には岩切という名の太刀はないが、この太刀を受け取ってくだされ。どうか織田殿とともに上洛し、兄の仇、三好一党を討伐してくだされ」

「ははっ。わかりましてございます」

長政は、将軍になる貴人からの言葉に感激しながら平伏した。

足利義昭一行は、その翌日も心からのもてなしを受けた。そして、七月二十二日の早朝、小谷を出発した。長政は、一行を護衛して北国街道を進み、昼には美濃との国境、藤川村に着いた。ここで食事を振る舞った後、別れた。近江での滞在は僅か四日間、小谷で応接できたのは二日だけであった。それでも義昭と長政の心と心の結びつきは、堅く離れ難いものとなった。

七月二十八日、信長の使者が小谷城を訪れた。「佐和山城で上洛の下準備をしたい。八月八日に会おう」とのことであった。長政は快諾すると、早速佐和山城主、磯野員昌に連絡を取り、初対面の準備に取りかからせた。浅井家は、再び慌ただしく饗応の準備を始めた。

予定通り、織田信長は馬廻り衆（うままわしゅう）を引き連れて近江にやって来ることとなった。昼には国境を越えて近江に入る。その後、東山道を西に進み、夕刻には鎌刃城を通り過ぎたところにある磨針峠（すりはりとうげ）に到着する予定である。その知らせを聞いた長政は手勢を連れて峠で出迎えることにした。

喜右衛門もこれに同行した。喜右衛門の心中は複雑であった。長政や磯野は、この日が来るのを喜んでいた。特に磯野は、これから始まるであろう上洛に大きな期待を寄せていた。長く続いた戦乱の世を終わらせ、再び世に秩序を取り戻す。その役割を将軍家、織田家、浅井家がともに力を合わせて推進することができることに誉れ高い感情を抱いているようであった。しかし、喜右衛門は違っていた。急激に拡大し巨大な力を持った信長が、この後どのように変貌するか、その様子を確かめなければならないと感じていた。

百騎ほどの浅井家の家臣たちは、馬から降りて、織田の軍勢が到着するのを待った。長政は馬上で背筋を伸ばして信長が来る方向をじっと窺った。街道の坂道は、所々で曲がりながら峠に向かって上っている。すると遠くで赤いものが見え隠れするようになった。それが、次々と幾つも動き出した。

「来たか」

長政が声に出した。浅井の家臣たちの中に微かな緊張が走った。

赤に混じって黒いものも見え始めた。先頭を駆けてくる騎馬武者がはっきりと分かるようになってきた。赤幌衆(あかほろしゅう)である。信長の馬廻り衆として昨年編成された親衛隊である。黒い幌を纏(まと)った者もいる。そして、その中心にひと際立派な馬に乗る男が見えた。

長政は、その男を確認すると、馬から降りて待った。幌衆たちは次々にやって来て、街道の端に馬を止め、整列していく。中心の男は、長政のところまで来て、馬を止めた。

「浅井備前か。信長じゃ」

信長は馬上からそう言った。

「遠路お越しいただき、執着にございます。初めてお目にかかります。浅井長政にございます」

長政はそう言って挨拶すると頭を下げた。

「出迎え大義である。佐和山まで案内いたせ」

「はっ」

長政は返事をすると、すぐに馬に乗った。

「義兄上(あにうえ)、どうぞ」

馬上で振り返って、信長を招いた。信長が馬を進めると、二人は自然と並んだ。街道の中央を二人の大名が馬を並べて進んだ。

「市は息災か」

「はい。元気に過ごしております。昨年娘が生まれましたが、今もう一人お腹におります」

長政は朗らかに笑った。

「男だとよいな」

信長はそう言うと、長政を見た。そして続けて言った。

「世継ぎとできよう」

長政は前を見て馬を進め、はっきりと答えなかった。峠の下り坂から見える景色が開けた。琵琶湖や田園地帯がよく見えた。信長は不意に馬を止めた。そして、そこから見える景色をじっと見た。長政も数歩通り過ぎた後、馬の歩みを止めて踵(きびす)を返した。

「あれが佐和山か」

信長は近くの山を指さした。

「はい」

「観音寺は向こうか。小谷はどれだ」

六角氏の居城、観音寺城はここからは見えなかったが、信長が見る方向は確かであった。

「あの方角に。高いところに尖(とが)った山が見えます。あの左下に手前に飛び出すように見える三角の山。あれが小谷でございます」

長政は指で指し示した。

「そうか」

そう言うと信長は黙ってここから見える風景をじっと見ていた。

「お主は先に佐和山へ参れ。しばらく休んでから行く」

信長は、そう長政に指示をすると、また黙って近江の各地を見渡した。

「では、先に行って準備をしております。あとは遠藤喜右衛門に案内させますので、お申し付けください」

長政は手勢とともに佐和山への道を下っていった。

残った喜右衛門は、信長の近くに控えていた。信長は、近江の拠点となる山や川の位置、地形を確認しているように思えた。喜右衛門は、信長の様子を見ながら考えた。やはり信長は、この近江を支配しようとしているように思える。初対面から長政を臣下扱いしようとしている。長政は兄弟として並んで話す関係をつくろうとしていたが、信長はそれを嫌った。浅井家の後継ぎについても、すでに長男が生まれていることを知っているはずであった。二、三年前までなら同盟関係は対等なものであった。しかし、今、織田信長は浅井家を臣下として扱おうとしている。それが随所から窺(うかが)えた。喜右衛門は、小さな声で唸った。織田の家臣たちには聞こえないほど小さな唸り声であったが、喜右衛門には自然と出てしまう声を止めようがなかった。

佐和山城では、饗応役に指名されていた城主磯野員昌が、もてなしの準備を終えていた。しばらくして長政が戻ってきた。さらに少し後に信長一行が到着した。

夜は、盛大な酒宴を催した。至れり尽くせりのご馳走(ちそう)を用意し、両家の初めての対面を祝って、別格の祝言曲が謡われた。天下泰平、国土安穏を祝う翁の謡とともに千歳の舞が披露され、颯爽と晴れやかに演じられた。信長は上機嫌であった。

信長は引出物として、長政に一文字宗吉の太刀、槍百本、縮緬百反、具足、馬を贈った。また久政には、黄金五十枚、太刀を、さらにその他家老、重臣たちにも引出物を与え、特に磯野員昌には銀子三十枚、関兼光の太刀、馬代を贈った。饗応の宴は盛大に執り行われた。

酒宴を終えて、信長一行が寝静まると、長政のもとに磯野と喜右衛門が相談にやって来た。磯野は、饗応という慣れぬ大役を一日無事に務めて、安堵している様子であった。

「なんとか初日は無事に済み申した」

「ご苦労であったな。義兄上も機嫌よく過ごしておられ、祝着であった」

長政は磯野に労いの言葉を掛けた。

「ところで、一文字宗吉の返礼、いかがいたしましょうや」

磯野は長政に問うた。福岡一文字宗吉は鎌倉時代初期の作刀で大変希少な宝刀であった。この返礼として釣り合う太刀はなかなかない。長政は僅かに考えたが、すでに腹は決まっているようであった。

「儂は石割りをおいて他にないと思っておる」

名刀「石割り」と呼ばれる備前兼光は、浅井家において祖父浅井亮政の代からの伝家の宝刀であった。

「儂は信長様を儀礼として敬うことは大切やと思っておる。しかし、それはあくまで市の兄としてや。浅井家と織田家はともに協力し合う同盟国、あくまで対等な関係や。そのためにもええ加減な物はお返しできん」

長政はそう言うと、磯野も肯いて言った。

「さすがは若殿じゃ。石割りならば釣り合う。早速小谷に取りに行かせましょう」

「お待ちください」

喜右衛門が口を挟んだ。

「若殿も磯野殿も、本当に両家が対等でいられると思っておられるのか。儂は今日の様子を見ておって、よう分かった。信長は必ず近江を自分の思うように支配しようとするやろ。そうなれば儂らが守ってきたこの地域も領民も、信長の思うままにされてしまうのじゃ」

「いや、待て、喜右衛門。そうなるとなぜ言い切れるのじゃ」

磯野が言った。

「信長が若殿に取った態度を見れば魂胆が分かるやろ。馬上から若殿に命令するような態度といい、若殿が馬を横に並べれば不機嫌になって追い返す振る舞いといい、すでに浅井家を家臣扱いしておる。さらにじゃ。奴は浅井家の後継ぎについても口出ししてきおった。今、お市様のお腹におる子を世継ぎとせいと言いおった」

「そりゃあ、正妻のお市様が男子を産めば、そら当たり前やろ」

磯野はそう言った。

「いいや、お主はその場におらんから分からんのや。目の前で奴の態度を見ていれば分かる。それでも分からぬというのなら、明日から信長が近江でやろうとすることを見ておれ。奴は足利家の権威を傘に巨大な力で近江を乗っ取っていくぞ」

「喜右衛門、ええ加減にせい。奴とは何じゃ。信長殿は儂の義兄（あに）じゃ。言い方があろう」

長政が喜右衛門をたしなめた。

「ならば、いっそ織田家の臣下になればよい。臣下として浅井家が従うのならば、信長とて浅井家を妹の嫁ぎ先としてそれなりに大事にはしてくれるやろ。それならば、対等に返礼をする必要などない。亮政公以来の伝家の宝刀を信長に渡すなどやめになされ。ただし、もしそのようなことになるならば、儂らが三代にわたって治めてきたここに住む人々の命も、暮らしも、全部、あの信長に任せることになるんや」

喜右衛門は長政に逆らった。喜右衛門にとって長政は主君でもあるが、まだ幼い頃から傅役（もりやく）のような立場で接してきた。時に主従の関係を踏み越えてものを言ってしまうこともあった。

「喜右衛門、お主はそんなに信長様のことが信じられんのか」

磯野が話に入った。

「儂は前からも言ってきたように、この乱世を終わらせることができるのは、信長様のような強い意志と力をもった者やと思っておる。儂も、お主も、長く続く戦乱の中で多くの大事な人をなくしてきたやないか。もうこんな世は終わらせねばならん。強い力を集めて、戦が続くこの時代を終わらせることが、今、儂らができる一番大事なことやと思わんか。信長様には、その力がある」

そう言って磯野は、喜右衛門をじっと見た。

「じゃが、それで本当に戦を終わらせることができるのか。儂らがこの近江でやってきたのは、そんなやり方やない。北近江に平安をもたらしたのは、そんな力の支配やないやろ。もっと地道な、各村々の意見を聞いてまとめ、最後には全部の村々のことを考えて裁定を下す。そういう手間の掛かるやり方や。領主が領民のことを考え、その暮らしを大事にすること、これが一番や。信長はそんな奴ではない」

喜右衛門は、磯野に真っ向から反論した。二人を見ていた長政が口を開いた。

「もうよい、喜右衛門。今、そのようなことを申しても何ができるというのじゃ。もうよい。下がれ」

長政は厳しい口調で喜右衛門に命令した。喜右衛門は長政の顔を見た。長政も喜右衛門の目をじっと見て逸らすことはなかった。喜右衛門はそれ以上言うことなく部屋を出た。

翌日、信長は、佐和山城を根拠にして、各地に使いを送った。京への上洛を果たすには、途上六角領を通過する。この使いの最大の目的は、六角承禎を味方に付けることであった。「味方」にというよりは「家臣」にしようという思惑があった。人質をも要求したのである。名家としての誇り高き六角承禎が、そのような要求に従うはずはなかった。

さらに次の日、長政は引出物の返礼をした。信長には、備前兼光「石割り」、近江錦二百把、近江布百疋、月毛の馬、藤原定家が国境の村藤川で書いた『近江名所尽し』を贈った。また信長の家臣にも新刀を贈った。

信長は、七日間近江に逗留した。この間に、六角には何度か交渉の使者を送ったが、結局、承禎は三好三人衆が推す十四代将軍足利義栄側につき、態度を変えることはなかった。さらに信長は曽我兵庫頭に御内書を持たせ、朝倉義景に義昭の上洛に供奉するように告げたが、義景もこれを拒否した。信長の思う通りには事は進まず、いよいよ軍事力で解決しなければならない情勢になり、その下準備も行った。

この間には信長を喜ばせることもあった。小谷から妹のお市が来て、久しぶりに会うことができた。お市は駕籠に乗ってやって来た。下屋敷の広間には、信長と長政、磯野、喜右衛門も待っていた。お市は大きくなり始めたお腹を抱えて広間に入ってきた。

「おお、市。道中大変であったろう」

信長は、珍しく気遣いのある言葉を掛けた。お市はゆっくりと座った。

「はい。それでも、何年も会っていないのやから会ってきなさいと、義母上がおっしゃるので、参ることができました。本当にご無沙汰を致しております」

お市は兄に挨拶すると、長政を見た。

「体は大丈夫か」

長政が声を掛けた。

「はい。大丈夫でございます」

お市は笑顔であった。そこへよちよち歩きの幼女が、侍女に連れられて入ってきた。皆がその可愛さに惹きつけられた。

「茶々も参ったのか」

長政は幼女を手招きし、抱きかかえた。生まれてもう一年半が経つ。歩くことができるようになってもう半年ほどになるが、それでもまだ心配である。長政に抱きかかえられた茶々は、にこやかに声を出して笑った。その様子を見ていた信長が上機嫌で言った。

「よう似ておる。市の小さな頃にそっくりじゃ。はっははは」

信長とお市は、ひとまわりも歳が離れた兄弟である。信長は、まだうつけなどと呼ばれ、町中を好き放題に暴れ回っていた頃のように笑った。

「兄上も、お元気そうで何よりにございます。こたびは将軍様になられる方を奉って御上洛なされると聞いております。まことに祝着のこととお慶び申し上げます」

「ああ、市も元気そうでなによりじゃ。しばらく見ぬ間に母親らしゅうなったな」

「はい。おかげさまで幸せに暮らしております。あと三月もすれば、お腹の子も生まれ、ますます賑やかに暮らせそうでございます」

お市は穏やかな笑顔で話した。

「元気な子を産めよ。世継ぎとなる男子を産め」

「はい。元気な子を産みます」

お市はそう言った。

「そうなれば、儂もここへ立ち寄るのが、ますます楽しみになる」

信長はそう言って笑った。皆が笑顔になった。

「そうじゃ、長政。ここは、岐阜から都へ行くとき、ちょうど泊まるのによい場所じゃ。お市にも会える。そなたと相談するにも最適の場所じゃ。のう、ここを儂に譲れ。儂らは隣国同士、これからともに力を合わせ、二人で天下を治めるのじゃ。よいな」

信長は、さらりと重大なことを言った。佐和山城は、それほど重要な交通の要衝であった。長政は、突然のことに即答できなかった。その時、下座で巨大な体が動いた。

「恐れながら申し上げます。拙者は、いかに織田様といえどもそのことには承服致しかねまする」

今まで話を聞いていた磯野員昌が横から口を挟んだ。

「この佐和山城をお預かりしているのは拙者でござる。それは、浅井様からお預かり致しているだけでなく、今は亡き先代の城主百々（どど）様から任されたのでございます。それをお譲りするわけにはまいりませんゆえ、どうぞご容赦いただきとうございまする」

磯野は毅然（きぜん）と言った後、深々と頭を下げた。皆が緊張して、信長の表情を窺った。信長は平伏する磯野の後頭部を睨（にら）んでいた。

「ちゃちゃっちゃちゃちゃっ」

その時、幼子がよちよちと、笑いながら信長に近づいていった。それに気づいた信長は、倒れそうになる茶々を抱き上げた。

「何と言っておるのじゃ、んん、ちゃちゃちゃか、茶々と言っておるのか。おまえは賢いの。はっははは」

磯野は、平伏した頭を上げた。信長の腕の中で、頭上高く舞う姫の笑い声が降り注いだ。

喜右衛門は、その一部始終を見ていて自分の考えに確信を持った。しかし、その内心を気取られぬように装い、茶々の笑い声を聞いた。

八月十四日、信長は美濃への帰路についた。途中、国境の成菩提院で一泊した。長政は遠藤喜右衛門らを饗応役として随行させた。成菩提院は東山道沿いに建つ、最澄を開祖とする天台宗の古刹である。国境の長比山から西を見下ろすと、正面に小山がある。その中腹にこの寺院はある。近江の東端に位置する交通の要衝を押さえる上で重要な役割を果たしたこの寺院は、古来多くの人物が宿泊所としても利用した。

喜右衛門は、この寺院を信長と供の者の宿泊所とした。二百五十人の騎馬武者たちは、街道沿いの柏原の町家に宿泊させた。織田の軍勢は、上洛という歴史的な快挙を間近に控え、高揚感と緊張感が入り交じっているようであった。夜は酒席を設けた。盛り上がりはしたが、誰もが短時間で切り上げ、次の日に備えようとした。早い時間に寺も町家も寝静まった。

今日の饗応を終えた喜右衛門は寺の本堂にいた。蠟燭の灯りが小さく揺れる中で一人待っていた。そこへ、一人の男が近づいた。中肉中背の何の特徴もない男であった。その男は音も立てずに喜右衛門に近づき、耳元でしばらく話をした。喜右衛門は黙って話を聞き、時々質問をしているようであった。そして、その男は本堂から出て行った。その後もかなりの時間、喜右衛門はじっと静かに目を閉じて、そこに座ったままであった。蝋燭の灯りが大きく揺れ始めた。坊主が入ってきて、その蝋燭を取り替えた。喜右衛門は立ち上がった。

「少しの間、須川の家に行って参る」

喜右衛門は坊主にそう告げると寺を出た。薄い雲が垂れて月は朧(おぼろ)にしか見えなかった。もし見えたなら、大きく綺麗な仲秋の名月であったであろう。しかし、喜右衛門にはそれを残念がる心の余裕はなかった。馬に乗り、駆けた。喜右衛門の領地、須川は半里足らずの所にあった。喜右衛門は村を素通りして駆け抜けた。そこから、遠くに三角に見える山、小谷山を目指して、北国街道を駆けた。何も考えることはない。ただ行って、ただ訴えるだけである。喜右衛門は、五里余りの道程をひたすらに駆けた。

深夜に小谷に着いた。突然の到来に門番は訝(いぶか)しんだが、「何事もない」とだけ言って館に入った。長政は佐和山から戻っていた。久政も今日は、織田との交渉の報告を聞くために、山から降りて浅井館の奥の間にいた。

「喜右衛門、こんな夜に何があったんや」

突然現れた喜右衛門を見て、久政は驚いていた。

「お二方(ふたかた)に直訴(じきそ)に参った」

喜右衛門は深刻な顔をして言った。その様子を見た久政は昔を思い出した。二人が若かった頃にも、深夜突然こんな顔をしてやって来たことがあった。それは、まだ浅井氏が六角氏に臣従していた頃、妻と息子を人質として差し出していた。その二人を盗み出し、京極家で預かっていると告げに来たときである。あの時と同じような、どこか後戻りできないものを喜右衛門の様子から感じた。

そこへ長政が入ってきた。佐和山で言い争ったこともあって、喜右衛門の来訪に少し苛立(いらだ)っているようであった。長政は座るなり言った。

「どうすればよいと言うんや」

長政は、喜右衛門を見た。喜右衛門は即答した。

「今なら信長を殺せます」

親子二人の表情が変わった。

「宿泊している成菩提院には、信長の手勢は十数人。必ずや討ち果たすことができます。儂が必ず殺（や）ります。許可をくだされ」

「なぜそのようなことを言うんや」

長政には、喜右衛門がなぜそんな極端なことを言い出すのか理解できなかった。

「儂らが目指してきたものと、信長の考えはあまりにも違う。信長は必ずこの豊かな近江を奪おうとする。信長を倒すことができるなら、もう今しかない」

「そのようなことがなぜ言い切れるんや」

「今日は成菩提院で田那部に命じて密かに情報を集めました。儂らがおらん所で信長が側近に漏らしておったという。佐和山を譲らんかったことに腹を立てながら、浅井の領土をこれ以上増やしては危険だと言っておった。信長は今はまだ我らを味方と考えておるが、いつか必ず浅井を邪魔者扱いするやろ。我らが何よりも大事にしてきたこの北近江を奪いに来る。信長は欲しいものは自分の者にする奴や。奴が今までにしてきたことを見れば分かる。尾張でも主家を滅ぼし、弟を殺し、従兄弟を裏切って領土を奪い、美濃でも騙（だま）し討（う）ちしようとした。信長が上洛を果たし、天下の盟主となってからではもう遅い。後からその本性に気づいても遅いんや。殿、若殿。今しかない。儂に殺らせてくだされ。その責めは総て儂が受けまする。近江を救うためでござる」

喜右衛門は二人を交互に見て訴えた。しかし、長政は納得がいかないようであった。

「いや、我ら浅井は、すでに織田様とともに足利様を奉って上洛することが決まっておる。これは将軍家との約束や。今さらそのようなこと、できるはずがない」

「しかし、信長が力を持った途端、将軍家をも裏切って自分のやりたいように振る舞いだしたらどうするのでござるか」

喜右衛門は、長政に詰め寄った。

「いやいや、それは違う。こたびの上洛は、将軍家の呼びかけによって、東国の諸大名が協力したからこそできるのや。武田や上杉、北条らの後押しがあって初めて軍を動かすことができる。信長様の専横を許すものではない。もしも、信長様がお主の言うように将軍家を蔑ろにするようなことがあれば、それらの者たちも我らも許しはしないであろう。信長様もそれは分かっておるはずや。それに、信長様はお市の兄や。身内の浅井が力を貸している限りは、争う必要などないではないか」

長政は、東国の諸大名の情勢を冷静に判断し、喜右衛門を説得しようとした。東国の有力な諸大名は、互いに争っていたが、足利義昭の御内書により織田軍の遠征中、尾張や美濃を攻撃することはできなかった。信長にとって、足利義昭は名ばかりの権威だけではなく、実質的な力を伴う重大な存在であった。そして、長政にとっては最愛の妻、お市の兄との関係は保ちたかったのである。

「若殿も信長という者がこれまでに親戚縁者に対してやってきたことはよくご存じでござろう。信用できる者ではござらん」

「喜右衛門が言うように真に信長様を信用することができぬのか、それとも、将軍家の元でともに天下に静謐をもたらすことができる良き同盟者なのか、儂にはまだ分からん。今、決断する時ではない」

長政の考えは変わりそうもなかった。喜右衛門は久政の方を見た。

「殿のお考えはいかがでござる」

喜右衛門が尋ねると、久政は重い口を開いた。

「儂の存念を申そう。信長という男が、信用できる者なのかそれとも違うのか、儂には分からん。喜右衛門が信用できんと申すならそうじゃろう。じゃが、今、浅井家が織田との同盟を破り、将軍家との約束を反故にして信長を密かに暗殺するようなことをすれば、我らが大事にしてきた信義はどうなる。我らは多くの人々の思いを聞き取り、その思いに応えられるようにして、この北近江を治め、領民の信頼を得てきたのじゃ。喜右衛門が今やろうとしておるような騙し討ちはやるべきではないと儂は思う。真に信長という者が人々の信義にもとる者であるならば、いつか必ず潰えるにちがいない。お天道様は必ずその行いを見ている。浅井が人々の信義を重んじ、天道に叶う行いをするならば、たとえどのような結末を迎えたとしても、その行いは誰かが見ていて、誰かが受け継ぎ、いつか必ず報われることがあるだろう。儂はそう思うておるのじゃ。じゃから、喜右衛門よ。今はまだじゃ」

久政は絞り出すようにそう言った。

「お二方とも、今、御決断いただくことはできんということでござるか」

喜右衛門は二人を交互に見た。しかし、二人は首を振るばかりである。喜右衛門は視線を落とすと続けて言った。

「ならば致し方ない。夜が明けるまでに戻らねばならん。怪しまれては元も子もない」

そう言うと立ち上がり、軽く会釈をして「御免」と言って部屋を出た。

陰鬱（いんうつ）な気持ちを抱えて馬を走らせた。喜右衛門はまだ納得してはいなかった。一時（いっとき）程前に小谷へ向かってきた往路は、何も考えずにただ馬を走らせた。しかし、今、帰り道では、考えないでおこうと思っても、心の底から思念が湧き上がってくる。

（たとえ主人の命令に逆らっても、それが人々のためになるのならばやる。そう思ってこれまでやってきた。やればええ。弑逆（しぎゃく）の罪は、自分が総て負えばええ。やるんや）

薄雲の合間から差す月明かりの夜を突っ切って、喜右衛門は駆けていく。伊吹の峰は黒い陰となって喜右衛門の行く手にそびえる。

（本当にそれが人々のためになるのか。それが天道にかなう行いか）

喜右衛門の思念が波のように行き来する。正面に幾重にも重なる山陰が見え始めた。もう夜が開け始めるまで、あまり時間がない。あの山の麓に早く帰らなければならない。まだ一行が寝静まっている間に戻る必要がある。何度も何度も行き来する迷いを抱えて、喜右衛門は馬を走らせた。

柏原の京極館に近づいた。もう数町で成菩提院に着く。小山の麓を通り抜け東山道につながる道まで来ると、山間から東の空が見えた。空は薄（うっす）らと白み始めようとしている。この薄暮の中、一人の女が立っているのが見えてきた。京極館へ続く道を箒を手にして掃いている。その俯き加減の姿に見覚えがあった。その女が、まだ少女の頃から見てきた姿である。喜右衛門は手綱を引いて馬をゆっくり歩かせた。それに気づいた女がこちらを振り向いた。まだ暗くてはっきり顔は分からないが、やはり喜右衛門が知っている人に間違いないようであった。

「あっ、喜右衛門殿」

その女も喜右衛門に気がついた。近づくとその女が頭を下げて挨拶をしてきた。

「ご無沙汰しております。こんな暗いうちから、どうなさいました」

その女は穏やかな声で優しく微笑んだ。

「お慶殿こそ、こんなに早く精が出ますな」

そこにいたのは、京極お慶であった。浅井長政の姉である。長政と母の阿古はかつて京極家の人質となっていた。喜右衛門は京極高吉と交渉し、二人を小谷に返すことを約束させた。ただし、高吉は、その身代わりとして、長政の姉のお慶を養女として迎えることを条件とした。そして、京極家の養女となったお慶は成長して、高吉の妻となった。あまりにも年の差がある結婚であった。喜右衛門はお慶に会うと、自分が昔この少女に背負わせた重い宿命を思い、後悔の念が湧く。しかし、お慶はいつも喜右衛門に穏やかな優しい笑顔を見せてくれる。

「今、お屋形様がこっちにいるんです。将軍家に奉公できると張り切っているんです。もういいお爺様なのにね」

お慶はそう言うと晴れやかに笑った。夫の京極高吉はもう六十歳に手が届く。

「いえいえ、お元気で何よりでござる」

「これが最後やと毎日おっしゃるのです。今まで失敗ばかりで、おまえに苦労を掛けたけど、今度こそ将軍様に奉公し、織田様にも認めてもらう。京極家を復興させる最後の機会やと、毎日、毎日聞かされるんですよ」

お慶は嬉しそうに話した。

「今日も小法師を信長様に会わせると言って、今準備しているんです。ですから、道をきれいに掃いておこうと思って。娘が起きるまでに」

そう言ってお慶は成菩提院へと続く道の落ち葉を掃いた。京極家の奥方で、浅井家当主の姉である。時が時であれば、喜右衛門のような地元の土豪が気軽に話せるような相手ではない。喜右衛門は、その健気(けなげ)な姿を見て胸が熱くなった。

(村々に生きる人々のためになるのなら。そう思って生きてきた。しかし、自分はこの方のために何をしてきたのか)

喜右衛門は馬から降りた。

「道は、我が手の者に掃かせますゆえ。無理をなさらずに、どうぞ館にお戻りください」

喜右衛門はそう言って、お慶を馬に乗せて京極館に連れ帰った。館は古びていた。広い庭があり、木々が葉を茂らせていたが、手入れはほとんどできていなかった。かつては日本の軍事・警察を司った京極氏の本拠であった。しかし、今はもうかつての栄華(えいが)を偲(しの)ぶことはできない。木戸を開けて中に入ると、子どもの声が聞こえてきた。

「ははうえ、ははうえ」

その声を聞いたお慶は、慌てて奥へ入っていった。喜右衛門が奥を覗くと、奥から幼子(おさなご)が出てきた。つぶらな目をした女の子である。

「ああ、龍子。もう起きたの。今日は、京極の家にとって、とても大事な日ですからね。道をお掃除しにいっていたんですよ」

お慶は龍子を抱いて話しかけた。

「キョウゴクのいえ」

龍子は舌足らずで尋ねた。

「そうですよ。父上も兄上も、みんなで守るの」

お慶が娘に諭す様子を見て、喜右衛門は館を出た。館の正面から街道に出る所までの道は、もうきれいに掃かれていた。馬をゆっくり進める先に成菩提院が見えた。夜はもう明けようとしていた。

寺に戻った時、もう喜右衛門は、何食わぬ顔をして朝の饗応の準備に取りかかった。

三　上洛

九月八日、尾張、美濃の織田軍、北近江の浅井軍、三河の徳川の援軍など、あわせて三万を超える上洛軍は、佐和山を通過し、犬上郡高宮に進軍した。二日間ここで人馬を休めつつ軍議を行った。

南近江には各地に張り巡らせた無数の城郭群がある。六角氏はその中の十八の城に兵を入れて防ごうとしている。六角氏の本拠地は観音寺城である。山上にそびえる城は、下から見る者を圧倒する。多くの曲輪に守られた巨大な要塞である。六角承禎はここを中心にその周りの城に兵を入れ、織田軍を迎え撃とうとしている。観音寺山の北側には和田山城がある。北から愛知川を越えた所にこの城はある。まずここが六角側の第一の拠点である。承禎は和田山城に田中、山中らの主力六千の兵を入れて守っている。次に観音寺山の南東側には箕作山がある。観音寺城の近くにある重要な支城である。第一の拠点、和田山城を織田方が攻めたとき、ここから織田軍を挟撃する位置にある。箕作山城には吉田ら三千の兵がおかれている。

軍議ではこのような偵察の結果が説明され、その後、作戦が指示された。

和田山城は、稲葉一鉄、氏家卜全、安藤守就の西美濃衆。観音寺城は、柴田勝家、池田恒興、森可成、坂井政尚。箕作山城は、佐久間信盛、滝川一益、丹羽長秀、木下秀吉、浅井政澄。主要な三つの城への方面担当者が発表された。西美濃衆は敵の主力に当たらなければならないと思い、厳しい処置に緊張が走った。しかし、作戦を聞いて驚かされた。和田山城方面は、敵への備えだけで先陣ではないという。和田山城を攻めると見せて通過し、観音寺城へ攻撃すると宣言して、箕作山城を攻撃するのが作戦である。

軍議が終わると、西美濃衆の三人は首を傾げながら話し合った。

「このたびの戦は、きっと占領されて間もない美濃衆に先陣を命じられ、過酷な戦いになると思っていたが、これはどうしたことじゃ」

稲葉一鉄が安藤に声を掛けた。

「そうじゃの。敵も美濃衆が先陣じゃと思っておるからその裏をかく作戦かの」

安藤がそう言うと、氏家も話に加わった。

「いずれにしても突撃せんでよいのは有り難い。しかし織田様はなぜこのような差配をなされるのか」

美濃衆の疑問はやがて分かることになる。この後も、織田軍が占領した地域は、信長の重臣、尾張衆が治めた。新しく織田家の家臣となる美濃衆、近江衆などが領土を増やすことはほとんどなかった。

九月十二日早朝、織田軍は一斉に愛知川を渡った。六角の主力がいる和田山城を遠巻きに押さえて、箕作城を攻めた。

この様子を観音寺城から見下ろしていた蒲生賢秀（がもうかたひで）は、六角承禎に進言した。

「このままでは箕作城が落ちるのは時間の問題。私に三千の兵をお預けいただければ、観音寺城を遠巻きにしている織田勢を蹴散らし、箕作城を攻める敵軍を脅かして参ります。さすれば敵の攻撃も緩み、時間が稼げます。一月も籠城（ろうじょう）しておれば、三好勢が援軍に来るでしょうし、二月もすれば雪も降る。お屋形様、私にお任せください」

そう言って承禎を説得した。

「いやいや、箕作城はあのように急峻（きゅうしゅん）な山城、しかも守っておる吉田出雲守は弓の名手じゃ。そう易々（やすやす）と落とされることもあるまい。心配は無用じゃ」

と言って承禎は聞き入れない。

「恐れながら今の六角家の結束は、五年前の騒動以来、危うきものとなっております。家臣たちを繋ぐためにも、今、援軍を送らねば保ちませんぞ」

五年前の永禄六（一五六三）年、六角承禎の子、義弼が重臣、後藤賢豊を殺害した。この事件を知った六角家の家臣たちは、六角義弼を見限り反旗を翻した。蒲生賢秀の父、定秀（さだひで）が家臣たちとの間に入って何とか事態を収拾したが、かつての六角家の結束は完全に失われた。観音寺騒動は六角氏に対する家臣団の不信を増幅していた。賢秀は、承禎に対して最後の忠告をするつもりで言上したのである。承禎の表情が曇った。

「まだ五年も前のことを言うか。すでに起請文（きしょうもん）も取り交わしておろう」

承禎はそう言った。六角氏式目と呼ばれる、家臣との間で数え切れないほどの誓約を結んだことを言っているのである。それほど多くの約束を交わして、国主である六角氏に近江の統治のあり方を改め、国をまとめてほしいと家臣たちは願ったのである。それにもかかわらず、賢秀の切なる思いは承禎には伝わらなかった。賢秀の腹は決まった。

「分かりました。このように山城に籠もっておるだけならば、私がここにいても仕方がない。蒲生に帰って敵を引き付け、最後の決戦を挑むまで。では失礼仕る（つかまつる）」

そう言って、蒲生賢秀は観音寺城を去っていった。

箕作城は賢秀の予想通り苦戦をしていた。丹羽長秀、佐久間信盛、木下藤吉郎が激しく攻めかかった。さらに徳川の援兵、浅井軍が協力して攻め立てた。急坂を何度も攻め上り曲輪に迫った。

足場が悪く、攻めるたびに追い落とされたが、夕刻から深夜に掛けて手を抜くことなく激しく攻め続けると、情勢は一変した。繰り返し繰り返し攻め続けた結果、守備側に綻びが出始めた。そして、深夜に箕作城は陥落した。

箕作城の篝火の動きを見ていた和田山城、観音寺城は動揺した。そして、勝ち鬨の声が聞こえてきた。夜の間に、戦わずして城は空になった。承禎、義弼は、またも甲賀の山中に逃れた。

翌日、信長は観音寺城に入り、国中に降伏を勧めた。十八の諸城も次々に降伏し開城していった。

その中で蒲生郡日野城だけは開城しなかった。蒲生賢秀は抗戦の構えを見せた。この時、北伊勢国の軍勢も上洛軍に加わっていた。神戸城主、神戸友盛である。かつて六角軍が蒲生定秀の三男、小倉実隆を大将に伊勢に遠征した時、小倉の失敗から神戸氏ら北伊勢の反乱を抑えることができなかった。蒲生定秀は、神戸氏を味方に付けるため娘を神戸友盛に嫁がせ関係を繋いだ。上洛軍の陣中にいた神戸友盛は、義理の兄である蒲生賢秀がいる日野城に赴き、説得した。

蒲生賢秀は説得に応じて、信長の元に来て恭順を誓い、息子の鶴千代を人質に出した。信長は喜んだ。気骨がある名将で、南近江の支柱ともいえる名族、蒲生家が家臣となることは、信長が近江を支配する上で大変重要である。この時、信長は人質となった賢秀の子、鶴千代に自分の娘を嫁がせる約束をした。

近江が平定されると、足利義昭は岐阜を出発した。九月二十一日に近江に入り成菩提院に泊まり、二十二日に観音寺山に到着し、桑実寺に入った。その後、信長は守山で義昭を迎え、二十六日、船で琵琶湖を渡り、三井寺に陣を取った。二十七日、浅井長政は朽木氏とともに約八千の兵を率いて、京都神楽岡に陣を張った。二十八日、信長軍は京都東山の東福寺に陣を移した。同日、義昭は清水寺に入った。信長は、柴田、蜂屋、森、坂井に先陣を命じ、三好三人衆の一人、岩成友通が立て籠もる摂津国勝竜寺城を攻撃させた。浅井軍もこれに同行した。その後、大和の松永久秀も合流し、織田軍を中心とする尾張、美濃、北近江、南近江、西近江、北伊勢、三河、大和の連合軍は、山城、摂津、河内、和泉を転戦し、三好三人衆と戦った。三好一党はその後、四国阿波へ引き上げ、十月十四日には畿内全域は平定された。

足利義昭は本圀寺に拠点をおいた。そして、永禄十一（一五六八）年十月二十二日、足利幕府第十五代征夷大将軍に任じられた。

こうして大業を成し遂げた上洛軍は、十月二十六日頃には京を出て、それぞれの領地へ帰国の途についた。

年が明けて正月五日、三好三人衆と斎藤龍興、長井道利らが、足利義昭が六条の御所としていた本圀寺を取り囲んだ。門前の家々を焼き払い、御所に攻め掛かる勢いであった。御所に立て籠もった細川藤賢、明智光秀ら幕臣は必死で守った。細川藤孝、三好義継、池田、伊丹、荒木らは南方から桂川を渡って戦った。三好党は戻っていった。

織田信長は本圀寺の変を聞いて岐阜から京に駆けつけた。その時にはすでに戦はほぼ決着しており、十日には収束した。そこで、二条城の修築を思い立ち、近隣の十一カ国に上洛を命じた。近江にも出役の命が下された。

「ああ、来はった。あないにようさんで引いてはる」

室町通りは見物人で賑わっている。娘も童も、貴族も町人も、多数の人々が京の街の中心に造り直される二条城の修築現場を一目見ようと集まっている。戦乱の世が続く京で、人々が安心して街に繰り出せることは久しくなかった。しかし、今ここには諸国から集まった数万の軍勢が京や畿内一円を守り、二万を超える人夫たちが一丸となって働いているのである。しかも、その大勢力をまとめる織田信長は、京の街に「一銭斬り」の布告を出した。たとえ一銭であれ盗みを犯し世を乱すような輩（やから）は容赦なく死罪にするというものである。東国尾張から来た「大うつけ」とも呼ばれた織田信長という者が、どんな乱暴者かと不安に思っていた京の人々も、今はひとまず安心していた。信長という者が、乱暴狼藉（らんぼうろうぜき）や犯罪に対してかなり厳しく取り締まることが分かったからである。京の秩序は保たれ、街には多くの人々が、老若男女、地位や身分に関わりなく繰り出すことができた。

通りの先から喚声が上がった。笛や太鼓のお囃子も聞こえてきた。

「おお、あれが細川様の庭にあった巨石か」

「なんや、お雛（ひな）様みたいやな」

「ほんまや。あないに赤い布やら花で着飾ってはる」

人々は口々に言葉を交わしながら、祭りのように華やかに巨石が運ばれる様子を見守った。

十三代将軍足利義輝が建設した二条城は、三好一党に破壊された。本圀寺の変の後、足利義昭を守るため、ここに二条城を再建しようと考えた信長は、石垣と堀で守られた城を一刻も早く建設しようとした。そこで、京やその周辺からたくさんの石材や資材を集める指示を出した。古くから細川邸にあった藤戸石と呼ばれる巨石が、今、運び込まれようとしている。石が傷まぬように綾錦で包み、花を飾って装飾した。石の下に丸太を並べ、大綱を何本も結び、数千の人夫が交代で引っ張っていく。各国からやって来た部将や兵士、京の町人も一緒になって運んでいく。お囃子を鳴らし、皆で掛け声を掛けて運ぶその様子を見て、都の人々は祇園会の山鉾巡行を見るような思いにもなっていた。かつて幕府の祇園会中止命令に逆らってまで実施した山鉾巡行は、京の町衆の誇りであり、自治と一揆（団結）の象徴である。足利将軍が上洛し、その本拠地が再建されることで、京に再び平安が訪れることを期待しながら、人々は見物と応援に集まっていたのである。

藤戸石が通った後にも次々と石材が運ばれてくる。上京から運ばれてきた多数の石材は、二条城の堀となるこの場所に運び込まれていく。京の町は、長い戦乱によって荒廃し、上京と下京に分断されていた。その二つの町を室町通りが南北に繋ぎ、通りに掛かるように二重の堀が巡らされ、石垣が建設されていった。京の中心に二条城は建設されようとしていた。

その現場で、一際目立つ派手な格好で多数の人夫たちに指示をする者がいる。長身で切れ長の目をしている。長時間にわたって現場で指示をして働いているにもかかわらず、頭髪や髭の乱れは一切見られない。黒の羽織から覗く小袖の赤が、見ている者を惹きつける。少し甲高い声で、的確な指示を出している。ここにいる人夫は勿論のこと、監督する武将たちも誰もが、その指示に神経を尖らせるように聞き、従っている。

「あのお方が織田様や」

京の人々は、その姿に畏怖した。

その横を多数の石材が運ばれていく。道端に集まっていた人々の数は減ってきた。そこへ珍しい人たちが通りかかった。数人の男たちは、黒い独特の衣装を身に纏い、帽子を被っている。その裾から僅かに見える髪の色は、やや赤みを帯びている。南蛮人の僧侶である。

「フロイス様。ここに日本の王の城が造られております」

そのうちの一人が、隣の宣教師に声を掛けた。フロイスは無言で肯くと、石材を運び込もうとする人夫たちを見つめた。その様子を見たフロイスは首を傾げた。

そこには様々な石材を運ぶ人々がいた。荷車に丸い石を載せて運ぶ者も、家や寺の礎石らしき平らな石を運ぶ者もいた。五輪塔や供養碑など墓石らしきものも運ばれていく。その中には石像もある。人夫たちは石仏の首に縄をつけ、一人で何体もの石仏を引っ張っていく。

「なまんだ～なまんだ～」

道端に膝を突いて手を合わせる者たちが何人もいる。フロイスは再び首を傾げると、隣にいる仲間に尋ねた。その男は南蛮人とよく似た格好をしているが、日本人のようである。

「日本人は仏像を大事にすると聞いています。なぜここではこのようなことをするのですか」

供の日本人は暫く考えていた。

「私にはあまり分かりませんが、織田様はこの城を早く造りたいようです」

その男は、周りの様子に気を配りながら、やや小声で答えた。フロイスは首に縄を掛けられて転がる石仏とそれを祈る人々を見て呟いた。

「われらは、織田様を知らなければなりません」

フロイスは、この時のことを『日本史』の中で次のように記載している。

信長は多数の石像を倒し、頸に縄をつけて工事場に引かしめた。都の住民は、これらの偶像を畏敬していたので、それは彼らに驚嘆と恐怖を生ぜしめた。

信長は二条城の建設を急いだ。織田軍が京を留守にした時、再び三好一党が襲撃する恐れがあった。そのため信長は突貫工事で二条城の建設を進めた。京周辺にある建設資材、特に石垣の石材を片っ端から集めたのである。工事はわずか七十日の突貫工事であったが、二重の堀と石垣、櫓や天守と呼べる建物も造られた。大きな権力と指導力がなければ為し得なかったことは間違いない。しかし、それは人々を恐怖で駆り立てるものでもあった。

数日後、喜右衛門は浅井氏に割り当てられた工事の役割を進めるため、長政や三田村左衛門、大野木土佐守らとともに二条城の工事現場にやって来た。工事には十一カ国が参加していたので、国ごとに現場が割り振られており、近江衆はおもに石垣作りに携わっていた。近江には穴太衆がおり、城に石垣を巡らせることが早くから行われていた。

喜右衛門が、南門に来ると人集りができていた。人を掻き分けて進むと、そこには立て札が立っていた。そこには訴えるような太い字で落書が書かれていた。

なき跡のしるしの石を取り集め、はかなく見えし御所の体かな
狂歌であった。墓石や仏像を集めて造られようとしている二条御所を皮肉っていた。喜右衛門はそれを読んで
「ほお」

と低く唸った。京の街人らしい古いものへの愛着とよそ者権力への皮肉が感じられた。よくぞここまで書いたものだと感心もした。しかし、同時に作者の身が案じられた。喜右衛門は、これを撤去すべきかどうか迷った。しかし、これだけの者がすでに読んでいる。噂にならないはずがない。下手に撤去して疑われる訳にもいかない。思案しているところへ長政が来た。長政は落書に目を通すと喜右衛門を見た。

「京の人々が石仏を大事に思う気持ちは分かる。戦乱を生き抜いた先祖の思いが宿っているんや」

喜右衛門は、無言で肯いた。集まっていた町の人々も静かに肯いていた。

「ほこで何しとるんだ」

そこへ尾張訛りの役人がやってきた。見回りをしていた者たちが人集りに気付いて駆けつけてきたのである。役人たちは、落書を読むと、忌々しそうに舌打ちをした。互いに顔を見合わせて、少し相談すると、立て札を撤去しようとした。

「何が書いておる」

人垣の後ろからよく通る声が聞こえた。その声を聞いた見回り役の表情が瞬時に変わった。喜右衛門や周りの民衆たちも息を呑んで振り返った。そこには信長が立っていた。落書を読む信長の表情は見る間に豹変した。

「これを書いた者を探せ。四条河原で釜煎りにせい」

信長は、見回り役に告げると、この場を離れようとした。

「織田様。お待ちください」

信長を呼び止めたのは長政であった。長政は、立ち去ろうとする信長の前に進み出た。

「この者、確かに無礼な書き様ではございますが、仏を崇める京の人々の思いをお伝えしたい一心で書いたものでございます。どうか此度は極刑にせず見逃していただくのが、京の人心をつかむことになるものと存じます」

長政は、信長に諫言した。信長は、足を止めて聞き、しばらく考えていた。喜右衛門は長政の側に寄り添った。

「そうか」

信長は、それだけ言うと立ち去った。長政の額には汗が伝っていた。

その日のうちに落書の犯人が分かった。五条松原通りに住む無一左衛門という狂言師である。これまでもたびたび時世を風刺する狂言を発表し、都では有名になっていた。

彼は捕まるかもしれないことを覚悟していた。たとえどうなったとしても、民衆の思いを代弁して主張することが、狂言師の意地である。そう覚悟を決めて待っていたが、その日、織田家の役人はやって来なかった。伝え聞くと、浅井長政という北近江の大名が、信長を宥めたらしい。無一左衛門は、京の人々の思いが通じたことを知り、心が震えた。

二条築城は、その後も突貫工事で進められた。二月二日に始まった工事は、室町通りを中心に「四街四方」の敷地を強制的に没収し、古い建物は総て壊した。外側に「甚だ大なる掘りを造り、之に水を満たし、家鴨及び諸種の鳥を入れ、釣り橋を架け渡し、石垣の高さ六、七ブラサなり。三ヶ所に甚だ大なる門を設け、一切の設備をなしたり、内部の整備の巧妙にして美麗なること言語に絶せり」と、築城の様子を直接見聞したフロイスは記録している。これだけの工事が、七十日間で完了し、四月十四日には、将軍足利義昭が入城している。信長の強力な指導力と実務者の秀でた能力がなければ完成しなかったであろうが、同時にかなりの強制力が加わったことも間違いない。

フロイスは、『日本史』に中で、さらに次のようにも記している。「彼(信長)は、工事を継続する間、市の内外の寺院において、鐘を鳴らすことを禁じ、城中に一箇の鐘を置き、これを鳴らして、人を招集することとし、鐘の鳴るや、諸武士並びに諸侯は、部下を率い、一様に鍬を携え、手車を押して、工事場に集まった。工事施工中、これを見んと欲する者は、男女皆藁の履き物の尻切と称する物を履き、頭に帽を被りて、彼の前を通った。ある時、工事に従事していた兵士一人が、顔を見るため、一人の婦人の被り物を少し掲げたが、王(信長)はこれを見て、すぐに己の手をもって、その男の首を斬った」

このように統制に服さず、怠ける者を見せしめに人前で斬り殺す「抜き身洗い」と呼ばれることもたびたびあったようである。「一銭斬り」「抜き身洗い」「釜煎り」と苛烈な統治は、人を人と扱わないやり方でもあった。

工事は半ばを過ぎ、城門も完成に近づいていた。朝、門番が御門の大きな開き戸を開けると、足下の唐居敷の上に、割れた蛤の貝殻が並べられている。不思議に思いながら数を数えると九つある。門番は、これはきっと近頃都で流行っている「判じ物」のなぞなぞに違いないと思った。

「九つの割れた貝殻か」

門番たちは考えたが何の意味があるのか分からなかった。そこで、惣奉行の上野清信に報告した。

上野もよくよく考えたが、分からなかった。そこで、いつものように現場指揮に来た信長に報告した。信長は少し考えた。信長もこのような判じ物遊びが好きであった。

「これは、九の貝が欠けている、つまり公界が欠けていると言って、京童が笑っておるのだ」

「公界とは何を指すのでございますか」

上野は理解することができず、信長に尋ねた。

「立派な城ができても、公のことが欠けておると言っておるのだ。つまり公方様の政治に中身がないからしっかりしろということだ」

上野の表情が固まった。

「ははっ、恐れ入りましてございます」

頭を下げると、上野はすぐに信長のもとを去った。足利幕府の家臣であった上野は、工事の現場へ向かいながら、このことを足利義昭に知らせるかどうか悩んだ。そして、公界とは、本当に公方様の政治だけを批判しているのであろうかと疑問に思っていた。

このことは、その日のうちに喜右衛門の耳にも届いた。

「九の貝、公界が欠けている、か」

喜右衛門もこのなぞに興味を持った。京の民は、何を考えているのか、どのような思いを抱いているのか。このことを知ることは、世に平安をもたらすために最も大切なことである。

そこで、喜右衛門は、あの狂言師を訪ねてみることにした。あの男ならば、その真意を言い当てるに違いない。日が傾き始め、今日の工事もあと僅かになったところで、喜右衛門は五条松原通りに向かうことにした。工事に従事する者たちの中に田那部与左衛門がいるのを見つけた。

「与左衛門。付いて参れ」

喜右衛門の呼びかけを聞いた与左衛門は、周りの者に手短に工事の指示をして、喜右衛門の後を追った。

五条松原通りは、京の町の東の外れにある。清水寺の参道へと続く道であるが、たとえ喜右衛門といえども、一人で町外れまで行くのは不安があった。上洛を果たしたとは言っても、未だ乱世は終わらず、都の治安も完全に行き届いているとは言えなかった。しかも、この辺りは鴨川が側を流れる河原沿いで、様々な身分や職種の人々が住んでいた。いわば、法の届かぬ地域であった。下京の東の端までは、馬を駆れば四半刻と掛からなかった。しかし、喜右衛門は、町中をゆっくりと馬を歩かせた。

「与左衛門。お主と出会ってもう二十数年になるな。互いにまだ若かった。二人で観音寺城下へ忍び込んだことや、京極様の屋敷へ通ったことを思い出すな。よくぞここまで来れたもんや。二人で京の町に来ておるぞ」

道は、馬を並べられるほどには広くはない。先を行く与左衛門に、喜右衛門が一人で話しかけるように二人は進んだ。道には時々人通りもあった。しかし、町外れになり、人家もまばらになると、人の姿もほとんど見えなくなった。

「やはり織田様のやり方は、儂ら近江の考え方とはあまりに違う。必ずどこかで大きな対立が起こると儂は思う。与左衛門、よいか。今のうちに織田家の内情をできるだけ探っておけ。近い将来、戦はあるぞ」

「兄者。織田に勝てるのでござるか」

与左衛門は振り返ることなく言った。少し間があったが、喜右衛門ははっきりと言った。

「お天道様は見てやある。今も背中から照らしてくれてやある。戦は一時の勝ち負けやない。儂らは、きっと勝つ」

盆地の京の町にまだ明るい太陽の光が降り注いでいた。

「与左衛門、少し急ごう」

喜右衛門が声を掛けると、二人は馬を走らせた。五条松原通りにはすぐに着いた。与左衛門は無一左衛門の住処をすでに調べていた。喜右衛門は、荒ら家を覗いた。そこに一人の男がいた。

「御免。儂は、浅井家家臣、遠藤喜右衛門と申す。無一左衛門殿でござるか」

突然の武士の訪問に、男は警戒しているようであったが、浅井家と聞いた途端に表情を緩めた。

「ああ、浅井様の御家来様でございますか。どうぞどうぞ」

無一左衛門は、先日の一件で浅井長政に助けられたと思っていた。喜右衛門は狭い部屋に入った。

「突然、参ったのはお主に訊きたいことがあるんや」

「何でございましょう」

喜右衛門は、二条城の門に置かれていた九つの貝の話や信長の公界の解釈について話した上で尋ねた。

「九つの貝に掛けた意味、公界とはいかなることか、儂は別の意味があると思うんやが、よう分からん。それで、お主に訊けば、一番京の人々の思いを言い当ててくれると思って来たんや。どうや」

無一左衛門は、少し考えていたが、喜右衛門の穏やかな表情を見て、思いを決するように話し始めた。

「公界とは、無縁の世界。御領主様へ税を納めることもない。身分や主従のしがらみにも縛られない。その代わり誰から守られることもない無縁の世界。自分たちのことは自分たちで執り行う場所。そういう所が京にはようさんございます。この河原もそうでございます。このように貧しい所ではございますが、一人ひとりの暮らしがあります。その暮らしを守るために、時には自分たちの掟を作り、時には領主様の御支配にも一つになって逆らい、暮らして参りました。そういう場所が、今、次々に壊されております。先日、一条のお寺で火事がございました。折り悪く西風に煽(あお)られて御所に燃え移り一部が焼けてしまいました。織田様の御家来が火事の原因を調べ、お寺のお坊さんが捕らえられ、首を切られて焼け跡に晒(さら)されました。ところが、打ち首になったのはそのお一人だけやありませんでした。京の町方では月ごとの行事を執り行う月当番というものを決めております。自分たちの町を暮らしやすくするために二人ずつが担当しております。その二人の月当番も晒(さら)し首(くび)になりました。その者たちは、火事には何も関係なかったのでございます。ただの見せしめでしかございませんでしょう。私らは御領主様の理不尽な御支配に我慢がならずにこのように無縁の世界に生きることにしたのでございます。公界でしか生きる場所がないのでございます。もともと御領主様たちは自分らの利益ばかりを考えて争い続けておられます。だから私らは自分たちの暮らしを守るために自分たちで役割を決めて町を守ってきたのでございます。しかし、そうやって決めた町の当番さえも、見せしめのために理不尽に殺される。京の者たちの思いとは、このように公界が潰されていくことを嘆いているのでございます。自分たちの生きる場所を奪わないでほしいと訴えているのでございます。浅井様、どうか我らをお助けください」

初対面の者を前にして、このようにあからさまに幕府や織田家の支配を批判するのは無謀のように思えた。しかし、この男はもう腹を括っているようである。喜右衛門は何度も肯きながら話を聞いていた。そして、話を聞き終えると、一言呟いた。

「そうか。ここにも同じように考える者が居られたのか」

そう言うと、喜右衛門は無一左衛門に礼を言って荒ら家を出た。まだ眩しい夕陽に向かって馬を走らせた。二条城の現場に近づくにつれて、夕陽は眩しさが薄れ、紅く濃く変わっていった。そして、城の櫓や門が見えるほどに近づくと、いつもと様子が違うと感じ始めた。見物客は失せ、慌ただしく逃げようとする者たちが僅かにいるだけである。まだ明るいにもかかわらず、町家はどの家も閉め切って出てこようとしない。

「与左衛門、何かあったか」

「そのようでございます」

二人は、馬を並べて室町通りを北へ駆けた。近づくと負傷した武士たちが幾人も道端で治療している。その中には喜右衛門が知っている者の顔も多数ある。喜右衛門は、道に座って足の傷を治療する一人に声を掛けた。

「どうしたんや」

「工事の途中、近江衆と尾張衆が喧嘩になり、斬り合いになりましてございます」

「何やと。それで今どうなっておる」

「お屋形様が参られて、今は収まっております」

「分かった。大事に致せ」

喜右衛門は、慌てて城内へ向かった。釣り橋を渡り、城門を通って広場に入ると、戦闘はすでに一段落は着いているようである。戦っている者はもう一人もいない。引き上げた後のようである。城内の工事現場は惨状であった。死体がそこかしこにゴロゴロと転がったままである。双方併せて数百の死傷者が出ているようである。戦うことができない重傷者は地面に寝転び呻きながら治療を受けている。あちこちから「糞」とか「おのれ」とか、遺恨となる言葉が聞こえる。

広場には織田家の重臣や奉行、浅井家の重臣の姿があった。浅井長政の姿もその中に見えた。喜右衛門は長政の側に急いだ。

「喜右衛門、無事であったか。姿が見えんので心配しておったぞ」

長政は、喜右衛門を見つけると駆け寄り、腕を取った。

「このような大事に居りませんで申し訳ございませんでした。しかし、何があったのでござるか」

「詳しいことはこれから聴取せねばならんが、儂が聞くところでは、織田家の柴田殿の家臣と、当家の三田村の家臣とが口喧嘩を始めた。その時、何かに怒った柴田殿の家臣が斬りかかり、三田村の家臣が殺された。当家の者が敵討ちと斬りかかり、双方多数が果たし合いとなった。そして、何とか今、止めたところや」

長政の説明を聞いて、喜右衛門は呟いた。

「早くも起こってしまったか」

喜右衛門は、両家の対立はいつかは起こると思っていた。しかし、これほど早く重大な事件になってしまうとは思っていなかった。

そこへ一人の人物が近づいてきた。

「浅井様。拙者、明智十兵衛光秀と申す幕臣にござる。今は、足利幕府再興のための重要な時期。三好一党はいまだ京を狙って暗躍しております。織田様、浅井様のご両家のお力添えがなければ幕府再興は困難であると存じております。この後、織田様とも直接お話をして参りますが、どうか浅井様もこの事態を収めていただきますようお願い申し上げます」

明智光秀はそう言うと深々と頭を下げた。

「明智殿のおっしゃることはもっともなことと存じますが、多数の犠牲を出す事態となっております。十分に事の詮議をしていただかなければならないことと存じますゆえ、よろしくお願い申し上げまする」

長政はそう言って、この事態を幕府に任すこととした。ただし、なぜこのようなことになったのかは責任をもって調べる必要がある。長政と喜右衛門は、その後、当事者らから出来事の顚末を、できる限り詳しく聞き取った。しかし、あくまで当事者は、自分の立場で話をする。しかも、味方の悪いことは言わないし、すでに死人に口なしの者もいる。それでも、多数の者から聞き取りをして、喜右衛門には、この事態が起こった理由はだいたい理解できた。

この日の午後、喜右衛門と与左衛門が無一左衛門に会いに行くためにここを出た頃、入れ違いに石材が運ばれてきた。また、いつもの様に多数の石や礎石、墓石などとともに、石仏が縄に縛られて搬入された。その様子を見ていた浅井家の家臣、三田村左衛門の手の者たち数人が、転がっていく石仏に合掌(がっしょう)して祈り始めた。

「南無阿弥陀仏、南無阿弥陀仏…」

仕事の手を休めて、さらに幾人もの浅井家の者たちが掌(て)を合わし始めた。その様子を見ていた織田家家老、柴田勝家の家来たちが近づいてきた。

「浅井のやることは、とろくさあて、いかんわ。こんなのろのろやっとったんでは、城ができる前に潰されてまうがな」

織田の家来は、尾張訛りで仕事の催促をするつもりで皮肉ったのであろう。

「とろくさいとは何や」

浅井の家来は言い返した。

「とろくさいゆうのは、とろくさいんやわ。六角攻めでは、先陣もせずに後からのこのこ付いてきて、都入りすりゃ、工事はのろのろ、石ころに、なんまいだあ」

「あっはっはは」

尾張兵の取り巻きたちが高笑いした。

「浅井は、とろくさいわ」

尾張兵の言葉に怒った北近江の者が言い出した。

「何、我らの殿は、慈悲深いんや。織田様のように、怠ける人夫を見せしめで切り捨てるようなことはなさらんわ。織田は鬼や、仏の首に縄を巻く鬼やないか」

それまで高笑いしていた織田の兵たちの表情が変わった。その中から一人が近づいてきた。

「我らの主君を鬼呼ばわりするとは、聞き捨てならん」

鬼と言った浅井の者の前まで来ると、睨み付けた。互いに一歩も引かぬ構えで睨み合った。そして、尾張の者は手に隠し持っていたか泥か砂のようなものを近江の者の顔に投げつけた。飛び散ったもので視界を失った近江の者が目を拭おうとした。その時、尾張の者は、抜刀すると袈裟懸けに一刀両断した。近江の者は、首筋から血を吹き出して倒れた。

一瞬で辺りは騒然となった。

「何をする」

「それええ」

「やってまえ」

「敵討ちや」

工事現場は一瞬で戦場と化した。

これが、事の顛末であった。喜右衛門は、事情を聞く中で思った。強固な城を早く築き、外敵から守ることが、人々の心を安定させ、世に平安をもたらすのか。それとも人々の思いを一つひとつ叶えていくことが世の平安に繋がるのか。どちらも大切なことではある。しかし、織田と浅井はその考え方があまりにも違う。ともに力を合わせて戦乱を終わらせ、世に平安をもたらせることは、あまりにも困難であると。

京の事件は織田方も浅井方も双方とも不問に付された。その事件の存在すら知らされることはなくなった。上洛して間もない今、織田にとって浅井はまだ必要な駒の一つであった。ここで事を構えては、せっかく占領した畿内や近江の安定が損なわれてしまう。信長は、この内紛を不問にし、畿内の占領と確保を優先した。

その後、織田勢は畿内一円に勢力を広げ、南近江一帯も支配した。一時期は浅井家の勢力範囲となっていた愛知川以北の地域も含めて織田家の家臣が管轄し、浅井家は織田領に取り囲まれるほどに勢力の差は広がっていた。

それでも永禄十二年（一五六九）年は、近江一円は戦もなく平安な年となった。

遠藤喜右衛門は、いずれ起きるであろう戦を予感していた。平安に過ごすことができたこの年、三十六歌仙絵屏風（かせんえびょうぶ）を制作し、武運長久を願って多賀大社に奉納した。柿本人麻呂から三十六人の和歌と絵を描いたこの屏風は、後世に残る大作であった。

人は誰も、自分が生きた証（あかし）を残そうとする。遠藤喜右衛門直経は、三十六人目、中務（なかつかさ）の絵の横に、自分の名と奉納年月を墨書（ぼくしょ）した。

奉掛之　遠藤喜右衛門尉直経敬白、

永禄十二年十一月吉日

喜右衛門は、この時にはもう決めていた。たとえ誰が何と言おうとも、自分が為すべきことを為すと。

四　決別

翌永禄十三（一五七〇）年一月が終わろうとする頃、長政のもとへ書状が届けられた。織田信長からである。

長政は、その書状を手にして嫌な気分になった。毎年、周辺諸国への遠征軍に駆り出されている。昨年は、伊勢国、北畠氏へ、一昨年は、京へ、摂津へ。今年も正月早々から出陣の催促であろうか。これでは、かつて六角氏に支配されていた頃、伊勢遠征に従軍させられたのと変わらない。それが、足利将軍家を中心とした「天下布武」の理想を達成するための共同行動であると実感できる戦いならば、納得し、進んで協力できたかもしれない。しかし、この戦いは、信長の利害に基づく戦いであることが明らかになってきた。このころ、将軍足利義昭と信長は対立し「セリアイ」が始まっていた。しかも、信長は共に戦ってもその見返りを出さない。信長が支配する地域や都市は増えても、その利益を分けようとはしない。だから家臣が命懸けで働いても、そのことに報いる恩賞も出せない。信長との考え方の違いを、長政は実感していた。

長政は、その書状を開いた。

宮中の修理や幕府の御用を果たし、天下をおだやかに治めるため、来月の中旬に上洛するので、各々も上洛してお礼申し上げ、礼を尽くしなさい。遅れることのないように。

北畠大納言殿　同北伊勢の侍衆
三好左京太夫殿　同和泉の侍衆
徳川三河殿　同三河・遠江の侍衆
京極殿　同浅井備前
……………
………
……………

永禄十三年正月二十三日

途中まで読んだ長政の視線は、一点に留まったままになった。

京極殿　同浅井備前

長政の背筋を何か冷たいものが流れたような気がした。

「京極殿」とは、かつて北近江の守護大名であったが、今はその地位を完全に失っている。その下に書かれた「浅井備前」が長政のことである。他国の侍衆と同列である。

信長がここまで大きくなった功績の大きさは、徳川殿とは比べものにならないはずである。ほんの二年前までは、「ともに力を合わせ、二人で天下を治めるのじゃ」と誓った。『天下布武』の理想に誠意をもって協力してきた。家臣たちと共に命懸けで協力してきたことは何であったのか。

冷たいものが体を通り抜けた気がして、恐ろしいほどの不安感が襲ってきた。

二月末、京都には信長の呼びかけに応じて諸国から諸大名や侍衆が集まった。長政もこの時、京都に入った。そして一月（ひとつき）ほどの間、宮中の修理や幕府の用を果たして、近江に帰った。しかし、この時、長政が上洛したという記録は、どこにも残されていない。掻き消すほどの存在とされたのである。巨大となった織田家にとって、もう浅井は必要な者ではない。そういう扱いであった。


寝苦しい夜であった。近江に戻った長政はなかなか寝つけない夜を過ごすようになった。この日も漠然とした不安を抱え、あれこれと考えてから、ようやく眠りについた。


小谷山は、青白い月光に照らされていた。何の音もない静寂の中で城は輝いていた。

ふと見ると、山の中腹を取り囲むように白い雲がわき起こった。ふわふわとした雲が漂っていた。

そう思ってしっかり見ると、それは、実は大きな白い蛇であった。白蛇が小谷山を取り巻いている。

「あの蛇は何や」

長政は、不思議な光景に身を乗り出した。

すると、白蛇は霧のような空気の塊になって、乗り出した長政の身体に入ってきた。
長政は、白蛇になった。
白蛇は、太古の昔からこの小谷山に棲み、命の湧き水を守ってきた。
「水は、総ての温もりの泉
水は、我らの生命の源
欲しくば、命を懸けて見せよ
大いなる魂が結ばれん」
白蛇は、繰り返し歌いながら、山麓から溢れる湧き水を大切に守った。
いく日も、いく日も。ただ、一人で。
迫り来る様々な者たちから、命の湧き水を守り続けた。
たび重なる戦の末、白蛇の鱗のような皮膚は裂け、傷ついた。
鱗が剥がれ、色を変えた蛇は、それでも湧き水を守った。
ある日、天が裂けた。そこから、龍神の声が響き渡った。
「おまえは、一人ではない」
すると、その瞬間、天女たちが舞い降りてきた。
一人、二人、三人、四人……
白蛇は、天女たちを数えた。
次々と舞い降りてくるその数の多さに、心が躍った。

二十四人の天女たちは順に手をつなぎ、白蛇と繋がった。

そして、ついに一つに結実した。

すると、湧き水はどんどんと水かさを増した。

生命の湧き水は温もりに溢れている。

傷は癒え、鱗を七色に輝かせて、白龍は天に昇っていった。


温かいものに包まれている感覚の中で、長政は目を覚ました。不思議な感覚であった。意識がまだはっきりとしないままに薄目を開けた。

すると薄明かりの中で、白く美しいものが宙を舞っている。小動物のように小気味よく揺れ動いている。それはとても愛らしいものに感じた。白蛇の夢の続きかと思って、目を見開いてみると、それは指であった。端正に手入れされた人差し指が、流麗に空間を舞っている。隣に寝ていたお市が天井に向けて何かの文字を書いているようであった。

「市」

長政は声を掛けた。お市は指を止めた。そして、宙で一度固まった腕を、すぐに布団に入れ、照れたように笑った。

「小谷へ来る前に、いつもこうして文字を書いていたんです」

長政の方に顔を向けたお市はそう言った。

「何を書いていたんや」

長政の問いにお市はもう一度、顔を天井に向けた。そして、再び布団から腕を出すと、人差し指を立てた。白く美しい指が、空中に文字を書き始めた。縦横横と指の筆が滑らかに動く。はねたり、とめたり、まっすぐ伸ばしたり、そして、ゆっくりはらわれた。

お市は書き終えると、視線を長政に向けた。長政は少し考えて微笑んだ。

「長政」

長政はそう言うと、お市は表情を輝かせた。

「何年も輿入れできなかった頃、こうしてお名前を書いていたことがあったんです」

お市は昔を思い出して長政に打ち明けた。

「そうか。そんなに前から思ってくれていたんやな。儂はお市がここへ来てくれて本当に良かったと思っている」

長政は、近頃時々見せるお市の表情が気になっていた。浅井の家臣たちの中には様々な考えがあった。織田家との関係は、かつての六角家との関係のように、臣下のような扱いをますます受けるようになってきた。そのことに不満を漏らし、織田家から嫁いできたお市に良い顔をしない者もあるように感じていた。

「私も浅井家に嫁いで三人の子どもにも恵まれて本当に嬉しゅうございます」

お市は三人の子を同じように大切に育てた。長政との間に生まれたのは二人とも女の子であった。茶々、初と名付けた。長男は、お市が嫁いで来る少し前に生まれていた。自分がお腹を痛めて産んだ子ではなかったが、お市は我が子と思って大切にした。

「ああ、三人とも大事に育ててくれて感謝しておる。これからも頼む」

長政はそう言ったものの、子どもの将来を考えると不安な思いになった。このまま北近江は平安を保つことができるだろうか。そして、お市の兄との関係をこのまま続けることができるかどうか。それは、もう困難な道であった。そう考えると、長政の表情には陰りが差した。

「長政様。私はどんなことがあっても、ここで長政様と三人の子どもたちと共に暮らして参りたいです。私は、兄の性格はよく分かっております。たとえ、もし織田家との間で何かあったとしても、私は長政様がここにおいてくださるなら、一緒に暮らしていきたいと存じます。どうか私のことで、浅井の皆様にご迷惑をおかけすることがないようになさってください。浅井の皆様は、皆さんお優しい。相手のことを思って、気に掛けてくださいます。ですが、どうか私のことよりも、ここに生きる皆様のことを考えて、ご決断ください」

お市は、長政の方に顔を向けて話した。長政は、その顔をじっと見ていた。

「市、おまえは、美しい人やな」

お市は少しはにかんだ。

「輿入れして来たあの日、長比山から見た景色や長政様がおっしゃったことを、今もよく覚えています。あの時、長政様はこうおっしゃいました。この北近江に生きる人々を守っていきたい。もっと多くの人々が安心して暮らせるようにしたいんや。苦労をかけると思うが、一緒に頼む、と」

お市は、そこまで言うと長政をじっと見た。

「ああ、覚えている。市は、はっきり、はい、こちらこそお願いしますと言ってくれたな」

長政は、遠い昔を思い出すように、天井を見た。

「今でも私の思いは変わりません。どうか私もここに生きる人たちと共に生きていかせてください」

長政が再びお市の方を見ると、お市の目は潤んでいた。

「ああ、心配するな」

長政はそう言うと、お市に手を伸ばし、自分の胸に引き寄せて抱いた。何も言わずにしばらくの間抱きしめた。お市の背を優しく摩(さす)った。温もりが伝わった。

「今、夢を見ていたんや」

「どんな」

「小谷に棲(す)む龍が温泉に入る夢や」

「えっ」

お市は少し驚いて、笑った。長政は、夢の中で感じた泉から溢れる温もりを思い出した。そして、あることを思いついた。

「そうや。城下の須賀谷へ行こう。身も心も温まるぞ。子どもらも連れて行くぞ」

そう言うと、長政はもう寝ていられなかった。

須賀谷は小谷山の東側の麓にある。城下の町からは少し離れた小さな集落である。ここから溢れる泉は、戦で負った傷を癒やし、耐えがたい悲しみや苦しみに悩む人々の心に温もりを与えてきた。

長政は、侍女に須賀谷へ行くことを告げた。そして、午前中に政務を終わらせると、お市と子どもたちを連れてこのひなびた村へ向かった。

子どもたちは喜んでついてきた。お市が輿入れする少し前に生まれた長男は、もう七歳になっていた。体つきは長政に似て、同じ年頃の子たちよりも大柄な方であった。素直で温厚な子であった。お市は、輿入れした後、この子を大事に育てた。自分がお腹を痛めた子ではなかったが、浅井の子として愛情を注いだ。

湯殿の土間に大きな金盥が置かれている。その周りに簀の子が敷き詰められ、麻布で覆われている。蒸気が立ちこめる中で、色白でふっくらした体型の男の子が、湯船に入るのを少し躊躇っている。金盥の底は土間の地中に半分近くは埋まっている。盥の側壁は、子どもの腰ほどの高さもなかった。しかし、七つの子どもにとっては、その壁を跨いで、慣れない湯の中に飛び込むのは、少し勇気が要った。

「喜久丸、こい」

長政は湯船につかり、我が子に手を差し伸べた。喜久丸は父の手を取って、金盥を跨いで湯の中に入った。胡座をかいた長政は、喜久丸を自分の股の間に座らせた。喜久丸は、父の腕の中でほっと一息ついた。

「どうや。温かいやろ」

「はい」

「ここにはな、昔から龍神様が居られてな。ここに住む人々を守ってこられたんや。戦いで傷ついた時、この温泉に浸かって治されたんやぞ」

「父上は、龍神様、見たことあるんですか」

喜久丸は、身体を捻り顔を後ろに向けて父を見て訊いた。

「ああ、いつも小谷の城から見ておるぞ。今は、大きな龍が横たわって身体を休めておられる。喜久丸も見ておるやろ」

喜久丸は、さらに身体を後ろに向け、父と対面して言った。

「それは、山でございましょう。喜右衛門から聞いたことがございますよ。臥龍山という山でございましょう」

長政は笑った。

「いいや、今は山やけど、もうすぐ龍になって飛び立つぞ。ほおら」

長政は、喜久丸の顔の前で、飛び立つ龍に見せて両手を湯の中から飛び立たせた。喜久丸は口を半開きにして上を見た。長政は笑った。子どもの素直さがたまらなく愛おしかった。

しかし、もうすぐ本当に戦いはやって来るだろう。多くの人々が傷だらけになり、その血がこの大地に飛び散る日が迫っているかもしれない。そんな犠牲を払ってでも戦う決断しなければならない。長政は、まっすぐに自分を見る子を、再び抱き上げて背中を向けて膝の上に座らせた。

その時、隣の部屋から娘を抱いてお市が入ってきた。湯けむりの中でもその姿は美しかった。

「初、お風呂ですよ」

抱く娘はまだ生まれて一年半ほどしか経たない幼子である。ようやく立って歩けるようになったが、まだまだその歩みは心許ない。

「母上、わたしも」

長身のお市の足下からもう一人の娘が顔を出した。茶々は数えで四つになっていた。

「はいはい、一緒に入りましょう」

湯船は広かったが、あと三人入るといっぱいになり、お湯が溢れそうであった。夫婦と三人の子どもは肌を合わせて湯に浸かった。

「はっ、おふろやぞ」

喜久丸は、長政の膝の間から出て、お市の側に寄り添った。そして、初の頰に顔を寄せて
「あったかいやろ」

と言ってニコニコして見せた。すると、初が声を上げて笑い出した。側にいる茶々も一緒に笑った。

「こんな風に兄妹が仲良く暮らせて、本当によかった」

お市はしみじみと言った。

「わたしはこのような睦まじい家族を知らずに育ちました。母と兄はどこか憎しみあっているようで、下の兄は兄に殺されました。家族や親族同士で憎しみ合い殺し合う。これが戦乱の世なのかと思っておりました。しかし、浅井家はそうではありませんでした。他家から嫁いできた私のことも大切な一人として本当に大事にしていただきました。ですからわたしは、たとえどのようなことがあっても、浅井市として生きていきたいと思っております」

お市は、長政が浅井家の行く末を悩んでいると感じ取っていた。その悩みは、きっと兄の織田信長との関係に違いないと思っていた。あの兄ならば、浅井家と織田家が争うようになるかもしれないことは覚悟していた。

「ああ、儂もおまえと離れるつもりはない」

長政がそう言うと、それを聞いていた喜久丸が言い出した。

「母上は昔、織田という名前で、父上は、猿夜叉丸と言ったんですね。お爺様も猿夜叉丸といったそうです。どうしてわたしは喜久丸という名前なんですか」

喜久丸は最近になって気付いた疑問を両親に投げかけた。お市は、その問いにどのように答えればよいか戸惑った。猿夜叉の名は浅井家にとって世継ぎに名付ける幼名というわけではなかった。浅井久政は、亮政の長男ではあったが、浅井家の後継ぎになるはずではなかった。しかし、久政、長政と二代にわたって猿夜叉が後継ぎとなった。喜久丸という名が、浅井家の後継ぎとなることを認めていない名であると喜久丸が感じたのかもしれないと思うと、お市は胸が潰れそうになった。

その時、長政が口を開いた。

「喜久丸よ。儂には二人の父親がいてくださる。まあ、そう言っても、本当の父はおまえのお爺様の久政様やが、もう一人儂にとって父親のように育ててくれた方がおられるんや。儂が幼い頃、おまえと同じくらいの歳まで人質となって暮らしていたのは知っておるな。その時、幼かった儂を救い出し、いろんな事を教えてくれたり、槍の稽古をしてくれたりした人が、遠藤喜右衛門殿や」

「喜右衛門はよく知っております」

「そやから、おまえの名前を喜久丸と名付けたんや。喜右衛門殿の喜、久政様の久で、喜久丸や。おまえの名は、儂が二人の父から受け継いだ名や。誇らしい名前やぞ」

喜久丸の目に力が宿った。湯で火照（ほて）った顔は、ふっくらと張りがあり喜々として輝いた。

「はい」

元気に返事する喜久丸を見て、お市は胸を撫（な）で下（お）ろした。

「母上、もう上がります」

喜久丸は、湯を飛び散らかせて湯船から勢いよく飛び出した。

湯船の湯は、隣の部屋で沸かされる。適温になると、そこから伸びた樋（とい）を伝って金盥の中に流し込まれる。その時、隣の部屋から聞き覚えのある男の声がした。

「殿、失礼致す」

長政は、はっとなった。与左衛門の声である。このような所にわざわざ告げに来る以上、重大事であることは察しがついた。

「何や」

「織田が越前に攻め込むようでござる」

お市と茶々が不安そうな顔をするのが分かった。

「そうか。すぐに重臣を小谷に集めよ。儂もすぐに参る」

「はっ」

与左衛門は立ち去ったようである。長政は、湯船で立ち上がった。大柄の身体は柔軟な筋肉に覆われている。

「市。戦になる。これからは辛い日が続くやろう。おまえには苦労を掛ける」

お市は、二人の娘を抱きかかえながら言った。

「はい。覚悟しております。どうぞ私のことはお気遣いくださいませんように。私も本日より織田信長を兄とは思いません。どうぞ思う存分戦ってくださいませ」

「すまん」

そう言うと、長政は風呂を出た。


北近江は、南西に向かうと南近江を経て京の都や西日本へ通じ、東には美濃、尾張を経て東海地方へ、北には若狭、越前を経て北陸、日本海側へ、南には伊勢に通じている。この四方向のうち、織田家は、この二年ほどで一気に拡大し、東の美濃、南の伊勢、南西の南近江、京を押さえた。織田家が未だ美濃制圧に苦しんでいた頃には、信長の妹、お市を浅井家に嫁がせ、協力を求めてきたが、今や立場は激変し、浅井家を家臣同然に扱うようになった。しかも、織田家は、京の町でそうであったように、支配地域に住む人々に対して冷酷非情な扱いをする。自治的な統治を認めようとしない。

信長は、これまでもそうであったように、同盟者や家臣に対していつ豹変するか分からない。

浅井家の安全が保障される、ただ一つの方向は、北の越前、若狭への道だけしか残されていない。

幸い新将軍足利義昭は、上洛する前に越前朝倉家の保護を受けてしばらく逗留し、朝倉家の安全を約束している。浅井家にとっても朝倉家との関係は、良好な関係を保ってきた。長政の祖父、亮政の代に、小谷城はたびたび六角氏に攻められた。その時、六角氏は北方の朝倉氏に協力を求めた。六角氏の求めに応じて朝倉氏は、歴戦の名将、朝倉金吾教景を小谷城に派遣した。ここで五ヶ月にわたって在陣し、小谷山の一角に金吾丸と呼ばれることになる砦を築いた。その時、朝倉金吾は、六角氏と浅井亮政の調停役を務めたと言われている。それ以来、三代にわたって浅井氏は、朝倉氏との関係を保ってきた。

しかし、この状況を脅かす事態が若狭で起こっていた。永禄十三（一五七〇）年四月二十日、織田信長は、将軍義昭の命を受ける形で、京に約三万の軍勢を集め、北陸、若狭へ向かった。若狭の国人武藤氏を討伐する名目で琵琶湖の西を北上した。浅井領をかすめて若狭国に入った。この軍勢に浅井氏は呼ばれていない。三河の徳川家康や大和の松永久秀は呼ばれていたのである。

この日、織田勢に従軍していた明智光秀は、京の細川藤孝に宛てて手紙を書いた。この遠征に関わって、朝倉氏と浅井氏の動向には十分に警戒する必要があるという内容の手紙を。名目上、織田軍が向かった先は若狭であったが、若狭へ侵攻すれば、当然のごとく朝倉と事を構えることになり、朝倉と戦うことになれば、浅井の動向に警戒する必要があることは、京にいても分かっていたのである。分かった上で浅井に知らせずに、信長は動いたのである。

若狭国の国主は武田氏であるが、独立する国人衆を抑えられずにいた。武田義統は、足利義輝、義昭の妹を正室に迎えていたが、対立する国人衆をまとめることができないまま、永禄十

（一五六七）年に亡くなった。幼くして当主となった武田元明には、国人衆の離反を止められなかった。それを見た隣国朝倉義景は、永禄十一（一五六八）年、援護の求めに応じる形で若狭へ侵攻し占領した。そして、当主の元明を越前国へ移し庇護した。これに対して反対勢力の国人衆は、先代の当主の親族であった将軍足利義昭を頼り勢力の回復を図った。

こうして織田信長は、将軍の命を受ける形で、朝倉氏の援護を受ける若狭国人武藤氏を征伐するために若狭国へ侵入した。当然、朝倉氏は越前の防衛のため国境を守った。四月二十五日、織田軍は、若狭を素通りして越前国敦賀郡に侵攻した。

浅井家にとって、ついに決断しなければならない時が来た。織田信長を、見限らなければならない。ここが限界である。

浅井長政、久政、赤尾、遠藤、磯野ら重臣たちが集まって、この時に決断を下した。

織田信長は、越前へ軍を進めた。ここは、信長も義昭も攻めないと約束していた朝倉氏の所領である。

四月二十五日、天筒山城を攻撃。

二十六日、金ヶ崎城を攻め、朝倉景恒を降す。

疋壇城を攻略し、塀や櫓を破壊。

木ノ芽峠を越えて侵攻しようとした。

この時、朝倉氏は、南条から木ノ芽峠へと続く山間の隘路で防御しようと待ち受けていた。当主の義景自身も、一旦は浅水(福井)まで出てきたが、居城で異変が起きた知らせに驚き、一乗谷に引き上げた。織田方の計略、流言に踊らされたのである。

その時、織田信長のもとにも知らせが届いた。浅井長政が、朝倉側に付き、攻め込んでくるという。信長は、一瞬疑った。これは流言ではないか。まさか、これほど大きな兵力差があり、今や家臣同然となっている義弟、浅井長政が、本当に刃向かうだろうか。そのような決断ができるはずがないと高を括っていた。しかし、多数の報告からこの危機的な状況は事実であることが確かめられた。

信長は撤退を決めた。山間の賄賂に入り込んで南北から挟み撃ちされては死を覚悟するしかない。最も悪い状況になる一歩手前であった。

「是非に及ばず」

長政は、北近江の軍勢を率いて北上し、敦賀に迫った。しかし、織田勢は三万を越える大軍である。十倍に近い敵を相手にすることになる。迂闊に突撃することはできない。当然、基本的な作戦として、朝倉勢と連携して戦うことになる。織田勢のさらに北方にいる朝倉勢なら織田の大軍に対抗できる兵力がある。北方の合戦状況に応じて、織田勢が、北方に押し出すならば追撃し、長い隘路の蓋をして挟撃する。織田勢が南に撤退するならば、これを討つ。これが基本的な戦術である。

そして、織田勢は撤退した。総崩れになる敵を攻撃し蹴散らした。金ケ崎の戦いは、浅井・朝倉連合軍の大勝利となった。戦国の世において、戦は、ただの戦争、殺し合いではなかった。どちらの主張が正しいかを世に示す、一つの裁判でもあった。

長政は、信長との一度目の争いに勝ち、世にその正しさを示した。

しかし、信長を討つことはできなかった。信長は、三万の将兵をこの地に置き去りにして、一目散に逃げた。

四月三十日、信長は京に逃げ帰っていた。

天下に「織田負ける」の報が知れ渡った。このままでは、織田に対抗する者たちが次々に現れるかもしれない。そうなる前に、直ちに巻き返さなければならない。信長は、決死の覚悟を決め、美濃へ戻ることにした。

北近江を通らずに、京から美濃に戻る帰路となるのは、織田家の家臣が占領していた南近江を通り、すでに織田領となっていた北伊勢を経由して、尾張、美濃へ戻る進路である。これを妨害しようと浅井氏は、南近江に兵を出した。鈴鹿越えの道が危険だと察知した信長は、日野の蒲生賢秀、布施の布施公雄らの助力を得て千種峠を越えようとした。しかし、そこには、六角承禎の命を受けた甲賀者の鉄砲の名手が待ち構えていた。杉谷善住坊は、峠越えの隘路で至近距離から信長を狙撃した。しかし、二発の弾(たま)は信長の体を擦(かす)っただけで失敗し、信長はまた生き延びた。

織田信長は、美濃に戻ると、浅井・朝倉への復讐(ふくしゅう)を果たそうと攻略の準備を始めた。

その頃、竹中半兵衛は、未だ長亭軒砦にいた。あの稲葉山騒動から六年の歳月が流れ、もう二十五歳になっていた。若き才能は、その能力を生かせぬまま仕舞い込まれたままであった。その間に時代は大きく動いた。半兵衛が守ろうとした美濃は、信長に占領され、西美濃衆は信長の配下となった。稲葉山騒動の後、近江に単身逃れていた半兵衛は、西美濃衆の一員として織田家に仕えることはできなかった。織田と浅井の同盟が成立し、上洛軍が近畿一円を制圧する中で、長亭軒という国境の小さな砦は、戦略拠点としての意義を持たなくなっていた。その存在意義をなくした砦で、ただ一人ひっそりと、時代のうねりに取り残されて暮らしていた。

晴れ晴れとした青空の日が続いていた。日光が降り注ぎ、草花が見る見る成長する。樹木は枝を伸ばし葉を広げ、緑が益々深まっていく。いよいよ山は青さを増した。

「半兵衛殿」

久しぶりに訪ねる者があった。誰の声かはすぐに分かった。これまでにもたびたびやって来て、世の情勢を教えてくれていた。もうそろそろやって来るかもしれないと内心期待はしていた。半兵衛は、振り返る間もなくその名を呼んだ。

「樋口殿。お久しぶりです。何かありましたか」

樋口は不安そうな表情をしていた。

「ほんま困った。どうしたらええんや。浅井様が織田様と手を切った。ここが戦場になる」

樋口は、越前金ケ崎で起こったことを半兵衛に話した。そして、逃げ果せた信長は、きっと復讐を果たそうと北近江へ攻め込んで来るであろうと予想した。半兵衛は、樋口の身に突然降りかかることになった窮状を察することができた。

「確かにこれは大変なことになりそうでございますな」

「ほやろ。どうしたらええんや」

樋口は、ますます深刻な顔になった。

「この後、織田軍は大軍で北近江へ攻め掛かるでしょう。ざっと三万余。徳川も来るでしょう。浅井様は五千。朝倉軍がどれほど本気で援軍に来るかは分かりませんが、一万か多くても二万。織田側が有利であることは否めません」

半兵衛の言葉を、樋口は頷きながら聞いていた。

「朝倉様の援軍がなければ、浅井様は圧倒的に不利でございます。野戦では勝ち目がない」

「ほやろな」

「となれば、浅井様が生き残る術は、小谷城に籠もって籠城しつつ、朝倉の援軍を待ち、全国各地の諸大名に呼びかける。織田様に反対する勢力はまだまだ各地にいます。三好、六角、龍興様も伊勢長島に居られると聞きます。これがもっと大きくなれば、どちらが勝つかは分かりません」

「おお、確かにな」

「しかし、一番問題なのは、浅井様は小谷に籠城するしかないということでございます」

樋口はまた深刻な顔になって言った。

「坂田郡は見捨てられるやろな」

樋口が家老を務める堀家は、代々にわたって坂田郡を治めてきた国人領主である。樋口にとって今、最も重要なのは堀家が治める坂田郡南部から東部にかけての地域がどうなるかであった。

「浅井様がこの国境まで軍を押しだし、近江と美濃の国境で戦うことはまずないでしょう。守るなら堀家と一部の援軍だけで守ることになるのではないかと思います」

「やはり、ほうなるやろな」

樋口は、半兵衛の戦術眼を信頼していた。かなり絶望的な状況になることは想像がついた。

「半兵衛殿。儂にはこんな中で戦うのは無理や。けど、儂の判断が、堀家の運命も、坂田郡の者たちの命も左右することになる。なあ、半兵衛殿。儂を助けてくれんか。頼む」

「樋口様にはこれまで本当にお世話になりました。私ができることならば、どんなことでもお助けしたいと存じます」

「かたじけない」

樋口は頭を下げた。

「しかし、このことはお聞きしておきたい。樋口様がご判断されるとき、もっとも大事に思われるのは、どちらでございますか」

半兵衛はそう言って、樋口をじっと見た。

「浅井様をお味方して北近江を守ることか、堀家つまり坂田郡の人々を守ることか、どちらかを選ばなければならないなら、どちらをお選びになるおつもりですか」

樋口は、一瞬躊躇（ちゅうちょ）してから答えた。

「それはもう昔から決まっておる。儂ら境目に生きる者は皆そうや。ここ坂田の堀家とともに生きる者たちを守るんや。そうやって生き延びてきたんや」

答えは、はっきりしていた。ただ、そのことをはっきり言うかどうかの戸惑いはあった。

方針は決まった。二人はその後も、これから起こるであろうこと、心配なことなど、しばらく話した。そして、樋口は帰って行った。

その夜、半兵衛はなかなか寝つけなかった。心の底から込み上げてくる熱いものを抑えることができなかった。

それからは、雨の日が何日も続いた。砦には橅（ぶな）の大木がある。その葉先から雨水がぽたぽたと落ちている。半兵衛は、外を窺い見ることができる砦の一室から、野外の様子を漠然と眺めながら、これから起こるであろうことを、あれこれと考え巡らせて過ごしていた。織田家は今、北近江への逆襲に備えて準備をしているであろう。浅井、朝倉も北近江での戦いに備えて城砦の整備を急いでいるに違いない。そして、半兵衛自身は、この事態にどのように対処すべきか。この数年間は、時代の動きにほとんど関わることができないまま過ごしてきた。しかし、今、自分の前にはいくつかの道がある。樋口の味方をして近江衆の一員として堀家の下で働くのか。義父の安藤守就とともに行動し西美濃衆の一員として織田家に従う道を選ぶのか。遠藤喜右衛門の下へ行けば、浅井家に仕官することもできるであろう。しかし、半兵衛はそのどの道にも踏ん切りを付けることができずにいた。雨はいつまでもやむことなく降り続き、単調な雨音は絶えることがなかった。

すると雨音の中から人の声が聞こえてきた。砦へ続く道の方からである。緑の木々の中から数人の男たちが、水たまりを避けて近づいて来るのが見えた。その一団は、ほとんどが屈強そうな大柄の男たちである。しかしその中に一人、やや小柄な男がいる。だんだん近づいてくると、顔の輪郭がはっきりしてくる。小さく丸い顔である。その男は、砦の入り口で門番に挨拶をしている。門番の一人が、近づいてきた。

「織田家の木下藤吉郎と申しておりますが、いかが致しましょう」

門番は、半兵衛に尋ねた。聞き覚えのある名前であった。これまで半兵衛の人生の中で何度か重要なところで聞いた名前であった。新加納の戦い、墨俣築城、この男が重要なところで半兵衛の前に立ちはだかった。どんな男か興味はあった。その男が、今、訪ねてきた。

半兵衛は、勢いよく立ち上がった。そして、入り口が見える土間へ急いだ。

「木下殿。どうぞ中へお入りください」

半兵衛は、土間から外に顔を出して会釈をし、客を招き入れた。

「ああ、はあんべえどの、会えてよかった。よお降りますな。急に来たで会えんかってもしょうがないと思って、思い切ってきましたが、儂らほんまに運がよかった」

その声は、雨に降られて足下の悪い山道を歩いてきたとは思えないほど陽気であった。木下藤吉郎は二人の部下とともに砦の一室へ上がった。その時、持参した手土産を土間に並べた。保存しておいた山芋、畑で取れたばかりの野菜、長良川の鮎、質の良い美濃紙などが運び込まれた。そして、藤吉郎は、挨拶もほどほどに懐から紙の包みを取り出すと、中身を開いて見せた。そこには十粒余りの白い球状の小さな粒が入っていた。

「こりゃあ、うみゃあで」

と言うと、藤吉郎はその一粒を指で摘まみ、口に入れた。

「あみゃあああ」

　黒い顔はシワシワの笑顔になると、落ちそうになる頬に手を当てた。

「はんべえどの、二つ三つついっぺんに放りこみゃ。ほれ」

　藤吉郎は、半兵衛の口元にその包み紙を差し出した。半兵衛は、思わず手を出しで三粒摘まんだ。口にそっと入れると、今までに味わったことのない甘みが広がった。目を丸くする半兵衛を見て、さらにくしゃくしゃに相好（そうごう）を崩して楽しそうに言った。

「ほっぺた落っこちるだぎゃあ」

　藤吉郎の言い方が滑稽で、藤吉郎の家臣も半兵衛に仕える者たちも皆、笑い出した。半兵衛も思わず笑った。

「これは何でございますか」

「南蛮渡来の菓子で、金平糖（こんぺいとう）ちゅうもんだぎゃ。砂糖をな、銅鑼（どら）ちゅう大きな釜で何日も何日も、どーらどーら言うてかき混ぜてな、銅鑼をな、どーらどーら言うて作るんじゃ」

　さも見てきたかのように藤吉郎はその格好を実演して見せた。その場にいた者たちの幾人かも笑いながら、藤吉郎と一緒に腰を落とし、大きな釜に入った金平糖を回し始めた。半兵衛は、この男と初対面のような気がしなくなっていた。

　しばらくそんな時間を過ごした後で藤吉郎は話し始めた。

「今日、ここへ参ったのは、半兵衛殿に力を貸してほしゅうて来たんでござる」

いきなり藤吉郎は話を切り出した。その表情は、先ほどとは打って変わり、織田家の重臣の顔になっていた。

「半兵衛殿。あんたのような若い才能のある人が、このままこんなとこでくすぶっとったんではあかすかいな。ま、いっぺん儂に手を貸してちょお」

半兵衛は、すぐに返事をしなかった。

「こいつらを見りゃ。みんな、楽しそうな顔をしとりゃあすやろ。儂と一緒にいろんなことをやって、充実しとるんだぎゃ」

そばにいた髭の大男が横から口を挟んだ。「負け戦で殿を務めて敵に追いかけ回されたり、山の中を死にものぐるいで駆けずり回ったり。ほんま、充実しとるがや」

「こら、小六。横から口出してぃきゃんて。ちょっと、だまっときゃあせ」

半兵衛は、この二人の主従を見て、気さくな関係だなと思った。確かにこの男の家来になれば、大変なことも多くありそうではあるが、自分がやりたいように存分に働けるのかもしれないと思った。

「半兵衛殿が一緒に働いてくれたら、儂らはもっと凄いことができる。ほうなったら、おみゃあさんだって変わるで。今のおみゃあさんの顔はいかんがな。何やしゃん満足しとらんでいかんわ」

半兵衛の表情が曇った。

「儂がここへ来たんは、お屋形様に言われて来たんとちゃうで。半兵衛殿の才能を知っとるから来たんやがな。あんたは、お屋形様が何年もかかってやっと支配した稲葉山を、僅かな人数で奪った。争いで命を落とす者も僅かやった。あれは、凄いことやがな。儂は、尾張の貧しい百姓に生まれた。この争いの世で酷(ひど)い暮らしをしてきた。早うこの戦いに明け暮れる世の中を終わらせたい。民、百姓が苦しめられる時代を変えたいんやわ。どうじゃあ。半兵衛殿。あんたも、そう思ってなさるやろ」

半兵衛は肯いた。

「そうやろ。儂はあんたのことをよう知っとるんや。そうやと思っとった。なら、儂と一緒にやろまいか。あんたには、凄い才能がある。儂ら、あんたにどんだけ苦しめられてきたか分からんがな。変な形の兜(かぶと)を着けた背の高い軍師の采配を、儂ら尾張の者は恐れとった。あの凄い軍略の才能をこのまま眠らせておいては、あかすかいな」

唾を飛ばして力説している。口の周りに泡のように飛び散っている。喉が渇いたのか、ぬるくなった茶を一気に飲み干した。

「儂は、お屋形様にこの夢を賭けとるんや。戦乱の世を終わらせてくれるんはお屋形様しかおられへん。それができるのは、あの方だけや。この厳しく辛い、大変なことを、苦しくてもやりきろうとなさっておられるのは、織田信長という方だけやがな。そやから、儂は命懸けでお仕えしとるんや。あんたも、人が平安に暮らせる世をつくりたいと思ってなさるやろ。それは、あんたがやってきたことを見れば、ようわかるがな。半兵衛殿。戦の極意とは何や。一番、すごい戦い方は、どんな戦い方やな」

丸顔の男の目は輝いていた。その目でこちらをまっすぐに見つめている。自分への期待感が伝わってくる。半兵衛は、少し考えてから本当のことを言った。

「それは、戦わずに勝つことです」

「キャッハハハッハ」

藤吉郎は、飛び上がって笑い出した。まさに猿のようにはしゃいでいる。

「やっぱり、あんたは、本物やあ。儂もそうやがな。戦には、太刀も刀もいらんがな。戦う前に勝敗は決まとるがな。あんたなら、そういう戦ができる。どうか儂に力を貸してえな。近江の浅井は強敵や。まともに戦こうたら、共倒れやがな。どうか浅井の調略を引き受けてもらえんか。この国の人々を守るためやがな。儂と一緒に働いてください。なあ、竹中半兵衛殿」

丸顔の小男の大きな眼が近づいてきた。それは、キラキラして、吸い込まれそうであった。


翌日、半兵衛は居城のある岩手に戻った。ここを出て隠棲（いんせい）することを決めてからもう六年の歳月が流れていた。その間に時代は大きく動いていた。半兵衛は土蔵の中に仕舞い込んでおいた兜を取り出した。あの時のままそれはあった。こんなにも反りくり返った形状をしていたかと半兵衛は思った。それほど長い間、身に着けることがなかった。

半兵衛はこの一ノ谷兜を頭に付けて紐（ひも）できつく縛った。もういつまでも臥（ふ）したままではいられない。土蔵から出ると、東の空を見上げた。久しぶりに被った兜は重かった。首に掛かる負担は嫌ではなかった。「ああ、こんな感じだったな」と思い出した。見上げた先に、伊吹の峰が聳（そび）えている。

三章　挑む

一　長比城

金ケ崎で浅井・朝倉軍は織田軍を撃破し、大勝利を収めた。しかし、信長を討つことはできなかった。信長は単身、京に逃れ、軍勢を整えるため美濃へ戻った。

この時、信長は、敗北した雪辱を早急に晴らさなければならない立場にあった。畿内一円を制圧したとは言え、周辺には敵対する勢力が多数おり、一度は味方になった勢力もいつ反旗を翻すか分からない状況にあった。金ケ崎の大敗で、織田の評判は落ち、その不安はますます大きくなった。織田を見限る者をこれ以上増やさないためにも巻き返しは急務であった。織田信長の力の強大さを内外に示す必要に迫られていた。

信長はすぐに逆襲を図るであろう。浅井長政にとっても正念場を迎えていた。尾張・美濃、伊勢を含め畿内一円、十数カ国を支配し、数万の大軍を動員できる織田軍。それに対して、浅井は北近江半国、数千の兵力しかない。この状況を乗り切り、さらに織田軍への評価を落とし、信長を見限る勢力を増やせるかどうか。これができるかどうかで、浅井の命運は決まる。そういう正念場が差し迫った。

　織田軍の逆襲に備えて、浅井・朝倉軍は、戦場となる北近江の拠点を改めて整備した。織田軍の侵攻を防ぐためには、いくつかの重要拠点があった。まず、両国の国境にある長比城、刈安尾城が第一の拠点であった。次に坂田郡の中央を南北に走る臥龍山にある横山城が第二の拠点。さらに、南近江との境目にあり、日本の東西を分ける要衝、佐和山城及び鎌刃城。北近江の北部、伊香郡と琵琶湖へ繋がる拠点、山本山城。そして、最も重要な本拠地であり、北近江の盆地の中央に迫り出す浅井三代の居城、小谷城である。

　これらの拠点を有効に使い、生き残りに懸ける。あまりにも大きな軍事力の差を巻き返し、巨大な敵に挑む最前線に北近江は立たされた。

　喜右衛門は、織田の巻き返しに備えて工事に取り掛かっていた長比城を訪れた。山城の麓を東山道が通るこの地域は、坂田郡の国人、堀氏の家老、樋口直房が管轄していた。長比城は、国境の小さな砦であった。敵の侵攻を監視するための櫓があり、二つの曲輪と兵糧の保管庫がある程度である。美濃側からの攻撃に備えて、特に南東側の堀を深くし、土塁を積み上げ、侵攻を防ぐ堀切や虎口を整える工事を急いでいた。

喜右衛門が、砦の頂上に近づくと、樋口直房が、作業に励む者たちに指示をしているところであった。喜右衛門は樋口に近づき、声を掛けた。

「樋口殿。お話がある」

喜右衛門の声に気づいた樋口は深刻な表情を浮かべた。喜右衛門は、樋口を先導して曲輪の一室に入った。二人は無言で腰を下ろした。喜右衛門から口を開いた。

「大変なことになった。儂(わし)らには」

「ああ、そうやな」

樋口の口は重かった。

「ここは大軍を迎え撃つ城ではござらん」

喜右衛門の言葉に樋口は「ああ」と肯(うなず)いた。喜右衛門は続けた。

「小谷からも遠過ぎる。浅井様がここに援軍を寄越す道理はござらん。儂の領地の女子(おんなこ)どもは小谷に住まわせ申した。ここに籠もって死ぬことはござらん」

喜右衛門がゆっくり話す一言一言(ひとことひとこと)に、樋口は「ああ」と言って肯き、最後に「そうやな」と言った。

「儂は一旦はここを引き上げる。しかし、どこかで信長に決戦を挑むつもりや」

喜右衛門は、樋口直房という地元の土豪を昔からよく知っていた。領民のことを考える信ずるに足る人物であると頼ってきた。喜右衛門にとって、この長比山の麓にある小さな村落の須川は、鎌倉以来の先祖代々の領地であった。同じ坂田郡の地元の土豪同士である。今、降りかかってきたこの状況がどれほど厳しいものかは、総て話さなくとも互いに分かった。

「そうか」

樋口の目が一瞬輝き、互いの目と目が合った。

「儂は、昔から樋口殿のことを信じてきた。あんたはいつも領民のことを第一に考えてきた。儂が浅井様に仕えてきたのもそうや。そやからここはあんたに任す。頼む」

喜右衛門はそう言って頭を下げた。

「ああ」

樋口はそう返事をした。喜右衛門は、少し考えてから話を続けた。

「儂らは、境目であっちやこっちに付いて生きてきた。それは何も悪いことやない。それでもいざという時に大事なことを曲げずに生きていければ、それで良かろう。もしもの時には頼みますぞ」

「ああ、それは分かっておる」

「儂は、須川山の砦の普請を見てから上平寺へ回った後、小谷城へ入る。上平寺の城も急場しのぎにやってはおるが、廃墟同然や。あそこで持ち堪えるのも無理なことやろ」

上平寺城はかつて京極高吉の父、高清が、京極家の本拠地とした城であった。しかし、高吉の兄、高広が死んで以来、もう二十年ほどの間、誰も住んでいない。その後、刈安尾城と呼ばれ、今、朝倉軍とともに改修工事を進めているところであった。

「樋口殿に最前線を任すことになるが、儂が思うに、戦いは横山城と小谷城の間辺りになるやろ。じゃから、佐和山と鎌刃城が残ってさえおれば、一旦は引いたとしても、東山道を押さえて敵の動きを牽制し、南北から巻き返しはできる。横山城におる大野木や三田村にも、佐和山の磯野にも話はしておく。じゃから、こっちは頼むぞ」

「ああ、分かった」

樋口ははっきりと返事をした。その返事を聞いて、喜右衛門は立ち上がった。樋口に別れを告げて曲輪を出た。

その夜、樋口は、長比山の櫓に登り、松明の火を焚いて辺りを監視しながら、これからのことを考えた。喜右衛門が言うように、本当にこの地が主戦場となることはないかどうか。古代においては、ここは天下分け目の決戦の地になっている。天智系の天皇と天武天皇が争った壬申の乱は、この近くで戦いがあったと伝えられていた。しかし、浅井軍と織田軍は、兵力に大きな差があった。数に劣る浅井軍が、数倍の敵と戦うために堅牢な小谷城から打って出ることは考えにくい。やはり、この地は一時は見捨てられるだろう。そんな考えを巡らせていた。

「樋口殿」

小声であった。樋口だけに聞き取れるほどの声であった。はっとなって樋口は辺りを見回した。すると、櫓の下に人影が見えた。松明のかがり火が揺れる中に、よく知っている顔が浮かんだ。辺りを見回しながら櫓を下った。そして、近くにいた家来に声を掛けた。

「櫓の監視を代われ」

そう言うと櫓の下に潜む男に近づいた。

「付いて来い」

静かに言うと樋口は男を連れて曲輪の一室に入った。灯りを付けると、男の顔がはっきりと見えた。

「半兵衛殿。遠藤が来た」

半兵衛は、静かに肯いた。

「喜右衛門殿は何と言っておられた」

樋口は、半兵衛にどう伝えようかと思った。

「ああ、ここに浅井の援軍は来(こ)んやろ言(ゆ)うとったで」

「ということは、小谷で籠城戦か、横山城との間で戦うか、どちらかということか。そのことは何か言っておられたか」

「それは何も言うてなかったな」

樋口はさらっと言った。

「いずれにしても、浅井様はここに援軍を送ってはこない。堀家は単独で織田の大軍と対峙(たいじ)することになります。樋口殿。堀家はいかがなさいますか」

堀家が治める国境の情勢は一気に変化した。織田軍という十数カ国を支配する巨大な敵が目の前に迫ろうとしている。しかも、樋口は、突然その最前線の責任者になってしまったのである。まだ幼い主人(あるじ)、堀秀村に代わって家老としてこの坂田郡の地域を守り、領民の暮らしを支えてきた。この郷土が、数万の大軍に攻められることになる。こんな小さな砦で守りきることなどできるわけがない。しかも、浅井の援軍は来ないだろう。半兵衛の問いに対する答えは、もう明らかである。それでも樋口は、半兵衛に尋ねた。

「美濃の様子はどうや。織田軍はどんな状況や。戦準備は進んでおるのか。お主なら探りは入れておるやろ」

「はい。信長様はすぐにも近江へ攻め込むように準備を急がせておられます」

半兵衛はそう言った。樋口の表情が変わった。

「そうか、半兵衛殿。そらそうやな」

樋口は、その言葉遣いから半兵衛の置かれた立場の変化を察知した。信長の家来になったに違いないと分かった。

「そりゃ、当たり前や。お主のような才能ある若者や。それで当然や」

樋口は動揺する気持ちを落ち着けながら、改めて考えた。

「お主がその上でここへ来た言うことは、もう一刻の猶予もない言うことか」

樋口の深刻な表情を見て、半兵衛は話しかけた。

「樋口殿。私は、決めました。戦（いくさ）に明け暮れるこの時代を終わらせるために、私は自分なりに精一杯やってみることにします。鎌刃城で樋口殿に励まされたのはもう三年も前のことです。自分の才能を世のために生かせと言ってくださった。けれど、あの時はまだ、織田信長に屈することが許せなかった。そして、美濃の者たちも私が表に出ることを許してはくれなかった。しかし、もう今はそんなこと言っている場合ではない。この国境の山村に住む私には、もう他に方法はない。信長様の家臣、木下藤吉郎殿のもとで私は働くことに決めました」

半兵衛は樋口の目をじっと見た。

「そうか。お主は自分の才能を発揮できる場所を見つけられたか」

「私と樋口殿の立場が違うことは分かっているつもりです。けれど」

樋口の肩には元服前の主人と堀一族の運命が乗っている。自分ひとりの決断が多くの人々の人生を変えることになる。鎌刃城から東側の多くの村々の暮らしが懸かっている。そして、何よりも小谷城で暮らしている樋口の娘の命が懸かっている。

「けれど、この国境の山村に暮らす以上、他に方法はないはずです。そのことは、樋口殿が一番分かっておられるでしょう」

樋口には半兵衛が言うことが確かに正しいと分かっていた。

「生き残るための方法は、もう他にないか」

それでも樋口は決断が付けられないようであった。

「長い間、戦乱の中で生きてきたんや。京極様や六角様の時代は、ただ従うだけやった。どんな理不尽なことでもお屋形様が言えば従わねばならなかったし、その時の争いは一族同士の後継ぎ争いで儂らには何の意味もなかった。そやから儂らは、そんな時代を終わらせるために浅井様を支えて戦ったんや。浅井様は、儂らの意見を聞いて北近江を治めてくれた。じゃが、織田様はそういうことを認める方ではないやろ。半兵衛殿はそれでええんか」

樋口の問いに半兵衛は答えた。

「よいわけがないではござらんか。けれど、もう美濃は乗っ取られたのです。私にはどうすることもできなかった。だから今、自分にできることをやろうと決めたのです。今、織田に従わなければ、織田の大軍が押し寄せてきます。そうなれば、この地域がどうなるか。執念深く美濃を攻略し続けた信長の性格を考えれば想像がつく。どうすれば、領民を守れるか。それが、国境を治める我ら領主の務めでござる」

そう言うと、半兵衛は樋口をじっと見た。

「ああ、そうやな。半兵衛殿が言う通りやな」

樋口は力なく頷いた。そして、伏し目がちであった顔を上げ、半兵衛を直視した。

「やはり、決断するしかないか。半兵衛殿が、ここへ来てくれたと言うことは、もう迷っている場合ではないんやろ。長比と刈安尾は渡すことと致す。あとは、宜(よろ)しく頼む」

樋口は、苦渋の末に決断せざるを得なかった。彼はその後、この時の決意を胸に堀家の存続と領民の暮らしを守るために活動した。それは、とても困難な道であった。

その後すぐ、国境の長比城、刈安尾城に織田勢が入城した。争うことなく第一の拠点は占領された。坂田郡東部は戦に巻き込まれなかった。しかし、遠藤喜右衛門は、先祖代々の領地の須川を奪われた。

二　横山城

六月十五日、北近江に在陣していた朝倉景鏡を総大将とする約二万の朝倉軍が、一旦、越前へ引き上げた。

その報を聞いた信長は、すかさず動いた。六月十九日、織田軍約二万五千が北近江へ侵攻した。途中、国境の長比に駐留した後、北西に進軍し、約五里先にある浅井氏の本拠地、小谷城を目指した。途中、姉川と横山丘陵の間を通り、横山城を南に見て抑えの兵を置き、さらに奥深く進軍した。六月二十一日には、小谷山のすぐ南側の小さな丘、虎御前山に着陣した。すぐに小谷城下に火を放った。城下はことごとく焼かれた。猛暑の中、攻める方も守る方も目が眩む思いになった。

小谷城は麓から見ると高くそびえる山城である。頂上から続く尾根上にいくつのも要塞が並んでいる。そこへ登る斜面は急峻な上に、要所に築かれた土塁と堀切で容易に攻め登れない構造になっている。要塞からはこの地域一帯が一望できる。織田軍の陣地の様子も丸見えである。樹木は切られ、攻め登ろうとする敵も丸見えである。さらに北に続く峰々は朝倉氏の本拠地、越前まで繋がっている。

難攻不落の要塞が織田軍の前に立ちはだかっている。攻め上ろうとすれば、弓矢の餌食になり、包囲するにも簡単に囲めない規模がある。兵糧攻めをするにも越前からの補給路を断つことは困難である上に、地元の民衆とともに歩んできた浅井氏への支援を阻むことはできなかった。織田軍の誰もが、どうすれば落とせるか想像できなかった。兵士たちは見上げる山城の要塞を見て、命を落とす覚悟を固めなければならなかった。

信長は、城下に火をつけて長政をおびき出そうと必死になった。野戦に持ち込むしか、織田に勝利はない。しかし、そんな誘いに乗らないと分かると、織田軍はすぐに陣地を引き上げた。

翌日には小谷城より二里ほど南にある横山城攻略に方針を転換した。北近江攻略の第二の拠点である。ここを占領すれば、浅井の勢力範囲は浅井郡と伊香郡の二郡に限定される。浅井の勢力を、北近江の小さな盆地に押し込むことができる。箱庭のような盆地から出てこないように監視できる拠点なのである。

六月二十四日、織田軍は、横山城を攻撃した。横山城は、南北に細長く続く横山丘陵にある。この丘陵は、臥龍山とも呼ばれている。丘陵の形が細長くごつごつしていて、龍が伏せているように見えるからである。この北側の端は「龍ヶ鼻（たつがはな）」と呼ばれている。龍の鼻先近くを姉川が斜めに遮（さえぎ）るように流れている。

信長は、横山城攻略に向けてこの龍ヶ鼻に本陣を置き、東西南北からこの龍を速やかに退治しようと諸隊を配置した。北方に見える小谷城を背後にして、信長の本隊はここで南向きに陣し、南方の横山城大手門の攻略に池田恒興、坂井政尚、木下秀吉を先鋒（せんぽう）とした。城の向こう側からは丹羽長秀、森可成（よしなり）が攻略に向かい、右手からは佐久間信盛が攻め登った。丘陵に隠れて見えない位置になるが、左手つまり東からは柴田勝家、そして西美濃衆が、一斉に攻撃を開始した。

浅井側の守備にあたった大野木茂俊（しげとし）、野村直定（なおさだ）らは、必死に防戦した。しかし、大軍による集中攻撃にそれほど長く持ち堪えられるはずはなかった。たびたび小谷城への援軍を要請した。

ここに越前から朝倉景健率いる約一万の援軍が到着した。六月二十六日、浅井長政は、五千余の兵を率いて小谷城を出陣し、横山城とのほぼ中間に位置する大依山に移動した。そして、ここに旗を立てかがり火を焚き、一里ほど南にある横山城に立て籠もる味方の兵に声援を送った。

六月二十七日、信長のもとにも援軍が到着した。徳川家康が六千の兵を率いて参陣した。信長は大いに喜び、家康を招いてここで茶を点てた。横山城を南に、小谷城を北に見るこの場所に柳の木が立っている。信長は、ここに瓦製の風炉を造らせた。茶の湯の席で湯を沸かす炉である。ここに信長は本陣を置き、援軍に来た家康を迎えた。

若き家康は、到着すると休む間もなく信長の本陣へ来た。真夏である。肩で息をしながら、到着の報告をした。信長は大変喜び、自ら茶を点ててくれた。噴き出す汗を拭い、夏の伊吹山を眺めながら熱い茶を頂戴していた。

「うおうおぉ……うおおぉぉ」地鳴りのような声が背後から響いてくる。遠すぎて十分には聞き取れない。しかし、北方の山上から時々発せられるその声援は、頭上を越えて南側の山上の横山城の城兵に確かに届けられている。家康はその声が聞こえる大依山を見た。山上は木々が伐採され、赤茶けた土色に見える。尾根上の平坦地に櫓が組まれている。その周りには多数の兵士がうごめいている。そして、こちらを見ている。無数の旗が山中をはためいている。

「織田様、浅井・朝倉は攻めてこないでしょうか」

到着したばかりの家康は、状況を十分に把握していなかった。わずか一里もない背後の山上に敵軍がいる。こちらを見下ろしている。その敵に背を向けて織田軍は布陣している。心配になった。信長は、この純朴な青年を、今は手放すわけにはいかないと思っていた。努めて機嫌よく振る舞った。

「奴は来ぬ。長政は戦嫌いじゃ。それより早く横山城を落とした方がよい。徳川殿も速やかに横山攻略に加わるのじゃ」

いつものかん高い信長の声を聞きながら、家康はやはり不安になった。

（本当に攻めてこないのだろうか。なぜそんなことが言えるのだろうか）

桶狭間（おけはざま）の戦いから十年が経つ。十八になる年に今川軍の先鋒として初陣（ういじん）を迎え、敗戦とともに人質の身から解放された。強国の間（はざま）で何とかこの十年間を生き抜いてきた。体は細身だが、青年期も後半になり肉付きがよくなってきた。大きくつぶらな目が小刻みに動いている。どこかにこの状況を判断する手がかりはないかと探している。

（それとも、いつものように私には知らされない何かの事情があるのか。敵に後ろを見せるような陣立てでいるとは。どう見ても敵に攻めてこいといっているようなもの。信長様は、何を企（たく）んでいるのか。そして、我らはどう動けばよいのか）

家康は、いろいろと考えを巡らせながら、茶をすすった。

「うおうおぉ……ううおおぉぉ」

また、地鳴りのような声が、遠くから聞こえた。

その頃、喜右衛門は、大依山の浅井陣から、南の臥龍山の麓に布陣する織田勢を見下ろしていた。

「若殿、あれをご覧くだされ。徳川軍でござる。先ほど参陣した様子。今頃、信長と家康は、あそこで茶でも飲みながら話しておるやもしれません」

大依山の先端から龍ヶ鼻までは一里足らずである。よく見ていれば、状況は手に取るように分かる。喜右衛門は、敵陣を見下ろしながら悔しがっていた。

「やはり今朝、攻めておれば。昨日到着した朝倉勢と併せれば、織田の軍勢とも渡り合えたに違いない」

昨日、この大依山で軍議が行われた。その席で喜右衛門は、今日の未明に織田本陣を奇襲攻撃すべきであると主張した。しかし、越前からの到着間もない朝倉軍が、本格的に戦うためにもう一日待ってほしいと主張したため、喜右衛門の献策は通らなかった。

「徳川軍が加わって、さらに厳しい戦いになってしまうな。明日の朝は、自重すべきか」

長政は、ともに横山の方向を見ながら、そう言った。

織田と浅井の国力差は余りにも大きい。浅井の勢力は一時、北近江六郡に及んでいた。しかし、現在は実質二郡に押し込められてしまった。喜右衛門自身が領地を占領されたように、このままでは徐々に浅井とその家臣たちは力を失うであろう。そうなれば、今は結束している浅井軍であるが、少しずつ離反していく者が出てくるであろう。小谷城にただ閉じ籠もっているだけならば、浅井を離れてしまう者が増える。打って出ることができる時には挑まなければならない。長政と喜右衛門や磯野員昌たちはそのように考えていた。しかし、無謀な戦は仕掛けるべきではない。織田信長は、金ケ崎の汚名をそそぐことに焦(あせ)っている。信長が攻めてくれば、堅固な要塞、小谷城に籠もる。敵が隙を見せれば、仕掛ける。このような戦い方で、織田に敵対する勢力の蜂起を待つ。このような方針を長政と話し合っていた。

「いや、しかし、織田の陣形はいまだに横山城に向かっております。信長の本陣はこちらから見れば、がら空きでござる」

信長の本陣の方を向いていた喜右衛門は、長政の方へ向き直って話を続けた。

「信長は、ああやって隙を見せ、儂らを誘っておるのでござる。それほどに信長は野戦に儂らを引き込みたいのや。儂らの突撃を見くびっておるんや」

喜右衛門は、不敵な笑みを浮かべた。

「若殿。儂は明日の未明、何としても信長本陣を奇襲したい。あの信長の鼻を明かしてやりとうござる。無論、無謀な突撃はせん。横山城を囲んでいる敵軍の動きを見て、信長本陣への救援に戻るのが早いようであれば、途中で引き上げる。援軍が遅いようなら、信長を討つ。臥龍山は、あのように途中で尾根が西に張り出しておる。あそこまで追い詰めれば、信長を討てるやもしれん。討てぬまでも信長が再び戦場を逃げ出すようなことがあれば、儂らの勝利でござる。織田の評判は地に落ち、各地で反旗が翻るでござろう。若殿、いかがでござるか。此度(こたび)は、儂にやらせてくだされ」

喜右衛門は、長政の返答を待った。長政は、即座には答えなかった。

「はっはっはは。面白いやないか」

後ろから豪快に笑う磯野の声が聞こえた。喜右衛門と長政は振り返った。

「若殿。儂も一緒にやらせでくだされ。ここで一戦交えて、儂は佐和山へ戻る。鎌刃城が開城したようや。樋口は織田に降った。佐和山を守らねばならなくなった。喜右衛門殿と、その面白そうな奇襲に加わった後、佐和山へ向かう」

豪傑、磯野員昌は、佐和山城に守備部隊を置いて、織田との決戦に備えて小谷に来ていた。それは、佐和山城に近い鎌刃城を樋口直房が守っていればこそ、佐和山城を守備隊に守らせておくことができたのである。しかし、長比城、刈安尾城という国境の城が開城しただけでなく、坂田郡南部の鎌刃城まで開城したとなれば、佐和山城を磯野自らが守らなければならなくなった。それほど佐和山城の位置は、軍事、交通、経済の要衝であった。

「磯野殿は佐和山を頼む。その手土産に、二人で信長を討とうやないか」

喜右衛門がそう言った途端、会話を掻き消すほどの大音声が起こった。

「助けに行くぞおおぉぉ。がんばれえええぇぇ。助けに行くぞおおお。がんばれえええぇぇ」

鐘や太鼓を同時に鳴らし、耳を覆いたくなるほどの味方の声援であった。この声は、山の向こう側にある横山城に向けて届けられた。援軍もなく、小さな山城に籠もって敵の大軍を迎え討つなど、できるものではないことを、皆は理解していた。そうであるからこそ、せめて声だけでも心の底から出して届けようとしたのである。

「うおうおぉぉぉ……うおおぉぉぉ」

あいかわらず時々声援が聞こえる。家康は、しばらくの間、茶を飲みながら聞き耳を立てた。

「織田様。私にはあの声が『助けに行くぞ』と叫んでいるように聞こえます。もしも浅井・朝倉が攻めてきた時、徳川はいかにすればよろしいのでござるか。今、我らは横山城に対して最後尾(さいこうび)におります。しかし、もしも大依山から攻めてくれれば、我が軍は先陣の位置になります。もしその時は、どうか先陣を仰せつかりたいと存じます」

家康は、信長の返事を待った。信長は、扇子(せんす)で数度扇(あお)いでから答えた。

「奴らは攻めて来ぬ。徳川殿には、すぐに横山城の西側へ向かってもらう」

信長の返答は変わらなかった。

(信長様は、なぜこれほど敵が攻めて来ないと言い張るのか)

家康の大きな目は、伏し目がちではあるが、信長の動きの一部始終を観察していた。そこにはいつもの信長とほとんど変わらぬ姿があった。ただいつもよりも少し機嫌が良い程度である。この決戦を前に味方が馳(は)せ参じたから喜んでいるのだと思っていた。

(しかし、そうではないのか。機嫌良く振る舞っているのは見せかけか。本当は苛立(いらだ)っているのか。いつもの信長様なら不機嫌な振る舞いは当たり前の人だ。その信長様が苛立ちを隠しているのは、何故だ)

家康は、背後に敵の声援を聞きながら正面に展開する織田勢の布陣を改めて眺めた。そして、ふと気がついた。

(ああ、信長様は自分を囮(おとり)にしてまでも、敵を誘い出さなければならないほど焦っているのか。それほどこの人の周りには、いつ敵になるか分からない人たちが多いのか。自分の力を誇示しなければ離れてしまう者たちがいるのか）

家康は、目の前にいる同盟者でありながら主君のように振る舞う男の実像を見る思いがした。それでも、家康は、信長という男に賭けるしか他に道はない、と割り切っていた。幼い頃から大国の狭間（はざま）で人質暮らしをし、今も周りを織田、武田、北条という大国に囲まれる中で、家康には確信があった。生き残るために従属すると決めた時は、徹底して従う。けれども、ただ大人しく従うだけでは生き残りの道は閉ざされる。武士ならば、命を懸ける気迫が必要である。戦うと決めれば、どんなに勝てそうもない強大な敵であっても、全力で挑む。そうしなければ、生き残る道は開けないのだと。そう覚悟して、家康は答えた。

「織田様。わかりました。我が軍は、ただいまより横山攻略に向かいます」

家康は、碗（わん）に残る僅かな茶を飲み上げると、すぐに茶室を出た。陣太鼓が掛けてある柳の向こうに大依山が見える。山上から中腹にかけて多数の軍勢が陣取っている。山上で多数の旗が揺れている。

（あそこにいる者たちも生き残りを懸けるに違いない。あの中に信長に命懸けで挑む者はいないか。もし挑む者がいるならば、迂闊（うかつ）に手出しはできなくなる。その敵を滅ぼすのは容易ではなくなるのではないか。武士というものはそういうものではないか）

家康は、そんな漠然とした不安と迷い感じながら山上の敵を見上げた。浅井軍が横山城を救援するために、攻めてくるのか、それとも来ないのか。この時点では、誰にも分からなかった。焼け付くような日光を浴びて額から汗が流れた。思わず腕で汗を拭った。赤く日焼けした肌がヒリヒリとして、その危うさを警告した。


日が暮れようとしていた。西の彼方(かなた)の空は僅かに紅(くれない)が残り、空の端を明るくしていた。しかし、もう辺りは暗くなり、東の空には星が瞬いていた。

織田本陣から大依山の様子を監視していた者が急に声を上げた。

「大依山の陣が動いております」

信長の馬廻り衆として龍ヶ鼻の陣で備えていた竹中久作は、その声を聞くと、山上にいる敵軍の動きを凝視した。確かに松明がゆっくり動き始めている。

「やはり動き出したか。十助、兄者が言っていた通りだな」

久作は、周りにも聞こえる張りのある声で言った。竹中家の家臣、不破十助も肯きながら答えた。

「はい、確かに。さすがに天下の名軍師、竹中半兵衛様の予言通りでござる」

野太い声は辺りに響いた。これを聞いた周りの者たちはざわついた。

「半兵衛殿は浅井、朝倉が攻めてくると言っておられるのか」

「そうでござる」

十助が答えると、久作が話を続けた。

「我が兄、竹中半兵衛は、浅井軍は必ず攻めてくると申しておる。特に浅井軍の中でも磯野員昌と並ぶ猛将、遠藤直経は、この戦いで必ずお屋形様を狙って攻めてくるに違いない。だから、儂は必ず遠藤喜右衛門直経を返り討ちにする。儂が討ち取るぞ」

久作は、多くの者が聞いている中で、そう豪語した。それを聞いていた者たちが言った。

「じゃが、お屋形様は、大依山の敵はこちらには攻めて来ぬとおっしゃっているらしいぞ」

「そうそう、儂もそう聞いた。もしも敵軍がこちらに来るなら、十三段構えの陣で迎え撃つはずでござる」

「儂はその陣立書を見たぞ。いまだにそのご指示がないと言うことは、やはり攻めて来んということでござろう。いかに竹中殿の言葉とは言え、本当にこちらへ来るかどうか」

そうやって口々に言っていると、浅井・朝倉勢が本格的に山を下り始めた。無数の松明（たいまつ）が山から下り、西へと向かっていく。浅井・朝倉軍は、大依山の西側に広がる福良（ふくら）の森の向こう側に移動し、小谷城方面に退散していく気配である。各所からの報告でも敵はこちらに向かっていないことが知らされた。

「やっぱり、御屋形様のおっしゃる通りだ。浅井は戦嫌（いくさぎら）いだ。味方の城を助けに来ぬわ」

織田勢の中には山から下り退散する松明の様子を見ながら、笑い合う者たちがいた。若い頃の太田牛一（ぎゅういち）もこの中にいてこの様子を見ていた。のちに『信長公記（しんちょうこうき）』にこの時の様子を記している。

「罷（まか）り退（の）き候（そうろう）と存じ候（そうろう）」

その様子を見ていた者たちは、浅井・朝倉軍は退去したと思っていた。

月はほとんど見えない。暗闇の森の中に潜む者たちがいる。

「父上、もうお年なのですから今回の作戦は無理をなさいますな」

黒装束を身にまとった武将が、隣の老将に小声で話しかけている。

「今さら何を言うか。決死の覚悟で集まっておるのじゃ。気力が萎えるようなことを申すな」

もう六十歳を過ぎた。それでもまだ、槍働きに加わっている。

「あの時も真夏のこんな夜やった。先の見えない真っ暗闇で、何が起こったかわからんかったな。味方討ちなどするでないぞ」

老将、嶋秀安は、息子の秀淳に注意した。

「父上こそ、あんな昔の縁起でもないことを、今さらおっしゃるな」

嶋一族は、今井定清の死後、幼少の嫡子、今井小法師丸を支えて浅井氏の坂田郡域の支配に貢献した。その時から佐和山城主、磯野員昌のもとで働くようになっていた。

長い時間、彼らはここで静かに待った。真夏である。真夜中の森でたまに蟬が鳴く。馬は嘶き声を上げず、森の闇に溶け込んでいる。よく目を凝らして見ると、無数の目がギラギラ光っている。

巨大な敵に決死の突撃を仕掛ける覚悟を固めた目である。

「よいか。黙ったままでよく聞け」

太く低い声で無数の目たちに呼びかける者がいた。他の者よりも際立って高い所から発せられた声は、一瞬で集団を集中させた。

「樋口が寝返り、鎌刃城が開城した。我らは佐和山に戻らねばならなくなった。明日のうちに佐和山へ戻る。じゃが、遠藤が面白いことを言うのじゃ。明日の未明、信長を討ちに行く。お主も一緒に来んかと言うのじゃ。皆も知っておるように、儂はかつて信長に期待したこともあった。この戦乱の世に平安をもたらすことができるのは奴をおいて他にないと思ったこともあった。じゃが、奴は、儂らの主君、浅井様を蔑ろにした。儂らが住む北近江をまとめ、地域に平安をもたらしてくれた浅井様を軽んじ、六角の時代のように理不尽に儂らを扱った。今、敵は、あのように儂らに背を向けて誘っておる。あれは罠かもしれん。じゃが、遠藤は、武士ならば行くと言う。儂の考えも同じゃ。ここで行かねば、浅井家の命運は切り開けん。戦えばこそ儂らが生き抜く道ができる。じゃから、明日の夜明け前に、儂らは信長の馬廻り衆に突撃する。織田の奴らを蹴散らし、遠藤とともに信長を討つ。信長を討つんや。朝のうちに信長の首を取ってしまえば佐和山へ戻る必要もない。ワッハッハハ、よいな。明日に備えよ。話は以上や。よいか。分かったものは、心して、瞬きをしろ」

黙って肯いていた者たちは、ギラギラと輝かせていた目をゆっくり瞑った。そして、開いた。また、瞑り、開き、三度、繰り返した。その中に、同じ動作をしない者がいた。森林の下草を踏む音が走った。

「ぐううぅ」

人が倒れる音がした。一瞬で磯野が動いていた。体から槍先を抜く微かな音が聞こえた。

「間者が紛れておった。始末しておけ」

磯野が言うと、家臣たちが小さく返事をし、絶命している敵の間者を運んでいった。

「敵もこちらの動きを警戒している。田那部が村々に手の者を放って監視しているはずやが、十分に警戒しておけ」

磯野はそう言うと、森の闇に再び同化した。

「田那部。織田の動きはどうや」

磯野と同じ福良の森の一角に潜んでいた喜右衛門は、監視の様子を見て回り、戻ってきた田那部に小声で尋ねた。

「こちらを探ろうと動いているようでござる。先ほど磯野殿が紛れこんでおった伊賀者を始末しました。他にもこちらに来る者を数人捕らえております」

「監視の手を緩めるでない。周辺の村々にも改めて触れよ」

喜右衛門が指示をすると、田那部は小さく返事をして、監視に向かおうとした。

「与左衛門。もう少し話がある」

喜右衛門は、田那部を呼び止めた。周囲に聞かれぬように小声で呟いた。

「明日の戦は命懸けになる。信長は、我らを誘い込もうと隙を見せている。織田の軍勢が救援に戻るまでに半刻ほどはあるに違いない。そのうちに信長を討てるかどうかが勝負や。じゃが、その時を過ぎれば、敵の大軍に囲まれる。囲まれてしまっては勝機はない。その前に、撤退する。磯野は佐和山へ。我らは小谷へ。その時、お主は磯野に付いていってもらいたい。そして、佐和山と小谷を繋ぐ役割をしてもらいたいのや」

喜右衛門は、暗闇の中で与左衛門の顔を覗き込むようにした。

「佐和山と小谷を繋ぐ役割でござるか」

与左衛門は訊き返した。

「ああ、野戦の後は籠城戦になるやろ。小谷城と佐和山城の堅城が落ちなければ、浅井はそう易々と負けることはない。ただし、籠城中にこの二つの城を繋ぐことが必要になる」

「繋ぐとはどうすればよいのじゃ」

与左衛門が問うと、喜右衛門はさらに与左衛門に近づき、耳元で呟いた。

「もしもの時は…」

喜右衛門がそう呟いたとき、森に一陣の風が吹き抜けた。微かな呟きを聞き取った与左衛門は、暗闇の中でしばらく目を閉じていた。

「与左衛門。明日は信長を討つ」

喜右衛門の声に、目を見開いて、与左衛門はしっかりと返事をした。

三　龍ヶ鼻（姉川）

未明の闇の中を黒い軍団が進んでいく。地元の土地である。どこにどんな木が立ち、今あの畑には何が植えてあるか、その家は誰の家で家族が何人いるか、総て知っている。何百回、何千回と行き来した土地である。闇の中でもはっきりと分かる。この村々を守るため、約一千の精鋭たちは、音も立てずに進んだ。

背の高い草原(くさわら)を分けて進むと、目の前に川が広がった。真夏の夜の川は、静かに流れていた。連日の日照りで、水量はかなり減っていた。姉川北岸に到着した軍団は、ここで最後の準備をした。

東の空が微かに白(しら)み始めた。誰もが無言であった。互いの顔の輪郭が見えるようになった。敵の様子はまだ分からない。見渡す限り聞こえる音は、姉川の水音だけである。

黒の軍団はいくつかの集団に分かれ、姉川北岸の草原に潜み、一斉に川を渡る合図の時を待った。鎧兜の縛り具合を確かめ、槍を握り直した。もう十分に準備は尽くした。少し離れた所まで見えるほどに明るさが増した。

喜右衛門は、馬の鐙(あぶみ)に足をかけた。

「参るぞ」

喜右衛門が馬に乗ると、次々に味方の将も馬に乗った。喜右衛門は右手を掲げて静かに合図した。軍団は、数か所の浅瀬に分かれ、一気に川を渡る。水しぶきを抑えながら、次々に越えていく。渡り終えた軍団は、再び無言で集結する。磯野隊が右側に隊列を整え、遠藤隊はその左後ろに控えて整列した。ここから十町余り南に行った所に信長本陣がある。さらにそこから数町進むと、臥龍山の山麓に辿(たど)り着(つ)く。この半里ほどの場所で戦いが展開するはずである。今朝も晴れている。暑い日になりそうである。

喜右衛門は、先頭にいる磯野に向かって無言で肯いた。磯野は肯き返すと、敵陣に向き直り、馬上で右手を掲げた。そして、軍配を静かに振った。先陣の磯野隊は、まだ静まりかえる織田の本隊を目掛けて突撃を開始した。多数の騎馬武者たちが槍を手に次々と駆け出した。馬は隊列を組んで一気に駆けていく。大地に無数の馬蹄（ばてい）が刻み込まれる。さらに磯野隊に続いて遠藤隊も突撃を開始する。浅井軍最精鋭の騎馬隊が、大地を揺らして轟音（ごうおん）を上げ、突撃を敢行した。

その時、

ドン、ドン、ズーン、ドン、ズン、ドン、ドン、ズーン

敵陣の中から太鼓の響きが上がった。腹の底へ響くその音は、襲来を告げる合図に違いない。織田軍は、こちらの動きに気づいていた。戦いは始まった。もう引き返すことはない。

織田の本陣に柳が立っている。そこに大きな陣太鼓が置かれていた。若者が、大きなバチを力強く握り、素速く強烈に叩き続けている。そのそばに、多数の将兵に囲まれて、こちらを見ている武将がいた。浅井勢の突撃を鋭い眼差（まなざ）しで見ている。黒い甲冑（かっちゅう）姿の織田信長が、馬上から見下ろしていた。信長は、この奇襲を予見し、待っていた。

「敵は寡兵だ。反撃しろ。討ちもらすでない」

信長は高揚した声を上げた。思い通りに敵が襲来したことを喜んでいるように見えた。信長の合図とともに織田の馬廻り衆が一斉に騎乗した。赤幌衆（あかほろしゅう）である。

「突撃ー。行けー」

「うおおおおお」

　赤幌衆は、磯野隊を迎え撃つため馬を走らせた。互いに突進し、両軍はその中央で激突するかに見えた。しかし、浅井の先陣は、近江の豪傑、磯野員昌である。

　磯野は、一直線に馬を駆り、片腕でその長大な槍を振るった。向かい来る織田の騎馬武者が、薙ぎ飛ばされた。二人目の騎馬武者も一撃で馬から転げ落ち、三人目は、槍で突き通されて、馬が転倒した。次々に突撃するはずの織田の幌衆は、前で転倒する味方の馬に進撃を阻まれた。馬は嘶き、前足を跳ね上げた。織田勢は突撃を躊躇することとなった。そこへ、磯野隊の精鋭が斬りかかった。数に勝る織田勢は、蹴散らされ、後退せざるを得なくなった。

「敵は怯んだぞ。押せええ、押せえええ」

　磯野隊の中央で槍を振るっていた侍大将、嶋秀淳は、敵の様子を見て叫んだ。

　磯野隊は、織田の馬廻り衆を突き崩し、一町、二町、三町と進んだ。織田の本陣が近づいた。

　その様子を馬上でじっと見ていた信長は、次々に周りの武将に指示をして、敵の先鋒に向かわせたが、突撃の速度を僅かに鈍らせることしかできなかった。

「お屋形様。ここにも弾が届く距離になります。本陣を移して反撃するのがよいと存じます」

　黒幌を付けた武将が、信長に声をかけた。信長は、前方を見たますぐに返答しなかった。何に対して苛立っているのか、忌々しげに顔を歪めて口を開いた。

「本陣を下げる。黒幌衆でここを固めて死守せよ。敵は千にも満たんのじゃ」

　そう吐き捨てると、信長は馬の踵を返した。東の空に日が昇り、伊吹山に明かりが差していた。後退する先に、臥龍山が見えた。山上の横山城を囲んでいる味方の陣に動きはなかった。早朝未明に始まった敵襲を、味方の重臣たちはまだ気づいていないようであった。信長は、背後で繰り広げられている戦いの様子を、時々振り返って見ながら後退していった。戦況は厳しいままで、徐々に味方の陣が崩されていた。

「ぐぐぅ、何倍もの兵がおるのに。何をしておるのじゃ」

信長は、悔しさを抑えられずに唸った。三町ほど本陣を下げた。信長は再び、横山を見た。山頂ののぼり旗が動き始めた。

「遅い」

横山城を包囲していた織田の軍勢が、麓で起こっている敵の奇襲に気づき、信長を救援しようと動き始めたようである。しかし、戻るには半刻ほどは掛かりそうである。信長は、敵の数倍の兵力がありながら寡兵に押され続ける味方の不甲斐なさを嘆き、敵の進撃の速さと強さを見誤ったことを後悔した。そして、目の前で展開する忌々しい光景から目を反らそうと、伊吹の峰に目をやろうとした。しかし、後退した陣からは、臥龍山の先端、龍ヶ鼻の陰になって、伊吹山は見えなかった。

(この戦、戦わねばならんかった。負けるわけにもいかぬ。やるしかない。味方が来るまで持ち堪えるのだ)

信長は、再び前方の戦況に注視した。先ほどまで本陣をおいていた場所が、すでに戦場と化していた。陣幕は剥がれ、茶室も倒れている。陣太鼓を鳴らした柳が揺れて倒れた。黒幌衆にも本陣で浅井勢の突撃を食い止めることはできなかった。信長は、再び馬を反転させた。

「下がるぞ」

信長は、さらに後退する決心をした。もうあと二町ほどの所には、横山から伸びる山が迫ってきている。臥龍山から張り出した龍の翼のように信長がそれ以上後退することを阻んでいる。横山にいた味方の軍勢はまだ山の中腹から下った辺りを動いている。

(間に合うのか。早くせぬか。どいつもこいつも、使えぬ奴らめ)

信長は、ますます苛立ちを隠せずにいた。

「鉄砲を持て」

信長が叫んだ。近習が慌てて火縄銃を準備した。

「ええい、遅いわ」

苛立つ信長は、近習から鉄砲を取り上げた。振り返って前方を見ると、すでに敵の一隊は、味方の黒幌衆を切り崩そうとしていた。鉄砲の射程にまで、敵が迫っていた。信長は自ら鉄砲を構えて撃った。

ダァーン

敵将の兜が飛び、馬から落ちた。馬は嘶き立ち上がった。信長は、鉄砲を近習に放り投げた。

その時、馬廻り衆の中に一人の若者が目に入った。

「竹中、こっちへ来い」

そこには、信長の馬廻り衆になっていた竹中久作がいた。久作は急いで信長に近づいた。

「はっ」

「お主、遠藤喜右衛門を倒すと豪語しておったな。どやつが遠藤か、分かるな」

「はっ、勿論でございます」

「ならば、必ず遠藤を討て。よいな。遠藤を見つけて首を取るのじゃ」

「はっ、分かりましてございます。必ずや遠藤を倒してご覧に入れます」

竹中久作は、そう返答すると家臣たちとともに遠藤隊の突撃に備え、喜右衛門を探した。信長は、臥龍山の麓へと後退していった。

（この戦、負けるわけにはいかぬ。逃げるわけにもいかぬ。早く来んか。何をしておるのじゃ。柴田、佐久間、丹羽、藤吉郎、ええい、誰でもよい。早う早う）

信長は祈った。もう祈るしかなかった。


磯野隊は信長の馬廻りを次々と突き崩していた。磯野の十一段崩しの異名を取る突撃は、織田勢を狼狽させた。薄暮の中始まった戦闘は、すでに四半刻が過ぎていた。先陣は姉川河畔から陣杭の柳を過ぎ、臥龍山の山麓まで数町もない所まで近づいていた。先陣で暴れ回った磯野員昌は、それまで中段で指揮していた嶋秀淳隊と入れ替わった。さらにその後ろから敵の囲みを蹴散らせながら進軍してきた遠藤隊も前に押し出した。嶋隊が先鋒、磯野隊が右翼、遠藤隊が左翼に陣取り、魚鱗陣形でさらなる突撃を敢行していた。

磯野は一息つきながら、改めて周りの様子を確認した。正面の信長本陣まで、残り数町もない。臥龍山から西に延びる尾根がすぐ後ろに迫っている。その上の横山城から敵軍の部隊が多数降っていきいるが、この戦場に到着するまでには、あと四半刻は猶予があるであろう。さらに周りを見渡したが、織田の馬廻り衆以外、すぐに到着できそうな軍の影は、どこにも見当たらない。

磯野は、左翼で軍配を振る喜右衛門に向けて叫んだ。

「行けるぞおお。信長はもう目の前やああ」

喜右衛門はこちらを見た。

「おおお。行くぞおお。押せや、押せえええ」

喜右衛門は、一度磯野を見てから前を向いた。遠藤隊は左翼から織田勢を蹴散らしながら先陣に並んだ。そこには信長本隊が目の前に現れた。喜右衛門は、これなら行けると思った。

その時、磯野の右目に動く影が入った。西側丘陵の先端の方向に視線を移した。そこには、確かにのぼり旗をなびかせて迫る軍団があった。織田隊のように煌(きら)びやかで派手な軍装はしていない。

「くううう、徳川か」

磯野は、小さく舌打ちをして唸った。


その少し前、まだ夜空が白む前の暗闇の中に松明を掲げて一人の男が立っていた。臥龍山の上から姉川を見下ろし、味方の武将が集まるのを待っていた。鎧兜を身に着けた三人の男が近づいた。

「半兵衛、この夜に何事じゃ」

安藤守就は目を細めて問いただした。稲葉一鉄、氏家卜全もやって来た。西美濃三人衆は、この時、横山城の包囲に加わっていた。臥龍山の北東側から横山城に迫る位置に陣取り、攻略を進めていた。信長が本陣を置いていた場所は臥龍山の北西側である。つまり本陣から見れば、西美濃衆は山の裏側にいた。

「物見をやり、龍ヶ鼻の様子を調べさせました。敵は、やはり来ています」

細身で長身の半兵衛は、北側の龍ヶ鼻の方向を見ながらそう言った。しかし、信長本陣がある山の西側の様子は、ここからは直接見えない。

「本当に浅井軍は来ているのか」

稲葉一鉄も龍ヶ鼻方向をみながら呟いた。

「半兵衛が言う通りに違いない。ここは本隊の救援に向かうべきか」

安藤はしわがれ声で言った。

「しかし、織田様の馬廻り衆だけでも数千はいる。儂らが行っても信長様に邪魔者扱いされることはないか」

氏家卜全は横山の包囲を解くことに躊躇しているようであった。

「遠藤喜右衛門を見くびってはなりません。喜右衛門は、磯野とともに必ず信長様に迫る。私には分かる。奴らは、そういう人たちだ」

半兵衛は強く言った。三人は、半兵衛の気迫に押されるように顔を合わせて肯いた。

夜空が白み始める頃、臥龍山の西側から徳川家康も状況の変化を注目していた。北側に陣取っている織田の本陣に動きが見えた。信長の馬廻り衆が、北側に向いて備えている。

（やはり浅井が来るのか。まさか織田勢が負けることはないだろうが、もし万が一、信長が倒されるようなことになったなら、儂らはどう動くべきか。だが、十年前も同じようなことがあったのだ。今川義元が倒されてくれたから今の徳川がある。信長がこの薄氷を踏むような勝負に勝てるかどうか。その信長に賭けた我ら徳川の運命はどうか）

そう考えていた家康の眼下で、龍ヶ鼻の戦場が動いた。信長本陣の北側に浅井軍が切り込み、織田勢が散らされていく様子が繰り広げられた。

「戦の準備をしろ。すぐに山を下りる。急げ」

家康はそう家臣に命じた。

そして、夜が明けた頃、浅井軍・朝倉軍の本隊も、戦いの状況を窺っていた。一時は小谷城に撤退したかのように見せていたが、引き返して姉川方面に動くべきかどうかを探っていた。

浅井長政は、状況を確認しながら迷っていた。磯野と遠藤の突撃は、今、成功している。このまま織田勢が撤退するようなら追撃すべきである。遠藤らが引き返して戻ってくるような状況になれば、押し出して救援すべきかどうか。しかし、織田との決定的な戦いになることは避けねばならない。本隊同士の本格的な野戦になることは、敵の思う壺である。喜右衛門もそうすべきではないと言っていた。野戦になれば、数に勝る敵が圧倒的に有利である。小谷城という堅牢な要塞に籠もりながら、敵が引けば勢力を回復し、敵が城に迫れば要塞と地の利を生かして迎撃する。これが、浅井三代の戦いの鉄則である。浅井軍は、姉川北岸の野村の北側にまで陣を押し出していた。

朝倉軍も同じように南下してきた。浅井の一隊が、織田の軍勢を蹴散らしているのである。このまま勝ち戦になるのを、後陣で見ているわけにはいかない。浅井軍の本隊を東側に見て、さらに押し出し、三田村を過ぎて姉川北岸に近づいた。


喜右衛門は、西側から徳川隊が現れたのを確認した。

「くそぅ、徳川め。邪魔をしおって」

喜右衛門は周りを見渡した。

「与左衛門」

近くにいた田那部与左衛門を呼んだ。与左衛門は、乗馬したまま喜右衛門に寄った。

「西から徳川が来る。磯野に伝えてくれ。あと僅かの時間稼いでくれ。信長は儂がやる。徳川を一度押し返した後、そのまま佐和山へ向かえと。分かったな」

喜右衛門の命に与左衛門は、はっきりと肯いた。

「与左衛門よ。あとは昨晩申した通りや。頼んだぞ。お主にはずっと苦労をかけてきた。信長は儂の命を懸けて必ずやる。後は頼む」

「兄者、ご武運を」

いつもなら、喜右衛門の指示に返事をするだけの田那部は、珍しく言葉を返した。

「ああ、達者で生きろ」

喜右衛門は田那部の肩を叩き、押し出した。田那部は、そのまま振り返ることなく、磯野隊に向かった。その後ろ姿を一瞬追った後、喜右衛門は叫んだ。

「前へえええ。押し出せえええ。信長を倒すのは、この遠藤喜右衛門やああ」

喜右衛門の声に呼応して遠藤隊は叫んだ。

「おおおおおお」

信長本陣まではもう目の前に見えている。喜右衛門は、槍を振りかざして敵軍に斬りかかった。田那部が磯野の所に到着し、磯野隊は西から迫る徳川隊に向かい、徳川の救援を食い止めた。残るは信長本陣だけである。信長は、もうあそこにいる。遠藤隊は、信長の前に群がる近習を次々に蹴散らした。戦実践の少ない信長の近習たちは浮き足立っていた。命懸けで迫り来る浅井の精鋭の突撃に狼狽していた。味方たちが次々と崩れていくのを食い止める術がなかった。喜右衛門は、いよいよ信長に留目を刺そうと騎馬武者を集め、最後の突撃に向かおうとした。

その時、嫌な音が後ろから聞こえた。太鼓と鐘が鳴っている。後ろで蹴散らした織田の軍勢から声が上がった。

「誰だ。あれは。敵か、味方か」

「来たぞ。美濃衆だ。味方だ。西美濃の稲葉隊だぞ」

織田軍の中から上がった声は、歓声に変わった。浮き足立っていた信長隊に変化が見えた。

喜右衛門は、ただ前を見て進んだ。

（来たか、半兵衛。ほんまに丁度の刻に来たか。もう戻ることはできん。これが最後の勝負や。到着が遅かったと言わせてやろう）

喜右衛門は振り返らなかった。半兵衛ならば、いずれやって来るに違いないと思っていた。後方から西美濃衆がやって来る。戻れば織田勢とともに囲まれるに違いない。喜右衛門は、心を決めた。

（やるべきことはやった。果たすべき役割はやり遂げた。これだけ織田勢を震撼させられたなら、織田も迂闊に浅井に手出しはできなくなった。武士の意地は見せた。あとは信長を討つまで。やれるか、やれないかではない。やる）

「信長、覚悟しろおお」

喜右衛門は、槍を掲げると、黒い甲冑姿の男に向かって、馬をまっすぐに走らせた。信長はもう目の前にいる。鉄砲を抱えて、こちらを狙っている。その顔まではっきり見える。吊り上がった目に余裕はない。喜右衛門は手綱を引き絞った。馬をまっすぐに信長に向けて槍を掲げた。

「信長ああ」

喜右衛門は馬の腹を蹴った。馬が駆け出した。

「待てええ、遠藤おお」

まっすぐ信長に向かおうとする喜右衛門の前に、馬に乗って立ちはだかる者がいた。

「退けえええ」

喜右衛門は突き進もうとした。立ちはだかる馬上の武士が、馬ごとぶつかってきた。馬上で二人は槍と槍を合わせて体をぶつけ合った。喜右衛門には、その男に見覚えがあった。半兵衛の弟、竹中久作であった。

「竹中ああ、退けええ」

喜右衛門は兜で頭突きを食らわし、離れ際に槍を振るって、久作を馬から突き落とした。落馬して地面に叩きつけられた久作は唸ったが、すぐに立ち上がった。その時、竹中の家臣、不破十助が槍を突き刺した。足を突かれた喜右衛門の馬は倒れ、喜右衛門も投げ出された。

ダァーン

鉄砲の轟音が鳴った。信長が撃った弾は喜右衛門の肩を掠めた。喜右衛門は顔を歪めて立ち上がった。

「弓を持て」

信長は、弓矢を取ると、目の前の喜右衛門を狙った。立ち上がった喜右衛門に、竹中久作と不破十助が斬りかかろうとしている。信長は、引き絞った矢を放った。

「くうぅ」

矢が足に刺さった。不破十助が苦悶の表情で唸った。流れ矢が当たったと思った。足に矢が刺さったことなど気にしている場合ではなかった。そのまま喜右衛門に斬りかかった。喜右衛門は、太刀を交わして信長に迫ろうとした。さらに、久作が突き出す槍を槍で受け止め、跳ね返した。久作は後ろに飛ばされた。喜右衛門は顔を上げた。そこに信長がいる。槍を両手で握り直すと、信長に向けた。穂先が信長の喉元を刺した。そして、踏み出した。信長の顔が歪んだ。

ぐうぅ
太刀が胴体を貫いていた。不破十助の太刀が、喜右衛門の脇腹から胸に突き刺さっていた。喜右衛門は、どおっと倒れた。倒れかかる喜右衛門に久作が迫った。とどめを刺そうと乗りかかった。

その瞬間、喜右衛門は久作に両手を伸ばした。

「半兵衛ええ、為すべきことを……」

その瞬間、伸ばした両手は崩れ落ち、喜右衛門はこと絶えた。

不破十助は、足を引きずって叫んだ。

「おおお、遠藤喜右衛門を倒したああ。竹中半兵衛の弟、竹中久作が江州一の豪勇、遠藤喜右衛門直経を討ち取ったぞおおお」

名乗りを上げる叫びは、戦場に響き渡った。


その頃、徳川隊を押し留めていた磯野隊は、徳川勢に斬りかかると見せて、戦場を離脱した。敵前を数百の塊が一つになって突き抜けていった。佐和山城に向かって撤退した。

徳川家康は、磯野隊を追撃することも考えたが、それよりも織田本隊に迫る敵軍に向かうべきだと思った。救援を優先した。その時、目の前には朝倉の大軍が姉川を渡ろうとしているのが見えた。

横山城を包囲していた織田家臣団も続々と戻ってきた。池田恒興、丹羽長秀らも救援に駆けつけていた。

徳川隊は、姉川を渡ろうとしている朝倉勢に向かって北進した。

「放てえええ」

姉川の南側には、川を渡り終えた朝倉勢の一隊がいた。この隊に向けて徳川軍は大量の矢を放った。勝山と呼ばれる小山に大きな杉の木が立っていた。無数の矢がこの杉の木に当たり、木の形が変わるほどに枝が折れた。

朝倉勢は撤退した。徳川勢は、姉川を渡り、朝倉勢を追った。撤退戦は困難である。姉川北岸で、徳川の進撃を食い止めようと朝倉勢の殿が戦った。

小谷城に戻るまでに、最も手間取る場所が、雲雀山と虎御前山の間である。この二つの小さな丘に挟まれた所を田川が流れている。この狭いところを通り抜けると、小谷城下に入る。しかし、大軍が一斉にここを通り抜けるのには時間が掛かる。そこへ、徳川軍の先鋒が迫ってきた。ここで戦闘が始まった。

藤堂与右衛門は、この時初陣を迎えた。少年だった与吉は、この年元服した。背丈は、さらに伸び、六尺二寸になっていた。化け物のような巨大な体を揺り動かして、迫る敵を倒し、見事に初陣を飾った。

田川を渡る橋の手前にも、別の大男が立ちはだかった。馬上で太刀を振り上げて叫んだ。

「ここは、この真柄十郎左衛門が、通さん。通ろうとする者は、この大太刀の餌食にしてくれるわ」

怪力無双の豪傑、真柄直隆である。振り上げた大太刀は恐ろしく長い。反りは浅く、まさに天を突くようにまっすぐに伸びている。刃渡り七尺三寸、全長は十尺に迫る長大な太刀を振り回して暴れた。太刀は朝日を浴びてギラギラ輝いた。太陽は、ようやく東の空の中程に昇った。戦(いくさ)は、昼までには終わろうとしていた。彼らの活躍によって、浅井・朝倉の将兵の多くは無事に撤退できた。真柄は、この時、討ち取られた。

浅井・朝倉軍も、織田・徳川軍も、双方ともに被害を出した。しかし、その戦闘規模は、本隊同士がぶつかり合う激戦ではなかった。奇襲と撤退戦であった。織田信長は、その後、再び小谷城の麓に迫ったが、それ以上は為す術もなく、岐阜に引き上げた。

合戦は、決着がつかなかった。

四　結集

横山城を守っていた大野木氏、野村氏らは、この後すぐに降伏した。横山城は織田の家臣、木下藤吉郎秀吉によって占領された。

しかし、この横山城よりも南にある佐和山城は、その後も陥落しなかった。この交通の要衝が残されたことは、重大であった。北近江や北陸と、南近江や京、畿内周辺とを連結するには欠かせない位置にあるからである。

戦いの後、織田軍は小谷城下を再び焼いた。しかし、小谷城を攻めることはできなかった。浅井側にはまだまだ十分な余力があることが分かっていたからである。その後、信長は岐阜へ引き上げた。あまりに早い撤退のため、四国の三好氏は、織田側が負けたのではないかと錯覚し、畿内への進攻を準備するのである。

本拠地へ戻った信長は、「織田の大勝利」という宣伝を各地で行い、この戦の勝利宣言を行った。織田も豊臣も徳川も、自分たちの都合がよくなるように歴史を塗り替えた。

長政は悩んでいた。横山城を落とされたことで浅井の勢力範囲は、近江の約四分の一まで縮小されてしまった。敵である織田の勢力は、十数カ国に及んでいる。余りにも大きな差がある。このまま手をこまねいていては、じり貧になるだけである。どうすればいいのか。どんな戦略で対抗していけばよいのだろうか。相談したい二人は、ここにいない。

長政は久しぶりに小谷の頂上にある大嶽（おおづく）の櫓に上がった。長政はここから見る風景がとても好きだった。北近江の全域を見渡すことができる。両手を一杯に広げれば、その中にこの豊かな地域が収まる。ここに住む人々を幸せにしたいと思う気持ちが充満する場所、自分の生きがいや使命の大切さを確認できる場所であった。

空にはもう鱗雲（うろこぐも）が見える季節になった。南東から琵琶湖の方向に秋を感じさせる雲が広がっている。長政は視線を上に向けた。眼下に広がる小谷城下の姿を見ることは辛かった。黒く焼けた城下町は、長政の心も暗くさせた。

長政は、遠く南に見える山を凝視した。湖北の盆地が広がるその突き当たりにその山がある。

「員昌。今頃、そっちは大変だろう。どうか、がんばってくれよ」

この頃、磯野の佐和山城は、織田勢に包囲されていた。千ほどの将兵とともに勇敢に戦い、丹羽長秀らの攻撃を撃退し寄せ付けなかった。天下の軍勢を引き付けて落ちることのない難攻不落の名城として佐和山の名は天下に轟いた。

そこから視線を左に移していくと臥龍山がある。その先端が龍ヶ鼻である。

「喜右衛門よ。これから儂はどうしたらええんや」

長政は、喜右衛門が死んだ龍ヶ鼻に向かって呟いた。しかし、答えは返ってこない。巨大な龍が大地に横たわっている。臥龍山をじっと眺めた。幼い頃からの喜右衛門との思い出が湧き上がってきた。長政は空を見上げた。

臥龍山の上空に白い鱗雲が見える。こちらに向かってくるように続いている。

長政は、ふと思い出した。昔見た夢に出てくる白蛇のことを。突然、白蛇の歌が口をついた。

「水は、総ての温もりの泉
水は、我らの生命の源
欲しくば、命を懸けて見せよ
大いなる魂が結ばれん」

長政は、大地に臥していた龍が鱗を輝かせて上空に昇るような錯覚を見た。天が真っ二つに割れた。そこから多数の天女が現れ、勇気づけられたあの夢を思い出した。

「おまえは、一人ではないんだ」

夢の中で聞いた龍神の声が蘇った。長政は繰り返した。

「そうだ。儂は一人ではない」

長政の中にひとつの思いが湧き上がった。長政の脳裏には、次々と多くの人物が浮かび上がってきた。心の中でその人物たちの名を呼んだ。

（六角義賢、義弼）

浅井三代の宿敵であった六角氏は、織田勢に観音寺城を追われ、甲賀の山中に逃れた。その後、旧臣たちとともに南近江の各地で織田勢に対して粘り強く抵抗を続けている。

（織田信清）

犬山城主で織田信長の従兄弟。信長のやり方に不信を持ち対抗したが、尾張を追われた。その後、武田信玄のもとで犬山鉄斎と称し、信長への復讐を画策（かくさく）している。

（斎藤龍興）

幼くして美濃国主となったが、信長に稲葉山城を奪われた。稲葉山を脱出し船で長良川を下り、伊勢国長島へ逃れた。長島は、願証寺の門徒たちによる自治独立が確立され、他勢力は立ち入れなかった。ここに潜伏しながら、大叔父の長井道利らとともに斎藤家再興と信長への復讐の機会を狙って活動している。

（日根野弘就）

美濃にその人ありといわれた名将で、幼い斎藤龍興を守り育てたが、ともに稲葉山を追われた。

信長への復讐のため今川氏真に仕えたが埒があかず。その後、長政のもとへたびたび連絡を取ってきている。

（三好三人衆）

三好長逸・三好政康・岩成友通の三人は、三好長慶の死後、幼い義継を支え、畿内周辺の安定を図ったが、松永久秀との対立で勢力を弱めた。そこへ織田信長が上洛し畿内から追い出された。その後、四国から畿内を窺い、再び京を奪還しようと活動を続けている。

（朝倉義景）

越前国を百年近く治めた朝倉氏の当主。国外での戦に当主が出張することはないという朝倉家のしきたりにより龍ヶ鼻の戦いには参加しなかった。しかし、次は朝倉家全軍を挙げて織田家と対抗しなければいけない。

（そして、近江の人々たち。湖北十ヶ寺や近江各地の寺院。甲賀や伊賀、各地域の国人たち）

長政の脳裏に多くの人々の顔や名前が思い浮かんできた。一人、また一人と思い浮かぶたびに勇気が湧いてきた。彼らの多くは、かつて浅井と戦った相手であった。しかし、互いに戦い合った相手との団結ができることを、浅井の一族は身をもって知っていた。長い水争いの中で地域間の対立を乗り越えてまとまったのが北近江である。地域の団結が結実して誕生したのが、浅井長政である。浅井長政は、自分という人間の使命を改めて自覚した。

長政は、信長の本拠地がある美濃の方向を見た。近江と美濃の間には伊吹の峰々が聳えている。小谷山よりもさらに高く巨大な伊吹山を、長政は力強く見上げた。

（織田信長という巨大な悪に立ち向かうには、これらの人々を結集するしかない。それができれば、信長を倒すことができるはずや。そして、そのためにはもう一人、どうしても我らに味方していただかなければならない人がいる。あの方が我らに同心していただけるなら、三好は動く。伊勢長島も蜂起する。朝倉も全軍で動ける。武田信玄でさえ来援してくれるかもしれない。将軍足利家にも働きかけられるはずや。信長に対抗できる巨大勢力を結集できる）

長政は、すぐに櫓を駆け下りた。そして、本丸に戻ると一通の手紙を書き、一族の老臣、浅井亮親を呼んだ。

「亮親。すぐに長浜の福勝寺へ行ってくれ。本願寺顕如様への取り成しをお願いするんや」

（本願寺顕如）

石山本願寺を拠点に畿内周辺に多数の本願寺派の寺院を拡大し、教団は最盛期を迎えていた。しかし、武家の封建的な支配関係の外にあった寺院に対しても信長は強制的な支配を進めた。その中で信長と対立を深めていた。

「どのようなお願いをすればよいのでしょうか」

「これに書いておいた」

長政は、たった今、書いたばかりの書状を亮親に見せた。

本願寺様には、ご迷惑、ご大儀をおかけしますが、信長の強制的な支配に対抗できるのは今しかありません。どうかご同心いただけますようお願い申し上げます。

書状を読む亮親に長政は言った。

「福勝寺を通して本願寺顕如様に働きかけていただくようにお願いしてきてくれ。信長は村に住む民衆や寺の門徒衆の自治を認める男ではない。自分の思い通りに民衆が服従しなければ納得できない奴や。今、顕如様が我々とともに戦っていただければ、きっと勝てる。近江の自治を取り戻せるんや。よいか、何としてもこのことをお願いしてきてくれ。頼む」

「わかりました。行って参ります」

「横山城が近いから気をつけて行けよ。そうや、あの大男も連れて行くとよい。藤堂高虎という若武者や。奴と一緒なら安心やろ」

福勝寺は、福田寺から半里足らず北、坂田郡大戌亥村にある。ともに湖北十ヶ寺に数えられる有力寺院である。浅井亮親は、長政の書状を持って福勝寺に向かった。


それからひと月あまりの月日が流れた。十月、福勝寺からの使者が、本願寺顕如からの返答を届けた。

油断なく、入魂あるべきこと。

いよいよ長政が信長に挑む戦いが始まる。

この年の秋、織田信長が占領していた近畿とその周辺の各地で、信長への反抗が一気に吹き上がる。反信長勢力が、互いに連携して各地の織田勢を苦しめていった。

近江では姉川の戦いの後も、横山城に木下藤吉郎秀吉が入り、浅井の動きを牽制していた。佐和山城には丹羽長秀が、南近江の六角氏旧臣の反抗には柴田勝家、佐久間信盛が当たっていた。織田家の筆頭家老、柴田勝家は、この頃観音寺城に近い長光寺山（瓶割山）を守っていた。六角義弼（義治）に長光寺城を包囲され、水の手を失った。その時、柴田は残った水を将兵に配った後、最後の水瓶を割り、決死の覚悟で打って出て義弼軍を破った。「瓶割り柴田」の異名はこの時のものである。

織田家重臣が近江の各地に足止めされる中、広範囲の信長包囲網は確実に進行していた。

九月七日、四国の三好三人衆が一万三千の軍勢を率いて摂津国中島天満の森へ進出し、野田・福島に城を築き始めた。これに対して信長は、九月二十九日に岐阜を出発し、横山で秀吉、長光寺で勝家と会い、背後を固めつつ上洛した。十月四日には三万の軍勢で摂津国天王寺へ出陣した。この信長の動きに対して、長政は直ちに朝倉義景に援軍を求めた。すぐに朝倉氏の重臣、山崎吉家が小谷城に来援した。

そして、十月十五日、本願寺顕如が諸国の門徒衆に檄文を発した。十月二十一日には、三好三人衆とともに天満の森で対陣する織田軍を攻撃した。

十月二十五日、長政は琵琶湖の西を回って京都に近い近江の坂本へ出陣した。この時は朝倉義景自身も出馬した。近江の一揆衆も合わせて三万余りの大軍となった。

十月二十九日、大津から京都の北白川へ抜ける今道越えを守る宇佐山城の森可成は、下坂本を固めるために城を出た。森可成は、織田信長が最も信頼する重臣である。柴田勝家よりも早くから信長に従い、数々の武功を挙げてきた。信長にとってかけがえのない人物といってよい。この軍勢の中には信長の弟、織田信治もいた。そして、両軍が下坂本で遭遇し、可成や信治は戦死した。浅井・朝倉軍の完全勝利である。その後、長政は琵琶湖岸を南下し、大津から逢坂山を越えて山科までを制圧していった。

十月三十一日、長政は六角義賢（承禎）に下坂本での大勝利を知らせ、出陣の催促をした。義賢も旧臣に出陣準備を要請し兵を集めようとした。しかし、敗北続きの六角のもとに将兵はなかなか集まらなかった。

京都に迫る浅井・朝倉軍の動きに対応するため信長は動いた。摂津の野田・福島の陣を払い、十一月二日には下坂本に着陣した。浅井・朝倉軍は、ここを見下ろす比叡山に登り、要所に陣取った。比叡山延暦寺は浅井・朝倉方を支援した。こうして「志賀の陣」は両軍がにらみ合う形へ展開していった。

摂津では織田本隊が引き上げた後、柴田勝家と和田惟政が三好勢の上洛を何とか食い止めていた。この間、本願寺顕如の檄文に応じて、各地で一向一揆が蜂起した。伊勢長島では斎藤龍興らの武士団とともに数万の門徒衆が長島城を攻め落とした。その後、信長の弟、織田信興を尾張国、小木江城で討ち取り、伊勢桑名城を守る織田家重臣、滝川一益を敗走させた。

南近江では六角義賢と呼応して一向一揆が蜂起し、観音寺城の近くに建部城を築き、美濃と京の交通を遮断した。こうして信長包囲網は徐々にその網を縮め、信長軍を都周辺の盆地に押し込み、身動きができないようにしていった。

比叡山。都の鬼門を守る霊山である。

ここに長政は立ち、下界を見下ろしていた。南南西には京の都が広がっている。山の反対側、つまり東側には琵琶湖が見える。美しい湖である。琵琶湖は、その名の通り「琵琶」のような形をしている。北近江に広がる琵琶の胴にあたる側は大きすぎて対岸がほとんど見えない。人間の認知を超えている巨大な淡湖である。しかし、琵琶の頸にあたる南側は対岸が目の前に見える。周辺の山々やその中で暮らす人々の営みが実感を伴って迫ってくる。人や物の動きが把握できる掌に収まるかのような湖である。

その湖と比叡山の山裾との間に織田信長の大軍は陣取っていた。見下ろせば、巨大な蟻の群れのようにも見える。その動きが手に取るように分かる。

長政は、改めて京の都の方向を見た。そのさらに南には三好三人衆と石山本願寺の勢力が、都を目指して迫ってきているはずである。その数は、三好勢だけでも一万を超え、本願寺の門徒衆を合わせれば二、三万にはなるであろう。長政はそう考えていた。さらに、四国から篠原長房、三好長治が大軍勢で来援していたのである。

次に、長政が立っている比叡山には、浅井・朝倉軍と一揆衆を合わせて三万近い軍勢になっている。

さらに長政は視線を南東に向けた。遙か南東には鈴鹿山脈が連なっている。その向こうは伊勢国である。伊勢長島では一向一揆が織田勢を蹴散らしつつある。その数はどれほどであろうか。

そして、琵琶湖岸を北東に向かえば、南近江の拠点であった観音寺城がある。その近くの建部城で六角義賢・義弼親子が一揆衆とともに兵を挙げた。その数八千にも膨れあがってきているらしい。さらにその北の佐和山には兵の数は少ないが、最も頼りになる豪傑、磯野員昌が佐和山城を守り、織田勢の動きをくい止めている。

（六角殿が、南近江の一揆衆と旧臣たちとをまとめて、ここへ迫ってきてくれるに違いない。そうなれば、南東からは三好勢が来る。北東からは六角勢が来る。そして山上には我らがいる。眼下で備える織田勢の援軍は、伊勢からも北近江や美濃からもやって来られないだろう。これならば、きっと勝てる）

ここに立ち、長政の胸には自信がみなぎってきた。

十一月の末になり、比叡山から見える山並みは色を変えた。朝には霜が降りる日もあった。山頂近くは白い帽子を被り、朝日に輝いた。寒暖の差が大きくなると、木々は赤や黄色に変わった。長政はたびたび山上から下界を見下ろし、織田軍を挟み撃ちにする味方の来援がないかを心待ちに待っていた。しかし、南の摂津から来るはずの三好勢も本願寺勢は現れない。東側に見える琵琶湖の向こうから六角義賢が南近江の軍勢や一揆衆を率いて現れないかと期待してもいたが、まだ来ない。先日も改めて六角義賢に手紙を送り、我々の方が優勢であることを伝え、早く来てくれるようにお願いした。

比叡山頂の物見櫓に立つのは寒い。それでも毎日毎日、援軍の到来を待って見守っていた。そして、ついに見えた。

「おーい。何か見えるぞ。援軍や。東からや」

物見櫓の兵士が叫んだ。待ち続けていた者たちはすぐに外を見た。長政も東の方向を凝視した。琵琶湖の東側に確かに黒い影が見える。あれは確かに軍勢である。数千はいるだろう。

「敵か、味方か。どっちや」

兵士たちが、眼下を見つめながら言っている。

「あの方向から来られるのは、六角勢だろう。きっと六角だ。味方に違いない」

「そうだ。今、美濃や北近江からは磯野殿が佐和山で押さえている。伊勢は斎藤殿が長島で戦っている。織田の援軍は東からは来られないはずや」

「そうや。そうや」

兵士たちの期待は高まった。

「さあ、いよいよ決戦やな」

「早う、やっつけてまうで」

「これでいよいよ朝倉様も動くやろ」

兵士たちは自分の体が震えるのが、武者震いなのか、外気の寒さのせいなのか、自分でも分からなかった。この情勢で戦えば、きっと勝てる。兵士たちは確信した。

しかし、東からの軍勢は動きを止めることなく、眼下に見える織田軍と合流した。皆が期待した六角勢ではなかった。

調べた結果、それは横山城にいるはずの木下秀吉軍と佐和山城にいるはずの丹羽長秀軍であることが分かった。そして、六角勢はもう来ないだろうと噂された。

「どうも六角義賢は、信長に降伏してしまったらしいぞ。待っていても来るはずがない。木下勢に完敗やったようや」

「木下か。竹中半兵衛が軍師についたらしいぞ」

浅井軍の将兵たちに落胆のため息が起きた。

「磯野殿は佐和山で何をしていたんや。易々と敵軍を通してしまったのか」

「もう降伏してしまったのか」

「敵に内通しているのか」

噂は、疑心暗鬼を生んだ。

十一月五日、今年初めて氷が張った。真冬がもうそこまで来ていた。比叡山から北方に続く比良山系の峰々（みねみね）には、霜（しも）が降（お）り、白くなる日が増えてきた。この峰は、朝倉氏の本拠地、越前にも続いている。

十一月二十日申の刻、京に初雪が降った。二十五日には雪が三寸積もった。

比叡山に陣を張って三月が経つ。信長包囲網は、最後の段階に来ている。情勢は、浅井・朝倉側に有利であった。しかし、越前も北近江も豪雪地帯である。雪が降り積もれば、帰ることはできなくなる。
そんな中で、徳川の援軍が南近江に到着した。そして、ついに六角義賢は降伏した。湖南・湖西の湖上交通を握っていた堅田衆の猪飼(いかい)正勝が織田方に降伏した。この猪飼を救援しようと織田の重臣、坂井政尚(まさひさ)は堅田へ向かった。それを見た朝倉勢は、堅田を攻めた。十月二十八日、織田軍の先鋒を任されるほどの剛勇、坂井はここで戦死した。その夜も京に雪が降った。翌朝には三寸積もっていた。さらに、若狭国の武田信景(のぶかげ)が信長に反抗し、浅井・朝倉方に味方した。
歴史の振り子は、どちらに振れるか、未(いま)だ分からなかった。

十一月二十八日、関白二条晴良(はるよし)が、将軍足利義昭とともに比叡山の麓にある三井寺(みいでら)（園城寺(おんじょうじ)）に来た。両者の和議を調停するためである。そして、このとき浅井長政に対しても織田信長から和議にあたっての五か条の朱印状がもたらされていた。

勅命によって和議ができるということは、お互いにとって本当にめでたいことだと心得なければなりません。
一　今後、互いが疑うことのないように誓紙をもって相談し、噂話や不慮の出来事で信頼関係が損なわれないようにしていきます。
一　近江と美濃の境目の守備兵はお互いに置かないことにしましょう。もしそれでこの地域に反逆する者があったら、両国の軍勢で退治するように相談しましょう。
一　今回、お互いの間に入っていただく朝廷は、神の国の要ですから、特別に大切にしなければならないということは当たり前のことで、紙面に書くまでもありません。
一　将軍が行う武家の政治が良くなければ、お互いに相談して、天下万民のためになるように道理にあった政治をするように計らっていきましょう。
一　公家衆や寺院に関する政治については、そちらの沙汰に任せます。
元亀元年十一月二十八日
織田信長　朱印

長政が望んだことは、北近江の平和と自治である。民衆のために道理にあった政治を行うことである。五か条の朱印状には、長政が望むほとんど総ての内容が誓われているといってよい。しかも、勅命である。天皇・朝廷がこの誓約を確認してくれているのである。平和と安定を望む者ならば、受け入れないわけにはいかないものである。信長という男が信用できる人物ではなかったとしても。

正式には、十二月十三日に和議が成立した。さらにこの時、織田信長は、朝倉義景に起請文（きしょうもん）を提出した。その中で近江に関して次のような約束をした。
一　比叡山延暦寺のことは、六角定頼の時と同様にする。
一　浅井長政に対して道理に合わないことは一切しない。横山城、肥田城は十日以内に破城する。佐和山城からも陣払いする。
一　朝倉、浅井、織田に関する近江中の財産や領地は元通りにする。

元亀元庚午十二月　　信長

信長は北近江からの撤退を約束した。長政に正義があることを認めたのである。

その後、互いに人質を交換し合い、志賀の陣を引き払った。両軍ともに安全なところまで退却してから、互いに人質を帰し、それぞれの国元（くにもと）への帰路に着いた。

ひとまずはやり遂げられた。長期の籠城と遠征続きで、皆が疲弊（ひへい）していた。しばらくは休息を取れるだろう。北へ帰る道中、真冬の寒風が進路を遮る。早く暖かい家に戻りたい。

長政は、これからの漠然とした不安を感じながらも、誇らしい気持ちになっていた。たとえ信長が執念深く蘇ったとしても、信長のようなやり方に反対する人々が結集すれば、何度でも返り討ちにできるに違いない。今回は、そのことを実際に確かめることができた。

わずか北近江半国の戦国大名、浅井長政は、十数カ国の覇者、織田信長に対して、長政らしいやり方で挑み、完全に筋を通した。

四章　落ちる

一　佐和山城

和睦の誓約は、嘘であった。

元亀二年正月二日である。年が改まったばかりである。この日、信長は、横山城の木下秀吉に対して手紙を送っている。

北国(ほっこく)から大坂に行き来する商人などを、姉川と朝妻(あさづま)の間で陸海ともに止めよ。

坂田郡朝妻は、琵琶湖岸の港町であった。東山道と北国道が合流する近くにあり、古くから栄えていた。信長は、包囲網を分断するための作戦に出た。

初めから信長は、誓約を守るつもりなどなかった。勅命の重大さなど、信長は気にすることはない。天皇であれ、関白であれ、将軍であれ、総(すべ)ての人は利用するための存在でしかない。信長は、舌の根も乾かぬうちに早くも北近江攻略を再開させた。

信長包囲網を分断するためには、加賀の一向一揆、越前朝倉氏、北近江浅井氏と、大坂摂津の本願寺、伊勢長島の一向一揆、四国の三好三人衆等との南北の交流を止めなければならない。その要の場所が、南北の境目となるこの場所であった。

そして、ここに佐和山城がある。佐和山は、南東側からは山地が迫り出している。北西側からは琵琶湖が広がっている。ちょうど砂時計の中心のように両側から細くくびれ、交通を制限する場所である。ここで人と物と情報の流れを止めれば、反織田勢の結束を崩すことができる。

信長は、屈服させられたことへの復讐を果たそうとする狂気を抑えつつ、冷徹な計算をしていた。

そして、木下秀吉を呼び寄せた。

「どんな手を使ってもよい。佐和山を落とせ。磯野をこちらに引き込め」

標的となったのは、佐和山城と磯野員昌である。龍ヶ鼻で迫り来るあの姿が、信長の脳裏から離れない。信長は、どうしても磯野がほしかった。

夜が更ける頃になって、秀吉は慌てて帰ってきた。岐阜と横山城の間を日帰りで往復している。この体のどこにそんな体力と気力があるのだろうか。帰って来るなり、家中の誰も分かるほどの大きな音を立てて駆け込んできた。

「半兵衛殿、半兵衛殿、こりゃあ、えりゃあこっちゃ」

秀吉が、大声で部屋の襖を開けた。そこに半兵衛は正座して待っていた。

「半兵衛殿。御屋形様がお怒りじゃあ。早よせんと。どうしたらええんじゃ」

秀吉は、半兵衛に縋り付いた。

「佐和山城のことですか」

「あと一月じゃ。しかも、ただ落とすだけでにゃあて、磯野を味方にせえ言いなさるんだわ。ほんなことできるやろか」

秀吉は、体裁も気にせず困惑していた。もともと尾張の民であったが、各地を流浪した後、その努力と才気で立身出世し、今や一城を任される部将となっていた。それでも、尊大な態度を取ったり、偉ぶったりすることなく、困ったときには素直に困ったと言って、周りに助けを求めた。

半兵衛は、木下藤吉郎秀吉という人物の前では、なぜか素直になれた。長い間、隠棲し、誰にも自分の本心を明かすことなく暮らしていた。しかし、なぜか、この男が言うことには素直に従えた。そういう魅力が秀吉にはあった。

秀吉は、皺だらけの顔をさらにくしゃくしゃにして訊いた。

「磯野ゆう奴を降伏させるにはどうすりゃええんじゃ」

半兵衛も、この半年、それを考え続けてきた。佐和山は、何が何でも押さえなければならない城である。

龍ヶ鼻の一戦から半年余りが経つ。その間、佐和山城は、僅かな兵力で織田の大軍にも屈することはなかった。初め織田勢は、力攻めでこの城を落とそうとした。しかし、それは無理であった。今、多方面に敵を抱えている織田勢にとって、力攻めで大きな損害を出す余裕はない。しかも、落とせる保証もない。戦略を練り直し、包囲戦に切り替えた。織田家の重臣、丹羽長秀をここに張り付けた。物資の補給を断ち、兵糧攻めを進めている。しかし、もう今は急がなければならない。悠長なことはしていられなくなった。各地の反信長勢力が再び結束するまでに、この交通の要衝を織田側が押さえておかなければならない。それができなければ、また昨年のように大包囲網が形成され、織田勢は身動きできなくなるであろう。そして、もう何度も嘘は通用しまい。

しばらく、考えていた半兵衛が口を開いた。

「佐和山城は難攻不落の名城。しかも籠もっているのが磯野殿となれば、力攻めで落とすには、丹羽殿や我らの兵だけでは難しいでしょう」

「ほんなもん、あかすか。お屋形様にお出ましいただくなど絶対(ぜってぇ)あかんて。儂らだけでやるんやがな。調略できんかのお、磯野を。寝返らすんやがな」

秀吉の問いに、半兵衛は答えた。

「磯野殿は、遠藤殿とともに浅井様を支え、今の浅井家を築いた方です。ですから誰が説得しても自分から寝返ることはないでしょう」

秀吉は、微妙な表情を浮かべた。日焼けが染みついて黒々とした額に深い皺を幾重にも浮かべて、確かに困っているようであるが、口元は微笑(ほほえ)んでいるようにも見える。その表情を見たとき、半兵衛は気がついた。秀吉は、信長が執心する磯野に対抗意識があるのではないかと思った。半兵衛には、この素直さが秀吉の魅力だと感じる。旺盛な出世欲から来るものであるのか、だれにも気兼ねすることなく、ただ主君の信長に気に入られたいと願う姿は、半兵衛にはないものである。

秀吉は、半兵衛の言葉を聞いて、さらに微妙に口元に笑みを浮かべて言った。

「ちゅうことは、磯野を味方にするのは無理ちゅうことやがな。困ったの。何かええ方法ないかの。お屋形様は、どんな方法を使うてもええ言いなさっとるんや。半兵衛殿、なんか、あんばよういく手を考えてくれんかの」

秀吉は、半兵衛に頼み込んだ。

「信長様は、どんな手を使ってもよいと言われたのですね」

「ほうじゃがな」

「ならば、総ての条件は私に任せてもらえますか。磯野殿自身を寝返らせることは無理でしょうが、あの人は温情に厚く誇り高い人柄です。そこにつけ込む方法はあるかもしれません。ただ、佐和山を開城する代償として十分なものを提示する必要があります。お屋形様に掛け合っていただかなければならない場合がございますが、よろしいですか」

「ほんなことぐらい、まかせときゃあ」

秀吉は即答した。

「私には、やってみたいことがあります。これはかつて、遠藤喜右衛門が私にしたやり方です」

そう言うと、半兵衛は立ち上がった。いくつかの準備をした後、佐和山城へ乗り込み、磯野に直接会ってみようと考えていた。そして、これが、喜右衛門との最後の知恵比べになるかもしれない。

この頃、佐和山城は完全に包囲されていた。のちに織田・豊臣が行う攻城戦の原形がここにあると言ってよい。周囲に砦を築き、柵をめぐらせ、誰一人通れなくする。数里に及ぶ包囲網を建設している。東の東山道へ続く大手門側には丹羽長秀が陣取り指揮を執った。西側の彦根山には河尻秀隆が、佐和山の尾根沿いに北と南に砦を建設し、それぞれ市橋長利と水野信元が陣取った。現在の地形とは違って佐和山の北側には陸地はなく、琵琶湖の内湖が迫っていた。筑摩江とよばれたこの湖は彦根山の麓まで入り込み、近づこうとする船も監視されていた。佐和山城の包囲網は完璧であった。

その後、半兵衛は徹底した情報の収集と管理を行った。重臣の丹羽長秀らと連携しつつ、兵糧などの物資は勿論のこと、どんな情報でも城側に入らないように細心の注意を払った。城側に入れる情報は、こちらに都合のよいものだけに限った。そして、どんな小さなことでも城内の情報は調べ尽くさせた。兵の数、武将の人柄、城の構造、兵糧などに関する様々な情報を集めた。

しかし、領民は協力的ではなかった。浅井側に味方する者が多かった。なかなかよい情報が集まらない中で、樋口直房の協力は大きかった。佐和山城に近い鎌刃城を拠点に坂田郡を統治していた樋口は、佐和山のことにも詳しかった。また、樋口の家来や地元の村人が樋口にもたらす情報は役に立った。その中で半兵衛は、樋口から意外な人物の名前を聞いた。

「田那部式部丞なら、詳しいことを知っておるかもしれんな」

半兵衛は驚いた。

「与左衛門殿のことですか」

「ああ、そうや。田那部は今、親戚筋を頼って当家に仕えておる。龍ヶ鼻の戦いの後、寝返りおった」

半兵衛はしばらく言葉が出なかった。遠藤直経が亡くなった後、すぐに寝返るとは。半兵衛にとって、遠藤は敵であると同時に目標でもあった。その遠藤の影となって浅井家を支えてきたのが田那部であると思っていた。

「それは、真のことですか」

半兵衛は、改めて問うた。

「田那部はもともと今井家の家臣や。定清殿は味方討ちにあって亡くなったが、その遺児がおる。田那部は今、その子と母親を養っておる。嶋殿や今井一党は皆、佐和山に籠もっておる。誰も養う者がおらんから田那部が世話をしておるんや。まあ、後家さんはまだ若いし、それに織田様から五百石貰って喜んでおるから、呼び出せばいろいろ聞き出せるやろ」

樋口が言う言葉を、半兵衛は、半信半疑で聞いた。直接、田那部に会って聞き出さなければならないと思った。田那部ならば、佐和山や磯野のことをよく知っているはずである。核心に繋がる情報が得られるかもしれない。そして、何よりも、なぜ喜右衛門を裏切ったのかを正す必要がある。

半兵衛は、鎌刃城の大櫓で話を聞くことにした。田那部に会うのは久しぶりである。いろんなところで見かけることはあっても、話すことはなかった。声を聞くのも、伊吹山中に籠もっていた時以来になる。あの時は、隠遁する半兵衛に喜右衛門の伝言を伝えに来てくれた。「時代が動くぞ」と言った田那部の声は、今も脳裏に蘇る。しかし、声は覚えているが、その容姿は思い浮かばない。確かに筋肉質のよい体であったという記憶はあるが、特徴のない顔立ちで記憶に残らなかった。

そして、彼の名前を聞くと、もう一つの蘇る記憶がある。かつて半兵衛が稲葉山城を占拠していたとき、喜右衛門がやって来た。あの時、喜右衛門は名前を偽って「田那部与左衛門」と名乗った。

しかし今、その田那部は浅井家を裏切り、義兄の喜右衛門を裏切って、織田方に付いている。五百石の領地を貰い喜んでいるらしい。半兵衛自身もかつては織田の敵であった。それが今は織田の手先となって働いている。立場としては同じであるが、半兵衛が織田に付くことを決心するまでには何年もかかった。苦しんだ結果出した答えである。だが、田那部は違う。僅か五百石のため、生き残るために立場の悪くなった主家を切り捨て、魂を売るような行いをしているのである。

半兵衛は、琵琶湖と佐和山が見渡せる一室で田那部がやってくるのを待ちながら、この男のことを考えていた。

しばらくすると部屋に樋口が入ってきた。その後ろに一人の男が付き従っている。一瞬、半兵衛は、ギョッとなった。昨年戦場で亡くなったはずの遠藤喜右衛門に雰囲気があまりにも似ている。よく見ると、顔や体格なども違っている。別人である。しかし、髭を生やした雰囲気や身のこなしがよく似ている。

「ご無沙汰をしております。田那部与左衛門と申す」

髭の男は、部屋の入り口に座り挨拶をした。さっきまではこの裏切り者を糾弾してやろうかと半兵衛は思っていたが、そんな気持ちはなくなっていた。

「いろいろ教えていただきたいことがあります」

半兵衛は田那部に声をかけた。

「何でもお聞き下され」

意外と声は低い。記憶に残る田那部の声とは印象が違った。あの頃から、もう八年の歳月が流れ、状況や立場は変わった。

その後、半兵衛は、樋口とともに田那部から聞き出せる様々な情報を質問した。磯野の人柄や性格、嶋秀安・秀淳などの籠城している将兵について、佐和山城の建物の構造や間取り、抜け道など、田那部は非常によく知っていた。この周辺が彼の地元だから当然知っていることが多い。しかし、彼が情報通であるのは、かつて伊賀者を束ねる立場にあったからである。半兵衛は、佐和山城内の様子がかなり分かってきた。

田那部の情報はかなり信頼できると思った。半兵衛は、今一番知りたいことを尋ねた。

「今、佐和山にはどれぐらいの兵糧があるんでしょう」

「正月になる前に、密(ひそ)かに城に入る者がおったと聞いております。その者によると、城の者が食うものはあったようでござる。まだ一月(ひとつき)や二月(ふたつき)は保つでござろう」

「それは間違いないか」

樋口が隣から念を押すように訊いた。

「儂は、そういうことをやってきた。自信はござる」

「佐和山城へ密かに物資を運び込む方法はあるのですか」

半兵衛が確認した。

「正月以来、これだけ厳重に包囲されていては到底無理でござろう」

「そうですか。それでも、あと二月(ふたつき)ほどは保つということか。いかんな。二月もあれば、雪が解けて越前から援軍が来る」

半兵衛が呟(つぶや)いた。

「半兵衛殿。猶予はあとどれほどや」

困り顔の半兵衛を見て、樋口が尋ねた。

「今月中に。織田様は再び大軍を動かすかもしれません」

ここが戦場になることはできれば避けたいと考えていた樋口は、自分の考えを述べた。

「ならば、磯野を調略するしかないな。磯野はもともと浅井家の家臣とは違う。先代の頃は浅井氏と争っていた間柄や。それに、磯野は昔から信長贔屓(びいき)や。桶狭間(おけはざま)の頃から織田に注目しておった。お市の方との縁談や輿入れ(こしい)にも一番乗り気やった。野心家の奴ならば、織田家で大きな役割を与えれば、寝返るやもしれんな」

「樋口殿はそう思われますか。私もその可能性に賭けるしかないと思っています。織田様に掛け合い、高島郡全域とその後の活躍によってはさらに大きな領地や役割を与えるという条件を提示するつもりでいます」

「高島郡ならかなり広い。しかも浅井領のすぐ西側で、都にも近い。よい条件や。寝返ってくれんかな」

樋口はこの案に期待を抱いているようである。

「田那部殿は、どう思われますか」

半兵衛は田那部の予想を尋ねた。

「きっと、無理でござろう。今の浅井を築いたのは磯野様と遠藤様でござる。そんな条件でなびく人ではござらん」

思った以上にきっぱりした予想であった。半兵衛と樋口は考え込んだ。しばらくの沈黙の後、半兵衛は最後の質問をした。

「ところで、田那部殿。あなたはなぜ織田方になびいたのですか」

突然の質問に田那部はやや怯(ひる)んだ。うつむき加減にしていたが、決心したような仕草で話し始めた。

「それは、樋口殿ならば分かってもらえるでござろう。いや、きっと竹中殿も儂らと同じ境遇でござろう。儂らは、国境の小さな村を預かる者でござる。大名たちの勢力争いに左右されながら、何とか生き延びてまいった。かつての儂の主人(あるじ)今井定清は、大名の勢力争いに巻き込まれて一生を終え申した。亡くなる時に儂はその戦場におり、合図の火の手を挙げるのに手間取ってしもうた。それが原因で、あの事故が起きてしもうたんや。そやから子息の小法師丸様の世話をするのは儂の責任や。あんた方かて、儂と同じでござろう。儂らにとって、どちらがいいかではござらん。どちらが生き残れるかでござる」

半兵衛は、田那部の話を聞きながら、昔、樋口殿も同じようなことを言って自分を励ましてくれたことを思い出した。

聞くべきことは聞き取り、話すべきことは話した。下準備は終わった。いよいよ佐和山城内へ行き、直談判（じかだんぱん）で事を決める。半兵衛は、磯野員昌に挑む決意をした。それは、遠藤喜右衛門への挑戦でもあることを半兵衛は確信していた。

数日後、半兵衛は単身、佐和山城へ向かった。


龍ヶ鼻の一戦以来、磯野は佐和山城を守り、半年以上にわたって織田方の大軍を引きつけ撃退してきた。しかし、正月から交通が厳しく制限され、物資の輸送は完全に止められた。城内の兵糧は徐々になくなってきた。小谷城への連絡を試みるが、丹羽長秀や木下秀吉勢の警戒は厳重で連絡がつかない。きっと、小谷城からは物資を輸送しようとしてくれているに違いない。しかし、届けられないまま数ヶ月が過ぎている。このまま浅井の援軍を待って兵糧攻めに耐えたまま飢え死に寸前まで我慢するか、それとも小谷城との連絡を何らかの方法で繋いで共同で軍事行動に出るか、または城を出て討ち死に覚悟で突撃するか。春の到来とともに、決断しなければならない時期が迫ってきていた。

そんな時、磯野のもとに報告が入った。織田側の使者が磯野と一対一の面談を求めてやって来ていると言う。磯野は、報告に来た家来にその使者の名前を尋ねた。

「それが、田那部与左衛門と申しております」

「何。田那部ならお主も知っておろう」

「はい、そう申しましたが、それでも私は田那部与左衛門だと繰り返すだけでござる」

磯野は首を傾げた。田那部が、あの後、織田方に寝返ったのは知っている。喜右衛門の死後、親戚筋の堀家を頼って坂田郡で五百石をもらったらしい。仲の悪い嶋秀安はその噂を聞いて嘆いていた。その変節ぶりを「山芋の鰻になりたるを見よや」と言って罵っていた。

「どんな奴や」

「はい、色白で細身で背の高い男でござる」

磯野は一瞬、口元を歪めた。しかし、すぐに表情を引き締めた。

「そうか。やはり来たか。ならば会おう」

磯野は、すぐに立ち上がり、広間に向かった。

磯野が上座に着座すると、その男は平伏していた。しばらくその様子を見て、磯野は声をかけた。

「田那部には会ったのか」

男はゆっくり顔を上げた。色白で理知的な顔に見覚えがあった。やはり竹中半兵衛であった。

「いいえ。会っていません」

「もし会う機会があれば、二度と顔を見せるなと言っておいてくれ。もし出会えば殺す」

磯野にとって、遠藤喜右衛門はともに長政を支えてきた同志であった。その義弟が浅井家を裏切っているのである。

「私もあの人とは会いたくありません。義兄（あに）の遠藤殿を倒したのは、私の弟ですから」

「しかし、なぜ田那部与左衛門などという名前を出すんや。儂を怒らせるつもりか。これが軍師、竹中半兵衛の策略か」

「いいえ。これは私が目指してきた遠藤直経殿のやり方を真似（まね）てみたのです。もう何年も前のことですが、私が稲葉山城を占拠していた頃、遠藤殿は一人で稲葉山に来られました。その時、田那部与左衛門と名乗られたのです」

「たしかお市の方の輿入れの件やな。あれは、儂が一芝居打ったからよう覚えておる」

「そうです。あの時のことです。あの時は、遠藤殿の忠告に従って、私は稲葉山城を明け渡しました。どうです。今回は佐和山城を私に預けてはもらえませんか」

「わっははははっ。そんな冗談が通用するか」

「しかし、兵糧はもう僅かでしょう。城は完全に包囲しています。織田様は今、佐和山城が最も重要な城だと考えておられます。もしも浅井側が勅命を破って小谷から佐和山へ軍を動かすならば、いつでも美濃より大軍を差し向ける準備をしています。それに長政様はきっと勅命講和を破るようなことはなさらないでしょう。ですから小谷からの援軍も物資の補給も、絶対にありません。磯野殿。どうか城を明け渡して下さい」

「半兵衛。お主は何を言っておるのや。勅命に背いておるのは信長の方やろ。勅命に従って今すぐ城の囲いを解け」

「そういう訳には参りません」

磯野は、半兵衛の顔を直視した。刺すような目をしている。

「お主は何度主君を変えたんや。三度か、四度か。やはりそれぐらい主を変えると、敵のためにも働けるようになるんやな。美濃は尾張に乗っ取られたのにな」

半兵衛は黙って聞いていた。

「儂は、人の指図を受けるのは嫌いじゃ。自分たちがやりたいように生きられる世の中にしたいと願って戦ってきたんや。じゃから、お主のように都合よく主君を変える者がおっても責めるつもりはない。じゃが、儂の場合は、幸いにも儂や多くの者たちが言うことを聞き、やらせてくれる主君に巡り会えた。浅井長政様を裏切るつもりは全くない。この城を渡すつもりもない」

磯野は、はっきりと言った。その言葉には、半兵衛の心の奥に刺さるものが確かにあった。

「では、このまま兵糧が尽きるまで籠城されるのですか」

「北近江は豊かな所や。しかも浅井様の善政のおかげで民衆も潤っておる。民はみんな浅井様の味方や。お主たちが知らぬ所から兵糧を運んでくれるんや。まだまだ食うに困ることはない。その間に信長に反抗する者たちが各地で蜂起するぞ。また、去年の二の舞いや。織田に味方をする者に将来はないぞ。半兵衛、昔のように浅井の家来になった方がええぞ。どうや。儂が口を利いてやる。こっちの味方になれ」

磯野は、自信満々であった。

「いいえ。私は確かな情報を掴んでいます。城の兵糧は、実はもうない。もって、あと十日ほどのはず。いつまで強気でいるおつもりか」

「ならば、城の兵糧が尽きるのが早いか、はたまた、勅命さえ無視する織田家が立ち行かなくなるのが早いか、やってみるしかないということやな」

磯野は落ち着いていた。眉尻一つ動かすことはなかった。

「磯野殿。私は浅井家には恩義がございます。若気の至りで困っていた頃、助けていただきました。ですから、織田家の家臣になった今も、何か浅井様のためになれることはないかと考えて、ここに参ったのでございます。磯野殿、私はしっかりと調べてきているのです。もう兵糧はない。それは、分かっているのです。私が、よい条件を織田様に認めさせます。どうかお聞き届けください」

半兵衛は、磯野をじっと見た。

「お主が、そのように思っておるならば、もう話すことはない。お引き取り願おう」

磯野はそう言うと、立ち上がろうとした。

「いや、もう少しお待ちください」

半兵衛は、磯野を引き留めようとした。しかし、磯野は立ち上がり、退出しようとする。

「もう少し、話をさせてください。どうか座ってください。喜右衛門殿のお話をしたいのです。喜右衛門殿が亡くなる間際に、私にある言葉を残してくれた」

行きかけた磯野が止まった。半兵衛は、振り返った磯野の顔を見た後、視線を磯野が今まで座っていた畳に戻して頭を下げた。

「どうかお座りください。お話ししたいのは、喜右衛門殿が何を望んだのかということです」

磯野は大きな体を揺り動かし、半兵衛を真上から見下ろすようにして、座り直した。半兵衛は、視線を落としたまま、話し始めた。

「喜右衛門殿は、こと切れる間際、弟にこう言われました」

落としていた視線を上げ、磯野をまっすぐに見て言った。

「半兵衛、為すべきことを…」

二人は暫し沈黙した後、磯野が続けた。

「為せ、か。喜右衛門らしい言葉やな」

「はい。喜右衛門殿は、私に何を為すべきだと伝えたかったのか。これまでいろいろ考えてきました。昔、喜右衛門殿が私に言ってくれたことがあります。お主ならこの戦乱の世を終わらせることができるかもしれないと。きっと喜右衛門殿が一番望んでいたのは、世に平安をもたらせることでしょう。それがどんな世かといえば、今、磯野殿が言ったように、自分たちがやりたいように生きられる世をつくれということでしょう」

「ああ、そういうことやろうな」

「しかし、戦乱の世を終わらせる力と意志をもっているのは織田様だけ。それは磯野殿も分かっておられるでしょう」

「じゃが、信長が目指しているものも、やり方も、儂らが思うものとは違う。それは、お主も分かっておろう」

「だから私は、織田家の中に入り、そこで自分ができることをやろうと決めたのです。喜右衛門殿は、信長を殺そうと一戦に賭けた。しかし、それは成し遂げられなかった。もう今、信長を倒すことはできないと私は思います。だから私は、磯野殿にもどんな形であれ、力を貸してほしいと思っています」

「何をしろと言うんや」

「お市様の輿入れの時、喜右衛門殿は稲葉山に来て、私にこのように言われました。近江に領地を用意する。好きなときに来て好きなときに帰ってもよい。近江に来てもよいし、美濃に戻ってもよい。どちらでも自分で決めてよいと言われました。私はあの時、これからどうすればよいか考え込んでいました。喜右衛門殿は、私が置かれていた状況を詳しく調べ、その上で自分が進むべき道を自分で決めろと言われたのです。磯野殿。このまま籠城してもあと十日ほど。琵琶湖の西側、高島郡をあなたのために用意します。石高にして数万石にはなる領地です。織田様は磯野殿のことを高く評価されています。佐和山城の代わりに大溝城を用意します。大溝に入ってもよいし、小谷に戻ってもよい。どちらでも高島郡はお譲りします」

「そんな旨(うま)い条件を誰が信用できるか。城を出た途端に何が起こることか。そのような口車に誰が乗るものか」

即答であった。

「信用できないという磯野殿の思いは分かります。では、このようにしてはどうでしょう。まず、信用できる磯野殿の家臣を先に大溝城に派遣してください。その者たちが大溝城に入り、領地の占領を確認した後、佐和山と連絡をとる。そこで、信用することができるとなれば、佐和山を開城していただく。その後も、磯野殿が思うようにしていただいて結構です。高島を占領しつつ、兵士全員を連れて小谷城に戻っていただいてもかまいません。開城後に、織田の軍が攻撃を仕掛けることは絶対に致しません。これで、どうですか」

　磯野は迷っているようであった。

「まだ信用いただけないということなら、人質を出します」

「信長は妹の命をも顧みないではないか」

「いいえ。今回は信用していただくしかありません。信長様の甥、織田信澄様を大溝城に送ります。信澄様のことはご存じでしょう。信長様は信澄様のことを自分の息子と同じように扱っておられます。人質と言うことはできませんので、磯野殿の養子にしていただく形を取らせてください。磯野殿の信頼を得るために織田方ができる最大の条件です。これが前代未聞の条件であることは磯野殿も分かっていただけるはずです。私ができるのはここまでです。磯野殿にとっても、浅井様にとっても、決して悪い条件ではないでしょう」

「本当に信長はそれでよいと言ったのか」

「それほど織田様は、磯野殿を高く評価されているのです」

　二人は黙った。磯野は考えている。佐和山城の兵糧は、実はもうほとんどなかった。半兵衛が言う通り、もう十日ほどしか残っていない。龍ヶ鼻の一戦以来、もう半年以上にわたって孤軍奮闘し、佐和山を守ってきた。援軍を要請しても浅井軍が来援することはなかったし、頼みの朝倉軍も冬場に来ることは望めなかった。この会談が不調であれば、城を枕に討ち死にするか、敵軍に突撃して突破を図るかしかなかったのである。これまで半年の籠城だけでも十分な活躍である上に、このような破格の条件を獲得したのであれば、浅井家にとって悪いことは何もない。

磯野の腹は決まった。

「あい分かった。明日、嶋秀淳と数十人を高島に送ろう。船を用意してくれ」

「はっ、よくぞご決断いただきました。あとはお任せください」

半兵衛は、深々と頭を下げた。


それから数日の間に交渉通りの確認がされた。磯野の重臣、嶋秀安の次男、嶋秀淳は高島郡大溝城に入り、織田信澄の身柄を確保した上で佐和山の磯野に入城の報告をした。

佐和山城は開城され、織田家の重臣、丹羽長秀が占拠した。

佐和山を出た将兵たちは一団となって琵琶湖岸を北に向かって進んでいく。磯野は、小谷城に入城する道を選んだ。振り返れば、住み慣れた佐和山とその城下がある。しかし、もうそこに戻ることはできない。

(いつかまた、ここに戻ることができるだろうか)

嶋秀宣は振り返り、しばらくこの名城とそこから東へ続く故郷の山野(さんや)を眺めた。山には所々に春霞(はるがすみ)がかかっている。

「こら。振り返っておっても何もならんぞ。儂らが進むのは向こうじゃ。小谷城に入るんや。前を向いていけ。ええか、儂らは負けたんと違うぞ。勝ち誇って歩くんや」

老将、嶋秀安が立ち止まる長男に声をかけ、北を指さした。その先には、二つの山が見える。左側にはお碗のような形をした山本山が見え、右側には三角形をした小谷山が見える。その向こうには越前や美濃へと続く山々が見えるはずであるが、今日は霞んでいる。

「父上、ここは先祖代々の故郷でござる。せめてこの目に焼き付けとうござる」

秀宣は珍しく年老いた父に抗議した。

「何を言っておるのじゃ。また、ここへ戻って来るんじゃ。必ず嶋一族はここへ戻ってくる」

老将は振り返らなかった。

しかし、彼らには不安があった。

「本当に小谷に入城できるのでござるか」

小谷城との連絡が途絶えて数ヶ月になる。まだ、連絡が取れていないのである。

「何を言うか。儂らが入れんわけがないやろ。まあ、何があっても心配することない。儂らが進む道は、あの方に付いていくだけや」

老将は、集団の前方を進む磯野員昌を見ながら話を続けた。

「今井様が亡くなった十年前、儂らの一族は滅んでおってもおかしゅうなかった。あの夜、定清様は、磯野殿より先に城を落とせ言うて息巻いておった。ところが、磯野殿の兵が先に行くのを見た定清様は、暗闇の中で焦ってつい、その兵に槍を突き出してしもうた。敵が来たと思うた磯野勢は定清様を討った。じゃから非があるのは定清様で、本来なら磯野殿が謝ることやなかった。じゃが、磯野殿は儂ら一族のことを考えて、儂らの暮らしが成り立つようにしてくれたのじゃ。このことは誰にも言えることやない。儂ら一族だけの秘密じゃ。磯野殿は汚名を着ても儂らを召し抱えてくれた。じゃから、儂らは、あの方が進む所に命懸けで付いていくだけじゃ」

磯野ら数百人の一行は、小谷城に向かって歩いて行く。一度小谷城へ帰還し、その後、長政の許可を得て新たな領地、高島へ向かうか、小谷に留まるかを相談するつもりであった。

湖岸を進むその一行を、半兵衛は佐和山城から眺めていた。城を出て行く磯野らを見下ろしながら、やっと喜右衛門への挑戦が終わったかもしれないと思っていた。

きっと田那部は、浅井家を守るために、喜右衛門が残した切り札に違いない。田那部の一族の多くは、龍ヶ鼻の一戦で喜右衛門とともに命を懸けて戦い、討ち死にしている。その田那部が、簡単に喜右衛門や浅井家を裏切るなど、半兵衛には信じられなかった。初めは半兵衛も半信半疑であったが、田那部の風貌を見た時に確信した。この男は、喜右衛門を裏切ってなどいない。喜右衛門の意志を受け継ぐ亡霊のようだと直感した。

田那部は、裏切り者の汚名を着ながらも織田方の情報を収集し、浅井や磯野と密かに繋がっているに違いない。佐和山城の兵糧が、あと二ヶ月ほどあると田那部は言っていた。ということは、きっとそんなにはないと半兵衛は踏んだ。

そして、田那部が知った情報は、磯野に伝えるだけでなく、小谷城にも伝えているはずである。先日、鎌刃城で半兵衛が話したことも、きっともう小谷城に伝わっているはずである。磯野が佐和山城を明け渡し高島郡を得るということが、どういうことを意味するのか。それを知った小谷の者たちは、どう反応するのか。半兵衛には想像がついていた。

半兵衛は、やっと喜右衛門を超えられたかもしれないと思った。稲葉山で心に決めた目標が達成できたと思った時には、もう目標とする人はいない。半兵衛は、思わず北の空に、飛ぶ鳥の群れを探した。しかし、今日はどこを探しても、白い鷺の群れは飛んでいなかった。

（騙したわけではない。自分はこうすべきだと思ったのだ。喜右衛門殿。あなたもきっとそうだっただろう）

半兵衛は、小谷山を見上げながら、心の中で繰り返した。

佐和山城は陥落した。歴史の砂時計が、ひっくり返った。

磯野の一行は、琵琶湖岸を北上し、姉川河口まで進んだ。そこから小谷城へ向かおうとした時、数人の騎馬武者が近づいてきた。その先頭にはひときわ背の高い大男がいた。そして、その一団の中から一人の老将が進み出た。

「磯野殿はおるか」

老将は員昌を呼んだ。員昌は馬に乗り軍団の中から現れた。

「おお、亮親殿。出迎えご苦労でござる」

磯野は、浅井一族の老臣、浅井亮親に近づこうとした。すると、先頭にいた大男が二人の間に割って入り、磯野を制止した。見るとまだ若者である。その若い大男の後ろから老将の声がした。

「磯野殿。よくも我らを裏切ったな」

皆が一瞬沈黙した。

「知らぬとは言わせぬぞ。すでにお主が織田から高島に領地をもらったのは調べがついておる。よくもぬけぬけとこの地を通れたものや。浅井様のご恩を忘れて敵方に寝返るとは。しかも勅命により和議が成ってまだ間もないというのに」

亮親の言葉を遮るように磯野が言った。

「待て。誰が寝返ったと言うんや」

「我らが、志賀の陣で織田と対峙(たいじ)していたとき、お主は何をしていたのや。敵を易々と通過させるだけで、我が軍に参陣することもせず。そして、此度(こたび)は、敵に城を明け渡し、敵に領地をもらい、敵と戦うこともなく無事に解放された。磯野殿。これで、どんな言い訳ができるというのか」

「いや違う。儂らはわずかな兵で敵を引きつけ、佐和山城を守ってきた。八ヶ月や。その間、援軍もなく、兵糧ももう尽きる。兵糧がなくなることは、何度も小谷に伝えたではないか。じゃから小谷城へ帰ることを条件に明け渡したのや」

「ならば、なぜ高島郡を織田から貰えたのじゃ」

磯野は一瞬怯(ひる)んだ。

「それは、佐和山城を明け渡す代わりの条件として、織田から奪ったのじゃ」

「何を言うか。そんな阿呆(あほう)な条件があるか。味方にもならん敵に一郡まるごと譲るなど、聞いたこともないわ。磯野、儂らを騙して小谷城も乗っ取るつもりか」

亮親は呆(あき)れたように怒声を発した。

「いや違う。これは真や」

「見苦しいぞ、磯野殿。もう調べはついておる。すぐに立ち去れ」

「いや。納得できん。若殿に直接話をする」

磯野は前に進もうとした。しかし、再び若い大男が間に入り、彼を制止した。その後ろからまたも老将の声がした。

「もう無駄や。大殿も若殿も我々も騙されんぞ。衆議により総意で決まったことや。小谷城下に近づくことはならん。すぐに立ち去れ」

そう告げると、浅井亮親たちは、小谷城へ引き上げていった。

先日、鎌刃城で半兵衛と田那部が話をした後、田那部はそこで得た情報を小谷城にも伝えていた。半兵衛が高島郡の領有を条件に磯野を調略しようとしていることは小谷の者たちが知るところとなっていた。その後、小谷に籠もる者たちは、磯野が調略されないでいてくれることを願っていた。しかし、それからしばらくして、高島郡を磯野が得たという情報が小谷城に伝えられた。場内の者は皆、落胆した。そして、磯野の裏切りを怒った。

その後、磯野らの一行は、小谷城に入城することを許されず「十方(とほう)に暮れた」と嶋秀安は記録している。

そこから二里ほど北に磯野氏の故郷である伊香郡、磯野城がある。磯野は、長政からの連絡を願って待ったが、目処(めど)は立たなかった。途方に暮れた末、「若狭国守護、武田殿を頼ってはどうか」という話も出た。今後のことも考えて、若狭への使者も立てた。そうして、一日、二日と待ち、三日目の夕刻になった。

　東にそびえる小谷山の方から数人の武士たちが馬で駆けてきた。磯野は城門を出て、その使いを待った。先日の使者の者たちであった。声が聞こえる所まで近づくと、使者たちは馬を止めた。そのうちの一人の男が馬を降りた。長身で大きな体をした若者である。切れ長のつり上がった目で、大きな鼻をしている。への字に下がった大きな口を開けて、大声で口上を述べた。

「これ以上ここに滞在することは認めんとのお達しでござる。明日の内にここをお立ち退きあれ」

　若者の声が辺りに響き渡った。その言葉は、磯野たちが期待したものではなかった。磯野は一歩前に出ると響く声で言った。

「もう一度お願いする。若殿と合わせてくだされ。儂一人だけでよい。小谷へ連れて行ってくだされ。必ず儂らが裏切っていないことを分かっていただく。亮親殿、どうかお取り次ぎください」

　磯野は丸腰であった。いつも持っているあの太い槍も太刀も何も身に着けていない。

「もう遅いのじゃ」

　長身の若者の後ろから浅井亮親は顔を出して言った。

「もう、遅い、松原浦に百数十艘（そう）の船が着いておると報告が入ったぞ。堅田（かたた）衆の船じゃ。お主らを迎えに来た船じゃ。小谷では裏切ったお主を許すわけにはいかん。お主の母は、本日、磔（はりつけ）となった。よいか。口上は伝えた。明日までに立ち退け」

　そう言うとすぐに、亮親らは馬で走りだした。磯野は、黙ったまま立ち尽くしていた。巨人の若者は一人その場に残り、磯野の姿を見ていた。磯野は怒っているようには見えなかった。こうなることを達観していたのであろうか。それとも、必死で断ち切ろうとしているのであろうか。

若者は、磯野のような豪傑になりたいと思っていた。その素質には自信があった。憧れた男の姿を目に焼き付けてから、ゆっくりと足を馬の鐙に掛けて乗った。

「立派な体格をしておるな。儂よりも背は高そうや。名は何という」

磯野が声を掛けた。若者は馬上で磯野を見ると高らかに言った。

「犬上郡藤堂村の藤堂与右衛門高虎と申す」

「おお、犬上か。佐和山の近くにこのような武者がおったとは。儂の家来にしておけばよかったぞ。どうや。今からでも遅くはない。儂に仕えんか。武士たるもの三度は主君を変えねば武士とは言えぬ。儂もそうや。儂のところへ来い」

「口上はお伝え申した。明日までにお立ち退きくだされ」

若き藤堂高虎は、磯野の誘いには取り合わなかった。すぐに一礼をして駆けていった。

磯野は、その様子をじっと眺めていた。その先には小谷山がある。こちら側から見える小谷山は急峻である。磯野は、これから浅井家に降りかかるであろう巨大な脅威を想像した。夕陽が、小さくなっていく若武者の背を照らしている。見渡す限りの山野を照らしている。

翌日、磯野ら一行は、佐和山の麓へ戻った。湖西から迎えに来た船が琵琶湖に多数浮かんでいる。湖西の宇佐山城主となっていた明智光秀は、信長の命で堅田や打下から多数の船を集めていた。敵の将兵を輸送することに不安がる者たちを光秀は苦労して連れてきていた。

坂田郡の港まで来た所で一行は、乗船の準備を始めた。

高齢の嶋秀安が体調を崩していた。長男の秀宣が、磯野に近づいてきた。

「磯野殿。父上が調子を崩しております。長い間、気を張って頑張ってきましたが、やはりもう高齢でござる。高島に付いていってもお役に立つのは難しいと存じます。私も父とともに、坂田郡の田舎で帰農し、いざという時には地元で再起を図りたいと存じます」

磯野は少し寂しそうな表情をして言った。

「そうか。嶋の親父には長い間苦労を掛けた。ゆっくり養生してもらってくれ。坂田郡のどこで暮らすつもりや」

「はい。河内畑に当てがございます」

「ああ、あそこなら大丈夫やろ。田那部にも知らせ…」

そこまで言って、磯野は改めて言い直した。

「いや、儂には何もしてやれぬが、こちらのことは頼む」

磯野は、嶋秀安と田那部の関係を心配した。二人の和解は難しそうであった。

「はい。二人はもう長年言い争っておりますので、ご心配には及びません。それより、新しい領地での暮らしは何かと大変でござろう。付いていくことができず申し訳ございません。弟を始め一族のこと、どうか宜(よろ)しくお願い致します」

そう言って挨拶をした嶋秀宣と秀安の親子は、その後もしばらくは、坂田郡で浅井氏や磯野氏との関係をもって活動した。そして後に、河内畑に閉居し、さらに霊仙山の裏になる奥地の美濃国時山へ移り、長寿を全うした。『嶋記録』こうして残された。

磯野は、残る者と別れを告げて船に乗った。百数十艘の船に数百人と荷物を載せて湖岸の港を立った。

磯野は船の先頭に座った。振り返ることはなかった。ただ湖西に連なる比良の峰だけを見ていた。岸辺がもう見えなくなるほど沖に出た頃、声を掛ける者があった。

「磯野殿。初めてお目にかかります」

落ち着きのある声であった。声の主が、それなりの人物に違いないと感じた磯野は、振り返って見た。

「明智十兵衛光秀と申します」

甲冑に陣羽織を着こなす男は丁寧に会釈をした。磯野は少し慌ててその人物に向き直った。

「これはこれは気付かぬとはいえ失礼致した。此度は明智殿に一廉ならぬお世話をいただき、かたじけのうござった」

磯野は深々と頭を下げた。堅田や打下の地侍衆に言い聞かせて百数十もの船を集めるのは、かなりの苦労がいった。磯野にもその大変さは分かっていた。

「いえいえ、そのようなことは造作もないこと。これから我が領地の北側に磯野殿のような頼もしき御仁がいていただけるのでござる。百万のお味方を得たようなもの。どうぞ今後とも御助勢くだされ」

明智光秀はこのころ近江国志賀郡坂本城を任されていた。磯野の領地となる高島郡の南に位置し隣り合わせであった、

「こちらこそよろしくお願い申す」

二人は挨拶を交わすと、船が向かう湖西の地に視線を送った。

光秀は、静かに西の彼方を見る豪勇の様子を、さりげなく見守った。主人を裏切らざるを得なくなった男が何を思って新たな土地へ向かおうとしているのかを、何となく想像した。

けれども、光秀には裏切らざるを得なくなった者の気持ちは、まだしかとは分からなかった。

二　山本山城

それから二年の歳月が過ぎた。浅井家は、遠藤と磯野の両雄を失ってなお、強大な敵である織田家に屈服することなく抵抗を続けていた。

佐和山城が陥落した後にも幾度か巻き返す機会はあった。三ヶ月後の五月、信長は、抵抗する一向一揆を殲滅するため、伊勢長島の一向一揆を攻めた。各地から五万の大軍を集めて囲んだ。その時、北近江にいる織田勢は、横山城の木下秀吉と鎌刃城の堀家の勢力だけとなった。湖北十ヶ寺の一向宗徒と浅井氏は協力して勢力の挽回を図った。浅井長政は、横山城に軍を進めた。しかし、本当の目的は横山城ではなく、樋口が守る鎌刃城であった。南近江や畿内との連絡を取るためには東

山道を眼下に見る鎌刃城か佐和山城を押さえておく必要があったからである。浅井井規を大将に一揆勢五千で鎌刃城に向かい、その麓の箕浦城を攻めた。樋口の軍勢は千に満たない兵力しかない。早々に降伏する可能性もあった。しかしその時、いるはずのない織田の軍勢が突如現れ、一揆勢は襲われた。度重なる戦いの日々に嫌気が差していた民衆軍は、後退した。琵琶湖岸のさいかち浜の近くまで避難したところ、またもや突如伏兵が現れた。逃げ場を失った一揆衆は、湖に逃げ込み、多くの者が溺死した。数百の兵を大軍勢に見せかけ、地形を利用して各所に埋伏する竹中半兵衛が得意とする戦術であった。

織田勢が手薄になったところで仕掛けた浅井側の巻き返しは、秀吉と半兵衛によって挫かれた。

九月、織田信長は空前絶後の暴挙に出た。勅命の約束を反故にして近江比叡山延暦寺を焼き討ちにした。さらに近江各地の寺院に火を付け、信長に抵抗する勢力を押さえつけた。大吉寺などの北近江の有力寺院も焼き討ちに遭った。なりふり構わぬ信長のやり方は、敵味方にかかわらず多くの人々に戦慄を与えた。このような者に付き従って本当に人々は幸せになれるのだろうか。拭えぬ疑念が、人々の心の奥に広がった。

翌元亀三（一五七二）年三月、一時は信長の軍門に降っていた松永久秀、三好義継が信長と敵対した。七月には朝倉義景が一万五千で小谷に来援した。九月にはついに足利義昭の命を受け、甲斐の武田信玄が立ち上がった。信玄は、浅井長政に手紙を送り、武田、浅井、朝倉で呼応して織田勢と対峙することを目指した。十二月、武田信玄は、三方ヶ原で徳川家康を破った。反信長勢は、岐阜城に籠もる信長に東西から迫った。しかし、またも真冬の到来と疲労のために朝倉軍は越前に撤退した。信玄は進軍をとめ、義景に手紙を書いて再出兵を待った。

そして、一五七三年を迎えた。朝倉義景はまだ動かなかった。四月に、武田信玄が死んだ。反信長勢力は巻き返しの機会を失った。最後の夏が近づいた。


碧（みどり）の湖面に盛夏の日光がギラギラと反射している。その光を裂くように一隻の船が近づいて来る。かなりの速さである。都に近い大津と湖北の尾上（おのえ）港を結ぶ船は、この戦乱の中でもたびたび往来している。藤堂高虎は、いつもとは違う船の様子に異変を感じた。普段ならば船にいっぱいの積み荷を載せている。しかし、その船には鎧姿の武士が数人乗っているだけである。

「都で何かあったのか。おい、あの船のところへ行くぞ」

近くにいた阿閉貞征（あつじさだゆき）が、皆に指示をした。阿閉の家臣たちは、素早く三隻の船に分乗し、近づく船に向かった。高虎もその一隻に乗り込んだ。

藤堂高虎は、三年前、姉川の戦いで活躍し初陣を飾った。その後、小谷山に籠城して、城を囲む織田軍とたびたび戦い武功を重ねた。六尺二寸もの巨体と不貞不貞（ふてぶて）しい面構えに加え、誰に対しても物怖（ものお）じすることがない。自（おの）ずと浅井家中で目立つ存在となった。何事にも興味をもって首を突っ込み、自分が正しいと思ったことは誰に対しても遠慮せずに主張する。その姿を見て、将来が楽しみな若者と期待する者もあったが、その反対に疎（うと）ましく思う者もいた。籠城暮らしが長く続くと、誰もがちょっとしたことで苛立（いらだ）ちを覚えるようになった。生意気に見える新参者の高虎は、周りの者とたびたび衝突した。山下嘉助という男と些細なことで喧嘩になった。高虎は並の体格ではない。勢い余って殺めてしまった。小谷城内にいるわけにはいかなくなった。

小谷城から西へ二里たらずの所に山本山城がある。北方の賤ヶ岳から繋がる丘陵の南の端に位置し、琵琶湖に面したこの山城は、北近江を守る重要な拠点である。浅井氏の重臣、阿閉貞征が守っていた。高虎は小谷城を離れ、阿閉の元で働くこととなった。

山本山の麓には尾上港がある。山本山から北方には丘陵が湖に張り出しているので、大きな港がない。尾上港は、古来、北近江や北陸と、南近江や都を結ぶ重要な港として栄えてきた。山本山は南から見るとお椀を伏せたような美しい形に見える。琵琶湖を行き交う船舶にとって、ここは北の目印となってきた。湖上交通の安全を守り、地域の権益を守る必要があった。この地域の者たちは、日頃から船の運行訓練を欠かすことがなかった。

今日も、阿閉とその家臣の湖の男たち十数名は、強い日差しと湖面からの照り返しを浴びながら、船舶の訓練をしていた。高虎もその中にいた。ここへ来て一年ほどの間に、船を操る技能もかなり習得していた。

昼になったので陸へ上がろうとして船を岸に着けているところであった。そこに、不審な船がやって来たのである。阿閉の命を受けた高虎は、船に乗り込んだ。巨大な肉体を揺すって櫓を漕いだ。船はぐんぐんと進んでいく。同時に両側の船も南から来た船に向かって進み始め、あっという間に、三隻の船で近づく船を囲んだ。

「浅井様の家臣か」

船に座っていた武士の一人が、立ち上がって訊いてきた。

「左様。浅井家重臣、阿閉貞征や」

阿閉は船の中央に立って返答した。

「おお、よかった。拙者は、足利将軍家家臣上野秀政殿の命を受けて参った。浅井様にお知らせしたきことがござる。お取り次ぎ願いたい」

「何用じゃ」

「先般、七月十六日、足利将軍家は織田信長に都を追われてござる」

「何と。将軍家が。して、今、将軍家は如何なさっておられるのでござるか」

「一時、都を出て再起を図るとのことでございます。西国の雄、毛利殿は将軍家の御味方をされるとのことでござる」

「そうか。ご無事ということござるな。分かり申した。浅井様にお取り次ぎ致す。お疲れのことと存ずる。暫し我が屋敷にてお休みください」

そう言うと阿閉は、三隻の船に指示をし、この船を護衛して尾上港に導いた。そして、山本山の麓にある屋敷に使者を案内した。

将軍家の使者を広間に入れると、阿閉は高虎に近づいて耳打ちした。

「与右衛門。儂はちょっと行ってくる。あの者たちが屋敷から出んように見張っておけ。よいな」

高虎は首を傾げた。命令の意図が分からなかったのである。阿閉は念を押すように高虎に言った。

「都の情報がみだりに漏れては困る。誰にも会わすでないぞ」

「はっ」

合点がいった高虎は、はっきりと返事をして屋敷の入り口に向かおうとした。

「ああ、それと、屋敷の者に昼食の準備をするように言え。奴らは十分な食事もしておらんはずや。もしすぐに小谷に向かうと言っても、ここで昼食をとってもらうように言え。何があっても屋敷を出すでないぞ。すぐにまとまった人数をやる。巧いこと言うて絶対に屋敷から一人も出すな。分かったな」

阿閉の口調は厳しかった。高虎は小さく返事をして屋敷に向かった。家人に食事の準備をするように命じて、広間の様子を確認した。将軍家の使者たちは皆そこに待っていた。高虎に気づいた一人が声を掛けてきた。

「おい、阿閉殿はどこでござるか。我らは一刻も早く浅井様にお知らせせねばならん。阿閉殿を呼んでもらえんか」

「はっ、主人は今、小谷城に取り次ぎに参っております。御使者の皆様は都からの道中、食事もなさっておられないことでございましょう。ここで昼食をお取りいただくように仰せつかっております。手筈が整い次第、ご案内いたしますので、今しばらくここでお待ちください」

高虎は丁重に阿閉の指示を伝えた。使者の男は少し考えていた。

「分かり申した。夜通しの船旅で疲れております。暫し休ませていただこう」

そう言うと、男は頭を下げた。

高虎は、屋敷の入り口に立ち、中の様子を見守った。しばらくして広間に昼食が運び込まれた。

食事をしながら話す声が僅かに聞こえた。ほとんど聞き取ることはできなかったが、その中で「阿閉という男、大丈夫か」と言っているようであった。高虎は、使者たちが置かれている状況を想像し、不安がっているに違いないと思った。そして、その状況は、今の阿閉家にも浅井家にも当てはまる。織田信長は、ついに将軍足利義昭をも都から追放したという。京や畿内の争いが落ち着けば、次に信長が狙うのは、きっと北近江に違いない。この三年ほどの間、織田軍はたびたび北近江に大軍を送り、小谷城を包囲した。そして、いよいよ本格的な浅井攻めを開始するかもしれない。誰もが不安な思いになって当然である。

　高虎は、ふと、さっきの阿閉の様子を思い出した。確かに怪しいところがあった。妙に厳しく使者を屋敷から出すなと言っていた。何か厄介者を抱え込んだような言い方をしているように感じられた。阿閉殿は小谷へ行っていると勝手に思っていたが、どこへ行ったのだろう。たしか「まとまった人数をやる」と言っていたが、あれはどういうことだろう。高虎の中で、次々に疑問が湧き上がった。

　昨年十月、浅井郡の有力者である湯次(ゆすき)神社の社僧、宮部継潤(みやべけいじゅん)が、木下秀吉の働きで織田家に寝返った。その後も、反信長勢が期待した武田信玄の西上が中断されると、北近江の各地で動揺が走った。高虎は思った。もしや阿閉殿も寝返りを画策(かくさく)しているのではないのかと。

　そんな不安に駆られていると、阿閉の家臣たちが屋敷にやって来た。数十人はいる。しかも皆が武装している。

「与右衛門、ご苦労。あとは儂らに任せ」

やって来たのは、阿閉家の一族の阿閉那多助である。彼らは屋敷を取り囲んだ。

「この物々しさ。これはどういうことでござるか」

高虎は訊かずにはおられなかった。

「分からんのか。お主も聞いたやろ。足利将軍家は滅んだんや。もう織田様に逆らっても無理や。奴らを逃がすわけにはいかん」

阿閉那多助はそう言うと、屋敷の中を指し示した。

「それは真でござるか。真に貞征様のお考えか」

「ああ、その通りや。絶対こ奴らを外へ出すなと言うておられたやろ」

高虎は、一瞬その場に固まった。やっと事情が分かった。けれど、納得はいかなかった。

「阿閉様は裏切るのか」

高虎の口から不意に言葉が漏れた。

「与右衛門、めったなことを言うでない」

那多助が睨んでいた。

「じゃが、そうでござろう。それは、浅井様を裏切ることやろ。この北近江は儂らが守ってきたのに」

高虎は気持ちの整理が付かないようであった。

「与右衛門、よう考えよ。あの武田様でも、足利将軍様でも敵わんかったんや。もう浅井様は終わりや」

那多助が言うことは確かかもしれなかった。

「いや、そのようなことを申しておるのではござらん。儂らには武士としての意地がござろう。あの信長のようなやり方に屈してよいわけがござらん」

高虎はそう言うと、大きな口をへの字にして歯ぎしりをした。那多助は忌々しい顔をして高虎を睨んだ。

「もうよい。お主は下がっておれ。家に帰って頭を冷やせ」

遣り切れぬ思いを抱えて高虎はその場を離れ、城下の小さな家に戻った。しばらくそこで考えた。しかし、気持ちの整理はつかなかった。どうすることが良いのかは分からなかった。生き残るためには阿閉家も寝返らなければならないのかもしれない。それが領民を守ることに繋がるのだろうか。しかし、どうしても割り切れない思いがあった。

暫くすると、外で物音がした。我に返った高虎は引き戸を開けて外を覗いた。

「与右衛門」

那多助の声である。高虎は外へ出た。そこには数人の者が立っていた。

「貞征様がお呼びや。ついて来い」

言われるままに高虎は那多助の後に付き従った。誰もが無言で歩いた。山本山に向かうようであったが、途中、民家を離れた。高虎は、何かいつもと違うものを感じた。何故わざわざ何人もで来たのか。高虎を取り囲むように残りの四人が歩いている。その中の一人は、阿閉家中でも手練れの広部徳平である。周りの気配が気になった。視線の右隅に広部の動きを感じた。広部は刀の柄に手を掛けた。

瞬間、同時に動いた。広部が刀を抜いた。高虎は左に飛んだ。斬りかかる刀を交わしながら左側にいた者を片手で掴んで広部にぶち当てた。二人が吹き飛んだ。高虎は道端の草原に倒れ込んだ。那多助は刀を抜いて草原に近づいた。草の中に倒れ込んでいる高虎に襲いかかろうとした。その時、夏草の茂みから太刀先が伸びてきた。那多助は慌てて交わそうとした。しかし、その太刀先は予想以上に胸元に伸びてきた。高虎の身体は大きかった。手も長く、持つ太刀も長大であった。交わすことはできなかった。那多助は貫かれていた。

「ぐおおおお」

咆哮(ほうこう)を上げて高虎は草原から飛び出すと、囲んでいた者たちに、貫いた那多助を突き飛ばした。敵は明らかに怯(ひる)んだ。高虎は飛び退(の)こうとした。しかし、草が絡んで足元が縒(よ)れた。倒れそうになるところに、広部だけが斬りかかってきた。踏ん張りながら太刀を振り上げた。広部はその太刀を刀で受けた。しかし、圧倒的な力で刀は弾かれた。吹き飛ぶ刀とともに広部の右腕の先も飛んだ。

「ぐわっ」

広部は腕を抱えて膝から折れた。高虎は太刀を振るった。首が飛んだ。広部の胴体はうつ伏せに倒れた。長い人生の中の僅か数秒の刹那である。二人の胴体が道に転がった。怯(おび)える三人を巨人が睨んだ。

「来るなああ」

獣のような声で威嚇すると、高虎は視線を外すことなく後退(あとずさ)りした。残された三人は身動きひとつできなかった。高虎は、その場から立ち去った。

そのまま高虎は家に立ち寄り馬に乗って逃げた。とにかく安全な場所へ身を隠すしかなかった。阿閉は、信長への内応を秘匿するために自分を亡き者にしようとしたに違いない。自分が生きられる場所は、もうここにはない。自然と故郷の村に向かって馬を必死で駆けていた。


夕方には藤堂村に戻っていた。兄の高則は、すでに三年前、織田軍に従軍して伊勢で戦死していた。伯父は病床にあり、一つ下の従兄弟の兵庫が村を守っていた。兵庫は、逃亡してきた従兄弟を義兄弟の契りを結んで温かく迎えてくれた。しかし、ここに長居をするわけにはいかなかった。織田の軍勢は近江の各地を占拠していた。北近江浅井と越前朝倉への攻撃はもう間近に迫っている。

高虎は密かに故郷を後にした。逃げてきた身である。北へ向かう気にはなれなかった。南に向かった。千種越えから伊勢に入った。織田と戦いを続けている伊勢長島へ向かおうか、それとも父虎高のように東国まで行って一旗揚げるか。しかし、巨体を揺すって歩く高虎はあまりにも目立つ存在であった。織田領内を気楽に歩くことはできなかった。路銀もなく食うにも困った。監視は厳しく、伊勢長島でさえ辿り着けそうになかった。

故郷を出て数日後、やっと伊勢四日市場の日永に着いた。腹ぺこでもう動くこともできないほどであった。そこにちょうど餅屋があった。

「餅をくれ」

高虎はへたり込みながらそれだけを言った。

「へえ、お待ちを」

年配の主人がしばらくして餅を出してくれた。香ばしく焼かれた細長い餅である。思わず口に入れた。食べると小豆（あずき）の餡（あん）が口の中に溢れた。食べやすく美味（うま）いので次々に平らげた。五皿、十皿といくらでも食べられた。うまい茶をすすりながら、高虎は食べた。力がもりもり回復するのが分かった。元気になって、改めて積み上げられた皿を見て、高虎は困った。支払う代金がない。

「ご主人」

「へえ。なんでございましょう」

「この餅は美味いの。何という餅や」

「長餅と名付けでございます」

「おお、それはええ名前や。武運長き餅か。これは縁起がええ名や。長という字がええな。儂はこれからどこかの大名に仕官する予定や。ほんまにこれは幸先（さいさき）ええ。なあ、ご主人。儂が仕官に成功した暁（あかつき）には必ず出世払い致すゆえ、支払いは暫く待ってもらえんか」

高虎は大きな身体をほんの少しだけ縮めて頼んだ。主人は高虎の様子を見ていた。

「御武家様は北近江の方でございますか」

「そうや」

「私も今でこそこのように餅屋をしておりますが、若い頃は戦場に出たこともございます。近江の六角様の理不尽なやり方に我慢がならず皆で一揆を起こし、近くの城に立て籠もったこともございました」

「ほお、そのようなことがあったのか」

「へえ、その時、私らが籠城していた城に六角軍の名代として遠藤殿や磯野殿が来られて、私らは城から出たのでございます。あの後、城は焼かれましたが、もしあの時、城を出ていなかったら、私はもうこの世におらんかったかもしれません」

「磯野殿には儂も何度か会った。儂の家来にならんかと言うてもろたこともある」

「そうでございますか。あの時、私が死んでいたら、この餅もなかった。ようございます。出世払いと致しましょう。御武家様なら、きっと御武運が開け、大名にもお成りになりまする」

店の主人はそう言って高らかに笑った。

高虎は何度も礼を言って別れた。その後、足を再び北に向けた。あの時のあの言葉を思い出したからであった。近江高島郡の磯野員昌の所へ向かう決心をしていた。

三　小谷城

八月八日、阿閉貞征が寝返った。これに呼応するように織田軍が動き出した。美濃から北国街道を通って小谷に攻め寄せてきた。信長は八島に本陣を置き、柴田、佐久間、丹羽、羽柴、滝川ら、織田家臣団は、小谷城の麓へ押し寄せた。

八月十日、朝倉義景が、二万の軍勢で北近江、木之本に到着し、田上山に陣を置く。さらに小谷山の頂上、大嶽砦（おおづく）に朝倉軍の部隊が入る。

十二日夜、暴風雨になる。浅見対馬守（つしまのかみ）が織田に内応し、織田軍を引き入れる。信長が自ら兵を率い、風雨の中、油断する大嶽砦を一気に奇襲し、占拠する。

十三日、大嶽砦の眼下にある丁野城が織田の軍勢に囲まれ、激戦の後、落ちる。その夜、朝倉義景は田上山から撤退。織田信長は、朝倉討伐を優先して追撃。越前との国境、刀根坂（とねざか）の戦いで朝倉軍は敗北する。

十五日、朝倉義景は一乗谷に辿り着くが、景鏡に裏切られ、二十日朝、切腹する。

こうして、浅井は孤立無援となった。

二十五日の夜、越前からの知らせが小谷城に届いた。朝倉が滅亡し、明日の午後には、織田の大軍が戻って来ると。


子どもたちは、もうぐっすり眠っていた、長政は、寝間の襖を静かに開けた。行灯（あんどん）の薄明かりが差した。小さな寝息が微（かす）かに聞こえる。兄と二人の妹、三人の子どもたちは、今日は母と一緒に寝ると言って、夜更けに寝間に入った。子ども心に何かを感じ取っていたのか、四人は寄り添うように寝ていた。長政は、しばらくその場にたたずんで、その様子を目に焼き付けた。

布団をめくる音がした。闇の中を凝視すると、やつれた顔で、お市がこちらを見ていた。子どもが寝静まった後、もう何度も何度も静かに泣いていたに違いない。泣き腫らした目で、こちらをじっと見ていた。

「市。話がある」

長政はそう言うと、襖をさらに開けて寝間に入った。お市は、布団からゆっくり起き上がり、長政の前に座った。

「朝倉が滅んだ。織田軍が明日の午後には戻ってくる」

長政は、低い声で言うと、お市をじっと見た。

「いつまでも一緒にいさせてください」

お市の声は、か細かった。

「市。儂は浅井の当主じゃ。もう長くは生きられぬ」

「一緒に死なせてください」

長政は目を瞑り、ゆっくり首を振った。蠟燭の火が風に揺れ、影が動いた。

「おまえと離れるつもりはないと、おっしゃってくださったではございませんか」

お市は、哀願した。

「市。すまん。子どもたちを頼む。もう頼めるのは、おまえだけしかいない」

長政には頼むことしかできなかった。お市は返事をしなかった。

「三人の娘を生かせてやってくれ。娘なら殺されることはない。じゃが、おまえがいなければ、幼い子どもたちは生き残ることはできない」

　お市が三人目の娘を生んで、まだ半月ほどにしかならない。今夜は、乳母に預けている。時々、夜泣きする声が聞こえていたが、今は寝静まっているようである。

「頼む。儂らの子を生かしてやってくれ。儂にはもう頼むことしかできんのや」

　長政は、お市を引き寄せて抱いた。身体は痩せていた。お市は、何も言わなかった。夫に涙は見せまいと決めていた。しかし、堪えていた涙が一筋頰を流れ落ちた。

　その時、布団がもぞもぞと動いた。

「ちち、うえ」

　喜久丸が父の気配に気づいたようである。二人は、はっとなって布団の中で動く喜久丸を見た。まだ、眠気眼である。喜久丸はもう十歳になる。素直で賢い少年である。浅井家が置かれている状況は分かっていた。父母の様子から重大な事態になっていることは察していた。家族の皆が別れ別れになることがどういうことか実感はなかったが、武士の子として、最後は覚悟しなければならないことは知っていた。

「喜久丸。ここへ座れ」

　長政は、伝える覚悟をした。いつもとは違う気配を察した喜久丸は、父母の前に正座した。

「喜久丸。よく聞け。明日には織田の軍勢が戻ってくる。父も祖父も最後まで勇敢に戦う。それは、浅井家が三代にわたって目指してきたことを最後まで貫き通し、天上天下に我らの正しさを示すことになるからじゃ。じゃが、織田との力の差は、もうあまりにも大きい。勝つことはできぬであろう。浅井家は滅ぶことになるかもしれぬ。けれども、浅井の血を絶やすことはできぬ。じゃから、お主たち兄妹が生き残って、父や祖父、曾祖父から続く浅井三代の血を受け継いでもらいたい。よいな」

長政は、喜久丸の手を取った。

「父上と一緒に戦いとうございます」

「駄目じゃ。お主は、これから木村とともに城を出よ。お祖母様の故郷の近くの村にしばらく身を隠すのじゃ。よいな。父の命じゃ。そうして、しばらくの間暮らしておれば、お主がよく知っておる者が、きっと迎えに行く。よいな。父の命じゃぞ。必ず生き抜くのじゃ」

長政は、息子の手をぎゅっと握った。しかし、子は肯かなかった。

「母上と一緒に参るわけにはいきませぬか」

喜久丸は、母を見て問うた。

「それも駄目じゃ。母とともに行けば、お主の素性がばれてしまう。浅井家の嫡男であるお主を、織田は生かしはせぬ。父の言うことをきけ。よいな」

それでも首を縦に振らない息子の肩を、お市が抱いた。

「喜久丸や。父上のおっしゃることをきいてくだされ。どうか生き延びてくだされ」

お市は、息子の目をじっと見た。その目は、不安に揺れ動いていた。お市は、その目を見ると思わぬことが口をついた。

「母も、母も、辛くとも、生きていきます。茶々も、初も、江も。いつかまた、きっと会えます。お願いです。生きて、生きて、きっとまた、どこかで会いましょう。父と母のために、浅井家のために生き抜いてください」

お市は、生き抜くことを決意した。喜久丸も、母に抱きつきながら肯いていた。長政は、その大きな身体で二人を包んだ。このままずっとこうしていられるならと願ったが、もう時間がないことは分かっていた。

「さあ、娘たちも起こして支度をするのじゃ」

長政は、未練を振り切って立ち上がった。


この夜、未明のうちに喜久丸は、木村喜内之介に伴われて、小谷城を北西側に降った。阿古の故郷、井口村の隣に森本という小さな集落がある。久政に仕える森本鶴松太夫が住む村である。ここに喜久丸は身を隠した。

時を同じくして、お市と三人の姉妹も小谷山を北東側に降った。敵に見つからぬように扮装していた。乳飲み子のお江は乳母に抱えられていた。東の岩場から小山を超えて池奥へ出た。北野へ越える山坂で夜が明けるのを待った。まだ幼い娘たちを連れ、産後間もない女が、この難路を進むのはあまりに苦しかった。それでも、必死で歩んだ。たびたび身を隠し、子どもの歩みに合わせて進む。赤ん坊が泣き出さないことを祈りつつ、平塚にある実宰院を目指した。幸いにも道中、敵に出会うことはなかった。昼前には、長政の叔母、昌安見久尼が住むこの小さな寺に辿り着いた。

この日、織田の大軍は越前から引き返して来た。長政は、早朝からたくさんの書状を書いた。四年にわたる籠城を、共に耐えてきてくれた家臣たちに最後の感状を書いて渡そうとした。もう何もしてやることができない者たちに感謝の思いをしたためた。

一千数百人。四年の長きにわたって籠城を続け、今やもう勝ち目がないと誰もが悟ったこの時においても、浅井家とともに戦い、北近江を守ろうとした将兵たちがいた。朝日が昇ると、長政は、彼らの多くを本丸下の大広間に集めた。

ゴーン、ゴーン、ゴン、ゴン、ゴン、ゴンゴンゴン……

本丸の鐘を鳴らした。続々と将兵が集まって来る。小谷山の南東側には広い尾根が続いている。いくつもの曲輪が縦に連なる中、最も開けた尾根上に本丸はある。土塁と石垣に守られた本丸の下には千を超える人々が集える広間と御殿や土蔵があり、入口には黒金門が建っている。この門を通って歴戦の勇者たちが、互いに最後となるかもしれない会合に集った。やって来る者たちは、どの人も晴れやかに主郭を見上げている。天空を秋の雲が東に流れていく。広間から見上げる青空の下に、本丸の主郭が聳(そび)え、その石垣の上に、長政は待っていた。

「皆様。本日の御登城、誠に大儀にございます。これまでの長年にわたる皆様の御忠節には、この長政、どのように感謝申し上げても申し尽くすことはできません。皆様もご存じのように本日中には織田勢が、この大谷を囲むでしょう。このような情勢にあることを皆様はご承知の上でここに集っていただいた。この長政、三代にわたってこの地域を束ねた浅井家当主として、皆様の御覚悟に、謝しても、謝しても、謝しても感謝し切れぬ思いでございます」

　長政は舞台上で深々と頭を下げた。集いし勇者たちは、長政を見上げて目頭を熱くした。

「織田との長きにわたる戦いは、決して我らの敗北ではござらん。何度も何度も信長の非道に対して、我らは戦い、信長の間違いを正して参った。天下に我らの正道を示して参った。これが為せたのも、皆様の命を懸けての献身があればこそでございました。此度は、信長の卑劣なやり方によって、我らは苦難の道に陥れられたが、お天道様は見ておられる。どちらが正道であるか。どちらが天道に叶う者であるのかは、天が見てござる。我らは、最後の最後までその道を進み、天下に、我らが、全うに生きたことを、示そうではござらんか」

　長政は天を見上げた。

「おおおおお」

　皆は拳を天に突き上げた。長政も皆も晴れた空を見上げた。彼方に聳える霊仙の上に朝日が輝き、皆を照らしている。

「我らがこの北近江で行ってきたことは、誰もが見ておる。多くの者が知っておる。それは、きっと必ず、誰かが受け継ぎ、誰かが守り伝えてくれるに違いない」

「そうじゃあ」

「その、通りやああ」

　長政は、皆を見渡した。

「じゃから、此度の戦、儂は最後まで戦い抜く。それは、浅井という家が、北近江に住む皆様に支えられて、変節することない真っ当な家であったことを後世に示すことになるからでござる。そのためにも、どうか皆様、この最後の戦いに命を預けていただきたい。ともに浄土へ参りましょう。儂は、浅井家当主としての最後の務めを全うします。しかし、皆様は、もしも戦いの末に生き抜くことができたならば、どうか生き抜いて、我ら浅井が目指してきたこの地域の素晴らしさを、守り伝えていただきたい。我らは負けてはおらん。たとえ信長にこの大谷が奪われたとしても、いつか必ず信長は滅ぶ。あのように人を人と思わぬ所業が、長く続くわけがない。いつか必ず、天は、信長を罰するであろう。我らの正しさが明らかになり、我らが勝利する日が来るであろう。それまで、我らは戦いぬくのやああ」

長政は、右手に持った槍を天に掲げた。穂先に朝日が当たり輝いた。

「戦うぞおお」

「そうやああ。我らの勝利やあ」

「おおおお」

「えいえい」

「おおお」

えいえい、おおお。えいえい、おおおお。えいえい、おおおお……

小谷山で上がった勝ち鬨(かちどき)は、麓の大谷の城下に響き渡った。

「小谷」のことを地元では「大谷」と呼ぶこともあった。それは虚勢や誇張からではない。ここに住む者たちにとって、ここでの暮らしが人生のほとんど総てであり、それは他にかけ替えのないものであった。ここで、生まれ、育ち、暮らし、伝え、死んでいく。その人生の大部分がここにある。ここで、人と人がともに生き、繋がり、継いでいく。満ち足りた人生がある、大きな場所であった。

その日の午後には、織田の大軍が戻ってきた。雲霞の如き軍勢は、夕刻には小谷城を包囲し、誰一人として小谷山から抜け出ることはできなくなった。

翌八月二十七日、織田軍が総攻撃を開始した。しかし、死を覚悟してした歴戦の勇者が守る小谷城は容易く落とせるものではない。小谷城は、土塁と堀切を縦横に張り巡らせた日本屈指の堅城である。尾根上にいくつも連なる曲輪を自然の急峻な坂が守り、堀切や竪堀、土塁、虎口などの防衛装置が要所に配置されている。各所に鳴子を張り巡らせ、敵が近づけば、急いでその場所に駆けつけ、絶対的に優位な高所や土の要塞で守られた場所から弓や石、鉄砲などの飛び道具でほとんど一方的に敵を倒していくのである。迂闊に攻め上ることができない織田軍は、この期に及んでも攻めあぐね、この日を終えた。

先陣を任された羽柴秀吉は、翌日、何が何でも攻め上る決意をした。そして、竹中半兵衛とともに策を練った。

八月二十八日、夜になった。月はほとんど見えない闇夜になった。小谷城の曲輪を守る将兵たちは、眼下に無数に灯る篝火（かがりび）や松明（たいまつ）の明かりを見下ろしていた。赤々と燃えている。今夜は、とくに灯りの数か多い。しかもたびたび多数の灯りが動き、小谷城の麓に近づき、攻め寄せる気配を見せている。その都度、寄せてきた側に回って敵が登ってくるのを防ごうと備える。暗くなってからもう何刻が過ぎたであろうか。深夜になっても敵の動きは衰えることはない。たびたび襲撃の気配を見せ続けている。

山の東側で松明の大軍が動いた。指示を受けて味方の数部隊は東側の斜面に向かい、敵が押し寄せるのを防ごうとした。そのため、逆の西側が手薄になっている。しかし、小谷山の斜面には無数の鳴子が仕掛けられており、敵が近づけば、大きな音が鳴り渡り、侵入を知らせることになっている。音が鳴れば、すぐに西側の土塁や虎口に戻り、敵を迎撃する手筈が整えられる。僅かな人数であっても、監視は万全で、敵の侵入に対処できるはずである。

小谷山の主郭が続く南東側の尾根上には、下から本丸、中丸（なかのまる）、京極丸、小丸と連なっている。本丸には浅井長政がおり、その周りを約七百の兵で守り、京極丸には久政がいて、その周辺や山頂の大嶽砦からの侵入を約八百の兵で守っていた。その間にある中丸には浅井井規、大野木、三田村らがいた。

本丸と中丸の間は、深い大堀切で隔てられ、二つの曲輪を人が行き来できるのは一本の橋だけであった。高い土塁の上から下を見下ろして監視を続けていた。

闇の中、鳴子は鳴らなかった。監視の者たちは、眼下でうごめく赤い松明の群れを見ていた。黒い影が近づいた。何かと思った時にはもう遅かった。数人の監視の者たちは、次々に倒された。

「半兵衛殿の言った通り。あんばよういくがな」

木下秀吉の家臣となっていた前野は小声で蜂須賀に声を掛けた。

「おお、上からやな」

二人の後を数十人の黒装束の者たちが音を立てずに中丸へ侵入する。浅井井規らは為す術なく降伏せざるを得なかった。

鳴子は鳴らなかった。半兵衛らは、明るいうちから鳴子の位置を徹底して調べ上げていた。清水谷からの水の手を登ることにした。暗くなって見取り図を頼りにその一帯にある鳴子を総て丁寧に慎重に音を立てずに取り除いた。水の手を登ったところに中丸と京極丸の間にある枡形虎口がある。秀吉らの部隊はここからさらに京極丸へ攻め込んだ。

京極丸にいた浅井の者たちは、事態の急変に気づいた。

「敵が曲輪に侵入した。お屋形様を守れ」

「お屋形様を上に逃すんや」

浅井の家臣たちは、久政を護衛して、京極丸のさらに上にある小丸へ移動した。多数の敵軍が次々に攻め登ってくるのが分かった。数百の浅井の将兵は、久政が入った小丸を守った。

久政は、護衛する井口経親に言った。経親は阿古の兄である。

「義兄者、かたじけない。阿古は、北近江の人々のために本当によくやってくれた。儂に力がなかったばかりに辛い目に遭わせた。じゃが、この三十年、浅井が続いたのは、阿古のお陰じゃ。義兄者。世話になった。最後の最後まで世話になる。どうか頼む」

「はっ。お屋形様、お任せくだされ」

井口経親は、土塁の下に迫り来る敵兵を見て手短に挨拶をした。そしてすぐに東野左馬介（さまのすけ）、千田采女正（うねめのじょう）らとともに防ぎ矢を放ち、敵の侵入を食い止めた。

久政は、小丸の奥の間に入った。浅井福寿庵と森本鶴松太夫とともに最後の盃（さかずき）を酌み交わした。

「太夫（たゆう）よ。よくぞ今日まで儂に付き従ってきてくれた。お陰で心豊かに隠居暮らしができた。礼を申す」

久政は、そう言うと笑った。

「じゃが、儂に付き合うのもここまでじゃ。お主はここを出て降伏致せ。幸若舞の舞楽者と分かれば酷（ひど）い扱いはされぬ。お主の芸を後の世に残してくれ。そして、阿古とともに喜久丸のことも頼む」

「お屋形様。それがしはこれまでお屋形様に並々ならぬ知遇に預かりました。たとえ舞楽者といえど、今さらここから逃げ出ても生き延びることは叶いますまい。どうかご浄土にもお供させていただきたく存じます」

鶴松太夫がそう言った時、外の気配が変わった。叫び声が激しくなり、敵が間近に攻めこんで来る気配が感じられた。

「殿、敵が迫っております。それがしが浄土への露払いをいたします。では」

浅井福寿庵は法衣（ほうえ）の胸を押し広げて、短刀を下腹に突き立てた。

「太夫。介錯（かいしゃく）をいたせ」

久政の命を受けた鶴松太夫は、太刀を構えた。福寿庵は左から右へと十文字に腹を掻き切った。その時、太刀が振り下ろされた。

久政もまた腹を開いた。短刀を持つ手は震えはしなかった。十代半ばで浅井家を任された時は、四十九歳までも生き延びられるとは思いもしなかった。それほどに浅井家の命運は不確かであった。今、信長という者によって滅ぼされることになろうとも、この数十年に成し遂げてきたことに誇りはあった。ふと、光を浴びる若い頃の阿古の顔が思い浮かんだ。阿古は笑っているようだ。

短刀を握る手に力を込めた。見上げると、朝の薄明かりが差してきている。左の脇腹に突き立て、真一文字に引いた。

その瞬間、無の世界が開けた。

朝から長政は、たびたび出馬し、敵の侵入を防いで戦っていた。しかし、もう本丸とその周辺だけしか残っていないことは分かっていた。京極丸が占拠され、信長がここに入ったようである。また、父、久政の最後も知らされた。それでも、何とか戦い続けた。

長政は、織田勢の包囲網を切り崩そうと、浅井亮親、赤尾清綱（きよつな）、赤尾与四郎（よしろう）、西野壱岐守（いきのかみ）らとともに約五百の将兵で斬りかかった。寄せ手を手当たり次第に突き伏せ、追い返した。頃合いを見て、素早く引き上げ、大広間に戻り、黒金門を閉ざした。

夜になって、激戦は収まった。織田側から何度も降伏するように話が来た。返答はしなかった。

騙し討ちが、信長の常套手段であることは分かっていた。

長政は、敵の侵入を警戒しつつ、最後の感状を書いた。片桐孫右衛門尉直貞ら、最後まで戦い抜いてくれた者たちにできるだけ書き残そうとした。しかし、もう紙もない。小さな紙片に書き記した。

翌九月一日、早朝から再び戦闘が始まった。長政は、二百余人で敵軍の中へ切って出た。敵を斬り伏せ、馬洗い池の辺りまで敵を追い返した。しかし、羽柴秀吉や柴田勝家らの部隊が長政の背後に回って、大広間に侵入し、黒金門を閉じた。本丸に戻ることができなくなった。長政らは、本丸下の赤尾屋敷に逃げ込んだ。追いすがる敵を、浅井亮親、赤尾清綱、赤尾新兵衛らが防いで戦い、多くの敵を討ち取った。しかし、防戦空しく生け捕りにされた。

赤尾らが捕まる様子を見た長政は、赤尾屋敷に入った。手回り衆が防ぐ中、長政はここで最期を迎えた。

長政の最期の場面については、誰も詳しく伝える者はいない。それほどまでに、最後の最後の一人になるまで、長政は、浅井の筋を通し切ったのである。

捕縛された浅井亮親と赤尾清綱は、信長の前に引き立てられた。後ろ手に縄で繋がれた二人の老将は地べたに這いつくばらされた。見上げる先に信長の足があった。西洋風の靴を履いていた。

「お主ら浅井の重臣は、時勢を読み誤り、長政に儂を裏切らせた。その結果がこれじゃ。このような姿になり果てて哀れなことじゃの」

信長の声には積年の憎しみが籠もっていた。赤尾は、言い返す言葉が口から出るのを歯ぎしりをして耐えた。しかし、亮親は、長政に代わって意地を通そうと決めた。腹の底から溢れる言葉を吐き出した。

「何を考え違いなことを。我らは裏切ったのではない。其方がやることに愛想を尽かし、見限ったのじゃ。其方は義理を知らず、恥を知らず、総て偽りばかり。人間の皮を被った畜生じゃ」

　信長の顔が変わった。

「負け犬の遠吠え、見苦しいぞ。潔く死ぬこともできず、恥さらしはおまえじゃ」

「年老いて、やむなく生け捕られたが、それは人として恥じずべきことではない。武勇をもって戦わず、偽り騙して人を滅ぼす。其方のやり方こそ、武士の汚辱。今に見ておれ。そのような者の末路が如何に哀れな最期を遂げるか。其方の下人に狙われる日々に、恐れ慄け。あっはっははは」

　信長は憤怒に耐えられずに杖を振り上げた。この老将を何度も何度も打ちのめした。亮親は痛みに耐えながら、カラカラと笑った。信長は、その笑いを断ち切ろうと亮親の首に刀を振り下ろした。

「お主らに何が分かるのじゃ」

　転がった首を見下ろして信長は言った。

　この後、浅井家家老、赤尾清綱は、切腹させられた。清綱の息子は、信長に取り立てられ、後に京極高次に仕えて、数々の手柄を立てた。

四　十指

数日前、阿古は、薄暗い土蔵の奥に身を隠してじっと外の様子を窺っていた。今日の昼過ぎから、近くの街道を通り過ぎる馬や人の足音や声が、ずっと途切れることなく続いていた。織田の数万の軍勢が越前から引き返してきている。

隣には侍女が小さく震えていた。阿古はその背中に手を回した。

「お弁。きっと大丈夫。通り過ぎるのを待つだけです」

侍女は顔を上げた。端正な顔立ちは、時に冷たい印象を与えるかもしれない。けれども、阿古は、この女性が優しい気遣いができる思いやりの深い人であることを知っていた。

「奥方様。申し訳ございません」

お弁の声はほとんど聞き取れなかった。阿古には、お弁が不安な気持ちになるのがよく分かった。長く暮らしてきた故郷の家も村も総てを捨てて逃げてきたのである。心の拠り所をなくした人が、どれほど不安な思いになるかを、阿古はよく知っていた。

土蔵に漏れ入る光は、もう夕陽になってきている。外の喧噪も時々止むようになった。織田の軍勢の多くが通り過ぎ、今頃、小谷城は完全に包囲されているに違いない。阿古は、小谷城にいる長政や久政、お市や孫たちの無事を祈った。しかし、それを確かめることはできない。今、外へ出て捕まるわけにはいかないのである。じっと静かに土蔵に隠れながら、阿古はこの十日余りの出来事を思い出した。

十日余り前、越前との国境で朝倉軍が大敗したことが知らされた。事態は急を告げた。阿古は、久政と長政に呼ばれ、長い時間話し合った。感傷に浸っているような時間はなかった。浅井家がこれからどうすべきか、どのように生き延びるかの、現実的な話であった。

そして、数日前、阿古はお弁と数人の供を連れて小谷山を降りた。織田の大軍は越前にあり、まだ戻っていきていなかった。その間に阿古の故郷の井口に隠れようと山を降った。

降ったところにお弁が暮らしていた村がある。山間の小さな村である。隣近所で起こった出来事が二、三日のうちには村中に知れ渡るような村落であった。お弁のことを村人たちはよく知っていた。気立ての良い女性であることも、浅井久政の奥方様に仕えていることも、そして、浅井長政の子を産んだ女であることも。さらに、そのことを軽々しく言い触らしてはならないことも十分に分かっていた。それは、織田家から嫁いできた正妻、お市との間で不和が生じる原因になるかもしれないからである。慎ましく賢い村人たちは、この事実を受け入れて、お弁のことを気遣い暮らしていた。

しかし、事態は浅井家にとって不幸な方向に傾いていた。数十年にわたって、浅井家に守られて暮らしてきた村人たちは、これからの暮らしに強い不安を感じていた。

二人は村には入らずに、山中を歩き続け、裏山の沢沿いを分け入っていった。随分と山奥まで登ってきたところに深い谷があった。その谷を覗く所まで来ると、そこに一人の男がいた。

「奥方様」

そこには、この村の名主が待っていた。阿古は顔を合わすとすぐに、真顔で言った。

「お弁の存在を消さなければなりません。お弁をこの谷に突き落とし、ここで死んだことにしてください」

「奥方様。何のことか分かりません。なぜお弁殿を死んだことにしないといけないのでございますか」

名主は突然の依頼に意味が分からず戸惑った。

「突然このようなことを言い出して申し訳ありません。浅井家は間もなく滅ぼされます」

「ほんまでございますか。それほど迫ったことでございますのか」

「はい。あと一月も保たないはずでございます。そうなれば、この地域は総て織田に占領されます。特に浅井家と関わりが深い村々には織田軍がやって来て酷い扱いをするでしょう。多くの者が殺されるかもしれません。ここは、長政の子を産んだお弁が住む村。もしも喜久丸が逃げたなら、真っ先に疑われて探されることでしょう。ですから、その前にこの村でお弁の始末をして、浅井家との関わりを断ったことを示す方がよいと存じます」

そういう阿古の横にお弁はじっと静かに立っている。名主は、ここまで話を聞いても合点がいかなかった。お弁が口を開いた。

「私はこれから山中に身を隠し、人前に出てはきません。この村も家も総て捨てて消えます。ですから、私がこの谷底に飛び込んで死んだことにしてください。そうすれば、きっと織田軍もこの村に手出しはしないと存じます」

名主は二人が言っていることを理解し始めた。この二人は、この村を救うためにお弁との縁を絶ち切る方がよいと言っているのである。そのためにお弁が死んだことにして口裏を合わせようという話のようである。すると、阿古がまた話し始めた

「いいえ、それでは織田軍は騙されないでしょう。村を守るために自ら進んで身を投げたなどという美談では敵を欺くことはできません。やはり、名主殿が、お弁をこの谷に突き落としたことにする方がよい。しかも、お弁という女が浅井家の後継ぎを生んだことを鼻に掛け、高慢で冷酷な女であったから、名主殿が縁を絶つために殺した。そして、谷に落ちる前に酷い呪いの言葉を残して落ちていったというくらいにすれば、敵も納得するのではないでしょうか」

阿古の言葉に名主は暗い表情を浮かべた。

「そこまでお弁殿を悪者にしなくともよいのではござらんか」

名主の言葉を聞いたお弁が言った。

「いいえ、本当に私が死んだと信じさせるためです。名主様には酷い役をさせることになるかもしれませんが、どうか私がもうこの世にいないと皆に思わせてください。どうかお願いします」

お弁は、名主に頭を下げて頼んだ。名主も返事せざるを得なかった。

その後、二人は名主に別れを告げて、僅かな供の者と誰も通らぬ山中を通り北へ向かった。そして、夜になるのを待って山から出て、古橋を通って井口村に入った。この村は、阿古の故郷である。ここの土蔵に身を隠し、誰にも分からないようにしばらく暮らしてきた。

名主はあの後、きっと小谷城から来た者たちとともに、「お弁ヶ谷」と名付けられることになる深い谷で、お弁が死んだことにするための偽装工作をしてから、村に戻ったはずである。そして、

村人たちに事情を説明し、お弁を殺すしかなかったことを告げて納得させたに違いない。

阿古は、徐々に暗くなる土蔵の中で、ここへ来る経緯を心の中で思い出していた。もう街道を通る人馬の数はほとんどないようである。織田軍はもう通り過ぎたようである。阿古とお弁は少しほっとした。

その時、屋敷の入り口の方で声がした。

「おいおい、この屋敷なら何かええもんありそうやの」

「おお、ほこにごっつい土蔵があるやないか」

阿古は、はっとなって身を固くした。織田軍は通り過ぎたが、その後の隙を狙って賊が押し入ってきたようである。まずいと思った。

「おい、そこを開けろ」

押し込みに来た賊の一人が、土蔵の扉を開けようとした。鍵が掛かっているようである。入ることはできなかった。

中に居た二人は慌てた。早く身を隠さなければならない。すると突然、ドン、ドンという激しい音がして、土蔵が揺れた。

「おおおい、行くぞ」

ドーン。激しい音と揺れを伴って、土蔵の戸が潰れた。中に夕陽が差し込んだ。さらに二、三度繰り返すと、扉の穴は広がった。数人の賊が、土蔵の中に入り込んだ。

「何かええもんはないかの」

　数人の男が、中の物を探し始めた。

「おっ、何やこの臭いは。なんか、甘いようなええ臭いがするぞお、おっほっほ。若い女のような甘あい」

「おお、ほんまや」

　男たちは、土蔵の中に何かを見つけたようであった。

「おお、ここか」

　一人の男が、その良い匂いがするものを見つけた。袋の中に入っている。それを手に取った。丸い小さな物であった。差し込む明かりにかざすと、それは赤みがかった果物のようである。男はそれを口にした。

「うえっ、何じゃこれはっ」

　男はそれを吐き出した。

「すっぱっ。何じゃこれは。ぺっ、ぺっ」

　そこには、採れたばかりの和りんごの実が置いてあった。食べたことのなかった男は、あまりの酸っぱさに吐き出していた。

「はっはっはは、どうもないか」

　別の男が笑いながら心配そうに声を掛けた。

「くっそっ、ろくなもんがない」

男は怒って土蔵を出た。井口は浅井家の一族の村であった。小谷が囲まれるたびにこの周辺の村々は、織田軍の手によって焼かれ、戦火に苦しんだ。土蔵の中にも大して値打ちな物はなかった。他の者も探して回ったが価値のあるものはほとんど見当たらなかった。それでも少しは金になるかもしれない物を物色して持ち去っていった。

屋敷も土蔵も、家の周辺は静かになった。辺りは真っ暗になり、織田軍も通り過ぎたようで、今夜移動する部隊はもうなさそうである。土蔵の中は静まりかえっている。闇は益々深くなる。土蔵の床にある隠し扉が僅かに浮き上がった。その中から慎重に様子を窺っている。誰も居ないことを確認すると、扉が開き、中からお弁が出てきた。

「誰も居ません」

お弁は小声で阿古に告げ、手を差し伸べた。お弁の手を借りて阿古は中から這い上がった。

「小谷が、あと何日もつか分かりませんが、織田勢が小谷に居る間に逃げなければなりません。おべ、いいえ、あなたの名はもう呼びません。今夜のうちに動くのがよいでしょう。喜久丸のこと、どうか、頼みます」

「はい」

お弁は、阿古の目をまっすぐに見て返事をした。

「奥方様。これまで本当にありがとうございました。どうかご無事で。いつかまた、どこかでお目にかかれることを祈っております」

「ええ、きっと会いましょう。あなたもどうかご無事で」

二人は静かに土蔵を出た。お弁は一人で屋敷の裏木戸から出て行った。誰にも見つからないように周囲を窺いながら、闇の中に消えていった。阿古は木戸の影からそっと、消えゆく姿を追った。そして、井口の屋敷に入ると、山伏の装束を着て支度を調えていた従者たちに声を掛けた。

「では、今夜のうちに参りましょう」


その日の午後、子どもたちも織田軍ののぼり旗が通る様子を見ていた。屋根裏の隙間から、遠くに見える街道を見ると、様々な旗が次々と通っていく。喜久丸は、あまりにも多くの軍勢が通り過ぎていくことに、大きな不安を感じていた。しかし、その不安に必死に耐えて、その様子をしっかり目に焼き付けた。

屋根裏部屋は狭かったが、大人一人と子ども二人の三人なら、ほんの少し余裕ができた。子どもが身体を動かすくらいの空間があった。

昨夜、喜久丸は木村喜内之介（きないのすけ）とともに小谷城を抜け出した。そして、織田軍が来る前に森本村に身を隠した。ここは、祖母、阿古の故郷、井口村の隣にあり、久政に仕えた幸若舞の舞人、森本鶴松太夫の村である。ここには、鶴松太夫の息子がいた。ちょうど喜久丸と同じ年頃の少年であった。深夜に森本の屋敷に到着した喜久丸と木村は、すぐにその屋敷の近くにある別の家の屋根裏に身を隠した。その時、密室での生活が長時間になるかもしれないので、同い年の二人は一緒にここに入った。
森本の倅（せがれ）は、初めは静かに座っていたが、午後になって織田軍が次々に通り過ぎるのを見て狭い部屋の端で動き始めた。その動きは軽やかな動きであった。流石（さすが）に身のこなしが巧みで舞うように音も立てずに動いていた。幸若舞の稽古をしているのであろうかと喜久丸は思った。それは、必死に何かを祈っているような舞いであった。静かにゆっくりと、時に素早く動いた。喜久丸と背格好はほとんど同じであったが、喜久丸の方がふっくらした体型であった。だから、喜久丸はこの少年のように屋根裏で動き回ることはできなかった。

「気づかれてはならぬ。落ち着いて座っておれ」

木村がこの少年をたしなめると、少年は静かに腰を下ろし、それからはじっとしたまま礼儀正しく座っていた。その姿を見た喜久丸は懐に砂糖菓子があることを思いだした。城を出る前に母が紙に包んで持たせてくれた。

「これ、食べるか。甘くておいしいぞ」

喜久丸は、包み紙を開いて、中にある幾つかの白い菓子をその子に差し出した。少年は、小さく頭を下げて、遠慮気味に端にある小さめの欠片（かけら）を摘まんだ。喜久丸もその一つを摘まんで、自分の口に入れた。少年も同じように入れた。口の中で甘さが広がった。少年はニコッと笑った。

「甘いやろ」

「はい」

二人はにこやかに話し出した。「さっきの舞いは何や」と喜久丸が訊いた。少年は「戦いの前の祈りの舞いです」と答えた。それからずっと二人はいろんなことを話した。

「父の舞いは素晴らしい。それを受け継ぐつもりでいた」と言った。

「おまえならきっとできる」と答えた。

「父はきっと死ぬつもりだから、もう教えてもらうことはできない」と言った。

喜久丸は、何も答えることができなかった。

「父は浅井様には命にも代えられぬほどの恩義があると言っていた。将軍様の御前で舞を披露し、森本は誇り高い舞人村と呼ばれた。生きてきてよかった。幸若舞を舞って一生を終えることができる。だから覚悟はできていると父は感謝していた」と言った。

喜久丸は、そう言ってくれる人たちに感謝した。浅井家が、この地域で成し遂げてきたことはこういうことだったのかと気づいた。

「僕も、その覚悟は受け継げる」と言った。

喜久丸には、その覚悟がどういうことを意味するのか、よく分からなかった。けれども、自分と同じ年頃の少年でさえ、浅井家のことをそれほどに思ってくれていることが嬉しかった。

「ありがとう」と答えた。

夜になった。織田の軍勢はもう通り過ぎたようであった。辺りは静まりかえった。二人の少年は闇の中でどちらからともなくうとうとし始めた。

お弁は、闇の中を慎重に歩いた。歩く距離はほんの数町ほどであるが、それがとても遠く感じられた。誰かに見つかってはならない。自分一人の命ではない。多くの人々の思いが結集した行動であった。お弁は慎重に数町の夜道を進んだ。

阿古から聞いていた家が見えた。あの屋根裏にいるはずである。その家の裏に回った。木戸を引いた。戸は静かに開いた。お弁は中に入った。

「木村殿」

小さな声で天井に向かって言った。返事がない。

「木村殿」

もう一度、さっきより少しだけ大きな声で呼びかけた。

「こちらです」

返答があった。天井から木の梯子（はしご）が降りてきた。お弁は階段に掴まって慎重に一段一段登った。

木村の声を聞いた二人の少年は、少し驚いて目を開けた。寝てはいても身体は警戒していた。喜久丸は、誰が来たのかと目を見開いた。下から一人の女性が上がってきた。

「あっ」

喜久丸は小さな驚きの声を上げた。幼い頃から知っている人であった。こんなところで突然出会えたことで、思わず心の声が漏れた。

「おかあさん」

屋根裏部屋に這い上がったお弁は、その声を聞いた。

（知っていてくれたの）

　そう思った瞬間、堪えていた思いが溢れ、涙がこぼれそうになった。

「喜久丸様。ご無事でよかった」

　喜久丸は、どう答えてよいか戸惑った。この女性が本当の自分の母であることを実は知っていた。それを聞かされたのは最近であったが、幼い頃から祖母の侍女を務めるこの女性の温かなまなざしを感じていた。お市の方は、母として本当に優しく愛し育ててくれた。けれども、血の繋がった母ではないということは、歳を重ねるごとにだんだん知るようになった。もしかして実の母は、あの人ではないかと思うようになった。そして、最近それが真実であることを聞いた。だから、まだ親子の名乗りは上げていない。

　戸惑う喜久丸を、お弁は抱き寄せた。この子を抱いたのは赤ん坊の時以来であった。お弁の腕にあの時抱いた、小さかった赤ん坊の感触が蘇った。今、このように大きくなった子をぎゅっと抱きしめた。僅かな間、母は我が子を抱いた。しかし、次の瞬間、お弁は喜久丸に向き直って言った。

「喜久丸様。すぐにここを出て、逃げなければなりません。ここはいつ織田の追っ手がやって来るか分からない場所。すぐに準備をして参りましょう」

　親子は階段を降りた。森本の倅と木村も降りてきた。四人は森本の屋敷に一度戻った。そこにいた従者とともに四人は旅支度をした。そして、ほとんど月明かりのない深夜に屋敷を出た。

　ここは彼らにとっては我が家の庭のような場所である。北へ向かった。歩む背に小谷(おおたに)山の陰が黒く聳えている。賤ヶ岳を過ぎ、余呉(よご)湖畔を通った。少し進むと、そこに小谷という村があった。そこで、一行は立ち止まった。

「では、手筈通りに頼みますぞ」

木村が、お弁に告げた。

「はい。よろしくお願いします」

お弁は答えた。喜久丸にはどのような手筈になっているのか分からなかったが、ここで二人とは別れるようである。木村と森本少年は、さらに北へ去っていった。この後どうなるのか、喜久丸には見当もつかなかったが、母とともに生きるしかない。そう思って、去っていく二人に手を振った。去りゆく少年の歩みは、美しかった。舞っているような歩みであった。


浅井氏は滅んだ。三代にわたって江北一円を治めた浅井氏の本拠地、小谷城は天正元(一五七三)年九月一日に落ちた。

信長はこの日、論功行賞を行った。羽柴秀吉は、小谷城主に任命され、浅井氏の旧領の大半が与えられた。羽柴領の南側の坂田郡の一部は、樋口直房が補佐する堀家に与えられ、西側の高島郡は磯野員昌に、伊香郡の一部は阿閉貞征に与えられた。しかし、落城寸前に寝返った者たちは厳罰に処された。

そして、九月六日、信長軍は岐阜に引き返した。帰る前に信長は、浅井氏に関わる人物を探すように秀吉に命じた。妹のお市とその娘たち、長政の母、阿古、そして長政の嫡男である。

まず、お市と娘たちの居所はすぐに分かった。小谷城下の一角、平塚の実宰院(じっさいいん)にいた。秀吉は会いに行こうと思ったが、お市の方が浅井家を滅ぼした羽柴秀吉を恨んでいると聞いて、直接会うことはできなかった。

お市と三人の娘たちは、信長の本拠地、岐阜城に呼び寄せられた。お市は、長政を殺した兄を許すことはできなかったが、娘たちを生かすためには行くしかなかった。

岐阜に着くと城下にある叔父、織田信次の屋敷に身を寄せた。そこでしばらく暮らしていたが、お市は兄に会う気持ちにはなれなかった。それでも、何とか気持ちを整理して近いうちに会う必要があると思っていた。それは、娘たちの行く末を案じていたからだけではない。今、生き残った浅井の一族の中で、唯一人、織田信長に影響を与えることができる者がいるとすれば、それは自分だけだと思っていた。しかし、兄と会えば、自分がどうなるか、自分自身でも分からなかった。

数日して兄から呼び出された。お市は、娘たちは連れずに「翌日に一人で行く」と返事をした。

その朝、身支度を調えた。実宰院から唯一持ってきた浅井家の紋付の白喪服(しろもふく)に袖を通した。長い髪を上げて後ろで束ね、黒のかんざしを挿(さ)した。挿す手に力がこもった。お市は、気持ちを整えて立ち上がり背筋を伸ばした。全身白(しろ)の装束(しょうぞく)は、長身の女の身体(からだ)も心も総てをさらけ出すように見えたが、お市は気にもとめなかった。もう腹は決まっていた。

兄の屋形は大きかった。お市が輿入れする前の織田家とは比べものにならないほど強大になったのが分かった。庭が見える大広間に案内された。長身のお市は、ピンと背筋を張って大広間の中ほどに進んだ。そして、中央に座った。正座をして待ったが、兄はすぐには来なかった。

お市は覚悟をしてやってきた。子どもたちを守れる浅井家最後の一人として、どんなに辛くとも、悲しくとも、恐ろしくとも自分が必ず成し遂げると決意してやってきた。浅井家を騙して滅ぼし、長政を殺した信長を許すことはできない。恨み、呪い殺してやりたいと、毎晩考えてきた。しかし、その思いを抑えて、子どもたちを救うことが最も大事なことである。今、それができるのは自分しかいない。

庭がよく見えた。庭木は彩りを変え始めていた。大きな池に小舟が浮かんでいる。そこに小姓が一人乗っている。優しい朝の光に照らされた小姓は横笛を口に当てた。笛の音が鳴り始めた。朝の空気を包み込むような笛の音が大広間にも響き渡った。お市は、しばらくの間、その音色に耳を傾けた。独特の調べである。

（どこかで聞いたことがある。そう、あれは竹生島で、琵琶湖の波音を背に、長政様や浅井家の皆さんと一緒に聴いたあの笛の音。たしか、青葉の笛。長政様の顔に夕陽が当たって輝いていた。あの時の笛の音）

お市はあの頃を思い出した。しばらくじっと聴いた。笛の音が幸せだったあの頃に自分を運んでくれていた。自然と涙が頬を伝った。憎しみも、恨みも、後悔も、総てが、耳に残る琵琶湖の波音とともに洗い流されるような錯覚を覚えた。

「市。辛い目に遭わせたな」

お市は、はっとして目を開けた。目の前に信長が座っていた。手を振り上げて伸ばせば、届くほどの所にいた。

「磯野一行に紛れて輿入れし、もうすぐ十年か。お主には不幸を背負わせてしまった」

信長の言葉に、冷静に答え返した。

「いいえ、私は不幸ではございませんでした。女としての幸せも、母としての幸せも、家臣や領民たちとのふれあいも、どれもかけがえのない大切なものでございます」

お市は、兄の目を見て言った。視線を逸らすことはなかった。

「この笛は、青葉の笛というそうじゃ。竹生島の宝厳寺にあると聞いて、磯野に預からせたのじゃ。よい音色じゃ」

信長は、鳴り渡る笛の音に聞き耳を立てた。

「この笛が、平敦盛（たいらのあつもり）が持っていたとされる青葉の笛かどうか、今、調べさせておるところじゃ。儂は、幸若舞の『敦盛』が好きじゃ。お主も知っておろう。一の谷の戦いの折、熊谷（くまがい）は、自分の子と同じくらいの若さの敦盛を殺した。そのことを悔いて熊谷は出家する。戦というものは、無常じゃ。人と人が争い、殺し合う。なぜ儂が『敦盛』を舞うのか分かるか。このように戦は、愛する者同士でも、時に肉親同士でも争わなければならないことがある。そのことを誰もが悔いる。儂も同じじゃ。それでも、それを振り切って次に進まねばならん」

「悔いるなら、もうこれ以上、私が愛する人たちに手を出さないでください」

お市は、兄に言った。信長は静かに話を続けた。

「昨日、長政の母御が見つかった」

「お義母（かあ）様が」

「竹中半兵衛が見つけたと知らせがあった」

「半兵衛が」

お市は、かつては浅井家に仕えていた時期もあった竹中半兵衛という人物をよく思っていなかった。裏切った上に、浅井家の家臣を次々に調略し、戦でもたびたびこの男のせいで浅井家は窮地に陥れられた。

「お義母様はご無事ですか」

「ああ、心配するな。秀吉には手荒なことをするなと伝えてある」

お市は少しほっとした。

「お義母様は、とても私に良くしてくださいました。領民からも菩薩様のように尊敬され、慕われているお方でございます。どうか兄上、お義母様をお救いください」

「ああ、心配するなと言っておろう。市の娘たちも皆大事に致す。皆、大事な妹の縁者じゃ。何も案ずることはないぞ。それより心配なのは、長政に息子がおっただろう。その子はどうしておるのだ」

「まだ見つかっていないのでございますか」

「ああ、そうじゃ。じゃから儂は心配しておるのじゃ。儂が天下を平定したといっても、未だに山賊、盗賊の類いは巷に溢れておる。一刻も早く、その子を見つけ出し、安全なところへ連れて行かねばならん」

お市は、兄の言葉を半信半疑で聞いていた。

「市。お主はどこにいるか、知っておるか」

「いいえ、私は存じません」

「そうか。子どもに罪はない。聞けばまだ十歳という。儂は長政と二人で天下を治めようと誓ったこともある。もしもその子が、市の子として成長すれば、浅井家の跡を継がせて、大和一国をあてがってもよいのじゃ。儂が親代わりとなって、末永く大名として引き立ててやろう。そう思っておるのじゃ。市、何か心当たりはないか」

お市は、尋ねる兄から視線を外した。

「いいえ、私にはございません。もし、知らせがあれば、すぐにお伝え致します」

お市はそう答えた。

「そうしてくれ。一刻も早いほうがよい。きっと僅かな人数でどこか山の中にでも潜んでおるのだろう。賊に襲われては大変じゃぞ。それに、儂は近々、伊勢長島に出陣する手筈じゃ。二、三日のうちには出立する。今度はしばらく帰れんかもしれんぞ。潜んでおるのが長引けば長引くほど危険になる。何とか探し出してやれよ」

そう言うと、信長は立ち上がった。お市は、去ろうとする兄の背を見た。その無防備な背に、鋭く尖(とが)ったかんざしの先を突き立てる衝動を抑えた。

「兄上」

その背に呼びかけた。兄が振り返った。

「私は、あの子を我が子と思っております。あの子を助けていただけるなら、必ず織田家を助け、天下万人のためになる者に、私が育てます。ですから、どうか、どうかあの子を助けてください」

お市は、兄に訴えかけた。振り返り、お市を見て信長は言った。

「ああ、分かっておる。市が育てた子じゃ」

そう言うと信長は、広間を出て行った。お市は、しばらくそこに一人でたたずんだ。笛の音が鳴り響いていた。

叔父の屋敷に戻ると、お市はその日一日考えた。浅井領は今頃混乱しているだろう、僅かな供しか付いていない中で喜久丸はどうしているだろう。無事に過ごせているのだろうか。近くに呼び寄せて共に暮らせるのなら暮らしたい。しかし、本当に兄の言葉を信じてよいのかどうか。半信半疑の思いがあった。かつて兄と争い殺されたもう一人の兄、信勝の子がいる。その子、信澄は、今、立派に成長し、磯野の養子となり、かの豪傑を織田陣営に引き込む上で重要な役割を担う織田一門の一人となっている。兄は、子どもに罪はないと言った。広間で聴いた青葉の笛の音が、ずっと頭の隅に残り、繰り返し、繰り返し、その音色が蘇る。兄は、青葉の笛を聴いて『敦盛』を舞うのは、戦への後悔からだと言っていた。人の世は無常である。けれども、争いの先に希望を見いだすのが、浅井の歩む道である。

そして、お市は決断した。兄に頼ってみることにしようと。

決断したお市は、すぐに書状を書いた。

「岐阜にいる母のところに来るように」と。お市の筆跡であることは、きっと伝わるはずである。

その夜、書状を兄に渡し、小谷を出る前に義父、久政から聞いた隠れ場所を教えた。

「おお、場所が分かったのか。すぐにその子を呼び寄せてやろう」
信長はそう言って笑った。

その半月ほど前、小谷城が落ちてからしばらくして、半兵衛は、浅井家の人々の探索に着手した。お市とその姫たちはすぐに見つかった。しかし、浅井家の嫡男と長政の母、阿古の消息は全くつかめなかった。秀吉の家臣たちを中心に隠れ家になりそうなところは、しらみつぶしに探していた。しかし、そのようなところに見つかるはずはない。特に秀吉は、長政の嫡男の居所は何が何でも見つけるように厳しく家臣たちに命じた。それは、信長の厳命だからであった。

半兵衛も二人に関わりがありそうな所を探したが、手がかりはなかった。小谷城から見える山の景色も、少しずつ秋の気配を感じさせるようになった。ある時、気になる場所を思いついた。それはきっと浅井家に関わる人々でさえ一部の人しか知らない場所に違いなかった。なぜなら秘匿(ひとく)されていたからである。半兵衛は、その秘密に偶然気がついていた。不破十助だけを連れてその村に向かった。十助は、龍ヶ鼻の一戦の折、足に矢を受けた。浅井家の剛将、遠藤喜右衛門直経を討ち取る殊勲を挙げた時の負傷であった。それ以来、片足を軽く引きずるようになったが、それはむしろ誉れ高きことであった。名も、不破矢足と改名した。二人は、馬に乗ってその村に向かった。

村は、小谷城の麓にある。山に囲まれた小さな村であった。村で起こったことならば、必ず皆に知れ渡るほどの村であった。誰も外に出ていなかった。探索に来ることを恐れているかのようであった。村の中で一番大きな家を訪ねた。中からうんざり顔の村名主が現れた。他の者たちが、もう何度も村を探しに来たのだろう。長政の嫡男と母の居所を尋問に来たと思っているようであった。

「お弁の居所を教えよ」

半兵衛は尋ねた。名主の表情が一瞬曇った。

「存じ上げません」

名主は笑顔で答えた。半兵衛は、矢足を見て顎で指示をした。矢足は、僅かに足を引きずるように家の奥に入っていった。その顔には大きな瘤があり筋骨隆々とした体格は、初めて見る者たちを畏怖させた。

「何をされるのですか」

名主は慌てて矢足を追おうとした。

「ここにおれ」

半兵衛が命じた。矢足は家人の一人を引き連れてくると、土間に座らせた。

「正直に言え」

半兵衛の声とともに、矢足が刀を抜いた。名主は慌てた。

「あと三つだけ待つ。三、二」

「分かりました。申し上げます。どうか御刀を」

半兵衛が視線を送ると、矢足は刀を収めた。

「実は、谷に落ちて死にました」

半兵衛は微笑んだ。

「そのようなわけがなかろう。我らに偽りを言えばどのようなことになるか教えてやろう」

「いえ、真にございます。調べていただければ分かります」

「いや。お弁がなぜ谷に身を投げるのじゃ。仕えてきた阿古様を見捨てて死ぬはずがない。まして、自分が腹を痛めた子がまだ生きているのに」

半兵衛はそう言うと、名主は顔色を変えた。なぜ敵将が、浅井家の一部の者しか知らないはずの秘事を知っているのか。この者に白(しら)を切り通すことは無理だと思った。

「お弁は、自分で死んだのではございません」

「誰がやったというのだ」

名主は返答を躊躇(ためら)っていた。半兵衛の脳裏に、昔一度だけ会ったお弁の顔が浮かんだ。あの時、半兵衛はこの女性の姿を見て、健気(けなげ)に生きる人々を幸せにする力が自分にはあるはずだと思ったのである。

「言え。誰が殺したのだ」

半兵衛は珍しく怒鳴った。矢足が刀の柄に手を掛けた。

「儂らが」

「何」

半兵衛が目を剥(む)いた。

「儂らが殺(や)ったのでございます」

「なぜだ。なぜそのようなことをせねばならないのだ」

名主は俯き加減に目を伏せて話した。

「お弁は、浅井様の子を生んでから鼻が高くなり、村の者らに傲慢に接するようになりました。我が子が浅井家を継いだら、私はご当主様の母となると言って、儂らに様々な困り事をやらせるようになりました。儂らはあの女に反感をもっておりました。此度、浅井様が滅びました。織田様は、浅井様の一族の村を許さないと噂が立ちました。儂らの村は、お弁さえいなくなれば、何の関係もないのでございます。儂は、お弁にこの村を出て行ってくれと頼みました。ところがお弁は、この秘密をばらすと脅しよった。金を出せと言いよったのじゃ。じゃから儂らは、裏山の谷にあの女を運び、谷に突き落としたのでございます。あの女は、私を殺せば、この村に美しい女が生まれぬよう呪ってやると叫んでおりました。裏山を探していただければ、あの女の死骸が見つかるはずでございます」

名主の言葉を、半兵衛は静かに聞いていた。半兵衛があの時受けた印象とは、かなりかけ離れた話であった。お弁という女性はそのような酷い女であったのか。半兵衛は、名主に尋ねることにした。

「その時、阿古様はいたのか」

半兵衛が突然発したこの問いに、名主の目は一瞬泳いだ。

「いいえ、おられません」

名主は、はっきり否定した。

「そうか」

半兵衛は理解した。小さく呟いた半兵衛は、その村を後にした。城に戻ると、裏山を探すように指示をした。

このようによくできた作り話を、この村人が考えつくわけがない。裏山を探せば、名主が言った通り、きっと上等な女性物の服を着た死骸が見つかるに違いない。最近領内で亡くなった女性の身元を探るまでもない。このような偽装工作を村人たちが実行できるわけがない。できるとすれば、それは浅井家の者以外に考えられない。半兵衛は考えた。しかし、ほとんど誰もがこの話を真実と思い込んでしまうに違いない。これが嘘の作り話だと気づく者があるとすれば、それはお弁という女性がどのような人物かを知っている者だけである。

半兵衛には、そのことが分かった。そして、この話を考えた人物は、半兵衛ならこの作り話に気づくであろうと考えたことも。その人が、半兵衛をどこに導こうとしているかも、理解した。

翌日、半兵衛は馬に乗り、矢足と二人で小谷城下を出た。秀吉は、城下の復興を急がせていた。あちこちで焼かれた家が解体され、新たな家が建設されようとしていた。城下は今日も、喧噪の中、慌ただしく人々が行き交っていた。小谷が落城してもう半月あまりが過ぎ、人々は新たな暮らしを始めようとしていた。

城下を離れた二人は、山へ向かった。季節は進み、山中を奥に進めば進むほど深まる秋を感じ取れた。そして、向かう先はあの場所であった。

山は彩りを変えていた。ところどころ黄色や赤に変色した山々が深くなった。あの山を越える所が、半兵衛の故郷、美濃国との国境である。辺りにほとんど民家がなくなり、その先に懐かしい茅(かや)葺(ぶ)きの三角屋根が見えてきた。かつて半兵衛が隠棲し、阿古とお弁と会った家である。

息を切って駆けつけ、木戸を開いた。そこには、思った通りの人物が居住まいを正して待っていた。

「阿古様。お久しぶりでございます」

半兵衛が中を覗くと、土間にはあの時のままのように和りんごがひとつ置かれていた。阿古は、静かに笑った。


そのまま半兵衛は、阿古を連れて故郷、美濃に戻った。信長と秀吉に阿古を美濃との国境で捕まえ、関ヶ原で幽閉していることを伝えた。

三日後、信長からの使者がやって来た。長政の嫡男の潜伏先が分かったからすぐに捕まえに行くように指示があった。その使者は、お市の手紙を持っていた。半兵衛は、すぐに信長の使者と十数人の家臣たちを連れて、その潜伏先へ向かった。

向かった先は、越前国敦賀(つるが)である。そこには確かに十歳ほどの少年と浅井家の家臣が潜んでいた。お市が書いた書状をその家臣に見せると、男は安堵(あんど)した。嫡男を匿(かくま)っていた木村喜内之介は信用し従った。そして、捕まり、保護された長政の子は、関ヶ原へ連れて来られた。

そこで、信長の使者は、半兵衛に告げた。

「信長様の御命令である。浅井長政の嫡男と母を処刑しろ。嫡男は磔に、母も近江の人々が慕う気持ちを挫くような殺し方をしろ。これを竹中半兵衛が行え。今、信長様は長島一向一揆の征伐に行っておられる。処刑が済めば、検分するため関ヶ原に寄るので伝えよ。これがお屋形様の命である」

半兵衛は愕然（がくぜん）となった。まさかそれほどの仕打ちを、信長が本当に考えているとは思わなかった。

半兵衛の心の中であの声がこだました。

半兵衛は、阿古に会って話をしなければならないと思った。

阿古は、離れの土蔵に監禁されて暮らしていた。半兵衛は丁重に扱ってくれはしたが、逃げ出したり、連れ出されたりしないように警備は厳重であった。土蔵の戸を開けて、入ってきた半兵衛の表情を見た瞬間、阿古は悟った。

「半兵衛殿。信長は喜久丸を許そうとはしませんでしたか」

「はい」

半兵衛は肩を落として言った。

「半兵衛殿。しばらく待てば、お市が説得するかもしれません。何とか待っては貰えませんか」

「信長様は、近いうちに検分に来ると仰せだ。それほど処刑を遅らせるわけにはいかん」

「そこを何とか、半兵衛殿のお力で」

「私にはそのような力はない」

「ならば、秀吉に頼んで」

「いや、秀吉様はここに来ない方がよいのではないか。あの人は目が利く」

阿古は一瞬怯んだように口をつぐんだ。

「それで、私はどうなりますか」

阿古の問いに半兵衛は言いにくそうにして、重い口を開いた。

「阿古様は、北近江の人々の心を繋ぐ大事な人です。信長様はそのことを恐れている。あなたを私の手で殺さねばならん」

しばらくの沈黙の後、阿古は呟いた。

「そうですか」

阿古はもう悟っていたようである。しかし、半兵衛はもう一つ重要なことを伝えなければならなかった。

「阿古様。信長様は、秀吉殿以上に目が利く。処刑された子を見れば不審に思うだろう」

達観しているように見えた阿古の顔色が変わった。

「確かに同じ年頃の少年であるが、身体は細く柔軟な体つき。恰幅（かっぷく）の良い大柄な長政様からは想像できない。喜久丸殿を知る者もいる。私ですら不審に思った。あの少年は、別人ではないのか」

半兵衛の話を聞くうちに阿古の顔から血の気が失せ、真っ白になった。

「半兵衛殿。どうか助けてください。喜右衛門殿が死ぬ前に言っていました。もしも浅井家が滅び、頼る者がなければ、半兵衛を頼るとよい。本当は半兵衛という男は、儂らと同じで、ここに生きる人たちを命懸けで守ってくれる奴やと喜右衛門殿が言っていました。ですから、どうか半兵衛殿、助けてください。私たちの最後の望みなのです。だから、あなたに命を預けたのです」

　阿古は、真っ白な手を合わせて半兵衛を拝んだ。半兵衛の脳裏にあの声がこだまする。喜右衛門が昔言っていた言葉が思い出される。

「主人が何と言おうと儂自身が正しいと思うことはやってきた。それが本当に世の人のためになると思ったら…半兵衛、為すべきことを…」

　半兵衛の脳裏に喜右衛門が現れていた。半兵衛は自分だけに言い聞かせるように、僅かに唇を動かし呟いた。

「為す」

　そして半兵衛は阿古に告げた。

「処刑した後、そう、十日。十日もあれば、誰の亡骸かは分からなくなるだろう。その日数をいかに稼ぐか。信長様の検分を十日遅らせることができるなら」

　半兵衛はそう言った。阿古は、半兵衛の思いを知ると、また拝んだ。拝み見る男の顔が、溢れる涙で見えなくなった。両の掌を合わせて何度も何度も拝み、そして思案した。涙でかすむ目でも、拝む手の皺は見えた。十分に生きられた証だと思った。その白く長い指を見て、ふと思いついた。

「それならばよい方法がございます。信長らしい仕打ちだと誰もが思い、誰かは泣いてくれるでしょう」

　そう言うと阿古は天を見上げた。土蔵の天井は暗く、空は見えなかった。それでも、阿古は祈るように願った。

「ああ、どうか、許してください。私は地獄に落ちるともかまいません。どうかこのような仕打ちをすることをお許しください」

白く美しい十本ある指と指を重ねて、阿古は祈り続けた。


浅井長政の十歳になる嫡男がいるのを探し出し、関ヶ原というところで磔に掛けた。

『信長公記』には次のように記録されている。

久政公の内儀（ないぎ）は、井口弾正少弼の女（むすめ）なり。信長公、十指数日切り生害（しょうがい）の由（よし）。

『嶋記録』には次のように記録されている。

阿古は、その美しい十本の指と引き替えに、信長の検分を遅らせるための十日ほどの日数を生み出した。


多くの人たちの命と引き替えに残された命がある。だから、その分も精一杯生きる。

結　継ぐ

お市は、我が息子が帰るのを岐阜で待っていた。しかし、いつまで経っても帰ってこなかった。そして、あろうことか、関ヶ原で磔にされたという。お市は、信長に騙されたことを知った。狂わんばかりに信長を罵り呪った。信長は、秀吉が勝手にやってしまったことだと開き直った。お市は、秀吉を恨んだ。しかし、それ以上に自分が為した行いを深く悔いた。生きる希望の灯火を点けようとしても、灯らなくなった。

秀吉は、お市の深い恨みをかった。本当であれば、その恨みは秀吉に向かうはずのものではなかった。秀吉の主君で、お市の実の兄に向かうべき恨みであった。しかし、秀吉は、このことで信長に何かを言うことは一切なかった。

ある時、信長は秀吉に訊いた。

「秀吉よ。なぜ儂が妹にあのような仕打ちをしたか分かるか」

秀吉は畏まって答えた。

「勿論でございます。たとえ肉親に辛い思いをさせようとも、たとえいかなる謀略手段を使おうとも、戦わずに勝つ。世を平定するとは、それほどに困難な道と心得てございます。上様が進む道の露払いを致すのが拙者の務め。これからも上様の思いのままにお使いくだされ」
信長の覇道を秀吉は受け継ごうとしていた。

樋口直房は、翌年の天正二(一五七四)年、越前で起こった大規模な一向一揆の鎮圧を命じられ木ノ芽峠を守ったが、民を思う樋口は、この一向一揆と単独で和睦する。これを秀吉に咎められ、坂田郡から妻とともに逃亡したが、南近江で捕まり処刑される。

磯野員昌は、その後しばらく高島郡を領有するが、天正四(一七七六)年頃から、養子とした津田(織田)信澄に家督を徐々に譲り、天正六(一五七八)年二月三日には姿を消す。後に高島郡で帰農する。
磯野に仕えた藤堂高虎も、主人を失い、津田信澄の下を去る。

竹中半兵衛は、その後、羽柴秀吉とともに信長の統一事業を推し進める。

天正六（一五七八）年十月、摂津で荒木村重が信長を見限った。僚友、黒田官兵衛が有岡城に赴き、村重に離反を思い留まるように説得を試みた。しかし、村重の決意を覆すことはできず、地下牢に幽閉された。有岡城から戻らぬ官兵衛が裏切ったに違いないと疑った信長は、人質として預かっていた官兵衛の一人子、松寿丸を処刑するように半兵衛に命じた。半兵衛は、官兵衛の無実を信じ、独断で松寿丸を故郷に近い五明に匿った。

そして、竹中半兵衛重治は、天正七（一五七九）年、播磨国三木城攻めの陣中で病に倒れ、六月二十二日に亡くなった。

その十月、有岡城が開城した。その時、黒田官兵衛は地下牢から救出された。官兵衛の無実を知った信長は、松寿丸を処刑するよう命じたことを後悔した。

世に平安をもたらすために命を賭して働く忠臣がいた。しかし、その主君は、その家臣を信じようとはしなかった。誰もが、主君の不明と不誠実を知っていた。しかし、誰もそれを口にする者はなかった。

松寿丸は生きていた。竹中半兵衛は、織田家の中にあって、唯一人、真実を貫くことを決めていた。救出された後、そのことを知った黒田官兵衛は、成長した松寿丸に名をつけた。

黒田「長政」である。

「ご主人様。足下に気をつけて。慌てなくていいですよ。ゆっくり参りましょう」

京極お慶は主人の高吉を連れて、安土城下にあるセミナリオに向かっている。お慶は、高齢の夫に手を貸して、気遣い励ました。

京極高吉は、滅亡寸前であった京極家を復興させるために、浅井家を離れ、織田信長に息子の高次を預けた。お慶にとって父母や弟と敵対する関係が数年続くことになり、辛い日々を過ごした。しかし、結果的にその選択のお陰で、京極の家を存続させ、今や安土城下に最も立派な邸宅の一つを構えることができるようになった。鎌倉以来続く名家の誇りは、ギリギリのところで保つことができた。

天正九（一五八一）年、安土城下にセミナリオは完成した。それ以来、二人はもう幾日も毎日通い続けている。高吉は、喜寿を越え八十の声が聞こえる年齢になっていた。高齢を押してセミナリオに通い続けるのには理由があった。先月、セミナリオという伴天連（ばてれん）の建物ができたという話を聞いて、どんなところか見物してみようと思い立ち、高吉はお慶に声を掛けた。お慶は、気丈に振る舞ってはいたが、やはり浅井家が滅んでからは、たびたび落ち込む様子も見られた。特に母の阿古の凄惨な最期（さいご）を噂で聞いてからは、それが酷くなった。だから、高吉は、苦しむ妻のために何か気晴らしになるのならと、セミナリオという教会に立ち寄ることにしたのである。そして、そこで聞いた話にお慶は大変興味をもった。息吹（いぶき）を吹き込まれたようにお慶の表情が変わるのが分かった。お慶は「またセミナリオに行きたい」と言った。高吉は、この願いを何としても叶えてやりたいと思った。だから、高齢で、歩くのが困難でも妻に毎日付き添った。

高吉とお慶の関係は、夫婦であったが、それだけの関係ではなかった。年齢は三十八歳も差があった。親子以上の年の差で、実際に元々は高吉の養女として人質同然に預けられたのである。義理の親子でもあった。さらに、滅亡寸前の京極家を復興させるために、二人は夫婦となり、五人の子を成した。名家の存続という目的のために、ともに取り組む同志のような存在でもあった。

安土の町ができたのは五年前のことである。観音寺城から見下ろす麓、琵琶湖に面した場所に信長は本拠となる城を建設した。安土城と名付けた。

堀に架かる百々橋（どどばし）を渡り、南に進むと青い色の瓦屋根が見える。オルガンチノ神父が信長から賜った土地に建てた神学校がセミナリオである。建物は三階建ての大きな屋敷であった。一階は広い座敷で、すでに幾人かが集っていた。ここにはオルガンと呼ばれる西洋の楽器が置かれ、美しい音色を奏で、少年が透き通るような声で歌っている。

夫婦二人は、今日もこの座敷でお茶を飲んだり、音楽に耳を傾けたり、神父の話を聞いたりしてゆったりと時を過ごした。これまでにこんな心穏やかな暮らしをしたことはなかった。毎日通うたびに戦乱で傷ついた心が癒やされているのを感じた。

広い座敷の正面には十字に組まれた木が掛かっている。そこには腰に布を掛けただけの裸の男の像が磔（はりつけ）にされている。初めてここへ来た時、お慶はこの像を見上げて衝撃を受けた。その姿は残酷で痛々しい姿であったが、その表情は穏やかでもあった。

その時、オルガンチノという僧侶のような人物が声を掛けてくれた。長身で目の色や髪の色が違う人物であったが、たどたどしい日本語で話す様子からは、優しさが滲（にじ）み出ていた。

「おお、お殿さま、よく、おこしくださった」

オルガンチノは、夫の高吉とすでに面識があるようであった。

「奥方さま、いかがなさいましたか」

十字架のキリスト像を見上げるお慶の様子を見て、オルガンチノが言った。お慶は、暫し躊躇っていたが、思い切って訊いた。

「この方はなぜこのようなお姿に」

「この方は、総ての人間のため、犠牲となって、罪を受けられたのです」

「犠牲？　人々を救うため？」

お慶は訊き返した。オルガンチノの傍らには小柄な日本人が寄り添っていた。その男と二言三言、言葉を交わすと、オルガンチノは答えた。

「そうです。神の御子イエス様は、われらの身代わりとなって人間を救ったのです」

この言葉がお慶の心に深く刺さった。その意味がどういうことなのか、本当の意味は分からなかったが、お慶には身近で尊いものに思えた。

母も弟も自分も甥も我が子も皆、人々のために犠牲となって生きてきた。人質となったり、身代わりとなったり、処刑されたり。それは、愛する人々がこの戦国乱世を生き抜くため、自らの人生や命をなげうってきたのである。そうしなければ、生きられなかったのである。

それから、お慶は毎日ここに通わずにはいられなくなった。

ある日、お慶は神父から「全能の神、天主様」の話を聞いた。お慶には心の奥底に張り付いてどうしても拭うことのできない思いがあった。その時、お慶はその思いを吐き出した。

「神父様。私にはどうしても消せない思いがあるのです。神父様は秘密を絶対に守るお方と伺いましたので思い切ってお話しします。私の母は、信長様に処刑されました。それも十本の指を毎日切られて、あまりにも惨い仕打ちを受けて殺されました。私は、信長様が憎い。神父様、なぜ天主様は、全能の神であるのに、このような悪を許すのでございましょうか。そして、日々、信長様を呪い殺してしまいたいと思う私の中にある残酷な思いをどうして消し去ってくださらないのでございましょうか」

お慶は、長い間、誰にも話すことができずにいた思いを吐露した。

「ああ、あなたは善良な人。あなたは天主様に愛されている。天主様は、ただ一人の御子イエス様をこの世に与えるほど、この世を愛されました。それは、親が子を思うのと同じ。子が悪いことをしても、それを悔い改めるならば、親はその子を抱きしめるでしょう。その愛が、あなたの心の中にある憎しみを消してくれるのです。その愛がこの世を変えていくのです」

こうして四十日もの間、毎日夫婦は通い続けた。

京極高吉は、自分の人生の最期が近づいていることを自覚していた。自分の人生は、失敗続きで、もう二十年以上前には終わったようなものであった。そんな人生に再び意味を与えてくれたのは、お慶であった。そのお慶が、ここに通うようになって、やっと自らの人生を取り戻したように元気になってくれた。その姿を見た高吉は、人生の最後にお慶のために決断をした。

「一緒に洗礼を受けよう」

お慶は感激した。こうして京極お慶は、マリアとなった。

その翌年、京極マリアの子、京極高次のもとに重大な知らせが届いた。

「京の本能寺で、明智光秀様が織田信長を討ち果たしましてございます」

高次は、その知らせに驚き、歓喜した。高次は織田家に仕えてはいたが、信長に対しては密かに捻れた感情をもっていた。高次は幼い頃、祖母の阿古にとても優しくしてもらった。信長の死を聞いて、素直に祖母の敵が討てたと思った。

「ついに信長様の時代は終わった。いや、むしろこれほど叛かれ続けても生きながらえたことが不思議や。これからは明智様の時代になる。そうなれば、信長様の時代とは違って、もっと良識が通じる時代になるやろ」

高次は、つぶらな目を輝かせて、次の時代に期待を寄せた。そして、明智光秀と連絡をとり、阿閉貞征と連携して、羽柴秀吉の居城、長浜城を攻めた。しかし、その途中、京から知らせが届いた。

「山崎の戦いで明智様は、羽柴秀吉に倒されましてございます」

高次は、挙兵の失敗を悟った。長浜の町から逃亡しようとしたその時、そこで幼い頃に見た、懐かしい面影のある女性に出くわした。高次は自分の目を疑った。

(たしか、この人は、自分が幼い頃に小谷城にいたはず……。たしか、浅井の皆が一緒に暮らしていたあの頃、幸せだった頃…。阿古様、母上、お市様、そして……、茶々と初はまだ幼かった……)

思い出そうとしても高次には、幼かった頃の記憶に確信が持てなかった。立ち止まって聞きただす余裕などない。声を掛けることもできなかった。そこには、その女性とその息子らしい青年と、何の特徴もない壮年の男の三人が、夕陽を浴びて立っていた。

高次は逃げた。その女性のこともすぐに忘れた。ただ、逃げるしかなかった。京極家の菩提寺となっていた京極館に一時は潜伏し、秀吉の追っ手が迫ると、国境を越えて美濃の山中に身を隠した。そして、さらに秀吉から逃げるため、秀吉と対抗できる柴田勝家のいる越前へ向かった。

そこには、傷心の叔母、お市と従姉妹たちが暮らしていた。そして、そこで高次は自分がまだ幼かった頃、小谷城で暮らしていたことを再び思い出した。

（そうや、あの女性は、自分がまだ幼かった頃、小谷城で一緒に暮らしていたあの女性や。名前は、たしか…）

しかし、その名はどうしても思い出せなかった。もうすでに消された名であった。

（だが、あの横にいた男、あの特徴のない顔、ああ、思い出したぞ。あの男の名を。そうや）

「田那部与左衛門や」

関連年表

年代	月	浅井・近江のできごと	月	織田・全国のできごと
永禄四年（一五六一）	3 7	斎藤・六角と争い、佐和山へ大返し この頃、長政と改名 今井定清が太尾城で味方討ちにあう	5	斎藤義龍急死、葬儀も済まぬうちに信長が美濃の龍興を攻める この頃、信長は浅井氏との同盟を求め交渉
永禄五年（一五六二）			1 3	尾張織田と三河徳川が清洲同盟 久米田の戦い　三好氏敗北
永禄六年（一五六三）	10	観音寺騒動　浅井の勢力江南へ拡大 この頃、京極高吉とマリア（お慶）の子高次が小谷城で生まれる	7	信長、小牧に本拠移す
永禄七年（一五六四）		この頃、長政の長男生まれる この頃、お市が輿入れする この頃、竹中半兵衛　近江に隠棲	2 7 8	竹中半兵衛が稲葉山城を占拠 三好長慶死去 半兵衛、稲葉山城を龍興に返す 信長、年末には尾張をほぼ掌握
永禄八年（一五六五）	6 7 11	久政　竹生島へ弁財天奉納か 将軍の弟覚慶が奈良から近江の和田館へ さらに矢島へ	2 5 12	織田信清が追放される 足利十三代将軍義輝暗殺される 和田惟政、尾張で信長と交渉
永禄九年（一五六六）	6 6 7 7 8	馬渡・冨田と小今の用水相論　長政文書 久政・寿松尼　竹生島蓮華会の頭役 竹生島天女米相論　長政、遠藤ら関わる 布施公雄を救援　蒲生野の戦い 矢島の足利義秋を三好、六角が襲撃 義秋、若狭、越前へ避難	閏 8 9	第一次上洛計画が頓挫 信長、河野島で大敗　天下の嘲弄を受ける 墨俣城できる

永禄十年（一五六七）		この頃、茶々生まれる	8	西美濃三人衆、織田につく
	6	唐人彦左衛門　蓮華会頭役	8	信長、稲葉山城攻略　岐阜と改名
		この頃、小谷城下栄える		
永禄十一年（一五六八）	7	足利義昭を小谷で饗応	7	足利義昭、越前から尾張へ
	8	信長、佐和山に来訪　成菩提院に泊		
	9	浅井を含む上洛軍、六角氏を撃破	9	足利義昭を奉じて上洛
		この頃、初生まれる	10	上洛軍、畿内一円を制圧
永禄十二年（一五六九）	1	二条城築城に出役	1	三好三人衆、本國寺の義昭を襲撃
			1	信長、諸国に二条城築城を命ず
				信長　フロイスに面会
			4	義昭　二条城に移る
	8	浅井軍　伊勢北畠攻略に参陣	10	北畠氏伊勢大河内城を開城
	11	遠藤直経、多賀大社に歌仙絵奉納	10	信長上洛　将軍義昭とセリアイ
元亀元年（一五七〇）	4	長政、信長を見限る	4	織田軍、若狭から越前へ侵攻
	4	金ケ崎で大勝	4	信長、金ケ崎で大敗し逃亡
	6	龍ヶ鼻(姉川)で信長本陣を奇襲	6	信長、北近江へ侵攻
		遠藤直経、戦死	6	龍ヶ鼻の戦闘の後、岐阜へ戻る
	10	長政、朝倉とともに京へ	10	本願寺　諸国の門徒衆に檄文
	10	志賀の陣　織田信治、森可成を討つ		信長包囲網が完成　織田軍窮地に
	12	信長、近江の安定を誓約する	12	勅命で和議が成立
元亀二年（一五七一）	2	佐和山開城　磯野員昌、明智が手配した船で高島へ。	1	織田、勅命講和を破り北近江侵攻
			5	信長、伊勢長島一向一揆を攻撃
	5	さいかち浜の戦いで敗れる		
		この頃北近江各地の寺院焼き討ちにあう	9	比叡山延暦寺を焼き討ち

年	月	事項	月	事項
元亀三年（一五七二）	7 9 12	朝倉義景、小谷に来援 武田信玄、長政に手紙　連携を図る 朝倉、越前に撤退	3 9 12	松永、三好が信長に反旗 義昭の命を受け武田信玄挙兵 三方ヶ原の戦いで徳川を破る
天正元年（一五七三）	 8 8 8 9 10	この頃、江生まれる 山本山城の阿閉、調略される 小谷に来援した朝倉義景撤退 朝倉軍、刀根坂の戦いで大敗 小谷落城　久政、長政死ぬ　阿古生害 長政の嫡男、関ヶ原で処刑	4 7 8 8	武田信玄、死去 足利義昭追放、室町幕府滅ぶ 信長、小谷城を囲む 朝倉軍を追撃し、越前攻略
天正二年（一五七四）	6	樋口直房　木ノ芽峠で一揆側と単独講和し、秀吉に処刑される	3 9	信長　正倉院の蘭奢待切り取る 伊勢長島一向一揆　降伏後虐殺
天正三年（一五七五）	11	田那部式部丞　坂田郡黒田北方に信長から四〇〇石加増	5 8	長篠の戦いで武田氏を破る 越前一向一揆を平定
天正四年（一五七六）	1	安土城築城開始 この頃、磯野員昌　養子織田信澄に家督を譲り始める　藤堂高虎　磯野の推薦で羽柴秀長に仕える	6 7 10	上杉謙信　信長追討を承諾 木津川口の戦い毛利が織田を破る 竹中半兵衛　有岡城に幽閉されて謀反を疑われた黒田孝高の子、松寿丸を岩手に匿う
天正七年（一五七九）	5	安土城天守完成	6 10	竹中半兵衛　三木城攻めの陣中で病に倒れる 有岡城開城　黒田孝高救出される
天正九年（一五八一）	1	安土城下で京極高吉・マリアがオルガンチノから洗礼を受ける	2 9	信長　京で馬揃えを挙行 秀吉　鳥取城を落とす
天正十年（一五八二）	6	京極高次、阿閉とともに長浜城を攻めるが、明智の敗北を知り逃亡	6	信長、明智光秀に見限られ、本能寺の変で死ぬ

主な参考文献

浅井俊典『浅井長政嫡子　浅井帯刀秀政～落ち延びの道～』宮帯出版社　二〇一七年
網野善彦『無縁・公界・楽』平凡ライブラリー　一九九六年
伊吹町史編さん委員会『伊吹町史　通史編　上』伊吹町　一九九七年
「伊吹（要約版）」こうわか舞　えちぜん　ホームページ
牛田義文『完本　墨俣一夜城の虚実　秀吉出世譚と「武功夜話」』アットワークス　二〇一三年
近江町史編さん委員会『近江町史』近江町役場　一九八九年
太田牛一著・中川太古訳『信長公記』ＫＡＤＯＫＡＷＡ　二〇一三年
太田浩司「姉川古戦場をあるく」『織豊期研究』第六号　二〇〇四年
太田浩司『浅井長政と姉川合戦』サンライズ出版　二〇一一年
奥野高広「織田信長と浅井長政との握手」『日本歴史』二四八号　一九六九年
小和田哲男『近江浅井氏の研究』清文堂出版　二〇〇五年
小和田哲男編『浅井長政のすべて』新人物往来社　二〇〇八年
香水敏夫『小谷城主浅井長政の謎　なぜ、信長に刃向かったのか』ユニオンプレス　二〇二〇年
川﨑太源『冨田今昔物語　近江湖北の一農村　江州浅井郡冨田村の記録』サンライズ出版　二〇一三年
京都市編『京都の歴史４　桃山の開花』京都市史編さん所　一九七九年
久野雅司編著『足利義昭』戎光祥出版　二〇一五年
久野雅司『足利義昭と織田信長』戎光祥出版　二〇一七年
甲良町教育委員会『藤堂高虎』一九九三年
小林義徳『那加町史』一九六四年
湖北町教育委員会『延勝寺の太鼓踊り調査報告書』二〇〇四年

笹川祥生『戦国武将のこころ　近江浅井氏と軍書の世界』吉川弘文館　二〇〇四年
山東町史編さん委員会『山東町史　本編』山東町　一九九一年
柴裕之『織田信長　戦国時代の「正義」を貫く』平凡社　二〇二〇年
渋谷美枝子『京極マリア』船田企画　一九八三年
志村有弘『川角太閤記』勉誠社　一九九六年
市立長浜城歴史博物館『特別展　竹生島宝厳寺』一九九二年
高島町編『高島町史』高島町役場　一九八三年
タルイピアセンター発行『郷土の武将　竹中半兵衛』二〇一一年
虎姫のむかし話編集委員会『虎姫のむかし話』一九七九年
なかにしまり「須賀谷伝説」須賀谷温泉ホームページ
長浜市長浜城歴史博物館編著『戦国大名浅井氏と北近江』サンライズ出版　二〇〇八年
長浜み～な編集室『地域情報誌　み～な　vol.107　元亀争乱　長政vs信長』長浜みーな協会　二〇一〇年
長浜み～な編集室『地域情報誌　み～な　vol.119　半兵衛・官兵衛』長浜みーな協会　二〇一三年
長浜み～な編集室『地域情報誌　み～な　vol.126　湖北用水史』長浜み～な協会　二〇一五年
馬場秋星『小谷城物語』イメーディアリンク　一九九三年
藤田達生『藩とは何か』中公新書　二〇一九年
不破保『不破（喜多村）家譜』二〇〇〇年
米原市教育委員会編『戦国の城・近江鎌刃城』サンライズ出版　二〇〇六年
米原町史編さん委員会『米原町史』米原町　二〇〇二年
松本昇一『ふるさとの歴史（虎姫町中野区）』二〇〇三年
宮島敬一『戦国期社会の形成と展開　浅井・六角氏と地域社会』吉川弘文館　一九九六年
宮島敬一『浅井氏三代』吉川弘文館　二〇〇八年

執筆・発刊にあたって（あとがき）

近年の歴史研究はめざましいものがある。かつての戦国史は大きく塗り替えられ、見直しが必要になっている。なかでも戦国史の重要な舞台となった近江という「地域」の視点に立ったとき、どんな戦国像が浮かび上がるのか。

例えば、「姉川の戦い」について、かつての見方はこうであった。姉川戦役は、織田勢の十三段構えの大規模な布陣に対して浅井軍が磯野員昌（いそのかずまさ）を先鋒に十一段までを突き崩す激戦となり、信長、秀吉、家康の三英傑が揃う稀（まれ）に見る大合戦の結果、織田・徳川が大勝利を収めた、とされてきた。しかし、これは、合戦後の信長の喧伝（けんでん）と、徳川史観と、明治時代の陸軍研究によって、後世に作られた「歴史」である。近年の研究で、この見方は改められようとしている。太田浩司（ひろし）氏が、『織豊期研究　第六号』「姉川古戦場をあるく」（二〇〇四年）で明らかにされているが、この戦いは、信長が望んだような大規模な戦闘にはならなかった。その後すぐに信長包囲網が形成され、信長が身動きさえ取れない危機に陥ることを考えれば、その局面において決着は付かず「引き分け」だったのである。

また、近江と美濃の国境、天下分け目の「関ヶ原」もそうである。近江ゆかりの武将が一堂に会して相見えるこの合戦は、近年の研究によって、その実相を大きく変えようとしている。後の時代の都合で作られた「戦国史」のベールは、今、開かれようとしている。

特に「近江」をとりまく戦国史は、信長、秀吉によって占領され、徳川史観や明治藩閥政府に塗り替えられた背景がある。もう一度、「近江」の視点に立って見直す必要がある。そうしなければ、正当な評価がされずに永遠に酷評に甘んじねばならぬ「近江ゆかりの人々」の魂が浮かばれぬ。

先に出版した『戦国近江伝　江争』では、浅井久政を主人公に据えた。久政は、後の時代に酷評されてきた人物である。しかし、近年の研究によって再評価されつつある人物でもある。父亮政の晩年から厳しい情勢にあった浅井家を支え、北近江をまとめた一廉の人物であった。丁寧に近江の地域史を見直し、後世の偏見や勝者の「歴史」にとらわれずに描くこと。そのような手法で戦国史の実相に迫ろうと考えた。今作『長比』もそのような試みを大切にした。

藤堂高虎という近江国犬上郡出身の人物についても、その実直な人物からかけ離れた、誤った評価がされてしまっている。「次々に主君を変えた変節者」と言われてきたが、近江史を丹念に見て、主人を変えた時期をしっかり追えば、むしろ高虎の忠義ぶりが明らかになってくる。近年では「江戸時代の設計者」として高く評価する研究者も増えているが、まだまだその名誉が回復されているとは言えない

久政、高虎、高次…。「無能の二代目」「七度主君を変えた変節者」「妹の七光、蛍大名」…。近江ゆかりの人々へのこのような誤った評価を見直し、近江に生きた人々の誇り高き人生を回復すること。これも、私が出版を決めた一つの動機である。

阿古(あこ)についての史料はほとんど残っていない。最も有名なものは、地元が誇る一級史料『嶋記録』に記された次の一文である。

久政公の内儀は、井口弾正少弼の女なり。信長公、十指数日切り生害の由

この覚え書きが、阿古を伝える最も有名な記録となってしまっている。阿古の子の京極マリア、長政の子を産んだと伝承があるお弁など、戦国期の近江に生きた、詳しい生涯の分からない女性はたくさんいる。この女性たちが、戦乱の世で力なく不幸を背負わされただけの可哀想(かわいそう)な人々とは私は思えない。阿古のふるさとの町は、観音の里として有名であるが、観音のように慈悲深く、時に強い意志で人々のために献身的に生き抜いた女性であると思うのである。断片的に残された史料では知ることができない真実が、人の一生の「物語」の中にはきっとある。それを掬(すく)い取(と)ることはできないかと思う。

私は小谷山が見えるいくつかの学校に長く勤務してきた。その時に「お弁ヶ谷」の伝説を知った。小谷山の麓にある集落には、長政の子を産んだお弁という美女が住んでいた。しかし、信長に浅井氏が滅ぼされると、浅井氏との関係を追求されて村に災いがくるのを恐れた村人たちはお弁をこの谷に突き落として殺したというのだ。その時、お弁は「この村には永久に美女は生まれない」と恨みの言葉を残して死んだ。こんな悲惨な言い伝えがある。しかも、現代になっても、この迷信が、この地域に生まれた少女たちの心を苦しめている。私はこの伝説も真実であろうはずがないと思う。歴史の敗者となった人々によって作られた伝承には、きっと隠さなければなら

なかった別の真実があったはずである。誇るべき女性の真実の「物語」がきっとある。このような迷信に心を痛めることはない。

磯野員昌という武将は、戦国期の武将の中でも別格の存在である。織田家臣団の中で近江出身の武将が信長時代に大名の扱いを受けた者は磯野だけである。信長は「家柄や出身などにかかわらず才能のある者を取り立てる先進性がある」などと言われてきたが、近年の研究でそれは全く当たらないと言われている。織田家臣団の部隊長、大名となっているのは、ほとんどが尾張出身者で占められている。近江出身者は磯野だけである。しかも、磯野は佐和山城を開城した後、一時は小谷城に戻ろうとし、小谷で受け入れられぬと、明智光秀がチャーターした船団に乗って高島まで運んでもらい、さらに、後には織田一族の序列ナンバー5となる織田信澄（のぶずみ）を人質として預けられて、高島一郡をもらっている。当時一郡を任されていたのは、佐久間、柴田、丹羽、羽柴、明智など織田家の重臣だけだったにもかかわらずである。磯野が、それほどの別格の扱いを受けたのはなぜなのか。

竹中半兵衛（はんべえ）は、稲葉山を占拠した後、しばらく近江浅井氏のもとで過ごしたと言われている。なぜ近江に移り住んだのか。そして、織田と浅井が対立したとき、半兵衛は北近江の堀氏（樋口氏）の調略に瞬く間に成功し、その後、信長、秀吉の統一事業に大きな影響を与えた。これはなぜできたのか。

様々な謎がある。断片的な史料や伝承を探しても、その答えといえるものは見当たらない。多くの人物の「物語」が絡み合う中で、その答えは浮かび上がる。

私が暮らす地元、坂田郡（米原市）には遠藤喜右衛門直経という武将がいた。『信長公記』には、姉川の合戦で討ち取った敵の首を十五名列挙する中で名前だけでなく特別に説明付きで次のように記している。

遠藤直経、この首は竹中重隆（久作）が討ち取った。前々からこの首を取ると豪語していた。

当時は、豪語するほどに名の知れた武将であったことが分かる。しかし、現在、この名を知る人は地元でも少ないし、その人生がどのようなものであったかを知る人はほとんどいない。なぜなのか。それは、「歴史」の勝者の都合でかき消されたからに違いない。この魅力的な地元の戦国武将の人生をいかにして人々の「物語」が絡み合う中で浮かび上がらせるか。僅かしか残されていない史料や伝承をもとに、この人物の生涯を浮き彫りにすることが、『江争』『長比』の最大のモチーフである。


物語の設定として、疑問を感じる読者の方もあると思うので、三つの点について書き添えたい。一つ目は御料所井に関すること、二つ目はお市の輿入れの時期について、そして三つ目は長政の長男の名についてである。近江という地域の視点で見たとき、どのような歴史の真実が浮かび上がるか。読者の皆様も一緒に考えていただければ幸いである。

まず一つ目は、物語の中で長政が思いつく御料所井の伏樋（ふせひ）についてである。

去々年以来、井水之儀、小今村存分申ニ付て　詮作を遂げ候。
隣郷の者　起請文に対し、申し上げるは　近年有来筋目（すじめ）
向後は、いささかも異議有るべからざる候。謹言、

永禄九
六月四日　浅井長政（花押）
馬渡上下並びに冨田百姓中
（『冨田文書』）

この文書は、「浅井様折紙」と呼ばれ、長浜市（旧びわ町）富田（とんだ）町に代々伝わる三通の文書の一通である。浅井長政が、小今（こいま）村の申し出を受けて、井堰（いせき）の水について事情を詮索し、隣村の者が証言し、近年のこれまで通りの筋目にて裁定したと読み取ることができる。

では、この「井水之儀」とは、どのような内容の井水争論であったのであろうか。残念ながら、その中身までは伝えられていない。用水争論といえば、多くの場合は井堰の水をどのように分け合うか、奪い合うかという争いである。しかし、この小説で私は、妹川・姉川及び田川の合流地

点の浸水の問題として考えてみることにした。

この三河川が合流する地点は、江戸時代末期以前には現在とは違って、田川がぐねぐねと蛇行してほとんど流れず、船で琵琶湖まで出るのに丁度良い十分な水深がある水が溜まっていたと言われている。小谷城下に近い中野の地先に丸山港があり、姉川河口の南浜で大船に荷を積み替えて大津方面に運搬された。水辺の地域であった。しかし、一度でも豪雨になれば、ここに溜まった水はすぐに溢れ、月ケ瀬、唐国、田村、酢村等の村々は田も家屋もすぐに水が浸かったと伝承されている。

そのために、江戸時代末期、井伊直弼の時、田川の逆流を防ぐため、合流地点をずらす工事を行ったり、高時川（妹川）の底に伏樋を貫通して新川を開通し直接琵琶湖に流したりした。さらに明治十年代から田川カルバートを建設し、この地域の浸水（洪水）の問題はかなり改善したのである。上記四か村は、合流地点の上流側にあり、これらの工事に多額の負担をした。また、下流側にある村々にも新川の土地代を負担したり、工事に伴う損害を補償したりした。その後も度重なる大雨や洪水に苦労しながらも、三河川が合流するこの地域の地形や水環境は、大きく変わったのである。

しかしそれでも、昭和になっても月ヶ瀬村は「水の浸きがせ」と言われるほど洪水に悩まされた。その村のすぐ北側に、上記文書で井水の問題を訴えた小今村はある。戦国時代には月ヶ瀬村辺りは田川が蛇行する湿地帯で常に水が逆流していたであろう。小今村も浸水に悩まされたに違いない。また、妹川（高時川）も現在ほど川底の位置は高くなかったようで、水もほぼ常に流れ、昭和の圃場整備がされる前は、船も行き交うことができたという。

小今村の上流に御料所井はあった。圃場整備の後に役割を終え、現在は跡形もない。これがいつの時代に建設され、どのような形のものであったかは定かではない。井堰は、先の三通の冨田文書の古い一通から弘治三（一五五七）年にはすでに存在していたことが分かる。しかし、その井堰が伏樋であったかどうかの史料はない。延享四（一七四七）年、「高月（高時）川筋御料所井表底樋御普請仕用帳」には伏樋（底樋）の大きさや資材、人足、費用などの記録がある。江戸時代には伏樋があったことが分かる。

戦国時代は農業生産力が飛躍的に発展した時代である。それは、灌漑治水事業の成果であった。浅井氏も各地で井堰や用水の事業を行い、各村々の用水争論に丁寧に裁定を下している。現在も長浜市今町には姉川の底樋（伏樋）が残っている。馬井と呼ばれる。元禄九（一六九六）年に、元々あった井が洪水で流されたため、工事をした。その時に使われた松の杭や板は小谷山や大依山から運ばれたという記録がある。湖北地域は江戸時代、多数の幕藩領が複雑に領地を支配していたため、広域で工事を行うことが困難であった。川底を工事する伏樋の建設は、川の水がない時期にするか、水を広域で堰き止めなければならない。このような治水工事を広域にできた時代はいつかといえば、浅井氏の時代が最も有力であると思う。小谷山の松の木が、底樋に使われていることもその証拠の一つと言えると思う。

以上のことから、私はこの小説で、伏樋のアイディアを思いついたのが、浅井長政であるという物語を創作した。史料では確認できないものが多いが、浅井氏の時代に作られた制度、文化、建設物と考えられるものは、湖北地域にはたくさんある。

また、物語の中で登場する太鼓踊りであるが、湖北地域の太鼓踊りは大きく分けて三種類ある。伊吹山麓系、余呉(よご)川系、高時川系である。それぞれに特色ある太鼓踊りであるが、その中でこの物語では、小今、馬渡や冨田から地理的に最も近い、旧湖北町の延勝寺(えんしょうじ)や八日市(ようかいち)に伝わる余呉川系の太鼓踊りを参考にした。


二つ目は、長政とお市の結婚の時期についてである。これが、この物語を設定する要(かなめ)となるので、やや長い文になるが、書き記したい。

二人の結婚の時期には諸説があり確定していない。近年よく言われるようになったのが一五六七年説である。この説の根拠とされてきたのが次に挙げる二通の史料である。

まず一つ目の史料が、十二月十七日付けの和田惟政(これまさ)から三雲新左衛門尉(みくもしんざえもんのじょう)親子への手紙(『福田寺文書』)である。

御書畏(かしこ)みて拝見せしめ候、仍(よ)って浅井備前守と信長の縁辺(えんぺん)、入眼(にゅうがん)(願)候といえども、先ず種々申し述べ、信長別儀なく候、なお以て自心(身)切々調略候の条、油断なく疎意に存ぜず候、きっと罷り上り、御意を得べく候、委細山岡美作守へ申し渡し候の處、これらの趣よろしく御披露に預かるべく候、恐々謹言、

十二月十七日

惟政(花押)

三雲新三右衛門尉殿

三雲対馬守殿

(『福田寺文書』)

この文書は、一九六九年に奥野高広氏が『日本歴史』二四八号「織田信長と浅井長政との握手」の中で取り上げたものである。奥野氏は、この文書は永禄八(一五六五)年のもので、「惟政は〔六角〕承禎の命令をうけて近江瀬多城主山岡景隆とともに信長と浅井長政との縁談を斡旋し、恐らくは小谷の城下に滞在しており、督促状をうけた。「応諾はしたが、長政は種々と申延べているので、なおしきりに奔走している。委細は山岡景隆から聴取して申し上げてほしい」と督促をうけた三雲定持、成持父子に依頼した」という解釈をしている。そして、この時には「長政が縁談に同意しながらも実行に踏み切らなかった」ので縁談は成立せず、後で述べる二つ目の文書が出された永禄十(一五六七)年にお市が輿入れすることになったという説を発表している。

まず、この文書が何年に出された書状かということが問題となる。奥野氏はこの文書が永禄八

（一五六五）年のものと推定している。私もそれが正しいと思う。しかし、この文書を永禄十年のものと推定する説もある。その場合、和田惟政が誰の意を受けて調略に努めているのかが問題となる。これは、六角承禎の意を受けて六角家の人々に御披露に預かりたいと書いていると考えるのが素直な読み取りであると思う。そうであるならば、奥野氏も述べているように、浅井氏との争いと観音寺騒動で勢力が衰えた後の「情勢下で六角氏が浅井氏と強力化する織田氏との縁談を仲介することは考えられない。そこで十二月十七日付和田惟政の書状の下限も永禄八年であろう」ということができる。

しかし、この文書を永禄十年と推定する説では、永禄十年十二月に、和田惟政が信長の意を受けて佐久間信盛（のぶもり）とともに大和へ赴いて興福寺や松永久秀（ひさひで）らに信長の意を伝えている時のものであると解釈している。しかし、その解釈は成り立たないと私は思う。なぜならば、もう一度、和田惟政の手紙を見てもらいたい。惟政は、浅井長政のことは「浅井備前守」と官位名で呼んでいるが、織田信長は「信長」と名字も官位も敬称もなしで呼び捨てである。もし惟政が、信長と懇意になっていた永禄十年に信長の命を受けて活動しているのであれば、文書中であれ、命令の主のことを「信長」と呼び捨てにするであろうか。そのような書き方をするはずがないと思う。永禄十年十二月に信長は、尾張、美濃を制圧し、伊勢にも勢力を広げる大守となっていた。しかも、惟政は足利義昭の上洛（じょうらく）のために活動しているとはいえ、命令の主は信長で、信長の家老とともに行動している最中である。さらに文中に出てくる山岡美作守（景隆）は、この翌年永禄十一年の信長軍上洛の時、南近江の国人たちとともに信長に抵抗を続けているのである。「委細山城美作守へ申し渡し候」と書かれた文書の趣旨にも合わない。以上のような理由から、この文書を永禄十年と推定するのは余りにも無理がある、と私は思う。

私はこの文書は、奥野氏が言うようにやはり一五六五年十二月の文書だと考える。この時、近江とこの文書を巡る人々がどのような状況であったのか。そのことを理解した上で、改めてこの文書を読めば、本当の意味を読み取ることができるに違いない。奥野氏が論文を発表した当時は、和田惟政がこの文書を書いた当時の状況は分かっていなかった。だから、奥野氏は、惟政が小谷城下に滞在して長政と交渉していると解釈してしまった。しかし、現在は、新しい古文書が発見され、研究が進んだ結果、この時の和田惟政が置かれた状況や、当時の近江の情勢を我々は知ることができる。

永禄八（一五六五）年、のちに将軍足利義昭となる覚慶は奈良から逃れ、近江甲賀郡の和田館にいた。そこで後盾となってくれる大名を探していた。手紙の差出人、和田惟政はこの十一月頃から十二月にかけて、尾張の信長のところへ赴き、上洛の交渉をしていた。それがなぜ分かるかというと、その間の十一月中に覚慶は近江野洲郡矢島御所に移っている。尾張に行っていた和田惟政に知らせずに無断で和田館から矢島に移ったことを惟政が激怒したので、覚慶は謝罪の書状を書いている（『京都市歴史資料館紀要創刊号』「和田惟政関係文書について」久保尚文　一九八四年　『足利義昭』久野雅司　二〇一五　所収）。この謝罪の書状の日付が十二月二十九日である。

また、これに先立って、「信長との交渉は（永禄八年）十二月二十一日付け和田惟政宛て書状に「屈託なく尾州等の儀、いよいよ馳走肝要候」（「和田家文書」）とあることから、惟政が折衝を行っていることが確認できる」と久野雅司氏も解説している（『足利義昭と織田信長　傀儡政権の虚像』久野雅司　二〇一七）。このことから永禄八年十二月十七日に和田惟政は、覚慶を支援して上洛するために、尾張で織田信長と交渉中であったことは間違いない。つまり、この文書は、和田惟政が尾張で信長と交渉していることについて書かれたものであることが分かる。

この頃、近江では東近江の布施氏が六角氏から離反することをきっかけに再び浅井氏と六角氏の対立が表面化する。この手紙の翌月、永禄九年一月には布施氏が六角氏に反旗を翻し、五月には、手紙の受取人、三雲新左衛門尉が大将となり布施山城を囲む。七月には布施氏を助けて浅井氏が参戦し、蒲生野の戦いが起きる。つまり、永禄八年十二月の時点で、和田惟政は、足利幕府再興のため三好三人衆を凌駕する上洛軍を編成しようとして、六角氏、織田氏、斎藤氏、浅井氏などの近隣諸大名の支援が必要であるにもかかわらず、六角と浅井の戦いが勃発しそうになっていたのである。そこで、惟政はもともと甲賀郡の知人である三雲と手紙を交わし、自分が頑張って上洛のための交渉を進め、その時点では覚慶の支援者であった六角家のためにもなるように調略していることを主家である六角氏に知らせてほしいと手紙に書いていると解釈できる。佐賀大学名誉教授の宮島敬一氏も『浅井氏三代』（二〇〇八年）で「この書状は、六角氏が長政と信長の縁談を斡旋したものではなく、」「文中に「浅井備前守与信長縁辺、雖入眼候」とあるので、「縁辺」（婚姻）はすでに「入眼」（成就・完成）しているのである」と解釈している。
以上のことを踏まえて、私は次のように考える。一五六五年十二月、和田惟政は信長との面談を行い折衝を進めている時に、六角承禎の意を汲んだ三雲氏から書状を受け取り、その返書を三雲氏に書き送った。

御書を畏まって拝見しました。そこで、浅井様と信長の縁談が入願（成就）している（ことは上洛するには都合のよいこと）といえども、（まだいろいろ成し遂げなければならないことがあることを）まず（私が信長に）種々申し述べましたが、そのことに信長は異議はありませんでした。そこで、なおこれからも私自身が切々と（足利将軍家再興のために近隣の諸大名が手を結ぶように、六角家にとっても都合のよい関係になるように）調略することを、油断なく疎かにせず成し遂げていきます。そして、きっと（六角様のところへ）参上し、お目にかかってお考えをうけたまわりたいと存じます。委細は、山岡美作守（六角家家臣、先祖が甲賀出身の南近江の国人、瀬田城主）に申し渡してあるので、これらの趣旨を六角家の皆様にお知らせいただきますようよろしくお願い申し上げます。

という内容の手紙だと、私は考える。
そもそも六角氏が、織田氏と、六角氏にとって敵対関係にあった浅井氏との間に入って縁談を仲介したり、敵軍の大将となる三雲氏が縁談交渉に関係して名を連ねたりすることが起きるはずがない。どちらが筋が通っているかは明らかである。

そして、一五六五年の時点で、長政とお市の結婚はすでに入願成就していたと、史料が明らかにしている。一五六七年結婚説は、改めて根本から見直す必要があると考える。それに伴って、お市の子、茶々の生年についても、一五六八年以降にする必要はないと考える。

もう一つの史料である。

未だ申し述べ候わずといえども、啓達に候、尾張守殿へ書状を以て申し候、宜しくお執り成しに預かるべく候

浅井長政が市橋伝左衛門尉（でんざえもんのじょう）に宛てた手紙（九月十五日付）である。一五六七年結婚説では、浅井長政が尾張守（信長）殿に手紙を送るので、執り成し（結婚の仲介）をしてほしいと、面識のない市橋氏という織田家家臣にお願いの書状を送ったと解釈している。しかし、私はこれにも疑問を感じる。

近年の研究で桶狭間の戦いに近江六角軍が織田信長の援軍に行っている史料が見つかっている。信長は一五六〇年頃、近江六角氏や越前朝倉氏とも協力関係を結んでいたのである。また、信長はその前年に京に上洛し将軍に謁見（えっけん）までしている。つまり、信長はかなり早い段階から周辺諸国

との外交に積極的であったことが分かる。その信長が、桶狭間の二か月後に野良田で六角軍を破り急成長した浅井氏との外交関係に興味を持たなかったはずはないと思う。織田が美濃を制圧し、隣国同士になった一五六七年になって初めて浅井が縁談の仲介を頼み、結婚することになったというのは、私にはあまりにも不思議に思えるのである。この「執り成し」は結婚の仲介を意味するのではないと考える。二つ目の史料も、二人の結婚が一五六七年に成立したことを示す史料とはいえない。

一五六七年、お市はもう二十一歳、長政は二十三歳である。この時代の大名家とすれば、あまりにも遅いと思う。

では、二人の結婚（浅井と織田の同盟）の時期はいつであろうか。先の史料から言えることは永禄八（一五六五）年以前である。そして、両家の同盟交渉が始まったのは、永禄四（一五六一）年頃と考えられる。浅井氏が野良田で六角氏に勝利して独立を果たした翌年、六角氏が美濃の斎藤氏と謀って浅井氏を挟撃しようとしたこの年は、浅井氏にとっても織田氏にとっても共通の敵である斎藤氏と対峙するために、同盟が必要だったからである。つまり、二人の結婚の時期は永禄四年から八年の間といえるが、それ以上の年代を確定する史料はない。

再び福田寺文書の一文である。入願（成就）と言うからには、それなりに苦労の末に事が成ったということであろう。永禄四年に交渉が始まったが、簡単に輿入れをすることができなかった。結婚するまでにどれだけかの歳月を費やしたと、この文書の表現からも考えるべきではないかと思う。

もともと二人の結婚の時期について、地元で最も有力な説であったのは一五六四年頃といわれていた。江戸時代中期に地元で書かれた『浅井三代記』は一五六四年としている。また、戦国期の同時代を生きた人が書いたものとして、近江国浅井郡出身の大名、田中吉政（よしまさ）の家臣が書いた『川角太閤記（かわすみたいこうき）』がある。この江戸時代初期に書かれた物語の中で著者の川角三郎右衛門は「永禄元年午の年、但し信長公二十五の御年尾張一国やうやうお味方に付けなされ候」とあり、その「来年の六月」、磯野員昌が近隣の敵対者にバレないように一芝居打ってお市を密かに輿入れさせたことを川角太閤記の最後に付け加えて書いている。要するに「永禄二年」「信長が尾張をほぼ制圧した頃」という二点が説明されているのである。永禄二年は一五五九年である。桶狭間の前年で、浅井氏はまだ六角氏の家臣だった頃である。だから、この年代は川角の記憶違いに違いない。ほぼ半世紀後に記憶を辿（たど）って書いているのである。しかし、信長が尾張を制圧したといえる年代は、現在の歴史研究によって二度あったと言ってよい。一度目は永禄二（一五五九）年で、父信秀が死んだ後の混乱を従兄弟の信清と組んでほぼ収束させていた。だから、尾張の統一により尾張での権益を失うことを恐れた今川義元が翌年に尾張へ大軍を差し向け、桶狭間で大敗することになる。桶狭間の戦いは、かつての解釈のような奇襲攻撃ではないというのが近年主張されるようになっている。そして、二度目が永禄七（一五六四）年である。一度はほぼ統一された尾張であるが、従兄弟の信清が信長を見限り、分裂する。信清は美濃と結託して抵抗を続けたが、この年には再び信長に制圧されている。信清が犬山城から逃亡したのはその翌年二月という説も近年出されているが、永禄七（一五六四）年末には制圧されたといってよい。そこで、私はこう考える。川角の頭の中には、信長公が尾張をほぼ制圧した年の六月に輿入れが行われたという記憶があった。そして、川角が書くに当たってその年代を調べたところ、一度目の制圧時期を誤って書いてしまった、と推測している。

『浅井三代記』は、伊香郡木之本浄信寺の僧、遊山が書いた物語である、遊山は正芸という浅井氏の一族（浅井伊織政重の子または浅井万寿〈菊〉丸との伝承もある）の娘の子である。正芸は浅井氏滅亡の後、坂田郡長沢にある福田寺に匿われ、後にこの寺の住職となったことが『福田寺先祖履歴』に示されている。その孫の遊山は、前出の「福田寺文書」を読んでいたかもしれない。その上で、お市の輿入れの年代を永禄七（一五六四）年として浅井三代の物語を書いたのかもしれない。

以上のことを踏まえて、本書では一五六四年の六月を、輿入れの物語の舞台として設定した。「近江伝」に登場する人物たちの人生が絡み合う物語がここにあると思うのである。

次にこの年に生まれた浅井長政の長男についてである。この子の名は「万福丸」として現在は一般に知られている。しかし、同時代の一級史料にこの名はない。『信長公記』には「長政の十歳になる嫡男を関ヶ原で磔に掛けた」という記録はあるが、名はどこにも残されていない。この名を名付けたのは、江戸中期の『浅井三代記』の著者、遊山であると考えられる。このことは『浅井長政嫡子　浅井帯刀秀政』(浅井俊典著　二〇一七)に詳しい。ちなみに浅井「万寿(菊)丸」という次男がいたとする伝承が地元にはあるが、これも遊山の創作であると、この本で浅井俊典氏は書いている。慧眼であると私も思う。「万福丸」「万寿(菊)丸」というネーミングセンスは、戦国のものではなく、もっと平和な時代のもののように思える。

では、長政長男の本当の名前は、どんな名が付けられていたのだろうか。久政、長政の幼名は「猿夜叉丸」である。しかし、のちに正妻となるお市が男子を産むかもしれないこの時に、妾腹の子に後継ぎと分かる猿夜叉丸の名を付けることはなかっただろう。百数十年後に「万福丸」と名付けられることになるこの子は、小谷落城の時に逃がされた。どこに逃げ、どのように捕まったのか、その詳しい記録もない。長政が、木村喜内之介に命じて敦賀へ逃がした。一時は伊香郡余呉に潜伏したとも伝えられている。そして、竹中半兵衛の領地、関ヶ原で磔にされたのである。

北近江出身の黒田氏の末裔、黒田長政は、「松寿丸」と呼ばれていた頃、父官兵衛が有岡城で幽閉されて疑われ、信長に処刑を命じられた。竹中半兵衛の機転によって松寿丸の命は助けられた。浅井氏滅亡の五年後に起こるこの事件は有名な話である。しかし、松寿丸(少年)の身代わりとなったと伝承される少年が、実は「二人」いることはあまり知られていない。一般によく知られているのは、半兵衛の家臣不破矢足(喜多村十助)の一族の子である。しかし、近江にももう一人身代わりになった少年がいたと伝えられている。一人の少年の身代わりが二人いることになってしまう。さらに、美濃の竹中氏側の伝承（『喜多村家文書』）では、救われた少年の名は、「松寿丸」という名ではない。「キクマル（菊丸）」と伝えられている。そして、その子の身代わりとなった少年は、舞を舞う「幸徳」という小坊主とも、幸徳太夫の「悴（せがれ）」とも記されている。

阿古が生まれた、近江国伊香（いか）郡井口（いのくち）の隣に森本という小さな集落がある。室町時代から幸若舞が盛んな村で、ここに森本鶴松太夫（つるまつだゆう）という幸若舞の舞太夫がいた。浅井久政に仕え、『嶋記録』や『浅井三代記』にも、久政が切腹するときに共に自害したことが劇的に書かれている。その森本村には、少年を預かったという伝承がある。『新訂黒田家譜』では、久政とともに自害した舞太夫「鶴若」の子が「幸徳」であると記述している。

以上の点を踏まえて私は、竹中半兵衛が、黒田長政（松寿丸）を匿う五年前にも浅井長政の子を匿ったことがあり、この二つの秘事は内密に扱われたが故に同一の内容と混同されて伝承されたのではないかと推測している。そして本書では、長政の長男の名を、竹中氏側に伝承された名「キクマル」とした。さらに、喜右衛門と久政の一字ずつを取って「喜久丸」という漢字をあてた。この名は、浅井氏側の伝承の中にも、長政の子の名（現在は次男の名と考えられているが、前に書いたように次男は遊山の創作と考えられる）として「万菊丸」「幾丸」というよく似た名前の伝承がある。また、天下人の妻となった茶々の本名も、秀吉の時代に朝廷から「菊子」という官名を拝受した。このように近江側にも美濃側にも少年を匿ったという記録や伝承があり、この二人の少年にまつわる言い伝えは互いに絡まっている。松寿丸は、不破矢足の一族の子が身代わりになって生き延び、黒田長政となった。では、森本鶴松太夫の子が身代わりとなったキクマルは、その後どうなったのか。近江にまつわる新たな謎が湧き起こる。

『戦国近江伝』という物語を書くにあたって、前書『江争』のあとがきにも触れたが、歴史の事実を知ることは、大変困難なことである。しかも、歴史の敗者となった近江側の文書として残る記録はあまりにも乏しい。だからこそ、正しいと考えられる史実をヒントにしつつ、その人間模様や、近江とその近隣の伝承から浮かび上がる「物語」を大切にしたい。

　関ヶ原にたびたび行く。笹尾（ささお）山の石田三成陣から関ヶ原の盆地を眺める。近年の研究によれば、小早川秀秋が迷った末に裏切りを決めたというのは事実ではないようである。また、西軍石田方が鶴翼陣形を整えて徳川方を迎え撃つ作戦で布陣したという通説は、後世に作られた「史実」といえるかもしれない。しかし、盆地を一望に眺めるたびに、この場所ならば天下の大軍を取り囲んで戦いを挑んだ物語が実際にあったとしてもおかしくないと思える。四〇〇年余りの歳月をかけてつくられてきた「物語」は、確かに我々を惹（ひ）きつけてやまない。

　そんな魅力的な物語が、この近江とその近隣の地域にはある。次の休みの日には「ちょっと行ってみようか」と思える場所がたくさんある。そんな地域の視点で『戦国近江伝』を読んでいただければ幸いである。

信長・秀吉・三成とつながる「中央集権」的な戦国史の流れがある。その行き着く先は、力の支配と争いを終わらせることができないままの外征や、満ち足りることのない不満の連鎖であった。また、近江で培われ、久政・長政・高虎が目指した「地域自治」的な流れは、江戸時代の「藩」へと受け継がれ、近江ゆかりの多数の諸大名たちによって全国に広がっていく。特色ある地方都市とその周辺の地域社会を創造した。

そして、グローバル化が進む現代においても、明治以来の中央集権は限界を迎えて久しい。今もうすでに、多くの方々が様々な分野で実践されているように、地域の視点に立って特色ある地域社会を生み出そうとする取り組みが大切であると思う。しかし、私にはそれほど立派なことをする能力はない。せめて戦国近江の魅力を伝えることが、長くこの地域でお世話になってきた私の役割の一つと思って、私なりにこの連作に取り組んでいる。

二〇二〇年十二月五日～二〇二二年六月

山東　圭八

● 著者
山東圭八（さんとう　けいや）
滋賀県出身　彦根東高校、立命館大学卒業後、滋賀県で勤務。
著書『戦国近江伝　江争（うみあらそい）』（サンライズ出版）

戦国近江伝（せんごくおうみでん）　長比（たけくらべ）
浅井長政か 織田信長か

2022年９月10日　初版第１刷発行

著　者　山東圭八

発行者　岩根順子

発行所　サンライズ出版
〒522-0004 滋賀県彦根市鳥居本町655-1
tel 0749-22-0627　fax 0749-23-7720

印刷・製本　シナノパブリッシングプレス

 ISBN978-4-88325-776-8